HEYNE <

Das Buch

Man schreibt das Jahr 1458 Neuer Galaktischer Zeitrechnung. Seit die Terminale Kolonne TRAITOR aus der Milchstraße abgezogen ist, sind über hundert Jahre vergangen. Doch die heimatliche Galaxis ist nicht mehr dieselbe wie vor dem Angriff der Chaosmächte. Die Machtgefüge haben sich verschoben, neue Sternenreiche sind entstanden.

Unter diesen neuen Reichen sticht die Transgenetische Allianz von Gorragan hervor, ein Bündnis zwischen den menschenähnlichen Tefrodern und den Gaatanyj, einem Zweigvolk der Blues. Seit vielen Jahren wird in der Transgenetischen Allianz an einem Geheimprojekt gearbeitet, nun endlich soll das Geheimnis offiziell gelüftet werden.

Zu diesem Ereignis wird auch Perry Rhodan eingeladen, der Terranische Resident. Rhodan fliegt nach Gorragan und lernt dort Menschen kennen, die über nahezu unvorstellbare Fähigkeiten verfügen – denn sie tragen das Genetische Siegel ...

Der Autor

Christian Montillon, Jahrgang 1974, stammt aus einem kleinen Dorf in Rheinland-Pfalz und ist seit einigen Jahren als freiberuflicher Schriftsteller tätig. Er verfasste Romane für verschiedene Serien im Krimi- und Fantasy-Sektor sowie Bücher zu Computerspielen. Seit 2006 gehört er zum PERRY-RHODAN-Autorenteam. Der Schriftsteller ist verheiratet und Vater zweier Söhne. Er lebt und arbeitet immer noch im beschaulichen Rheinland-Pfalz.

Der Umschlagillustrator

Der 1964 in Stuttgart geborene Oliver Scholl gestaltete bereits als Jugendlicher Risszeichnungen für die PERRY-RHODAN-Serie. Seit Anfang der 90er Jahre arbeitet er als Production Designer in Hollywood, unter anderem für Science-Fiction-Filme wie *Independence Day*, *Godzilla*, *Time Machine* und *Jumper*.

Perry Rhodan

DIE TEFRODER

CHRISTIAN MONTILLON

DAS GENETISCHE SIEGEL

Roman

PERRY RHODAN
DIE TEFRODER
BAND 1

Originalausgabe

WILHELM HEYNE VERLAG
MÜNCHEN

FSC
Mix
Produktgruppe aus vorbildlich bewirtschafteten Wäldern und anderen kontrollierten Herkünften
Zert.-Nr. SGS-COC-1940
www.fsc.org
© 1996 Forest Stewardship Council

Verlagsgruppe Random House FSC-DEU-0100
Das für dieses Buch verwendete
FSC-zertifizierte Papier *Holmen Book Cream*
liefert Holmen Paper, Hallstavik, Schweden.

Originalausgabe 11/2009
Redaktion: Hartmut Kasper

Printed in Germany 2009
Umschlagbild: Oliver Scholl
Umschlaggestaltung: Nele Schütz Design, München
Satz: C. Schaber Datentechnik, Wels
Druck und Bindung: GGP Media GmbH, Pößneck

ISBN: 978-3-453-52624-2

Prolog

Diese schillernde Straße in die Ewigkeit

Was genau ist es, das Lebewesen in die unendlichen Weiten des Alls treibt?

Schicksal? Vorherbestimmung? Oder liegt es in ihren Genen verankert? Womöglich steht das Leben an sich unter dem Hauch des Verderbens, dass es sich anmaßt, alles zu erforschen. Der Drang, jedes Detail zu verstehen, immer mehr Wissen anzuhäufen, geht eine unheilige Allianz mit der Wissenschaft ein, die uns Menschen so vieles ermöglicht. Zu vieles vielleicht.

Tefroder. Jülziish. Terraner. Wo liegt der Unterschied?

Ich bin Caadil Kulée amy Kertéebal. Mein Leben dient einem höheren Ziel. In mir findet die Transgenetische Allianz ihre Vollkommenheit. Ich bin der Gipfel, und doch bin ich nichts als eine Verbindung von biochemischen Grundsubstanzen. Wie die Tefroder. Wie die Jülziish. Wie die Terraner, auf die ich bald treffen werde. Eine genetische Ansammlung von Fleisch und Knochen, von Muskeln und Sehnen, von Wasser und Blut; ein Gewebeklumpen, den es ins All zieht, weil auch ich dem Lockruf verfallen bin.

Ich höre das Wispern, lausche dem Klang der Lieder, die der Weltraum singt, der Melodie, die zwischen den Sternen schwebt und mich mit sich nimmt. Ich muss sie tanzen, diese Melodie, die ich *sehe*, mehr noch als dass ich sie höre. Diese schillernde Straße in die Ewigkeit, die sich in meine Augen senkt.

Was also ist es, das Lebewesen ins All treibt, weiter, immer weiter, bis wir auch noch die letzte Grenze durchbrechen?

Die Antwort liegt greifbar nahe vor mir, doch noch bin ich nicht imstande, sie zu erfassen. Was erwartet mich schon dort draußen? Tod und Krieg, Feindschaft und Leid. Dies sind die Noten, die die ewige Melodie bilden, dies ist der Rhythmus, geschlagen von jedem, der im Universum lebt.

Und dennoch gehe ich.

Weil ich es *kann.*

Ich bin Caadil Kulée, Tochter der Kertéebal, und ich werde Antworten finden.

1

Die Transgenetische Allianz

31. Januar 1458 NGZ

»Vielen Dank, dass du dir persönlich Zeit nimmst, Perry Rhodan.« Das gefiederte Gesicht spiegelte sich im Panoramafenster, die kleinen Knopfaugen wirkten wie Löcher im Hochsicherheitsglas. Auf den Schulterflügeln leuchteten Federn in allen Farben des Regenbogens. Automatische Simultanübersetzer übertrugen alles aus der Sprache des Rahsch'kani.

Der terranische Resident zeigte ein feines Lächeln. »Man hat mir versichert, es würde sich lohnen.«

Haneul Bitna gab ein zirpendes Geräusch von sich, das das rhythmische Schnabelklappern melodiös untermalte. Dieser Laut erinnerte Perry sofort an den letzten Aufenthalt des Vogelartigen auf Terra – lag das Treffen im Besprechungsraum der Solaren Residenz tatsächlich schon wieder fast zwei Jahre zurück? Eigenartig, wie Sinneswahrnehmungen manchmal miteinander verknüpft waren und Assoziationen auslösten; an jenem Abend im Jahr 1456 hatte er noch Mondra Diamond getroffen, und exakt an diesem Tag hatte sie zum ersten Mal ihr neues Parfüm getragen. Rhodan glaubte es wieder zu riechen und genoss die Erinnerungen, die sich damit verbanden.

»Trotz dieser Versicherung, wer auch immer sie ausgesprochen haben mag«, sagte sein Gast, »ist es eine große Ehre, deinen privaten Wohnbereich in der Solaren Residenz aufsuchen zu dürfen.«

»Du bist sicherlich nicht überrascht, wenn ich dir sage, dass dir diese Ehre nur deshalb zuteil wird, weil man sich für dich ausgesprochen hat.«

»Erlaube mir erneut die Frage: Wer ist *man*?«

»Der TLD.«

»Selbstverständlich.« Das Gefieder über Haneul Bitnas Knopfaugen sträubte sich. »Der Terranische Liga-Dienst. Ich hörte von diesem Geheimdienst der Terraner.«

Rhodan verkniff sich ein Lachen. Haneul Bitna wurde ihm von Sekunde zu Sekunde sympathischer. Er erhoffte sich von dem Rahsch'kani wertvolle Informationen; es störte ihn keinesfalls, sie in Form eines spitzfindigen Gesprächs serviert zu bekommen. »Welch feine Ironie.«

»Ironie?«

»Man könnte fast zu der Überzeugung gelangen, du untertreibst.«

Der Vogelartige legte eine Hand auf die dicke Panoramascheibe, die sie von den Wassern des Sees trennte, aus dem die oberen Geschosse von Rhodans Wohnturm in der Solaren Residenz ragten. Ein breitmäuliger Fisch, dessen Glotzaugen an filigranen Tentakelstielen baumelten, schwamm vorüber. »Nun gut, dann lass es mich so sagen: Ich weiß vermutlich mehr über den TLD als jeder andere, der ihm nicht angehört. Und vermutlich auch mehr als die meisten seiner Agenten, das gebe ich gern zu. Ebenso vermutlich verdanke ich den Zuspruch in Agentenkreisen einer gewissen Avryl Sheremdoc?«

»Vermutlich.« Rhodan genoss die Stille dieses Aussichts- und Ruheraumes, dessen Wände einer natürlichen Unterwasserhöhle nachempfunden waren. »Avryl ist geradezu begeistert von dir. Sie lobt dich in höchsten Tönen und ist von deiner Integrität überzeugt.«

»Fragt sich nur, worauf sich diese Integrität bezieht.«

»Da Avryl eine Agentin ist, die unser vollstes Vertrauen genießt und ganz nebenbei dein Leben bis in den letzten Winkel durchleuchtet hat, bedeutet mir ihre Einschätzung deiner Person einiges.«

»Bis in den letzten Winkel?« Bitnas Gefieder am Kopf raschelte, eine Feder löste sich und trudelte zu Boden. Sie landete in einer kleinen nachgeahmten Felsspalte, durch die ein winziges Wasserrinnsal floss. »Verzeih mir, Resident Rhodan, aber das wage ich zu bezweifeln.«

»Warum sagst du nicht gleich, dass ich die Sicherheitskräfte rufen und dich entfernen lassen soll?«

»Weil meine Ehrlichkeit für mich spricht. Ich bin zum Beispiel überzeugt davon, dass dein hochgeschätzter TLD in Gestalt von Agentin Avryl Sheremdoc nichts über meinen wahren Dienstherren weiß. Ich habe meine Spuren perfekt verwischt. So perfekt, dass ich bis in deinen Wohnbereich im Herzen Terranias vordringen konnte, ohne dass du weißt, wer ich wirklich bin. Du glaubst es nur zu wissen. Lüge und Schein sind sozusagen meine Spezialität, und ich wage zu behaupten, dass sie die eigentliche Würze des Agentendaseins ausmachen. Ohne sie wäre mir all die Gefahr nur lästig. Eine gute Intrige jedoch und etwas Täuschung verleihen dem Leben einen Charme, wie er sonst kaum zu finden ist.«

»Eine gewagte These.«

»Welche?«

»Such dir eine aus. Aber selbst wenn ich nicht wissen sollte, wer du *wirklich* bist – du kannst mir nicht schaden. Du trägst keine Waffe bei dir, und ein Wort meinerseits genügt, dass es hier binnen Sekunden von Sicherheitskräften wimmelt.« Rhodan verschränkte gelassen die Arme vor der Brust, um zu demonstrieren, dass er sich vollkommen sicher fühlte. *Ganz zu schweigen von der Giftgasdüse, die dich ständig unterhalb der Decke verfolgt und auf meinen akustischen Befehl reagieren wird, sollte es sich als nötig erweisen. Schachmatt in weniger als zwei Sekunden. Du würdest erst wieder in einer Hochsicherheitszelle aufwachen.*

Haneul Bitna ließ sich nicht aus der Ruhe bringen. »Es gibt so viele Möglichkeiten, Waffen einzuschmuggeln. Verschobene Existenz- oder Wirklichkeitsebenen, Fiktivtransporte, biologische Symbionten, die all eure Hightech-Abtastungen nicht erkennen ...«

»Zum einen glaube ich nicht, dass du mit höherdimensionaler Supertechnik arbeitest. Auch bist du weder der Abgesandte einer Superintelligenz noch ein Chaotarchenknecht, der auf ein Arsenal an Wunderwaffen zurückgreifen könnte. Und drittens, Haneul Bitna, weiß ich sehr wohl, dass du ein gekaufter Agent des kleinen Tefroder-Reiches Iseul bist, das in der Nachbarschaft der Transgenetischen Allianz liegt. Ein Söldner, der so gut ist, dass eine Menge Geld geflossen ist, um sich deiner Loyalität zu versichern.«

Ein Oktopus klatschte die acht Fangarme gegen die Scheibe; die Saugnäpfe rutschten über das Glas und hinterließen kleine Striemen, die sich im nächsten Augenblick von selbst reinigten.

»Ein gekaufter Agent von Iseul? Das ist alles?«

Wieder lächelte Rhodan. Nein, das war nicht alles, aber das ließ er seinen Gast nicht wissen. »Unterschätze Avryl Sheremdoc nicht. Und wenn es dir nichts ausmacht, lass uns zur Sache kommen. Du hast etwas mit mir zu bereden? Dann los. Meine Zeit ist nicht unbegrenzt.«

»Und das sagt ausgerechnet ein relativ Unsterblicher. In der Tat gibt es einiges, das du wissen solltest, Perry Rhodan. Zunächst sollte ich vielleicht von deiner TLD-Agentin sprechen, auf die du so große Stücke hältst. Wir haben auf ... auf die eine oder andere Art im Feindesland zusammengearbeitet. Wir lernten uns recht gut kennen.«

»Feindesland?«, fragte Perry Rhodan. »So würde ich die Transgenetische Allianz wohl kaum bezeichnen. Weder die Tefroder noch die Gaatanyj oder ein anderes Jülziish-Volk sind unsere Feinde. Auf Gorragan arbeiten sie an einem geheimen Projekt – das kann man ihnen wohl kaum verübeln. Die Zahl der geheimen wissenschaftlichen Forschungen auf Terra, die ich höchstpersönlich abgesegnet habe, wage ich nicht einmal zu schätzen.«

»Die Tefroder mögen halbe Terraner sein, aber ...«

»Sie sind Lemurerabkömmlinge, um genau zu sein, ebenso wie die Terraner und eine Menge anderer Milchstraßenvölker auch. Nimm etwa die Akonen oder Ferronen. Ihr Stammbaum hängt mit den Terranern nicht direkt zusammen – abgesehen davon, dass wir gemeinsame Vorfahren aufweisen. Sie sind ebenso eigenständig wie mein Volk. Alles andere wäre eine Beleidigung für sie.«

Der Vogelartige klackerte rascher als sonst mit dem Schnabel. »Sie sehen aus wie Terraner, sie denken und handeln wie Terraner ... ich kann nichts Falsches an meiner Aussage sehen. Aber darauf wollte ich auch nicht hinaus. Das Volk, das auf Gorragan lebt, nennt sich Gorragani, und sie hören es gar nicht gern, wenn sie anders genannt werden.«

»Dennoch bleiben sie Tefroder.«

»Sie selbst sehen sich als postlemuroides Volk, wie viele andere auch. Das Besondere jedoch ist ihre Allianz mit dem Jülziish-Volk der Gaatanyj. Eine Transgenetische Allianz. Wir haben lange gerätselt, um die wahre Bedeutung dieses Begriffs herauszufinden.«

Schritte näherten sich, leichtfüßig und kaum hörbar. »Und noch immer wissen wir kaum etwas darüber. Vermutungen, nicht mehr.«

Bitna wandte sich um. »Avryl Sheremdoc. Wie schön, dich wieder zu treffen. Wie lange ist es her?«

Die Terranerin trug einen hautengen, metallischblauen Dress, welcher nur um die Hüften von einem roten Rock unterbrochen wurde, der wenige Zentimeter unter der perfekten Rundung ihres Pos endete. Fingerlange tiefschwarze Haare umrahmten das Gesicht, in dem die hellblauen Augen geradezu zu leuchten schienen. »Noch vor drei Monaten waren wir zusammen an dieser Küste auf Gorragan. Schon vergessen? Der abgestürzte Gleiter, die Strahlerschüsse ...«

»Wie könnte ich das vergessen? Ich weiß nicht, wie gut deine Ohren sind, aber gerade vorhin sagte ich zu dem Residenten ...«

»Ich muss mich auf meine Ohren nicht verlassen.« Avryl tippte auf einen winzigen Draht, der aus ihrem Gehörgang ragte. »Akustikfelder und Richtmikrofone sind eine äußerst nützliche Erfindung.«

Perry Rhodan sah zu, wie sich der Oktopus von der Sichtscheibe zum See löste und davontrieb. »Ich muss euch wohl nicht miteinander bekanntmachen, auch wenn Agentin Sheremdoc inzwischen ihr Äußeres etwas verändert hat. Sie ist schon seit einigen Stunden mein Gast. Genauer gesagt, ziemlich exakt fünfzig Minuten länger als du, Haneul.«

»Die roten Haare standen dir besser«, meinte der Rahsch'kani.

»Und dir das dichtere Federkleid.«

»Jedenfalls erwähnte ich vorhin, dass die ständige Gefahr nicht gerade zu dem gehört, was ich am Agentendasein liebe. Eine gute Intrige jedoch, das Offenbarwerden eines Geheimnisses und die Entdeckung einer geschützten Information, das lässt mein Herz rascher schlagen. Viel mehr als Explosionen und Schüsse.«

Die gewaltige Stahlorchidee der Solaren Residenz schwebte über dem Park als alles dominierendes Wahrzeichen. Perry Rhodan, Haneul Bitna und Avryl Sheremdoc standen viel zu nah, um das weit über einen Kilometer große gigantische Gebäude komplett sehen zu können.

»Wer ist eigentlich auf die Idee gekommen«, fragte Bitna, »die Residenz als *Orchidee* zu bezeichnen? Bei allem Respekt für Terras Architekten, es ist ein plumper stählerner Koloss und bei weitem nicht so anmutig, wie ich mir eine zarte Blume vorstelle. Die gläsernen Flansche mit Blütenblättern zu vergleichen, ist doch sehr gewagt.«

Avryl schüttelte den Kopf, dass die leuchtend blau gefärbten Haare flogen. »Du willst doch nicht ernsthaft über Nichtigkeiten plaudern?«

»Verwechsle Nichtigkeiten nicht mit Höflichkeit!«

Rhodan blickte über den Residenzsee. Wenn eine *Landung* der Solaren Residenz nötig wurde, konnte das Wasser binnen weniger Sekunden abgepumpt werden, so dass die unteren Bereiche des Regierungssitzes in der Mulde aufsetzen und mit Ankerstreben Halt finden konnten. Es war lange nicht mehr nötig gewesen. Seerosen von Ferrol trieben auf dem Wasser, das von gelbem Plankton durchzogen wurde.

Am gegenüberliegenden Ufer des Sees brannte ein Feuer für die 804 Millionen Terraner, die durch die Teletrans-Weiche ins Stardust-System ausgewandert waren. Eine zweite Menschheit, irgendwo, weit draußen im All; ob Rhodan je wieder von ihnen hören würde?

Der Terranische Resident hatte seine beiden Gäste an jenen kleinen Bereich des Seeufers geführt, der – unsichtbar, aber effektiv – durch Schutzschirme abgeschottet war, um hohen Staatsgästen eine gesicherte Zuflucht in freier Natur zu bieten. *Hohen Staatsgästen*, dachte Rhodan leicht wehmütig, *und mir selbst. Wann genau ist das eigentlich notwendig geworden?*

Ein grellbunter Vogel zog seine Kreise über dem See und stieß unvermutet in die Tiefe. Er tauchte ins Wasser ein, und als er wieder zum Vorschein kam, zappelte ein blau gemusterter Aal in seinem Schnabel. Rhodan wusste, was kommen würde. Plötzlich kreischte der Vogel, schüttelte sich und stürzte ab. Der Aal platschte ins Wasser und schlängelte sich davon. Diese spezielle Art war auf Kreit heimisch; ihre Stromstöße konnten sogar für einen Terraner gefährlich werden. Das war einer der vielen Gründe, warum Baden im Residenzpark verboten war. Der Vogel erhob sich sichtlich angeschlagen wieder in die Luft. Von der Spitze seines Schnabels kräuselte schwärzlicher Rauch.

»Ich arbeite nicht nur für das Tefroder-Reich Iseul, das in der Nachbarschaft der Transgenetischen Allianz liegt«, sagte Haneul Bitna unvermittelt. »Sondern auch ...«

»Für die Allianz selbst«, unterbrach Rhodan.

»Hmh.«

Avryl hob einen flachen Stein und schleuderte ihn auf den See. Er tanzte dreimal auf der Oberfläche, ehe er versank. »Du hast deine Sache sehr gut gemacht und es tatsächlich geschafft, sowohl mich als auch den geschätzten Cel'Arbtan vom arkondischen Tu-Ra-Cel lange zu täuschen. Wir glaubten, du versuchst ebenfalls, hinter das Geheimprojekt der Transgenetischen Allianz zu kommen.«

»Es war eine aufregende Zeit«, meinte Haneul Bitna.

»Um auf deine Frage von vorhin zu antworten«, sagte Rhodan. »Du wärst *nicht* bis in meinen Privatbereich vorgedrungen, wenn wir nicht tatsächlich alles über dich wüssten.«

»Touché.« Der Rahsch'kani verneigte sich. »So sagte man doch auf Terra, nicht wahr?«

»Vor langer Zeit«, stimmte Perry Rhodan zu. »Die wenigsten dürften das Wort noch kennen.«

»Sieh mich als gut informiert an.« Ein leichtes Schnabelklappern in Richtung der TLD-Agentin folgte. »Indem ich mich mit euch verbündete, konnte ich euch am leichtesten unter Kontrolle halten. Iseul lieferte ich falsche Informationen, und über die Fortschritte der Geheimdienste Terras und Arkons war ich durch den Kontakt mit dir und da Arthamin bestens informiert. Zumindest, falls ihr mir immer die Wahrheit gesagt habt.«

Avryl lächelte unergründlich. »*Immer* ist ein starkes Wort. Du bist nicht der Einzige, der sich auf Lügen und Intrigieren versteht.«

»So kommt es mir allerdings vor.«

Rhodan sah die Zeit gekommen, die Dinge beim Namen zu nennen. »Ich weiß nicht, inwieweit wir es deinen Bemühungen zu verdanken haben, Haneul, aber trotz all unserer Bemühungen sind uns nur Stichworte bekanntgeworden. Avryl schien auf Gorragan immer wieder gegen eine Mauer des Schweigens anzurennen.«

»Nenn mir einige dieser Stichworte«, bat Haneul.

»Der Vortex. Eine Dämmerzone. Die Ziele der Allianz allerdings liegen immer noch im Dunkeln. Wir wissen nicht einmal, um welche Art von Geheimprojekt es sich handelt. Militärisch? Wissenschaftlich? Es gibt Indizien für beide Ansichten.«

»Tatsächlich? Avryl, auch mit den Forschungen über die Gaatanyj bist du nicht weitergekommen? Nicht einmal heimlich?«

Die TLD-Agentin warf Rhodan einen fragenden Blick zu; dieser nickte. »Mir war schon bald klar, dass ich an den Grundlagen der Transgenetischen Allianz ansetzen musste, wenn ich Erfolg haben wollte. Die Tefroder oder

Gorragani haben sich mit einem Jülziish-Zweigvolk zusammengeschlossen: mit den Gaatanyj. So weit, so gut. Stellt sich die Frage: Warum? Tatsächlich nur, weil es sich anbot? Oder steckte mehr dahinter? Es kostete einige Mühe, aber wir wissen inzwischen, dass die Gaatanyj ein B-Hormon produzieren ... und nur sie können das ... ein Hormon, das in irgendeinem Bezug steht zu dem Vortex-Geheimprojekt.«

»Eine Menge Schlagworte«, sagte der Rahsch'kani. »Alles hängt zusammen. Das Hormon. Das Transgenetische in der Allianz. Und vor allem das Genetische Siegel. Ich bin nach Terra gekommen, um dich auf das vorzubereiten, was kommen wird, Perry Rhodan. Morgen, in exakt fünfzehn Stunden, wird dir die Allianz ein Angebot unterbreiten. Eine Einladung nach Gorragan, auf die Hauptwelt der Allianz. Offiziell wirst du vorab nicht mehr erfahren, aber inoffiziell bin ich befugt, dir im Vorfeld einiges mitzuteilen. Die Frage ist nur, ob du die Einladung annehmen wirst?«

»Möglicherweise werden wir das«, sagte Rhodan. »Zumindest, wenn ...«

»Wir?«, unterbrach Haneul.

»Avryl wird mich begleiten. Zumindest, wenn ihr Terminkalender nicht dagegen spricht. Gorragan ist für mich eine fremde Welt. Avryl jedoch ist die einzige Terranerin, die dort längere Zeit verbracht hat. Sie besitzt Ortskenntnis und ist damit die logische Wahl.«

Die TLD-Agentin verbarg ihre Überraschung nur unzulänglich. »Mein Terminkalender sieht nichts Wichtigeres vor, als die *diplomatische Begleiterin* des Terranischen Residenten höchstpersönlich zu sein.«

»Dann wären ja alle Fragen geklärt«, meinte Rhodan. »Außer denen, die nur du beantworten kannst, Haneul.«

»Das werde ich – zumindest, soweit es mir erlaubt ist. Zuerst darf ich dir aber bitte noch eine Frage stellen, Avryl.« Der Vogelartige bückte sich und hob einen flachen Stein auf. Er warf ihn in den See, wo er mit einem Plumpsen unterging. Konzentrische Kreise bildeten sich und zogen als winzige, kaum wahrnehmbare Wellen ihre Bahn. »Wie in aller Welt hast du das gemacht?«

2

Meister-Töchter

Cha Panggu würde es wieder tun!

Fenji Eichach wusste es genau, denn Panggu zeigte alle Anzeichen dafür, angefangen bei der unruhigen Art, wie er die Beine bewegte, bis hin zum Blinzeln der tief im Schädel liegenden Augen, wenn er sich unbeobachtet fühlte – eine Verhaltensweise, die Fenji schon so oft beobachtet hatte. Seit Jahren bereits fragte er sich, was in jenen Minuten in den geschlossenen Räumen vor sich ging, in die sein Meister die Väter samt ihren Kindern führte.

Sein Meister, Cha Panggu, *der Teufel, der Gold bringt.* So nannten ihn alle hinter vorgehaltener Hand. Unter dieser Bezeichnung kannte man ihn auf hundert Welten. Sein Name verbreitete Ehrfurcht ebenso wie Angst. Aber niemand kannte Cha Panggu so gut wie Fenji. Niemand wusste, dass da noch mehr war als nur der Teufel. Panggu war ein Meister darin, dieses »Mehr« zu verbergen, und selbst Fenji fragte sich, worin es eigentlich bestand. Er konnte es nicht beim Namen nennen, nicht in Worte fassen. Es war eher ein Gefühl, eine tiefe Überzeugung, die es ihm ermöglichte, über die offensichtliche Bösartigkeit hinwegzusehen und die seiner Meinung nach unnötigen Grausamkeiten zu tolerieren. Was hätte er auch sonst tun sollen? Die bloße Vorstellung, an seinem Meister Kritik zu üben, war geradezu lächerlich.

»Wann ist es so weit?« Cha Panggu stand am Leitstand der CHAJE und generierte aus der Gebildegrube im Brustkorb einen Armtentakel, mit dessen Fingerenden er über die Sensorfelder der Konsole fuhr. Fenji Eichach stand nahe genug, um den penetrant süßen Duft des Zorns riechen zu können. Im Plasmafundus der Gebildegrube stieg sogar eine kleine Blase nach oben und zerplatzte an der Tentakelwurzel. Der Duft verstärkte sich, und rauchige Erregung mischte sich darunter. Die Spitze des Armtentakels tippte an Fenjis Kinn. »Hast du mich nicht gehört? Wann ist es so weit?«

Fenji musterte das Hologramm, das über der Konsole entstand und eine Realaufnahme der umliegenden Sterne zeigte. Ihr Schiff raste auf einen violetten Sternnebel zu, dessen Form ihn an irgendetwas erinnerte ... etwas, das er nicht beim Namen nennen konnte. »Mir liegen exakt dieselben Daten und Berechnungen vor, die du ebenfalls kennst. Ich kann nichts anderes, als ...«

»Schon gut!«

Wie Fenji es hasste, unterbrochen zu werden. Schon als Kind hatte er darunter gelitten, und jedes Mal versetzte es seinem Selbstbewusstsein einen neuen Schlag. Cha Panggu hatte das vom ersten Tag an gespürt und nutzte es immer wieder als Mittel, seinen Schüler zu züchtigen. Es ging einfach, es kostete kaum Mühe, aber es war äußerst effektiv. Fenji schaffte es nicht, sich darüber zu erheben. Wie immer sagte er sich, dass es keine Rolle spiele, dass er sich durch Panggus Machenschaften nicht beeinflussen lassen durfte – es half nichts.

In der Zentrale herrschte völlige Stille, die Besatzung arbeitete schweigend. Jeder Handgriff war tausendfach geübte Routine. Irgendwo knarrte ein Stuhl; Fenji sah im Augenwinkel einen Gui-Col-Offizier, der sich zurücklehnte und mit halboffenem Mund kaute, bis er husten musste und weißlicher Saft aus der flachen Nase rann. Fenji wandte sich angewidert ab. In dem Hologramm blitzten die letzten Sterne vor dem violetten Dunst in der Ewigkeit des Alls.

Fenji ließ sich die neuesten Kursprognosen anzeigen. Ihr Ziel lag direkt hinter dem Nebel, der CHAJE standen nur noch wenige Flugminuten bis zum Planeten Vodyan bevor. Es blieb gerade noch genug Zeit, ein letztes Mal Atem zu schöpfen und die Einsatzbereitschaft der unterschiedlichen Enter- und Kommandoteams erneut zu checken. Gerade gab er entsprechende Befehle weiter, als ein scharfer Zuruf seines Meisters ihn stoppte. »Beim sechsten Mal würde genauso alles bereitstehen wie beim fünften Mal.«

Wenn du wüsstest, dachte Fenji Eichach zufrieden. Den sechsten Test hatte er längst hinter sich; dies wäre der achte gewesen. Dieser kleine, heimliche Triumph machte es merklich erträglicher, soeben erneut in die Schranken gewiesen worden zu sein. »Wie du wünschst.«

»Begleite mich in meinen Palast.«

Diese Forderung verblüffte Fenji maßlos. »Jetzt? Direkt vor der Schlacht?«

In Cha Panggus Augengruben schillerte die Tränenflüssigkeit; die Gruben fokussierten sich. »Wir werden nicht gebraucht. Vor uns liegt ein Standardangriff, wie ihn die Mannschaft schon Dutzende Male durchgeführt hat. Die strategische Analyse ist längst abgeschlossen, und bis auf den unvermeidlichen Zufallsfaktor fällt sie eindeutig aus. Die CHAJE wird ohne erwähnenswerte Gegenwehr landen können, um den Tribut einzutreiben. Alles läuft in den üblichen Bahnen, die Truppen sind instruiert und stehen bereit. Warum sollten du und ich also unsere Zeit verschwenden?« Mit den Fingern des

Armtentakels tippte er beiläufig eine Notiz in den Bordrechner, die das Kommando an seinen Stellvertreter übergab. »Der interessante Teil dieser *Schlacht*, wie du es zu nennen beliebst, wird noch einige Stunden auf sich warten lassen. Ich halte es für sinnvoll, die Zeit zu nutzen. Dies ist der Augenblick, um dir etwas mitzuteilen. Aber nicht hier in der Zentrale, sondern in angemessener Umgebung.«

In seinem Privatpalast. Das wollte Fenji gar nicht gefallen, denn entweder bedeutete dies eine große Auszeichnung, was er sich ausgerechnet in diesem Augenblick nicht vorstellen konnte – oder ihm stand eine Strafe bevor, wie sie nur ein Lehrer seinem ersten Schüler zuteilen konnte, eine harte Lektion. Wenn er sie überhaupt überstand. Cha Panggu konnte ihn während des Angriffs auf Vodyan auch auf eine Selbstmordmission schicken. *Ja, das passt ... vielleicht hat er nur deswegen darauf hingewiesen, wie problemlos die Schlacht verlaufen wird. Eine letzte Demütigung, ehe er mich abschiebt: Du wirst bei einem Routineauftrag sterben, mein lieber Fenji ... dies ist das Ende deiner Karriere. Du bist es nicht wert, ein Gui-Col-Pirat zu werden.*

Aber noch war es nicht so weit.

Während sich die übrigen 800 Besatzungsmitglieder der CHAJE auf die Attacke vorbereiteten, marschierten der *Teufel* und sein Schüler in Richtung des Palastes, des großen Separees im Zentrum des Schiffs, das ausschließlich Cha Panggu und seinen Töchtern vorbehalten war. Im Abstand von wenigen Metern strahlten Lichtquellen von der Decke des Korridors; jede Einzelne ließ Panggus Gesicht golden aufblitzen, wenn es die Strahlen reflektierte. Fenji vermutete, dass sein Meister die Gesichtshaut mit einem speziellen Öl präparierte, um das natürliche metallische Aussehen noch zu verstärken. Es ging das Gerücht, die Beute eines Sportkampfes habe einmal geschrieen, sie wolle nicht von einem Roboter getötet werden.

Es würde Fenjis vierter Besuch im Palast sein. Er erinnerte sich genau an jedes einzelne Mal. Zuerst, als der Meister ihn zu einem seiner drei neuen Schüler berufen hatte; danach, um ihm den Dolch zu überreichen, mit dem er seinen beiden Konkurrenten das Mal der Schande in die Gebildegrube schlitzte; und schließlich, um ihm die große Ehre zu erweisen, seine beiden Töchter kennenzulernen, sein Stolz und seine Scham zugleich.

Was konnte nun noch folgen? Einen bizarren Augenblick lang stellte sich Fenji vor, wie Cha Panggu ihn mit einer seiner Töchter vermählen wollte. Cha Chiyme und Cha Xeiri waren fast zwanzigjährige Zwillinge, die in ihrer eigenen geistigen Welt lebten, einer Welt, die nur selten die Wirklichkeit berührte. Doch nein, das konnte nicht sein, nicht ehe er den Status als Schüler hinter sich ließ und selbst in den Rang eines Piratenanführers berufen wurde. Bis dahin würden noch viele Jahre vergehen.

Also wartete tatsächlich Degradierung oder gar der Tod auf ihn? Fenji war sich keiner Schuld bewusst, die es wert wäre, dass der Meister ihm in einem solch sensiblen Augenblick so viel Aufmerksamkeit widmete.

Cha Panggu blieb stehen. Direkt vor ihm glitzerte die Goldschicht mit dem Signum des Anführers am Eingang zum Palast. Das von einem konischen Aufsatz durchbrochene Oval schien dicht davor zu stehen, in Flammen aufzugehen – wie immer. Belüftungsschlitze waren in den Boden vor dem Schott eingelassen. Ein angenehm heißer Luftstrom schmeichelte dem Wohlbefinden jedes Besuchers.

Nun war es also so weit. Ein Gutes hatte es – Fenji musste sich die Fragen nicht mehr länger stellen. Er sah es ohnehin als seine größte Schwäche an, unablässig zu analysieren, so dass sein Geist nie die nötigen Ruhephasen durchlebte. Selbst im Schlaf gönnte er sich keine Erholung, sondern beschäftigte sich mit den anstehenden Problemen. Nicht selten fand er direkt nach dem Aufwachen die Lösung, nach der er zuvor lange vergeblich gesucht hatte. Deswegen liebte er den Kampfsport; wenn er ihm nachging, konnte er seinen Verstand auf einfaches Vergnügen konzentrieren, bei dem keine großen geistigen Anstrengungen notwendig waren.

Die Automatik erkannte Cha Panggu und öffnete. Fenji trat ein. Eine Welle leichter Übelkeit durchlief ihn.

»Kommst du wieder, Lebensstern?«, fragte die holografische Nachbildung in der Mitte des Raumes. Chyi Xeyme war Cha Panggus Lebensgefährtin gewesen, aber bei der Geburt der Zwillingsmädchen gestorben – ein Skandal, weil es medizinisch derart unwahrscheinlich war, dass man überall in der CHAJE unkte, sie habe sich selbst entleibt, als die Erst-Scans die geistige Behinderung ihrer Töchter aufdeckten.

Fenji hatte die echte Chyi Xeyme nie zu Gesicht bekommen, doch ihre Familie galt weithin als Trägerin großer Schönheit. Wenn die Holostatue ein realistisches Abbild darstellte – und daran zweifelte Fenji nicht –, war sie zweifellos die attraktivste Gui Col, die er sich nur vorstellen konnte. All seine Phantasie reichte nicht aus, sich größere Anmut auszumalen. Er hörte förmlich das zarte Knistern der goldenen Gesichtshaut; er genoss den Anblick der schwimmenden Grubenaugen, die dem Augenblick, in dem man sie musterte, ätherische Perfektion verliehen; ja selbst die Gebildegrube wallte in schierer Eleganz und verströmte den schwefligen Duft innerer Ruhe und Meditation.

Nein, korrigierte sich der angehende Pirat selbst, *der Duft stammt nicht aus der Grube, denn Chyi Xeyme ist längst tot. Ein Atomisator verströmt künstlich hergestellte Duftmoleküle, nicht mehr.* Er durfte sich von diesem Monument der Vergangenheit nicht gefangennehmen lassen! Doch so sehr er sich dies auch vornahm, es blieb dabei – die Holostatue roch nach Schönheit und Herrlichkeit, die tief in jedem Gui Col ein tiefes Verlangen wecken musste. Auch Fenji Eichach konnte sich diesem Zauber nicht entziehen.

Regale, die in die goldglänzenden Wände eingearbeitet waren, säumten den Raum. In den einzelnen Fächern lagen Andenken und Tributstücke zahlreicher Welten, die Cha Panggu in seiner Laufbahn als Raumpirat überfallen hatte. Kostbarer Schmuck; geschliffene Kristalle; Kunstwerke, die zu fremdartig waren, als dass Fenji ihre Bedeutung erfassen könnte. Sein Blick blieb an einem scheinbar wertlosen Stück Holz hängen, das aussah wie ein abgebrochener Ast. Jedes zweite der Fächer war hell erleuchtet, in einigen blitzten facettierte Lichtkugeln.

Hinter der Holostatue entdeckte der Besucher Bewegung: die filigranen Gestalten der Zwillinge.

»Cha Eins, Cha Zwei und Sternenquell«, sagte Chiyme. Fenji erkannte sie an dem silbrigen Mal, das ihren Mundwinkel mit der flachen Nase verband. Ihre Zwillingsschwester beugte den schlanken Leib nach hinten, warf dabei den Kopf zurück, dass sich die Goldhaut am sehnigen Hals spannte. Die kleinen Brüste dehnten den eng anliegenden Stoff ihres Kleides über dem Freiraum der Gebildegrube. Sie kicherte, bis sich unvermittelt der Ausdruck ihres Gesichts verdüsterte und sie im Tonfall eines elegisch-religiösen Opus sang: »Sternenquell, Sternenquell, wachst auf und stirbst.«

Cha Panggu eilte zu ihnen, bildete einen Armtentakel und berührte die Mädchen sanft, ehe er sie in barschem Tonfall wegschickte und sich an seinen Gast wandte. »Beachte sie nicht. Was sie sagen, bleibt unverständlich.

Sie reden ohne Sinn und Verstand. Nur gegenseitig scheinen sie sich bestens zu verstehen.«

Wer bin ich, dass ich dem Meister widerspreche? Fenji schwieg und wartete ab.

Die Mädchen wandten sich noch einmal um, ehe sie den Raum verließen. Ihre zarten Gestalten bildeten zitternde Schattenrisse vor der Wand, die rund um die Tür aus Millionen Punkten leuchtete. Jede Lichtquelle stand für einen Stern, wie ihn ihre Heimatgalaxis Zomoot ständig gebar, die landläufig in der Verkehrssprache Lozomoot *Sternenquell* genannt wurde. Die Zwillinge tasteten mit den Fingerspitzen über die Wand. »Stimm an den Grabgesang, lass leuchten das Gewebe«, trällerten sie, plötzlich in fröhlicher Melodie. »Dies wird der Tag sein, an dem sie sterben!« Sie lachten, drehten sich elegant und zogen sich zurück.

Ein Dienstroboter rollte auf Cha Panggu zu. Die würfelförmige Maschine öffnete eine Klappe auf ihrer Oberseite. Der Raumpirat griff hinein, ohne richtig hinzusehen, entnahm eine farblose Kapsel und rollte sie auf der Handfläche. Dampf wallte auf, in dem kleine blaue Funken blitzten. Panggu schluckte die Kapsel, und für einen Augenblick funkelten seine Augen in demselben Blau. »Du fragst dich, warum du hier bist, Fenji.«

Sein Meister ließ sich auf einen breiten Sessel fallen, der unter der plötzlichen Belastung knackte, als würde er im nächsten Augenblick zusammenbrechen. Eine zweite Sitzmöglichkeit gab es nicht. Cha Panggu war auf Gäste offenbar nicht vorbereitet; oder wenn, legte er keinen Wert auf ihre Bequemlichkeit. »Fenji, du bist mein bester Schüler. Deshalb habe ich dich vor inzwischen fast genau acht Monaten ausgezeichnet, indem ich dich deine beiden Konkurrenten mit dem Schandmal zeichnen ließ. Ich habe sie danach übrigens ...« Ein kurzes Kopfnicken, als wolle er damit Bedauern ausdrücken. »... übrigens getötet. Die Gui Col können Versager nicht gebrauchen.«

»Warum ...«

»Warum du sie vor ihrem Tod noch die Prozedur hast durchlaufen lassen?« Cha Panggu zog das rituelle Messer aus einem Fach, das seitlich in den Armlehnen des Sessels angebracht war. Er tat, als sei das selbstverständlich, doch dieses Detail zeigte Fenji einmal mehr, dass sein Meister nichts dem Zufall überließ und auch diesen Auftritt bis ins letzte Detail durchgeplant hatte. Noch immer klebte das verkrustete Blut der beiden anderen Schüler an der Klinge. »Es war wichtig für dich, und für sie ebenso. Sie einfach nur zu töten, wäre nicht angemessen gewesen. Warum sollte man sie sterben lassen, ohne ihnen Erkenntnis zu gönnen? Du jedoch hast damals mehr gelernt, als dir selbst bewusst ist.«

Unvermittelt schleuderte Panggu das Messer. Es überschlug sich flirrend in der Luft und raste auf Fenji zu.

Diesem blieb keine Zeit nachzudenken. Er handelte instinktiv, warf sich zur Seite und ließ gleichzeitig einen Arm aus der Gebildegrube hervor schießen; so rasch, dass es bis in den letzten Winkel seines Körpers schmerzte und seinen Brustkorb zu zerreißen schien. Er hörte es in sich knacken, von der Grube aus gluckerte es bis in sein Gedärm.

Obwohl ihm schwindelte, fing er das Messer im Flug. Dass er sich dabei minimal verschätzte und der Ansatz der Klinge noch in sein Fleisch drang, spielte keine Rolle. Der Schmerz würde vergehen. Ein wenig Blut pulste zwischen den Greiffingern hervor und verschmierte den Griff der rituellen Waffe. Er formte den Tentakelarm um, die klaffenden Wundränder schlossen sich.

Cha Panggus Lächeln brachte die goldene Gesichtshaut zum Knistern. »Seit damals hast du dich kontinuierlich gesteigert. Deine Leistungen sind zufriedenstellend. Deshalb habe ich dich in meinen Palast geladen. Dieser Augenblick soll dir immer in Erinnerung bleiben. Du wirst nicht so lange mein Schüler bleiben, wie es üblich ist. Vielleicht werde ich dich schon bald zu meinem Nachfolger berufen und dir alles übergeben, einschließlich meiner Villa. Ich werde all das hier nicht mehr brauchen, wenn mir gelingt, was ich vorhabe. Nicht heute und nicht morgen, aber wer weiß, was die Beobachtungen der Transgenetischen Allianz ans Licht bringen werden. Es scheint ganz so, als ...«

Er brach ab, und während Fenji noch völlig sprachlos war, stand sein Meister wieder auf, passierte die Holostatue – »Ach, Panggu«, sagte sie – und marschierte auf den Ausgang zu.

3

Erinnerungen an Gorragan

Spannend.

Dieses Wort kam Rhodan in den Sinn. In der Melodie, die seine Kabine erfüllte, lag eine derart impulsive Spannung, dass er sie sich unwillkürlich als Untermalung für einen Trivid-Superseller vorstellen konnte, eine dieser Geschichten, die Milliarden auf einer Hundertschaft von Planeten in ihren Bann zogen. Direkt vor seinem Aufbruch hatte er wieder einmal das Angebot einer Trivid-Firma, sein Leben in einer Holodoku ausführlich zu porträtieren, auf seinem Schreibtisch vorgefunden. *Wir fragen uns nun, ob du bereit wärst, einen kleinen Gastauftritt zu absolvieren?* Rhodan hatte kurz nachgeschaut, was ihm dafür angeboten wurde – beeindruckend. Aber es gab anderes zu tun. Wichtigeres.

Das hoffte er zumindest. Schließlich wusste er nicht, was ihn auf Gorragan, der Hauptwelt der Transgenetischen Allianz, erwartete. Haneul Bitna hielt sich weitgehend bedeckt, tat dies allerdings auf eine derart sympathische Art, dass Rhodan es ihm nicht übelnehmen konnte. Geheimniskrämerei war er ohnehin seit vielen Jahrhunderten gewohnt; auf manche Antworten hatte er Jahrzehnte oder Jahrhunderte warten müssen, andere hatte er nie erhalten. Zumindest noch nicht.

Je tiefer er in die Geheimnisse des Kosmos eindrang, umso mehr verblüfften ihn die Verbindungen zwischen scheinbar völlig isolierten Völkern und Ereignissen. Nun stand ein Zusammentreffen mit den Tefrodern bevor, von denen er lange nichts gehört hatte. Erinnerungen stiegen in ihm auf. Andromeda, die erste fremde Galaxis, in die gelangt war. Die Meister der Insel, die dort mit eiserner Hand geherrscht hatten.

Er lag auf dem Bett seiner Kabine in der MAURENZI CURTIS, verschränkte die Arme hinter dem Kopf, schloss die Augen und lauschte der Melodie. Dennoch gelang ihm nicht, die einzelnen Instrumente zuzuordnen. Waren es Streicher, wie er sie von Terra kannte, gemischt mit diversen Trommelklängen? Auf jeden Fall konnte er sich der Faszination der Geräuschkulisse nicht entziehen. Avryl Sheremdoc hatte ihm einen Speicherkristall mit dieser Komposition überreicht, einem Werk, das während ihres Aufenthalts auf Gorragan von einem berühmten tefrodischen Komponisten uraufgeführt worden war. Die Musik trieb ihn hinweg, änderte schließlich ihre Stimmung zu einem ruhigen, harmonischen Meer aus Tönen und geleitete Perry Rhodan in den Schlaf.

Als er aufschreckte, kam es ihm zunächst so vor, als wären nur Sekunden vergangen. Ein Blick auf die projizierte Bordzeit über seinem Bett belehrte ihn eines Besseren. Er hatte fast drei Stunden geschlafen. Vermutlich war die CURTIS längst aufgebrochen, in den Überlichtflug gewechselt und hatte das Solsystem hinter sich gelassen.

Rhodan schlug die Decke zurück, faltete sie ordentlich auf der unteren Seite der Matratze zusammen und suchte die Hygienezelle auf. Ein wenig vermisste er das luxuriöse Badezimmer in seinen privaten Räumlichkeiten der Solaren Residenz, doch er hatte schon wesentlich Schlimmeres als eine Kabine in einem modernen terranischen Raumschiff erlebt. Vor dem Spiegel wusch er sich gerade den Schlaf aus den Augen, als das Bordkommunikationssystem signalisierte, dass ihn jemand zu sprechen wünschte.

Er wandte sich um. Ein Wassertropfen fiel auf seine nackten Füße, als er in die Kleidung schlüpfte, die er sich bereit gelegt hatte. Wenige Sekunden später sah er, wer ihn zu erreichen versuchte: Haneul Bitna, der vogelartige Doppelagent, der zugleich als inoffizieller Sprecher und Abgesandter der Transgenetischen Allianz fungierte.

Rhodan nahm das Gespräch an und blickte auf die kleinen Knopfaugen, die in der Wiedergabe inmitten des Gesichtsgefieders schimmerten. Das Gefieder rundum wirkte dunkler als zuvor; und rieselte nicht rötlicher Staub daraus hervor? »Du wolltest mich sprechen?«

»Nun, da wir aufgebrochen sind und du der Einladung der Transgenetischen Allianz dankenswerter Weise gefolgt bist, würde ich gerne noch das eine oder andere mit dir besprechen. Homer G. Adams steht ebenfalls bereit, genau wie – das ist wohl unvermeidlich – meine geschätzte Kollegin Avryl.«

Ein letzter Wassertropfen rann über Rhodans Nasenflügel und kitzelte ihn. Dass sein alter Freund Adams ebenfalls eine Einladung der Allianz erhalten hatte, war einer der vielen ungeklärten Punkte ... aber sicher nicht derjenige, der auf der Prioritätenliste ganz oben stand. »Nun, dann danke ich dir dafür, dass du das kleine Treffen offensichtlich schon arrangiert hast.«

»Ich wollte dich nicht auch noch mit logistischen Problemen behelligen.«

»Da nimmst du es lieber persönlich in die Hand?«

»Wenn ich schon Gast auf einem terranischen Schiff bin und man so freundlich ist, mir eine unnötig luxuriöse Kabine zur Verfügung zu stellen ...«

»Komm zur Sache.«

»Welcher Zeitpunkt wäre dir für ein Treffen recht?«

»Am besten sofort«, meinte Rhodan. »Ich nehme an, du hast auch schon einen geeigneten Ort gewählt?«

»Name?«, fragte die Terranerin. Ihr Haar leuchtete so rot, dass es Haneul Bitnas Einschätzung nach nicht die natürliche Farbgebung sein konnte. Das Spektrum war bei Terranern genetisch stark eingeschränkt. Allerdings harmonierte es perfekt mit dem blauen Feuer, in dem Gorragans Kunstmond durch die Panoramascheibe des zweitklassigen Lokals am Firmament loderte.

Bitna verneigte sich affektiert, richtete dabei die Schulterflügel auf und setzte sich auf den freien Stuhl. »Nenn mir deinen, schönes Kind.«

Sie streckte die rechte Hand aus, bog sie zurück. Eine Messerspitze klackte aus einem Holster, das um ihr Gelenk geschnallt war und bislang wie ein modischer Armreif gewirkt hatte. Die terranische Frau hauchte auf die geschliffene Klinge, die unter ihrem Atem beschlug. »Nera Kyris, aber du kannst mich ...«

»... Avryl nennen?«, beendete er den Satz. »Dein Deckname ist so leicht durchschaubar. Du beleidigst meine Intelligenz.«

Avryl Sheremdoc, ihres Zeichens TLD-Agentin und seit über zwei Jahren im verdeckten Einsatz auf Gorragan tätig, der Hauptwelt der Transgenetischen Allianz zwischen Tefrodern und Blues, hob die rechte Hand und kappte mit der Klinge ein feuerrotes Haar, das einsam auf ihrer Wange wuchs. »Es störte mich schon lange. Ich kam heute Morgen jedoch leider nicht dazu, mich perfekt herzurichten.«

»Du siehst auch so wundervoll aus. Wäre ich ein Terraner, würde ich dir sofort verfallen. Keinen Augenblick würde ich zögern, meine Heimatwelt zu verraten.«

»Nur leider bist du das nicht, Haneul Bitna. Rahsch'kani finden wohl aufgrund ihrer Andersartigkeit nicht viel an Terranerinnen.«

»Ich sehe, du kennst mich ebenso gut, wie ich dich kenne. Und in der Tat sind die genetischen Unterschiede zwischen unseren Völkern zu groß, als dass ich dich attraktiv finden könnte. Ich beurteile dein Äußeres lediglich aus einer intellektuellen Warte heraus.«

»Das vereinfacht die Sache, nicht wahr?«

Bitna musterte das eng anliegende Kleid, das jede Kurve ihres Körpers überdeutlich betonte. »Ebenso wie es nur von Vorteil ist, dass wir die rein körperliche und sexuelle Ebene in unserer Geschäftsbeziehung vernachlässigen können. Es ist eine allzu große Schwäche der Agenten deines Volkes, sich immer wieder auf amouröse …«

»Wie kommst du darauf?«

»Selbstverständlich kenne ich die Biographie etwa des legendären Lordadmiral Atlan in- und auswendig, so dass …«

»Da ist dir allerdings etwas entgangen«, unterbrach Avryl. »Atlan ist kein Terraner, und der TLD …«

»Da wir gerade dabei sind, uns gegenseitig nicht ausreden zu lassen: Ich weiß, welchem Volk Atlan angehört und ich weiß, dass die USO nicht der TLD ist, aber sei ehrlich … sind die Unterschiede nicht marginal?«

»Das sehe ich ganz anders.«

»Es wäre sicher reizend, den gesamten Abend und auch noch die Nacht mit dir zu diskutieren, aber ich denke, es gibt wichtigere Themen als galaktische Feuerwehren, Arkoniden und Terraner. Ach, es ist viel zu kompliziert und geradezu philosophisch, vor allem, wenn man das Leben eben jenes Atlan betrachtet. Ist er nicht fast mehr Terraner als Arkonide?«

»Das bezweifle ich.« Mit einer ruckartigen Handbewegung ließ die TLD-Agentin das Messer wieder zurückschnappen. Über ihrer Schulter verrutschte das Kleid und gab noch mehr von ihren Brüsten frei. Im Gegensatz zu den Rahsch'kani waren die Tefroder oder Gorragani Avryls Volk sehr ähnlich, so dass ihr Dress zweifellos für einige Vorteile sorgte.

Die TLD-Agentin tippte auf das Sensorfeld inmitten der Tischplatte.

»Wie viele Gegner hast du mit dieser martialischen Waffe bereits getötet?«, fragte Haneul Bitna.

»Ich halte den Dolch für elegant und nicht etwa für martialisch! Vor allem rechnen die meisten nicht damit. Du glaubst gar nicht, wie nützlich er im Zeitalter der Dämpfungsfelder und ähnlicher energetischer Spielereien sein kann. Mit einem Ruck eine Klinge am Kehlkopf deines Gegenübers – es lockert manche Zunge.«

»Hoffentlich nicht im wörtlichen Sinne.«

Avryl lehnte sich im Stuhl zurück. Die Lehne knarrte.

Ein Servorobot surrte herbei; die Maschine gehörte wie das gesamte Tefrodias Stolz und Ehre nicht gerade zu den Aushängeschildern der gorraganischen Tourismuswirtschaft. »Womit kann ich dienen?« Die Stimme schmerzte im Ohr mit unreinem Akzent, der bewies, wie schlecht das Interkosmo-Sprachprogramm des Roboters ausgearbeitet war.

»Bring den besten Wein des Hauses«, verlangte Avryl.

»Mir etwas klarem Wasser«, ergänzte Haneul. »Ohne Beimengung irgendwelcher Geschmacksstoffe oder Spurenelemente. Und bitte filtere jegliches Jod heraus.«

Der Roboter zog sich zurück, und auf einen fragenden Blick der Agentin hin fügte der Rahsch'kani als Erklärung das Wort »Allergie« an.

»Du bist also bereit, dich mit mir zu verbünden?«, fragte Haneul Bitna.

»Für wen arbeitest du?«

»Auf eigene Rechnung. Ich habe viel investiert, seit meine Quellen ans Licht brachten, dass die oberste Spitze der Transgenetischen Allianz an einem Geheimprojekt arbeitet. Zeit und Geld habe ich in großem Maß eingebracht. Dennoch habe ich nur Schlagworte ans Licht bringen können. Meine ... Forschungen haben ergeben, dass es dir nicht anders ergeht.«

»Lass uns diese Schlagworte zusammentragen.« Sie lächelte. »Es ist ähnlich wie eine Poker-Runde. Sind dir die Regeln dieses alten terranischen Spiels bekannt?«

»Wer verliert, legt ein Kleidungsstück ab? Ich muss dich enttäuschen. Es gibt wohl Agenten ... hm, Agentenkollegen, die du damit beeindrucken könntest, aber über unsere anatomischen Unterschiede haben wir bereits gesprochen. Allerdings sehe ich mein Vorurteil von vorhin leider bestätigt.«

»Da muss ich dich enttäuschen. Poker in seiner eigentlichen Form hat rein gar nichts mit Sexualität zu tun.«

»Bist du dir sicher?«, fragte plötzlich eine fremde Stimme.

Beide wandten den Kopf und starrten die weißhaarige Gestalt an, die unvermutet neben ihrem Tisch aufgetaucht war und offenbar den letzten Satz trotz des Akustikdämpfungsfeldes gehört hatte. Rote Augen dominierten das edel geschnittene Gesicht mit den aristokratischen Zügen.

»Ich darf mich doch zu euch setzen?«, fragte der Fremde.

Die TLD-Agentin machte eine einladende Handbewegung und wies auf den letzten unbesetzten Stuhl. »Wenn du bereit bist, mitzupokern.«

Der Weißhaarige folgte der Aufforderung und zog einen gefalteten Zettel aus einer Tasche seines Mantels. »Das genügt wohl als Eröffnungsangebot.«

Haneul Bitna packte den Zettel, faltete ihn auseinander und las in großen Buchstaben nur ein Wort: VORTEX. *Er reichte ihn an Avryl weiter. »Kaum spricht man von diversen Kollegen, tauchen sie aus ihren Löchern auf. Oder hat dich die Erwähnung deines Artgenossen Atlan herbeigerufen?«*

Der Roboter kehrte zurück, servierte Wein und Wasser und fragte nach den Wünschen des arkonidischen Neuankömmlings.

»Keine«, sagte dieser, lehnte sich in dem altersschwachen Stuhl zurück und griff vom Nachbartisch ein leeres, unbenutztes Glas. Der dortige Gast protestierte zwar, verstummte aber nach einem Blick aus sich verengenden roten Augen; was er wei-

terhin zu sagen hatte, wäre ohnehin in dem akustischen Sperrfeld untergegangen, das wieder perfekt schloss, sobald der Arkonide den Arm zurückzog.

»Fasoul da Arthamin mein Name, ich bekleide den Rang eines Cel'Arbtan.« Ungeniert griff er nach der Weinkaraffe und schenkte sich das Glas voll, noch ehe sich Avryl Sheremdoc selbst bedienen konnte.

»Hoher Besuch vom arkonidischen Geheimdienst«, meinte Haneul. »Der Tu-Ra-Cel ist uns stets willkommen. Zumindest wenn es darum geht, der Tansgenetischen Allianz ihr Geheimnis zu entreißen.«

»Beginnen wir mit dem Pokerspiel.« Fasoul da Arthamin hob das Weinglas, nahm einen Schluck und spuckte ihn angewidert zurück. »Dieses Gesöff beleidigt meinen Gaumen. Aber zur Sache. Was wisst ihr über das Genetische Siegel?«

»Ich habe ihm das alles längst berichtet«, unterbrach Avryl Sheremdoc den Bericht des Vogelartigen.

In Rhodans Ohren schien das unablässige Schnabelklappern noch immer anzuhalten. Das von ihrem Rahsch'kani-Gast arrangierte Treffen fand in einer der kleineren Bordkantinen statt; Haneul Bitna hatte selbst darum gebeten, weil ihn *doch etwas hungere* und er *das Angenehme mit dem Nützlichen verbinden* wolle.

Ein robotischer Kellner wies andere Gäste sanft aber bestimmt darauf hin, Abstand zu halten, so dass die Tische rundum unbesetzt blieben.

Im Widerspruch zu seinen Worten hatte Haneul seine Mahlzeit noch nicht angerührt, sondern in einer Geschwindigkeit geredet, als stünde sein Leben auf dem Spiel. Rhodan hingegen genoss das Aroma der Pasta-Sauce, die ihm vom Robotkellner empfohlen worden war.

Avryl und Haneul saßen nebeneinander; ihnen gegenüber Rhodan selbst und Homer G. Adams, das terranische Genie in Sachen Geld und lange Zeit Residenz-Minister für Finanzen.

Soeben surrte die Kellner-Maschine erneut heran; es handelte sich um ein Kegelroboter-Standardmodell, in dessen oberer Sektion ein Display schillerte. »Hegt ihr irgendwelche weiteren Wünsche? Ihr seid zufrieden mit der Qualität der Speisen?«

Vom ersten Moment an hatte Rhodan den Sprachduktus des Roboters als unpassend empfunden. Es wirkte, als habe ein übereifriger Ingenieur verzweifelt versucht, seiner Schöpfung das gewisse Etwas zu verleihen, das man nur in echten Edelrestaurants fand. »Exquisit«, lobte er.

Das Display der Maschine wurde ein wenig heller. »Die Muscheln, die zur Herstellung der Füllung verwendet wurden, stammen von Terra – es handelt sich nicht etwa um künstlich hergestellte und aromatisierte *Masse.*« Das letzte Wort stieß der Robot mit hörbarem Ekel aus.

»Wir sind zufrieden!« Deutliche Ungeduld spiegelte sich in Haneul Bitnas Worten. »Wenn du nun so freundlich wärst, uns in Ruhe zu lassen.«

»Sehr wohl.« Der mechanische Kellner surrte davon.

»Keine *Masse*«, murmelte Bitna, und seine Schnabelhälften klapperten empört aufeinander. »Ob er sich wohl beschwert, wenn er mit nicht vollkommen reinem Öl geschmiert wird?«

Homer G. Adams warf ihm einen stechenden Blick aus wasserblauen Augen zu. Er saß gebückt, die Unterarme auf die Tischplatte gestützt. »Er ist eine Maschine. Es gibt keinen Grund, dich zu ereifern.«

»Ich ereifere mich gerade deshalb. Ich mag Roboter nicht. Entschuldigt bitte.« Er stocherte in seiner Mahlzeit, einem weißlich schimmernden Brei, auf dem frittierte Gemüsescheiben lagen. »Die Künstlichen halten sich oftmals für Individuen.«

»Sie halten sich für gar nichts«, sagte Avryl. »Es sei denn, sie besitzen einen Plasmazusatz oder sind entsprechend programmiert.«

»Dann halten die Lebenden sie eben oftmals für Individuen. Wir Rahsch'kani haben schlechte Erfahrungen in diesem Zusammenhang gesammelt. Oder zumindest einige von uns. Die Reichen. Ich kannte meine Eltern nicht. Einer von *denen* hat mich aufgezogen.«

Das gab tieferen Einblick in die Psyche seines Gegenübers, als es Rhodan eigentlich interessierte. Gerade dachte er über eine passende Erwiderung nach, da ergriff Homer G. Adams das Wort. Der gebeugte Rücken straffte sich. »Mir ist noch nicht klar, warum die politische Führung der Transgenetischen Allianz unbedingt wollte, dass ich an dieser kleinen Expedition teilnehme.«

»Liegt das nicht auf der Hand?«, fragte Haneul.

»Durchaus nicht – es sei denn, es dreht sich um Geld.«

»Es dreht sich um Geld. Punkt. Du bist derjenige, der Terras finanzielle Lage seit geradezu undenklichen Zeiten beobachtet und lenkt. Bist du nicht der älteste lebende Terraner? Giltst du nicht als Finanzgenie? Hängt es nicht an deiner Entscheidung, Projekte finanziell zu überstützen oder nicht? Liegt es also nicht doch auf der Hand?«

»Weiter«, forderte Adams. »Warum lässt du uns unsichere Schlussfolgerungen ziehen, anstatt die Dinge beim Namen zu nennen?«

»Du bist eingeladen worden, weil die Allianz Terra um finanzielle Unterstützung bitten wird. Aber alles zu seiner Zeit ... lass mich erst weiter berichten. Damit Avryl sich nicht wieder beschwert, werde ich zu einem etwas späteren Zeitpunkt ansetzen. Sagen wir, an jenem Tag am Strand auf Gorragan, als der Unbekannte uns stellte?«

Avryl schwieg. Sie senkte den Blick und nickte.

Es regnete.

Der Wind wühlte das Meer auf.

Wellen schwappten weit über den Strand und umspülten Avryl Sheremdocs Beine.

Und ein brennender Einpersonengleiter schmetterte in den felsigen Hügel.

Die Druckwelle der Explosion erfasste Haneul Bitna, als er sich zu Boden warf und hoffte, den Strahlerschüssen zu entgehen. Sein Schutzschirmgenerator war längst defekt. Jeder Treffer wäre tödlich. Glutheiß leckte es über seinen Körper, riss ihn mit sich.

Steine schwirrten durch die Luft, prasselten gegen seinen Körper, sausten an ihm vorbei.

Er schlug auf. Sein Schnabel schrammte über Felsen. Ein markerschütterndes Kreischen. Ihm schien, als werde die untere Hälfte des Schnabels abgerissen. Sand drang in seinen Hals.

Sand?

Der schmale Streifen vor dem Meer, er war doch einige Meter davon entfernt gewesen, als ...

Wasser schlug über Haneul zusammen. Er schluckte instinktiv, Panik schnürte ihm die Kehle zusammen, und doch empfand er angenehme Kälte.

Er riss die Augen auf, sah durch die Fluten, sah Flammen über den Wellen lodern. Federn wirbelten im aufgepeitschten Wasser. Sein Kopf schmerzte.

Dann, so hell, dass es ihn blendete, dass er sogar unter Wasser den Druck fühlte – eine Explosion. Das Wasser rammte mit der Gewalt von tausend Fäusten gegen seinen Leib. Er trieb tiefer, krachte auf schlammigen Boden. Eine riesige Muschel zerplatzte unter dem Aufprall seines Körpers. Ein Splitter der Schale bohrte sich in seine Haut.

Er musste unten bleiben. Musste ... unten ... bleiben.

Seine Lungen schrieen nach Luft. Wasser überall. Um ihn. In ihm. Und doch durfte er nicht hoch. Nicht in die Hölle entfessel-

ter Energien. Dort oben gab es keinen rettenden Sauerstoff, sondern nur den Tod. Es überraschte ihn selbst, dass er ausgerechnet in diesem Moment an Avryl Sheremdoc dachte. Sie war nicht seine Freundin. Nicht einmal seine Partnerin. Sie gehörte einem anderen Geheimdienst an, und doch bedauerte er, dass sie inzwischen tot sein musste.

Seine Hände wühlten sich durch den Schlamm. Endlich konnte er seine Position stabilisieren und trudelte nicht mehr weiter. Er hob den Blick. Milliarden Blasen trieben durch das Blau. Die Wasseroberfläche glitzerte, aber darüber erstreckte sich freier Himmel. Keine Feuerzungen. Keine energetischen Entladungen mehr.

Doch selbst wenn es anders gewesen wäre, es spielte keine Rolle. Wenn Haneul erstickte, war er ebenso tot. Er schwamm höher, fühlte den Auftrieb unter den Federn.

Sein Kopf durchstieß die Wasseroberfläche. Er spuckte Wasser, saugte Luft ein, übergab sich – und entdeckte am Strand den Unbekannten, der sie schon so lange verfolgte, der seine eigenen Interessen weitaus rigoroser verteidigte als die drei Agenten, die eine Zweckallianz geschlossen hatten. Gemeinsam leben, das Wissen vereinen – allein zurück nach Hause gehen oder sterben. Das war ihr Motto, und für Haneul war nun offensichtlich die Zeit für die letztere Alternative gekommen.

Der Unbekannte richtete bereits den Strahler aus.

Der Rahsch'kani atmete ein und ließ sich absinken, tauchte unter, immer tiefer, so schnell es ging.

Grelles Licht blitzte über ihm, eine kochende Bahn pflügte sich ihren Weg durch die Fluten, dicht an ihm vorüber. Unter ihm wölkte Schlamm in einer dunklen Fontäne auf.

Sein Gegner feuerte weiter.

Die Schlammwolke bot die einzige Überlebenschance. Dort konnte er Deckung finden. Sichtschutz, der den Feind dazu zwang, ziellos zu feuern.

Bahnen aus Tod zischten überall um ihn. Das Wasser kochte. Er erreichte den Boden, schwamm mit kräftigen Zügen in eine *der zahlreichen dunklen Bereiche. Ein zerfetzter Fisch klatschte gegen ihn.*

Dicht über dem Boden tauchte er weiter, immer nur weiter, weg vom Strand. Er musste wieder Luft holen, und das bald, aber dann wollte er von seinem Gegner so weit weg sein wie nur irgend möglich.

Noch ein Schwimmzug.

Ein weiterer.

Sein Herz schlug wie rasend, die Lungen brannten.

Er musste nach oben, jetzt, *stieg auf, stieß ins Freie. Der Sauerstoff schmeckte herrlich, rein und köstlich. Doch Haneul Bitna war zu sehr Profi, um sich auch nur eine Sekunde Ruhe oder gar Erleichterung zu gönnen. Sein vollgesogenes Federkleid wollte ihn in die Tiefe ziehen. Es ging um sein Leben. Nach wie vor bestand tödliche Gefahr. Er wirbelte herum, blickte Richtung Strand.*

Sein Gegner war verschwunden.

Das konnte nicht sein!

Eine Gestalt wankte über den Strand. Doch das war nicht der Unbekannte. Schlank, hochgewachsen, lange weiße Haare umrahmten den Kopf. Ein Arkonide. Fasoul da Arthamin? War dies möglich? Ging dieses Chaos womöglich auf den Cel'Arbtan zurück?

Es blieb keine Zeit nachzudenken. Etwas Dunkles trieb im Wasser, zwischen Haneul und dem Strand. Der Größe nach konnte es der Feind sein, der näher heran wollte, um der Sache endlich ein Ende zu bereiten. Zweifellos besaß er eine unterwassertaugliche Waffe.

Doch Haneul würde den Spieß umdrehen. Er atmete tief ein. Diesmal blieb ihm die Möglichkeit, seine Lungen vollständig zu füllen. Das gab ihm einige Minuten Zeit.

Er ließ sich in die Tiefe sacken. Der Boden war übersät von großen Muscheln. Der Rahsch'kani stieß auf ein besonders großes Exemplar, zertrümmerte es mit einem gezielten Tritt. Die scharfkantigen Bruchstücke waren zwar eine mehr als schlecht improvisierte Waffe, aber allemal besser als mit bloßen Händen zum Kampf anzutreten.

Schnell fischte er die beiden größten Schalentrümmer. Die noch immer pulsierende, schleimige Masse des Tieres zwischen seinen Fingern nahm er nicht wahr. Das Wasser spülte sie hinweg, als der Agent wieder aufstieg, kurz Luft schnappte und erneut untertauchte.

Diesmal würde es ein Ende finden. Es war an der Zeit. All diese Attacken, weil man sich gegenseitig dazwischenfunkte, *wie es Avryl genannt hatte, ergaben keinen Sinn mehr. Wer auch immer der unbekannte Angreifer war, ein Abgesandter der Jülziish oder einer sonstigen Macht, die im Hintergrund agierte, Haneul würde es beenden. Hier und jetzt. Auf die eine oder andere Weise.*

Der Feind trieb seltsam reglos im Wasser. Wollte er Haneul in eine Falle locken? Aber das hatte er nicht nötig. Mit seiner Hightech-Bewaffnung befand er sich klar im Vorteil.

Haneul erwartete jeden Augenblick einen tödlichen Angriff, aber nichts geschah. Und bald erkannte er den Grund. Von dem, was über ihm schwamm, ging keine Gefahr mehr aus.

Der Rahsch'kani tauchte neben der völlig verkohlten Leiche auf und blickte auf den schwarzen Gewebeklumpen, der von seinem Feind geblieben war.

Vom Ufer her erklang eine Stimme. Fasoul da Arthamin winkte mit beiden Armen von einem Strandabschnitt, der aussah, als habe dort die Apokalypse gewütet. »Schwimm ans Ufer, Haneul. Es gibt Antworten!«

Triefnass stieg Haneul Bitna aus den Fluten. Der Wind wehte noch immer stark, eine nachfolgende Welle hätte ihn beinahe von den Füßen gerissen. »Antworten?«, fragte er Fasoul da Arthamin. »Das klingt gut. Er hier ...« Er deutete unbestimmt hinter sich. »... wird uns nämlich keine mehr geben können.«

Der Mantel des Cel'Arbtan flatterte. »Die Antwort lautet: Ja, ich war es, der dir das Leben gerettet hat. Die Attacken sind vorüber. Dieser Geheimagent einer unbekannten Macht wird uns nie mehr nach dem Leben trachten. Er hat den Gleiter per Schleudersitz verlassen, ehe dieser dank meiner Sabotage in exakt dem richtigen Moment abgestürzt ist. Die Falle war perfekt. Wenn Avryl und du nicht ebenfalls an diesen Strand gekommen wärt und ich euch nicht hätte den Arsch retten müssen, wäre alles anders gekommen.«

»Warum hast du uns nicht sterben lassen?«

»Wir sind Verbündete und dies ist kein Krieg, sondern eine Aufklärungsmission. Anstatt euch zu opfern, habe ich euch lieber in meine Schuld genommen.«

Der Rahsch'kani strich Wasser aus seinem Gesichtsgefieder. »Eine Aufklärungsmission«, wiederholte er. »Wir sind wohl nicht besonders gut darin, Dinge aufzuklären.«

»Weil jemand uns sabotiert hat. Er.« Da Arthamins schmale Hand wies aufs Meer. »Doch das ist nun vorbei.«

»Was ist mit Avryl geschehen? Lebt sie noch?«

»Ich war rechtzeitig zur Stelle und habe meinen Schutzschirm über sie ausgedehnt. Es war ein Erlebnis, inmitten der Hölle zu stehen, die unser spezieller Freund entzündet hat. Avryl hat einiges abbekommen, aber sie lebt. Sie liegt nur wenige Meter entfernt.«

»Wie wird es weitergehen?«

»Wenn ich das nur wüsste ... wenn ich das nur wüsste.«

»Warum hast du dich auf diese Sache am Strand eingelassen, Haneul?«, unterbrach Avryl den Bericht. »Nach allem, was wir jetzt wissen, warst du stets besser informiert als wir. Weshalb bist du dennoch gekommen? Du wärst beinahe gestorben.«

»Wieso ich am Strand war?«, fragte Haneul. »Das ist doch selbstverständlich! Es ging um den Unbekannten. Er agierte aus dem Hintergrund, und ich wusste über ihn so viel und so wenig wie ihr auch. So ist es übrigens immer noch. Nicht einmal seine Überreste lieferten uns Informationen. Fasoul da Arthamin musste ihn ja unbedingt mit einer Granate beseitigen, deren Zerstörungskraft nur knapp unter der einer Arkonbombe lag.«

»Das ist wohl leicht übertrieben.«

»So bin ich eben.«

»Jedenfalls rettete er damit mein Leben. Und deins wohl auch.«

»Ich hätte unseren Feind auf meine Weise beseitigt.«

Die TLD-Agentin zeigte ein süßliches Lächeln. »Mit deinem Muscheldolch.«

»Es wäre genügend von ihm übrig geblieben, um wenigstens seine Volkszugehörigkeit feststellen zu können! In dem Schlackehaufen existierte ja nicht einmal genug unversehrtes Material für eine anständige DNA-Analyse.«

»Knochenreste ergaben immerhin, dass ...«

»Dass er einem Volk angehört, das allen Datenbanken unbekannt ist.« Haneul hob die Schulterflügel. »Sehr ergiebig. Meine Auftraggeber hätten sich mehr erwartet. Offenbar interessiert sich jemand allzu sehr für das Geheimprojekt *Genetisches Siegel*. Wer dieser jemand ist, habe ich nie herausfinden können. Ihr etwa?« In den letzten beiden Worten lag etwas Lauerndes.

Perry Rhodan schob seinen Teller von sich. Ein letzter Rest der Sauce verlief auf dem Rand. »Sag uns, was sich hinter dem Schlagwort *Genetisches Siegel* verbirgt, dann können wir weiterreden.«

Der Rahsch'kani schwieg einige Zeit. »Die beiden obersten Politiker der Transgenetischen Allianz werden euch empfangen, sobald wir Gorragan erreichen – der tefrodische Tamrat Tooray Ziaar amy Golróo und der Tamrat der Jülziish, Rääy Yöliim. Ich habe keinerlei Interesse, mir den Zorn des Duumvirats zuzuziehen.«

»Aber?«, fragte Rhodan.

»Aber?«, wiederholte Bitna.

»Aber du hast ohne Zweifel genaue Anweisungen, was du uns im Voraus mitteilen darfst und was nicht. Und dass wir nach dem Siegel fragen würden, stand wohl außer Zweifel. Reden wir also nicht länger um den Kern herum. Wirst du es uns sagen? Keine Spielchen mehr, Haneul.«

»Das Siegel existiert in einem konkreten Sinn. Es *besiegelt* die Allianz zwischen Tefrodern und Blues. Die Allianz ist mehr als ein wirtschaftlicher und politischer Zusammenschluss. Wissenschaftler haben von Anfang an versucht, die Tefroder, genauer die Gorragani, mit den Jülziish, genauer den Gaatanyj, zu kreuzen.«

»Diese Völker sind zu unterschiedlich«, sagte Rhodan. »Es kann nicht gelingen.« Vor seinem geistigen Auge sah er einen Blue – eine humanoide Gestalt mit einem diskusförmigen Schädel, der etwa einen halben Meter durchmaß und auf einem ebenso langen wie schmalen Hals saß. Blues besaßen zwei Augenpaare, sie schauten gleichzeitig nach vorne und nach hinten. Der Mund lag im Hals, diente wie bei Terranern der Kommunikation und der Nahrungsaufnahme. Auch ansonsten ähnelten sie den Terranern oder Tefrodern, wenn die Arme auch überlang wirkten und je drei Daumen besaßen. Die Hautfarbe war violett, der ganze Körper von einem blauen Pelzflaum bedeckt. Die Bezeichnung *Blues* war von Terranern geprägt worden; selbst nannten sie sich Jülziish und untergliederten sich in viele Teilvölker, wie etwa die Gaatanyj.

»Einen Tellerkopf mit einem Tefroder zu kreuzen, schien in der Tat unmöglich«, fuhr Haneul Bitna ungerührt fort. »Aber was soll ich sagen – oh Wunder der Genetik – es ist gelungen!« Er wandte sich an Avryl. »Versuch dir gar nicht erst vorzustellen, wie Angehörige der beiden Völker miteinander kopulieren. Es lief anders ab. Streng steril. Im Labor. Das Ergebnis sind besondere

Wesen. Stell dir vor, dass sie das Genetische Siegel tragen. Eine hübsche Metapher. Wenn du sie erst einmal sehen wirst. Die ... die Augen ...«

Rhodan erschauerte unwillkürlich, als sich Bitnas Stimmlage änderte. Der Agent hatte seine kühle, spöttisch-ironische Fassade verloren und empfand sichtliche Ehrfurcht. »Worauf willst du hinaus?«

»Du wirst bald einige der Siegelträger kennenlernen, Rhodan. Um sie dreht sich alles. Durch sie erst ist alles möglich geworden ... all das, was du dir in deinen kühnsten Träumen nicht vorstellen kannst.«

4

Der Teufel, der Gold bringt

Das Schiff verging in einer Explosion.

Der rote Glutball mit seinem grellweißen Zentrum stand vor einem blauen Gasplaneten und spuckte Trümmerteile rundum.

Cha Panggu beobachtete es auf einem Hologramm vor seinem Kommandantensessel in der Zentrale seines Schiffes. »Man müsste dieses Bild festhalten. Ist es nicht bizarr in seiner Ästhetik? Wundervoll. Sorg dafür, dass mir eine Aufzeichnung zugeht, aber bitte aus exakt diesem Blickwinkel.«

Fenji stand neben ihm, vor seiner Arbeitskonsole. Er versuchte, es sich zu merken, hoffte jedoch zugleich, dass sein Meister es wieder vergaß. Der Schüler empfand weitaus weniger Freude am Tod der Gegner. Nicht dass ihn Skrupel plagten, aber er sah Zerstörungen wie diese als Notwendigkeit an, als Mittel zum Zweck, und nicht als Zweck selbst. Der Kampfsport, den er so sehr liebte, war etwas ganz anderes als das anonyme Massensterben während der Zerstörung eines Raumschiffs.

Die Trümmer und die letzten kläglichen Versuche der Raumverteidigung der Vodyanoi blieben hinter der CHAJE zurück. Das Schiff ging zum Landeanflug auf die Hauptwelt des Systems über, die – *wie einfallslos*, dachte

Fenji – denselben Namen trug wie ihr doppeltes Zentralgestirn. Vodyan war eine durchschnittliche Welt, auf der etwa fünfzig Millionen Intelligenzwesen lebten, von denen die meisten wahrscheinlich nicht einmal ansatzweise verstanden, was in diesen Stunden vor sich ging.

Die Vodyanoi waren dem allgemeinen Völker-Psychogramm nach einfältige Narren, *die sich ihre Kindlichkeit trotz merklichen technischen Fortschritts während der letzten vier Generationen bewahrt haben*, wie es der Gui-Col-Spion ausgedrückt hatte, der diesen Tribut-Einsatz vorbereitet hatte. Das Pech der Vodyanoi war nur, dass ihre Welt in einer Seitentrasse der üblichen Routen lag, gerade noch ohne großen Aufwand erreichbar. Es war höchste Zeit, dass sie ihre erste Tributleistung erbrachten. Die Peiken schätzten Neuware sehr. Und die Ausrichter und das Publikum der Cyberiaden ebenso.

Fenji sichtete gefühlte zehntausend Kurzmeldungen aus allen Abteilungen der CHAJE und der anderen Schiffe des Angriffsverbands, strukturierte sie mit Kennerblick und Intuition und verschaffte sich so binnen kürzester Zeit einen Überblick. »Das Restrisiko auf dem Planeten geht gegen null«, meldete er seinem Meister. »Der Widerstand ist gebrochen, die verantwortlichen Vodyanoi signalisieren Gesprächsbereitschaft. Die psychologische Analyse sieht vor, dass ...«

»Sei still!«, unterbrach Cha Panggu barsch. »Lass mich mit psychologischen Analysen in Frieden! Sag mir lieber, was du empfindest! Was glaubst du, Fenji? Hör auf deine Gefühle und gib eine Meldung, die sich für einen Meisterschüler geziemt!«

Fenji sagte genau das, von dem er wusste, dass sein Meister es hören wollte. Es drängte Cha Panggu, die geeignete Familie auf Vodyan aufzusuchen und das *Spiel* durchzuführen, das er zweifellos längst vorbereitet hatte.

»Schleusen wir aus und bringen wir es zu einem Ende. Wirst du Zerebrale für den Sport auswählen?«

»Vier, vielleicht fünf, das genügt. Ich gedenke allerdings auch, meinem Ruf gerecht zu werden. Man soll auf dieser Welt noch lange von mir sprechen. Zwei oder drei Tage Aufenthalt müssen genügen, um alle Vorbereitungen zu treffen. Der Vorbericht hat eine geeignete Familie ausfindig gemacht, bei der wir die Zeit verbringen können.«

Zweifellos in den Dateien, die mir nicht zugänglich waren, dachte Fenji. »Angesichts dessen, was du mir unter vier Augen gesagt hast – wirst du mich diesmal mitnehmen in das verschlossene Zimmer?«

»Willst du mich eines Tages kopieren?«

Ganz gewiss nicht. »Ich finde meine eigenen Wege. Dennoch schadet es nicht, vom Meister zu lernen. Je besser ich dich verstehe, umso mehr steigen meine Chancen, dich eines Tages zu übertreffen.«

Cha Panggu lachte.

Fenji wusste schon lange, wie er ihm schmeicheln konnte. Die Kunst bestand darin, sich nicht zu sehr anzubiedern und genau den richtigen Punkt zu treffen, so dass Cha Panggu glaubte, jedes einzelne Wort entstamme tiefster innerer Überzeugung und nicht etwa genauestem Kalkül. Diese Kunst beherrschte Fenji perfekt – er wusste, was sein Meister hören wollte, weil er es schlicht für die Wahrheit hielt. Cha Panggus Weltbild stand unerschütterlich fest, ebenso wie die Rolle, die er darin spielte.

»Ein Beiboot ist bereits auf das Ziel programmiert«, erfuhr Fenji. »Wir werden die Zeit der Vorbereitung im idyllischen Städtchen Shopiltee verbringen. Beim Bürgermeister persönlich.«

»Eine Familie mit drei Kindern?«, vermutete Fenji.

»Was sonst? Diese Konstellation ist ideal. Psychologisch funktioniert es bei allen Völkern. Zumindest bei solchen, die das Konzept des Familienlebens verfolgen. Nicht allen Völkern dieser Galaxis ist dies vergönnt. Die anderen wissen gar nicht, was ihnen entgeht.«

Der *Teufel, der Gold bringt,* sprach im Plauderton, den er bis zum bitteren Ende beibehalten würde, wie er es jedes Mal tat.

Der Vodyanoi verging vor Angst. »Ich ... ich bin nicht befugt, euch ...«

Seufzend richtete Cha Panggu den Strahler aus und schoss dem Diplomaten, der ihnen nach der gestrigen Landung zur Seite gestellt worden war, ins hintere Bein. Dass er mit dem nadelfeinen Strahl so genau eine der wichtigsten Schlagadern traf, zeigte, wie gut er sich im Vorfeld mit der Anatomie dieses Volkes auseinandergesetzt hatte.

In einer Wolke aus Blut und schwärzlichem, stinkendem Rauch brach der Vodyanoi zusammen.

»Wir werden eine neue Kontaktperson benötigen«, sagte Fenji zu dem wimmernden Bündel, das einst ein Diplomat gewesen war. Zumindest hatte die Regierung des Planeten ihn so bezeichnet. In Wirklichkeit war er zweifellos ein hoch qualifizierter Agent. Zumindest bis zu diesem Augenblick. Die Verletzung würde nie wieder heilen und ihn als Krüppel zurücklassen. »Kümmre dich darum!«

»Bitte«, ergänzte Cha Panggu süß, während er den Strahler wieder wegsteckte. Seine Gebildegrube verströmte den Duft der Zufriedenheit. »Es ist sicherlich im Sinne deines Volkes, wenn der Kontakt mit uns auch weiterhin möglichst reibungslos verläuft.« Er bückte sich, zog das Kommunikationsgerät aus der Gürteltasche des Verletzten und drückte es ihm in eine der drei zitternden Hände. »Wir werden derweil den Bürgermeister dieser Stadt aufsuchen. Oder hast du als Repräsentant deiner Regierung noch immer Einwände dagegen vorzubringen?«

Die Sprechfunkeinheit entfiel den schwachen Fingern. Das Stirnauge weitete sich und erstarrte mit fast kreisrund geweiteten Pupillen. Auf der Schlangenhaut der vorgewölbten Schnauze bildeten sich glitzernde Tropfen.

»Das Todessekret«, sagte Cha Panggu verblüfft. »Ich habe seine Allgemeinkonstitution offenbar überschätzt.« Ohne sich weiter um den Sterbenden zu kümmern, ging er weiter.

Fenji folgte.

Irgendwo in der Menge der Zuschauer schrie eine Vodyanoi-Frau. Der Wind wehte Blutgestank herbei. Als der Schrei verklang, wurde es völlig still.

Wie es stets Teil der Tributbesetzungen der Gui Col war, zeigten die Piraten auch auf Vodyan nur eine mittelstarke Präsenz – die eigentliche Gefahr für den Planeten ging von ihren im Orbit stationierten Raumtauchern aus. Einige Machtdemonstrationen der gelandeten Truppen sowie großflächige Internierungen hatten der Bevölkerung schnell klargemacht, dass Widerstand von vornherein zum Scheitern verurteilt war und weitere Sanktionen nach sich ziehen würde.

Angst war ein probates Mittel, die Vodyanoi die ersten Tage und Wochen unter Kontrolle zu halten. Die Großprojektoren standen bereit, um Farbzonen zu markieren. Das würde jeden möglicherweise doch aufkeimenden Widerstand im Keim ersticken. So war es jedes Mal, auf jeder Welt. Die Vorbereitungen würden abgeschlossen werden, während Cha Panggu und Fenji Eichach beim Bürgermeister *zu Gast waren*.

In der Stadt Shopiltee hatte Cha Panggu etwa dreihundert Elitekämpfer der CHAJE-Landetruppen stationiert. Der Großteil der Soldaten trieb eine ständig wechselnde Menge aus Frauen und Kindern auf der Straße zusammen, damit sie jeden von Cha Panggus Schritten beobachteten. Zunächst hatte Fenji diese Methode für einen Ausdruck von übersteigertem Egoismus und Geltungswahn seines Meisters gehalten; inzwischen erkannte er die psychologische Raffinesse, die dahinter stand. Es schürte die Angst der Bevölkerung in ganz erstaunlichem Maß und diente dazu, die Seele des Volkes zu brechen ... genau wie der Jagdsport in den Farbzonen.

Jeder Schritt der beiden Piraten hallte von den hoch aufragenden Häuserwänden in der Gasse wider.

Vodyan war eine heiße Welt – zu heiß, als dass ein Gui Col sich auf ihr wohlfühlen könnte. Die Doppelsonne stand im Zenit über dem Häusermeer. Obwohl Fenji genau wusste, dass die schlichte Tatsache zweier Sterne im System nichts über die Temperatur auf dem Planeten aussagte, kam es ihm dennoch doppelt so heiß vor, als es ihm lieb war. Beide Sonnen leuchteten fahlgrün und schickten weithin sichtbare Protuberanzen wie wabernde Tentakel in den Weltraum; die ungewöhnliche Farbgebung war das Resultat einer atmosphärischen Verseuchung, die erst wenige Jahrzehnte zurücklag und damals mehr als die Hälfte der Bevölkerung des Planeten ausgelöscht hatte. Mahnmale und Grabstätten bildeten auf Vodyan einen alltäglichen Anblick. Selbst die Residenz des Bürgermeisters war über einem *Platz der Erinnerung* errichtet worden.

Inmitten des Platzes schwebte eine stilisierte Weltkugel. Grüner Nebel umgab sie, in den holografisch jeweils einige Sekunden lang schrecklich verzerrte Vodyanoi-Fratzen projiziert wurden. Fenji konnte keines der Gesichter konkret wahrnehmen; zu schnell zerschmolzen sie zu zähen Fäden, die aussahen wie unter Gluthitze schmelzendes Wachs.

»Was sie mit diesem Anblick ihren Kindern antun«, sagte Cha Panggu.

»Es wird verhindern, dass es je wieder geschieht.« Die Stimme klang hinter ihnen auf, kühl und nicht weniger grausam als das Mahnmal. Doch diese Grausamkeit entstammte nur übermächtiger Angst und Verzweiflung. »Ich bin Zatronija.« Dann, ätzend wie Säure: »Ihr wolltet mich sprechen.«

Der Schüler und sein Meister drehten sich gleichzeitig um. Ein Vodyanoi stand neben ihnen, der sie um Haupteslänge überragte. Die Vodyanoi besaßen seltsam in die Länge gezogene, flache Schädel. Ein faustgroßes Stirnauge dominierte die nach innen gewölbte Stirn. Eine Doppelreihe spitzer Zähne flankierte die Sprechöffnung in der völlig schwarzen Gesichtshaut. Auf beiden Schläfen saß jeweils ein weiteres Auge, was eine fast vollständige Rundumsicht ermöglichte. Zatronija stand auf drei Beinen, die mit silbrig glänzendem Stoff umwickelt waren, genau wie die drei sinnverwirrend unsymmetrisch verteilten Arme: zwei an der rechten Körperhälfte, einer links.

»Zatronija«, wiederholte Cha Panggu. »Welche Freude, den Bürgermeister und wichtigsten Mann dieser Stadt kennenzulernen.«

»Ich hörte, ihr wollt mich aufsuchen.«

»Von Wollen kann keine Rede sein. Es ist eine schiere Notwendigkeit. Wir benötigen für die nächsten zwei oder drei Tage eine Unterkunft. Deine Gastfreundschaft soll allerdings nicht umsonst sein.« Der Pirat zog einen goldenen Chip hervor und reichte ihn dem Bürgermeister. »Auch auf deiner Welt ist er gültig. Eine mehr als großzügige Entschädigung, wie du feststellen wirst. Wir können morgen dennoch gern über den Betrag sprechen und ihn unter Umständen erhöhen.«

Zatronija starrte auf den Chip, rührte jedoch keinen Finger.

Cha Panggu gab einen zischenden Laut von sich. »Du solltest es annehmen, oder willst du mich beleidigen?«

»Nichts liegt mir ferner.« Der Vodyanoi umschloss das Geschenk mit seiner mittleren Hand. »Folgt mir zu meinem Haus. Der Eingang führt am Mahnmal vorbei. Den Anblick kann ich euch leider nicht ersparen. Wer mich aufsucht, muss an die Vergangenheit erinnert werden, damit sich die Katastrophe niemals wiederholt und jeder in der Lage ist, die Anzeichen schon im Keim zu erkennen.« Das dritte Bein, das als Stütze diente und große Sprünge ermöglichte, schwebte beim normalen Gehen wenige Zentimeter über dem Boden.

Neben der nebelumwölkten Weltkugel flimmerte die Luft, was Fenji erst erkannte, als sie sich bis auf wenige Meter genähert hatten. Ein zu allen Seiten offener Antigravlift führte zu einer Bodenluke in dem Gebäude, das auf drei mächtigen Säulen über dem Mahnmal aufragte. Sämtliche Fenster in der breiten Vorderfront waren verdunkelt, die Wände mattblau gestrichen, das Dach leuchtete strahlend im gleichen Farbton.

Der Bürgermeister wies auf den Lift. »In unserer Kultur gebietet es die Höflichkeit, euch den Vortritt zu lassen. Mein Haus ...« Eine kaum wahrnehmbare Pause. »Mein Haus sei euer Haus.«

Wortlos trat Cha Panggu in den Strahl und schwebte nach oben. Fenji folgte, versäumte aber nicht, einen Blick nach unten zu werfen. Er sah, wie Zatronija ebenfalls in den Strahl stieg, den mittleren Arm ausstreckte, dass die Faust den Antigravbereich verließ und sie dann öffnete. Der Geldchip fiel in die Tiefe, überschlug sich flirrend und verschwand in den grünen Nebeln des Mahnmals.

Schließlich schwebte Fenji durch die Luke und verließ den Strahl. Er schwankte, bis er wieder festen Halt unter den Füßen fand.

Sie standen in einem edel gestalteten Empfangsraum, der sichtlich Repräsentationszwecken diente. Die Wände waren mit silbrig glänzendem Samtstoff überzogen, auf dem unübersehbar das Wappen der Vodyanoi prangte, ein Doppelgestirn, das von drei schmalen Händen umschlossen wurde. Die langen Finger waren gespreizt, um das gesamte Gestirn umfassen zu können.

»Ich konnte leider nichts vorbereiten, weil ich euch sofort entgegeneilte, als ich von eurem Ansinnen erfuhr«, teilte Zatronija mit. »Wenn ich euch allerdings dienen kann, werde ich ...«

»Das kannst du in der Tat. Wir wünschen deine Familie zu sprechen.«

»Meine ...«

»Gibt es etwas, das daran nicht verständlich wäre? Und sorge bitte für orchestrale Musik. Ich mag es, wenn mich der Klang von Streichinstrumenten umgibt. Ich hörte, dein Volk pflegt die Kunst des Konzerts.«

Der Bürgermeister sackte für Sekunden in sich zusammen, ging dann mit schlurfenden Schritten los. »Wenn ihr hier warten wollt?«

»Wir werden dir in den Wohnbereich folgen. Offizielle Empfangssäle haben so etwas Nüchternes und Kaltes. Kaum der geeignete Ort, um wichtige Dinge zu besprechen.«

Zatronija ging zu einer gewundenen Treppe am gegenüberliegenden Ende des Raumes und stieg sie empor.

Die beiden Gui Col folgten.

Fenji war gespannt. Schon oft hatte er mit der Ehefrau der entsprechenden Familien vor versperrter Tür warten müssen, während Cha Panggu mit dem Vater und den Kindern einen geschlossenen Raum aufsuchte. Er wusste, was danach geschah, aber er spürte instinktiv, dass da *mehr* war, mehr als nur der Tod eines der Kinder. Da jedoch der Familie strikt verboten war, auch nur ein einziges Wort über das Geschehen zu verlieren, hatte Fenji nie die wahren Hintergründe in Erfahrung bringen können.

Die privaten Wohnräume waren erstaunlich schlicht gehalten. Vom Prunk des Empfangsraumes blieb nichts. Einfache, zweckdienliche Holzmöbel standen vor blau eingefärbten Wänden.

Zatronija schien ein Faible für diese Farbe zu besitzen. Er rief seine Familie. Bald traten seine Frau und zwei Kinder ein, die ihrem Vater gerade einmal bis zur Brust reichten, ein Knabe und ein Mädchen. Gleichzeitig tönte Musik durch den Raum, getragener Klang von Streichern, genau wie Cha Panggu es gefordert hatte. Dazwischen erklang das helle, rhythmische Zupfen eines Saiteninstruments, nur hin und wieder unterbrochen von einem disharmonisch-kreischenden Ton an der Grenze der Hörbarkeit. *Jedes Volk hat seine eigenen Vorlieben*, dachte Fenji.

»Unser drittes Kind schläft«, sagte Zatronijas Ehefrau. »Es ist noch ein Baby. Du verstehst sicher, dass ...«

»Bring es her.«

Sie zog die Arme an den Leib, doch ihr Ehemann warf ihr einen Blick aus dem halb zusammengekniffenen Stirnauge zu. Daraufhin wandte sie sich um und verließ den Raum. Keine Minute später kehrte sie zurück, ein schlafendes Baby auf dem Arm.

»Gib das Kind deinem Mann und warte hier«, forderte Cha Panggu. »Wir werden mit Zatronija und den Kindern im Nebenraum etwas besprechen.«

Das Baby wachte auf, als seine Mutter es dem Vater reichte. Erst krähte es, wedelte dann mit den Ärmchen und begann zu schreien. Zatronija trommelte mit drei Fingern leicht auf die Stirn des Kleinen, in einer unruhigen Bewegung rund um das große Auge. Rasch verstummte das Schreien und wich einem zufriedenen Glucksen, das bald verstummte. Die kleinen Händchen tasteten nach dem Kinn des Vaters.

»Ein reizendes Kind«, meinte Cha Panggu und winkte zum Aufbruch.

Fenji ging als Letzter in den Nebenraum und schloss die Tür hinter sich. Er erhaschte noch einen Blick auf die wie versteinert dastehende Mutter.

Cha Panggu stellte sich neben Zatronija, der mit dem dritten Arm das Baby hielt; die beiden anderen berührten seinen Sohn und seine Tochter.

»Es ist so«, sagte der Pirat. »Wir werden deine Gastfreundschaft wie angekündigt etwa zwei Tage beanspruchen. Danach kehren wir in mein Schiff zurück. Sollte mir oder meinem Begleiter *irgendetwas* geschehen, wird dieser Planet vollständig zerstört werden. Die atmosphärische Katastrophe vor einigen Jahrzehnten wird im Vergleich nicht mehr als ein laues Lüftchen gewesen sein. Du verstehst? Oder gibt es weiteren Klärungsbedarf?«

»Kein Bedarf.« Die Stimme klang, als dringe sie aus einem Grab.

»Dein Volk wird uns Gui Col einen gewissen Tribut zahlen. Darum musst du dich nicht kümmern – die Verhandlungen mit den wirklich wichtigen Regierungsvorsitzenden laufen bereits.«

Fenji verkniff sich mit Mühe ein Lachen. *Verhandlungen*. So konnte man es auch nennen.

»Was dich angeht«, fuhr Cha Panggu fort, »hast du einen persönlichen Tribut zu entrichten. Aus deiner Stadt wählen wir vier zerebrale Spender, die wir für unseren Kampfsport benötigen.«

»Zerebrale Spender?«

»Ich werde es dir erklären, wenn die Zeit gekommen ist. Es ist nichts Großes, nur ... Sport eben. Das ist auch nur ein Teil deines Tributs. Der andere trifft dich auf einer etwas persönlicheren Ebene. Eines deiner Kinder.«

Zatronija zuckte zurück. »W... was ... du kannst nicht ...«

»Lass mich ausreden.« Mit einem Mal klang Cha Panggus Stimme nicht mehr so zuckersüß wie noch zuvor. »Du hast die Wahl. Entweder werde ich alle drei Kinder töten, oder nur eines von ihnen. Du kannst zweien also ganz leicht das Leben retten. Nenn mir einfach eines von ihnen. Das Baby? Dein Sohn? Deine Tochter? Es liegt nur an dir.«

Als Fenji die Tür wieder öffnete, war es geschehen.

Das also war es. Nun hatte er alles gesehen und miterlebt. Zatronija war zusammengebrochen, hatte gewinselt, gefleht, hatte sich erboten, alles zu tun, alles, was nur denkbar war. »Eines oder alle«, hatte Cha Panggu nur wiederholt, immer wieder.

Und schließlich hatte sich Zatronija für den Jungen entschieden. Seitdem stand er starr, bewegungslos, wie tot. Wahrscheinlich wünschte er sich, Cha Panggu möge sein Leben nehmen, doch diese Möglichkeit stand zu keinem Zeitpunkt zur Debatte.

Der Raumpirat rief die Mutter der Familie in den Raum. Nun würde das geschehen, was Fenji schon so oft miterlebt hatte, ohne bislang allerdings das Vorspiel zu kennen.

»Wenn ihr in den nächsten beiden Tagen auch nur ein einziges Wort über diese Sache verliert, werde ich meinen Schiffen befehlen, eure Stadt zu bombardieren«, kündigte Cha Panggu an. »Die Leiche wird nicht angerührt, das Leben wird für alle anderen weitergehen, als sei nichts geschehen.«

»Die ... Leiche?«, fragte Zatronijas Frau. »Was ...«

Cha Panggu zog seinen Strahler und schoss.

Auf das Mädchen.

Es ging schnell. Sie musste nicht leiden.

Da erst verstand Fenji die ganze Grausamkeit. Das Mädchen – nicht der Junge.

5

Vortex-Augen

Hunderte, Tausende von Inseln lagen inmitten eines scheinbar endlosen Meeres, und im gewissen Sinne endete es tatsächlich nicht; das Wasser umschloss den gesamten Planeten. Es gab keinen Anfang, kein Ende, und es strömte in sich selbst.

In der Zentrale der MAURENZI CURTIS musterte Perry Rhodan das Hologramm, das Gorragan aus dem Blickwinkel zeigte, den ein fiktiver Beobachter von der Außenseite des Schiffs eingenommen hätte. Der vierte Planet des Bandyll-Systems ähnelte Terra, mit dem großen Unterschied, dass keine Kontinente existierten, sondern nur Inseln; winzige und große, einzelne und in Gruppen beieinanderliegende Landoasen inmitten der ewigen Fluten. Selbst an den Polen wogten die Fluten, Eiskappen besaß Gorragan nicht. Ein weißes Wolkenmeer bedeckte Teile des Planeten, der genau wie Rhodans Heimat wirkte: ein blauer Planet.

Auf dem Holo waren weder das Zentralgestirn noch andere Welten des Sonnensystems zu sehen, doch seitlich neben der Weltenkugel schwebte, lodernd in blauem Feuer, der Kunstmond Britomaris in der Schwärze des Alls, eine 800 Kilometer durchmessende Gaze-Hülle, in der seit der Gründung der Transgenetischen Allianz ein ewiges Feuer brannte.

Ein Monument der Macht, dachte der Terraner, *oder der Überheblichkeit?*

»Zeig mir den Planeten von der anderen Seite«, befahl er der Bordpositronik. Zwar wusste er aus dem astronomischen Kartenmaterial, das er während des acht Tage dauernden Fluges über 62.710 Lichtjahre studiert hatte, dass ihn nach der Änderung kaum ein anderer Anblick erwartete, aber etwas zu wissen und es tatsächlich mit eigenen Augen zu sehen, waren eben zwei unterschiedliche Dinge.

Das Hologramm flimmerte für einen kaum wahrnehmbaren Augenblick, dann baute sich das Bild wieder stabil auf. Zuerst schien lediglich Britomaris seine Position verändert zu haben, doch Rhodan erkannte schnell, dass die Inseln völlig anders verteilt waren als zuvor. Dies änderte jedoch nichts daran, dass sie nach wie vor nichts anderes als Stecknadelköpfe in der ewigblauen Flut bildeten. Mit einer Ausnahme.

»Zoom den Südpol des Planeten näher!« Rhodan fixierte das untere Ende der Planetenkugel, als das Bild näher an ihn heranraste. Oder sprang er dem Hologramm entgegen? Seine Sinne konnten für Sekunden die Eindrücke nicht korrekt verarbeiten, sein Gleichgewicht drohte zu versagen, und ihm schwindelte. Unwillkürlich hielt er sich an der Konsole fest, von der das Hologramm projiziert wurde. Vielleicht hätte er sich doch setzen sollen. Der Orter-Unteroffizier, dessen Arbeitsplatz er nutzte, hatte es ihm schließlich stotternd angeboten. Der junge Mann, der – wenn sich Rhodan richtig erinnerte – seinen ersten Einsatz außerhalb des Solsystems flog, hatte kaum glauben können, wer sich da seiner Station genähert hatte.

Perry Rhodan musterte die größte Insel des Planeten, die nun das gesamte Hologramm einnahm. Die Wiedergabe war scharf genug, dass der Terraner gewaltige Wellen erkannte, die sich vor der Nordküste an gewaltigen Felsen brachen, und deren tobende Gischt wahrscheinlich Dutzende Meter hoch schäumte. Jenseits des Ufers folgte ein breiter, sicherlich einige Kilometer durchmessender Sandstreifen, der in ein hochtechnisiertes Areal überging.

Klackernde Schritte näherten sich Rhodan. Im Augenwinkel erkannte er Haneul Bitna, der für die Dauer dieses Flugs mit einigen Sonderrechten ausgestattet worden war, zu denen unter anderem freier Zutritt zur Zentrale gehörte. »Dies ist Falias Sternenhof«, erklärte der Rahsch'kani und blieb neben ihm stehen, »Gorragans größter Raumhafen. Dort wird die MAURENZI CURTIS landen.«

Auf Rhodans Befehl hin wurde das Gebiet größer dargestellt. Mit einem raschen Blick vergewisserte er sich, dass es sich um keine Archivaufnahme aus diversen Datenspeichern handelte, sondern um aktuelles optisches Material, das die Außensensoren in diesen Momenten aufzeichneten.

Die CURTIS stand nur noch wenige tausend Kilometer von Gorragan entfernt und näherte sich im Schleichflug. Sie würde das größte Schiff auf dem Raumhafen sein. Momentan lag kein Raumer dort, der mehr als dreihundert Meter maß. Rhodan musterte die Einheiten, soweit es auf die Entfernung möglich war. Gedrungene, kreisförmige Formen überwogen – dies waren weder typisch tefrodische noch Schiffe der Blues, wie er sie in Erinnerung hatte. Auch die Bordsysteme konnten die Einheiten keiner bekannten Baureihe zuordnen. Offenbar handelte es sich um selbst entworfene Modelle der Transgenetischen Allianz.

Gewaltige Hallen umgaben das Landefeld. Gläserne, turmartige Aufbauten schufen einen zerbrechlichen Eindruck. Jenseits dieser Gebäude begann eine weitläufige Stadt, die seltsam perspektivisch verzerrt wirkte. Vereinzelt ragten dort riesige Bautürme in die Höhe und schufen eine bizarr wirkende Skyline. Rhodan beschloss, die Stadt bei Gelegenheit genauer zu mustern. »Kennst du den Raumhafen?«, fragte er Bitna.

»In Beltháany habe ich Avryl und Fasoul da Arthamin vom arkonidischen Geheimdienst zum ersten Mal getroffen. Ich habe dir davon erzählt. Das ist übrigens typisch für Gorragan – alles von Bedeutung spielt sich auf dieser Hauptinsel ab. Die kleineren sind lediglich Wohninseln, Förderstätten oder auf andere Art und Weise spezialisiert. Einige dienen der Forschung, andere liegen in gänzlich unzugänglichem Gebiet.«

Der Terraner merkte auf. »Tabuzonen?«

Ein klackerndes Lachen antwortete ihm. »Nicht offiziell. Es sind gefährdete Gebiete dank häufigen Sturmfluten, Taifunen und ähnlichen Naturphänomenen. Ich bin überzeugt, dass auf einer dieser unzugänglichen Inseln das Vortex-Projekt beheimatet ist ... aber selbst ich weiß nicht, wo genau es liegen könnte. Womöglich wird auch in einer unterseeischen Zentralstation gearbeitet. In meiner Zeit als Doppelagent konnte ich Spuren aufnehmen, die sich jedoch alle ergebnislos verliefen.«

»Und weil ich vermutlich bald mehr erfahren werde, wirst du mir wohl nicht mehr von der Seite weichen.«

»Nicht, nachdem wir gelandet sind. Nach allem, was ich durchgemacht habe, will ich nun erfahren, *wofür* ich mein Leben riskiert habe.«

»Wie bist du zu einem Agenten der Transgenetischen Allianz geworden? Wieso haben sie ausgerechnet dich rekrutiert? Und warum bist du ihnen gegenüber loyal?«

Haneul Bitna löschte das Hologramm. »Auch ein Söldner sollte gewisse Regeln beherzigen, und Loyalität ist eine dieser Regeln. Womöglich sogar die wichtigste. Vielleicht werde ich dir in einem geeigneten Moment sagen, wie die Allianz auf mich aufmerksam wurde. Momentan haben wir wohl Besseres zu tun – die CURTIS geht in den Landeanflug über. Du entschuldigst mich? Nach dieser langen Reisezeit muss ich meine Siebensachen packen. Siebensachen ... so nennt ihr es doch auf Terra? Eine seltsame Bezeichnung. Die meisten Reisenden dürften mehr als ausgerechnet sieben Habseligkeiten mit sich führen.«

»Wie nanntest du das Genetische Siegel? Eine Metapher. Genauso verhält es sich mit ...«

»Das habe ich durchaus verstanden, Rhodan«, versicherte Bitna. »Doch diejenigen, die das Genetische Siegel verkörpern, sind durchaus real. Warte nur ab, bis du ihnen gegenüberstehst. Und bis sie tun, wozu sie geschaffen wurden.«

Ehe Rhodan nachhaken konnte, zog sich der Vogelartige zurück. Der Terraner ließ ihn gehen. Er würde ohnehin keine weitere Auskunft erhalten. Nicht, ehe er das Duumvirat der Transgenetischen Allianz traf. Das konnte nicht mehr lange dauern. Er und Homer waren schließlich auf höchste Einladung nach Gorragan gereist – was nichts anderes bedeutete, als dass man dort ihre Hilfe benötigte.

Manchmal brachte es durchaus Vorteile mit sich, der mächtigste Mann Terras und eine lebende Legende zu sein.

Sie war der Inbegriff von Perfektion und hätte eine Terranerin sein können. Groß und schlank, trug sie ein blaues Kleid, das die Beine bis weit über die Knie freiließ. Rotes Haar, in dem kupferne Strähnen metallisch blitzten, umrahmte ein Gesicht, für das man die Vorstellung von Schönheit wohl einst erfunden hatte. Als sie lächelte, strahlten ihre Augen.

Zwei ihrer vier Augen.

Zuerst hatte Rhodan die beiden Schläfenaugen für Schmuckstücke gehalten, für blaue Saphire, die flach und unendlich kostbar in die Haut eingearbeitet worden waren – doch es gab keine Frage ... dies waren Augen, zusätzliche Sinnesorgane, ähnlich wie sie die Blues besaßen, und doch so anders. *Transgenetische Augen*, dachte Rhodan. Sie wirkten schläfrig und verschleiert, tatsächlich wie Edelsteine.

Die Frau empfing die Neuankömmlinge in dem Gleiter, mit dem sie in einem Hangar der MAURENZI CURTIS gelandet war. Sie stand im offenen Schott, trat zurück, als ihre Gäste näher kamen, und wies auf eine Reihe freier Sitze, die mit kostbarem Leder überzogen waren und mehr als nur bequem wirkten.

»Ich bin Caadil Kulée amya Kertéebal – Caadil Kulée, Tochter der Kertéebal.« Sie streckte ihren Arm aus, ganz auf terranische Art, und schüttelte Rhodans Hand, danach die von Adams, Haneul und Avryl. »Die beiden Tamräte lassen sich entschuldigen. Sie bedauern vielmals, nicht selbst vor Ort sein zu können. Ich soll euch versichern, dass ihr wertvoller Staatsbesuch seid und man euch alle gebührende Ehre erweist. Euch wird alle nur denkbare Aufmerksamkeit gewidmet werden, doch momentan ist eine Situation eingetreten, die die Anwesenheit der Tamräte an einem anderen Ort zwingend erforderlich machte. Aber sie werden schon in wenigen Minuten im Regierungspalast auf uns treffen und es euch erklären.«

Haneul stand seltsam starr und schaute Caadil unverwandt ins Gesicht. »Du bist eine ... Pilotin.«

Caadil lachte, und es war erfrischend wie eine kühle Brise im drückend heißen Sommer. »Das ist wohl kaum zu übersehen.« Sie hob die Hände und tippte ihre Schläfenaugen an, die tiefblau glänzten wie ein Bergsee. Auf dem linken Handrücken trug sie ein Schmuckmosaik. Es bestand anscheinend aus winzigen Muscheln, ihr Perlmutt schimmerte hellblau. Die Muscheln bildeten einen offenen Kreis aus größeren und kleineren Segmenten, aus Bögen, Kehren und Wendungen, ein endloser Knoten, eine in sich verschlungene, perfekte Symmetrie, die alles ein-, aber nichts ausschloss.

Offenbar bemerkte sie Rhodans Blick und fühlte sich zu einer Erklärung genötigt. »Dies ist der Kreis des Lebens. Es gibt kein Anfang, kein Ende, er ist nicht erklärbar. Die meisten Gorragani tragen ein ähnliches Schmuckmosaik.«

Ehe Rhodan etwas antworten konnte, erklang das typisch rhythmische Schnabelklappern seines Begleiters. »Das ist wohl leicht übertrieben. Die Bewohner dieser Welt tragen eine Zierde auf dem Handrücken, genau wie du sagst, aber selten habe ich eine derart wundervolle Arbeit gesehen, erst recht nicht in derartiger Perfektion und einer dermaßen tiefen Bedeutung.«

Caadil strich mit der Rechten über das Muster. »Es ist eine Eigenart fast aller Gorragani, intensiv nachzudenken und fast alles zu reflektieren. Vielleicht hast du nur niemals genau genug beobachtet.«

»Das glaube ich nicht.«

Rhodan setzte sich. Augenblicklich fühlte er, wie sich die Polsterung der Lehne seinen Konturen anpasste. Eine leichte Massagefunktion setzte automatisch ein, und angenehme Wärme floss von den Schultern in den Rücken. Seine Wirbelsäule prickelte. »Lass mich dir versichern, dass wir nicht darüber brüskiert sind, dass die Tamräte nicht persönlich erschienen sind. Ich bin mir sicher, dass du sie würdig vertrittst. Sie werden gute Gründe haben, gerade dich zu schicken, um uns zu empfangen. Erlaube mir nur eine Frage.«

Caadil nahm ebenfalls Platz. Im selben Moment, als sei dies der Auslöser gewesen, durchlief das Beiboot ein leichtes Vibrieren. Es setzte sich in Bewegung und begann auszuschleusen. »Du willst wissen, was es mit meinen zusätzlichen Augen auf sich hat.«

»Von ihnen abgesehen, scheinst du eine – verzeih den Ausdruck – normale Tefroderin zu sein.« *Wenn auch eine außergewöhnlich schöne.* »Das zweite Augenpaar jedoch ...«

»Du kennst die Jülziish gut genug und weißt, dass sie über vier Augen verfügen. Warum ausgerechnet dieses Merkmal bei den genetischen Transplantationen durchgeschlagen hat und wieso es sich derart verändert hat, kann ich dir allerdings nicht beantworten. In Analogie zu den, wie ihr sie nennt, Blues müsste ich das zweite Augenpaar am hintern Teil des Schädels tragen.« Wieder lachte sie. »Und mein Kopf müsste vollkommen anders aussehen.« Mit beiden Händen bildete sie eine flache Diskusform. »Das würde mir nicht gefallen, und es wäre wohl auch nicht gut für mein tefrodisches Gehirn.«

Rhodan überging die scherzhafte Bemerkung. »Du trägst Erbgut der Jülziish in dir?«

»Modifiziertes Erbgut, das im Labor behandelt wurde. Es handelt sich um einige Grundelemente ihres Genoms. Du könntest mich also einen Mischling nennen – aber das trifft es nicht vollkommen. Ich bin auf natürlichem Weg gezeugt; eine spezifische Selektion des gaatanyjischen Erbguts wurde später in mein Genom implantiert. Ich wurde sozusagen einmal geboren, aber zweimal gezeugt.«

Rhodan wechselte einen raschen Blick mit Haneul, der Caadil nach wie vor anstarrte und wie angewachsen in dem schmalen Bereich vor seinem Sessel stand. »Wäre es korrekter zu behaupten, dass du das Genetische Siegel trägst?«

Sie hatte sich perfekt unter Kontrolle und nickte langsam – eine Eigenart, die die Terraner mit den Tefrodern teilten. »Mein Vortex-Gesicht ist ein Ausdruck der Verbundenheit zwischen Tefrodern und Gaatanyj. Was es jedoch darüber hinaus bedeutet und welche Fähigkeiten es mir verleiht, das wirst du schon bald beobachten können.«

Rhodan dachte nach. Haneul hatte Caadil sichtlich überrascht eine *Pilotin* genannt. Offenbar hatte er selbst noch keines dieser Mischwesen getroffen oder zumindest nicht damit gerechnet, von einer Siegel-Trägerin empfangen zu werden. Was mochte das bedeuten? War Caadil in der Lage, Raumschiffe auf eine effektivere Art zu steuern als andere? Doch das konnte nicht alles sein. Es musste mehr dahinterstecken. Rhodan fühlte, dass er dabei war, den Schleier über dem großen Geheimnis der Transgenetischen Allianz wenigstens etwas zu lüften.

»Der Regierungspalast liegt am anderen Ende der Stadt Beltháany«, erklärte Caadil. »Der Flug wird nur wenige Minuten in Anspruch nehmen. Ich habe den Piloten angewiesen, den direkten Kurs zu nehmen. Später zeige ich euch die Sehenswürdigkeiten dieser Insel, wenn ihr dies wünscht.«

Homer G. Adams gab ein undefinierbares Brummen von sich. Rhodan fragte sich, ob sein alter Freund damit Amüsement oder Missmut ausdrücken wollte. Avryl Sheremdoc hingegen saß schweigend in ihrem Sessel wie seit dem Moment, als sie das Beiboot betreten hatte.

»Ich würde eure Stadt und Kultur gern kennenlernen«, griff Rhodan Caadils letzte Bemerkung auf. »Es ist sehr lange her, dass ich zuletzt auf Tefroder getroffen bin. Auch mit einigen Jülziish-Völkern stand ich in Kontakt.«

Caadil senkte den Kopf in Richtung Brust, und das rote Haar fiel über die blauen Schläfenaugen. »Selbstverständlich ist mir dein Lebenslauf bekannt.«

»Damit bist du klar im Vorteil.«

Ein Kopfschütteln schleuderte das Haar wieder zur Seite. Sie blickte Rhodan an. »Das lässt sich ändern. Meinen Namen kennst du bereits. Ich bin ausgebildet in Fragen der Hyperphysik, der Kosmonautik und der komparatistischen Physik, das heißt, ich studierte lange Jahre alternative und chaotische Physik. Gerade mit dieser hast du ja vor nicht allzu langer Zeit intensiven Kontakt erleiden müssen, als du in die Negasphäre der Galaxis Hangay vorgedrungen warst. Die Berichte darüber sind auch bis zu uns gelangt und haben unsere Forschungen beflügelt.«

»Du kennst dich mit der Theorie anderer Universen aus?«, vermutete Rhodan.

»Sie bildete einen Teil meines Studiums. Um den Aufenthalt im Universum Tarkan beneide ich dich.«

»Dazu gibt es keinen Grund.«

»Aber zurück zu mir«, sagte Caadil selbstbewusst. »Ich habe mich dann zur Ethnotechnologin weitergebildet und setze mich mit dem Einfluss diverser Technologien auf die jeweilige Kultur auseinander, sowie mit den Wechselwirkungen zwischen Physik, Technologie und Weltsicht. Die terranische Kultur ist mir nicht fremd. Ich gelte als hochintelligent, man sagt, ich arbeite effizient. Manchmal bekomme ich Melodien nicht aus dem Kopf und muss sie einfach singen oder summen. Es kann meine Mitarbeiter halb wahnsinnig machen. Meist jedoch tragen sie es mit Humor.«

»Und du bist Vortex-Pilotin«, warf Haneul Bitna ein.

»Ich werde es zumindest in Kürze sein.« Sie schlug die nackten Beine übereinander.

Rhodan bemerkte einen Tick zu spät, wie gebannt er das Spiel der Muskeln ihrer Oberschenkel verfolgte.

»Sieh mich als Auszubildende an«, sagte Caadil, »als Lehrling.«

»Ich habe nie einen Vortex-Flug miterlebt und ...«

»Das wirst du schon bald! Zumindest sieht es die derzeitige Planung so vor.«

Der letzte Wortwechsel ließ darauf schließen, dass der Rahsch'kani doch wesentlich mehr wusste, als er Rhodan gegenüber zugegeben hatte.

»Wir verlassen nun euer Schiff«, nannte Caadil das Offensichtliche beim Namen.

Die viele Meter dicke Außenwand der MAURENZI CURTIS füllte einen Augenblick lang das Sichtfenster des Beiboots, dann tauchte das weite, freie Landefeld auf. Auch aus der Nähe betrachtet, wirkten die Gebäude des Raumhafens wie aus zerbrechlichem Glas errichtet. Die durchsichtigen Wände erlaubten den Blick auf Treppenfluchten ebenso wie auf Antigravschächte, auf schmale Räume und weitläufige Hallen voller riesiger Maschinen. Eine kleine Schiffseinheit wurde von einem Dutzend Roboter umschwirrt, womöglich eine Reparatur- oder Wartungsmaßnahme. Eine Hundertschaft Tefroder saß an Tischen und speiste; zwischen ihnen, ein natürlicher Teil des Gesamtbildes, hielten sich fast ebenso viele Jülziish auf.

Während der Raumhafen hinter ihnen zurückblieb, rief sich Rhodan einige Begriffe in Erinnerung.

Pilotin.

Vortex-Flug.

Caadils Vortex-Augen.

Die verschiedenen Schlagworte setzten sich langsam zu einem Gesamtbild zusammen. Doch was mochte das Besondere, das Entscheidende an dem sein, das die Transgenetische Allianz als *Vortex* bezeichnete? Bislang bildete es nichts als einen leeren Begriff, eine Worthülse, die noch mit Inhalt gefüllt werden musste.

6

Jagdzonen

»Zieh die Laken gerade!«, hatte Cha Panggu gefordert.

Fenji Eichach kannte das Ritual. Der *Teufel, der Gold bringt*, blieb niemandem etwas schuldig. Zwei Tage hatten sie im Haus des Bürgermeisters Zatronija verbracht. Die Leiche des Mädchens zeigte in der drückenden Hitze bereits erste Verwesungserscheinungen. Fenji gewann den Eindruck, der Bürgermeister hätte die Temperatur im Haus sehr wohl nach unten korrigieren können, aber er verzichtete darauf, weil seinen *Gästen* die Hitze nicht behagte. Cha Panggu überging diesen kleinen Akt des Trotzes kommentarlos. Sein Schüler hinterließ das Zimmer perfekt aufgeräumt und sauber; das Bett, in dem bis vor kurzem der Sohn der Familie geschlafen hatte, sah aus, als wäre es nie benutzt worden.

Im Hauptraum erwarteten ihn Zatronija und seine Frau, die wie immer ins Leere starrte. Das Baby auf ihrem Arm lag still, die Gesichtshaut war eingefallen. Die Augen wirkten verschrumpelt wie getrocknetes Obst. Eines der drei Ärmchen zuckte plötzlich, als sei das Kind erschrocken über die Ankunft des Gui Col.

Es stank nach Tod. Eine Fliege kroch über das Sprungbein der Toten, das seit zwei Tagen in verrenkter Haltung zur Seite ragte, als habe das Mädchen zuletzt noch versucht, den Türrahmen zu erreichen.

Cha Panggu zog einen goldglänzenden Chip und reichte ihn Zatronija. »Für deine Bemühungen. Der Service war ausreichend und zum Teil mehr als das. Ich hatte Schlimmeres erwartet, gerade angesichts der Umstände. Dass du die Temperatur nicht reguliert hast, verzeihe ich dir. Schließlich bin ich weder ein blindwütiger Diktator noch ein verbrecherisches Monster. Ich danke dir im Namen der Gui Col.«

Der Bürgermeister streckte die Hand langsam aus. Sie zitterte.

»Zatronija«, stieß seine Frau aus. Es klang aus der vorgewölbten Schnauze wie ein Zischeln. Ein Speichelfaden glänzte zwischen den Zähnen.

»Er sollte die Bezahlung lieber annehmen«, stellte Panggu klar. »Ich bleibe niemals jemandem irgendetwas schuldig. Es würde meinem Ruf schaden. Du wirst unsere Betten gemacht und die Zimmer aufgeräumt vorfinden. Wir hinterlassen euch keine unnötige Arbeit.«

Fast wäre der Geldchip durch die zitternden Finger gefallen, ehe sich die Faust darum schloss.

»Gib deiner Tochter ein anständiges Begräbnis. Ich hörte, ihr begrabt eure Toten mit einem kostspieligen Ritual. Du musst dich um den finanziellen Rahmen nicht mehr sorgen.«

Zatronija gab ein würgendes Geräusch von sich. »Ich habe dein Geld genommen und damit getan, was du wolltest. Nimm dein *Geschenk* zurück.«

»Es ist alles andere als ein Geschenk. Mein Schüler und ich wohnten zwei Tage bei dir. Das zog Kosten nach sich. Tu mit dem Geld, was du für richtig hältst.«

»Dann werde ich damit eine Waffe kaufen, die nur einem Ziel dient. Nur ein einziges Mal werde ich sie abfeuern.«

Der Tributier wandte sich um, als ginge ihn dies alles nichts an. »Auf welches Ziel?«, fragte er, obwohl er es zweifellos verstanden hatte.

»Ich glaube nicht, dass ich dir Rechenschaft schulde. Schließlich bist du kein Diktator.«

Cha Panggu lachte. »Wenn du ein Gui Col wärst, hättest du es weit bringen können. An meiner Seite könntest du stehen und herrschen.«

»Wie schade, dass ich im falschen Volk geboren wurde.« Die Stimme bebte vor unterdrücktem Hass.

Fenji beobachtete jede Regung seines Meisters. Zatronijas Drohung war unmissverständlich gewesen. Doch Cha Panggu verließ ohne ein weiteres Wort den Raum. Sein Verhalten demonstrierte überdeutlich, dass er in dem Bürgermeister keinerlei Bedrohung sah; er hielt ihn nicht für wert, ihn ernst zu nehmen. Konnte es eine noch größere Demütigung für den Vodyanoi geben? Cha Panggu hatte wie immer und in jeder Hinsicht gewonnen, wie er es stets zu tun pflegte; denn ebenso wenig, wie er jemals etwas schuldig blieb, versagte er.

Auch Fenji Eichach ging. Das Letzte, das er sah, war, dass Mutter und Vater neben der Leiche ihrer Tochter in die Knie gingen und ihr die Augen schlossen.

Es spielte keine Rolle.

»Willst du jagen, Fenji?«

Mit einem Gleiter schwebten sie über Zone Rot – verbotenem Land, tabu für alle Vodyanoi. Sie standen in der Luft; Cha Panggu schien die Ruhe zu genießen. Es gab hier keine Bewegung, keine hin und her eilenden Lebewesen außer streunenden Tieren, die sich in dem gewaltigen Areal der geräumten Häuser breitmachten.

»Wie lange werden wir noch auf Vodyan bleiben?«, fragte er statt einer Antwort.

»Zwei Wochen, vielleicht drei, dann wurde sämtlicher Tribut auf unsere Raumtaucher transportiert. Wir dürfen dieses Volk nicht ausbluten lassen. Nicht gleich bei unserem ersten Besuch. Die Vodyanoi sind recht kompliziert. Es hat sich gelohnt, hierher zu kommen, nicht nur des Tributs wegen.«

Fenji dachte nach. Anfangs hatte er den Aufwand für übertrieben gehalten. All die Zonenprojektoren, die teuere Technologie, all die logistische Planung, nur um einige Tage Jagdvergnügen auf den vorübergehend besetzten Planeten zu gewinnen. Inzwischen wusste er es besser, denn er hatte vom Meister höchstpersönlich gelernt und kannte nun die Langzeitwirkung der Zonen. Für viele Jahre würden die Vodyanoi genau wie Dutzende Völker vor ihnen ihren Tribut freiwillig abliefern, ohne weitere personelle oder materielle Anstrengungen. Es gab Planeten, auf denen die roten Zonen auch nach dem Abzug der Gui Col für viele Jahre leer standen. Angst und das eine oder andere statuierte Exempel gruben sich tief in die Erinnerung der besiegten Völker ein. Was bedeuteten schon einige Wochen Aufwand, wenn die *Nachlieferungen* für viele Jahre problemlos vonstattengingen?

Im Zentrum dieser roten Zone stand das Hauptmahnmal der Vodyanoi, ein mehrere hundert Meter durchmessender grünlicher Nebelsee. Hier erinnerten sich sonst Tausende an die zurückliegende Katastrophe. Es bildete Pilgerstätte und Heiligtum in einem. Dass den Vodyanoi der Zugang seit Beginn der Besatzung verwehrt war, beunruhigte sie mehr als alles andere.

»Jagen ist eine gute Idee«, antwortete Fenji seinem Meister auf die ursprüngliche Frage. »Aber erlaube mir einen Vorschlag, es interessanter zu gestalten.«

Der Geruch aus Cha Panggus Gebildegrube wurde zunehmend süßlicher. »Ich warte.«

»Wir verlagern die verbotene Zone. Die Gedenkstätte soll an ihrem äußeren Rand liegen, gerade noch erreichbar bleiben ... aber ultraviolett markiert werden.«

Panggu schwieg einige Sekunden, dann knisterte die goldene Gesichtshaut zufrieden. »Bereite eine Nachricht vor. Jeder Vodyanoi soll von der Verlagerung der Sperrzone erfahren. Allerdings werden die meisten schlau genug sein, um zu wissen, dass es sich nicht um einen Zufall handelt.«

»Wir sehen ultraviolett«, brachte Fenji das Offensichtliche zur Sprache. »Sie nicht.« Das hieß, sie wussten um die Sperrgebiete, nicht jedoch, wo die Todeszonen lagen, in der die Piratenjäger ohne Vorwarnung ihre Beute zur Strecke brachten. Ihnen war nur bekannt, dass solche Zonen existierten. Leichen kennzeichneten manche dieser für sie unsichtbaren Grenzen bereits überdeutlich; so gut, dass sich kein Vodyanoi auch nur in die Nähe wagte. Darum wurde es ohnehin Zeit, die Grenzen zu verschieben. »Jeder einzelne Bewohner dieser Welt wird zwar vermuten, dass das Mahnmal markiert ist, aber sie können sich nicht vergewissern. Lass uns beobachten, ob ihr Erinnerungswahn bereits zur Religion geworden ist, für die sie das Risiko eingehen zu sterben. Sie werden das Mahnmal aus der Ferne sehen können, doch genügt ihnen das? Oder gehen sie weiter, auf die Gefahr hin, in eine Todeszone vorzudringen?«

»Du hast viel von mir gelernt«, sagte Cha Panggu. »Du kennst den Wert der Psychologie! Deine Gegner nicht nur zu besiegen, sondern sie zu brechen und am Ende zu lenken ... das ist es, was einen Gui-Col-Kapitän von der Masse unterscheidet. Es hebt dich aus der Bedeutungslosigkeit, Fenji! Spiele mit deinen Opfern, lass sie tun, was du willst, aber lass sie gleichzeitig denken, es sei ihre freie Entscheidung und ihr eigener Wille!«

Gelassen analysierte Fenji, wie sich sein Meister in Rage redete. *Genau das tue ich gerade*, dachte er. *Und ich werde jeden Tag ein bisschen besser darin – Meister. Du bemerkst es nur nicht.*

Fenji atmete die frische Luft. Wolken bedeckten den Himmel, hinter dem der Doppelstern nur als verschwommene Silhouette zu erahnen war. Ein kühler Wind erfrischte den Gui Col, der sich aufgemacht hatte, als Jäger seine Sinne zu schärfen.

All sein Selbst, alle Probleme, alle Überlegungen fixierten sich auf einen einzigen Punkt: die Hand am Ende des Armtentakels, die den Strahler hielt. Die Gedanken an seine Karriere verschwanden, sein Verstand kreiste nicht mehr um die Frage, wie er neben Cha Panggu bestehen und sich einen Vorteil verschaffen konnte.

Er war entspannt. Zum ersten Mal seit – diese kleine gedankliche Exkursion gestattete er sich – genau dreiundvierzig Tagen. Es war die längste Phase ohne Jagd, seit er zu Cha Panggus Meisterschüler geworden war. Dreiundvierzig Nächte, in denen er sich nur oberflächlichen Schlaf und Entspannung gegönnt hatte.

Sämtlicher Druck, der sich im Lauf dieser Zeit auf ihm abgelagert hatte, löste sich. Seine Gesichtsmuskulatur entspannte; etwas Flüssigkeit quoll aus der Augenmulde. In seiner Gebildegrube wallte das Plasma, Fenji roch das fruchtig-minzige Aroma seiner eigenen Entspannung.

Der Duft wurde von Minute zu Minute intensiver.

Einfach nur beobachten.

Abwarten.

Dem Gesang der Vögel lauschen.

Den eigenen Atem hören.

Irgendwann fing es an zu regnen. Der erste Tropfen fiel direkt vor Fenji Eichach auf das Metall des Luftschlittens. Im nächsten Moment fühlte er die Feuchtigkeit in seinen Haaren, im Gesicht. Sie rann durch den Stoff seiner Uniform und prickelte auf der Haut.

Er genoss es.

Der Schlitten folgte seiner programmierten Bahn geradezu unendlich langsam, schwebte auf dem Antigravfeld exakt zehn Meter über dem Boden. Das genügte, um die Spitze des Mahnmals nicht zu berühren. Alle Gebäude in weitem Umfeld duckten sich ohnehin unter dem wabernden grünlichen Nebel, aus dem bleiche Knochenenden ragten. Die Vodyanoi pflegten Fenjis Meinung nach eine äußerst bizarre Art der Erinnerungskultur.

Der Regen nahm zu. Um den Luftschlitten baute sich automatisch ein energetisches Schutzfeld auf, das Fenji jedoch per Sprachbefehl deaktivierte. Wasser rann über sein Gesicht. Als er den Mund öffnete, fielen Tropfen hinein.

Im nächsten Augenblick hämmerten Hagelkörner auf ihn ein. Fenji spürte sie wie Trommelschläge auf seinem ganzen Körper. Dennoch ging sein Atem ruhig. Er war der Jäger. Wenn der Regen endete, würde es die Beute ins Freie treiben.

Der Köder lockte. Fenji *wusste*, dass es sich inzwischen unter der Bevölkerung herumgesprochen hatte.

Die Hagelkörner schlugen auch in den scheinbar so ätherischen, grünlichen Nebel. Sie prallten davon ab, als wären sie gegen eine stabile Wand geschmettert, prasselten zu Boden, und türmten sich dort zu einem kleinen, gefrorenen Berg aus Eis.

Der Hagel endete ebenso abrupt, wie er begonnen hatte.

Der Regen ließ nach und versiegte völlig.

Dann kamen sie. Vier Vodyanoi. Fenji verhielt sich vollkommen still; er richtete lediglich ein Abhörfeld aus. Zweifellos sahen sie ihn, doch sie konnten nicht ahnen, dass er jedes ihrer Worte hörte. Ein Jäger ging stets voll ausgerüstet auf die Jagd, und das hieß, dass sich der Luftschlitten auf dem höchsten denkbaren technischen Niveau befand. Hochenergieschutzfeld und Thermolaser waren das mindeste; es kaum auf die Details an.

»Dort oben«, sagte einer der Vodyanoi.

»Seine Anwesenheit ändert nichts.«

Fenji wartete, wusste, dass sie von ihm sprachen.

»Meine Meinung kennt ihr. Sie spielen mit uns. Sie wissen genau, was wir denken. Doch wir werden es ihnen zurückzahlen.«

»Ich habe eine Waffe.«

Schieß doch, dachte Fenji. *Wenn du dumm genug bist, tu es.*

Der Vodyanoi schoss nicht. Offenbar besaß er genügend Verstand, um zu wissen, dass es ihm nichts geholfen und eine Menge Strafaktionen nach sich gezogen hätte.

»Der Gui Col lauert auf seinem Luftschlitten, um zu schießen.«

»Genau wie erwartet.«

»Wir lassen uns nicht verunsichern. Dieser Pirat ist genauso krank wie sein Anführer Cha Panggu. Ich werde zuerst gehen.«

»Du ...«

»Ich werde gehen. Wir müssen Widerstand leisten. Und wenn nicht mit Gewalt, dann eben auf andere Weise.« Der Vodyanoi ging los.

Noch zehn Schritte bis zum Beginn der ultravioletten Markierung, die er nicht sehen konnte. Neun Schritte.

Fenji blieb völlig ruhig. Ihm entgingen nicht die zahlreichen Vodyanoi, die plötzlich aus den Häusern traten. Sie kamen geschlossen näher, bildeten eine lebendige

Mauer in respektablem Abstand zu ihren vier Artgenossen.

Viele Zeugen. Gut.

Noch vier Schritte.

Ehe er die letzte, entscheidende Bewegung tat, öffnete der Vodyanoi die linke Hand. Ein kleiner, metallener Kasten fiel zu Boden. »Ich weiß, dass du mich hörst.« Er blickte nicht auf. »Wir leisten hiermit Widerstand.« Dann ging er weiter.

Ein dünner, glutheißer Strahl jagte aus Fenjis Waffe. Fenji mochte unnötige Grausamkeiten nicht. Der Schuss drang durch die Schädeldecke seines Opfers und verwandelte dessen Gehirn im Bruchteil einer Sekunde in kochende Biomasse.

»Wir leisten hiermit Widerstand«, sagten die drei Überlebenden wie aus einem Mund.

Fenji verschlug es den Atem.

Die Vodyanoi gingen los, in Richtung ihres toten Artgenossen.

Ein Blick in den optischen Sucher genügte. Fenji zoomte das Gerät näher, das sein Opfer vor seinem Ableben hatte fallen lassen. Auf einem Display prangte ein Farbspektrum. Der Tote war nicht zufällig exakt am letztmöglichen Punkt stehen geblieben. Mit Hilfe des Geräts hatte er den Rand der Todeszone lokalisiert und war bewusst in den Tod gegangen.

Der erste der drei Vodyanoi erreichte den Leichnam und stieg über ihn hinweg. Fenji erschoss ihn.

Die beiden Überlebenden gingen weiter. »Man muss Widerstand leisten«, sagten sie. Ihre Gesichter waren ausdruckslos. Jetzt erst erkannte Fenji die erstarrte Fratze von Bürgermeister Zatronija. Er feuerte ihm ins Standbein.

Zatronija kroch weiter. Fenji ekelte sich vor sich selbst, als er den tödlichen Schuss abgab. Und doch brachte er es mit einem letzten Schuss zu Ende.

Vier Leichen. Keiner hatte es näher als zehn Meter an das Mahnmal geschafft. Das Heer der Zuschauer begann zu singen. Und zu applaudieren.

Reglos harrte Fenji aus. Er gab sich nicht die Blöße, den Luftschlitten wegzulenken. Aber die innere Befriedigung der Jagd war ihm geraubt worden.

Dies war der Moment, in dem er eine Nachricht seines Meisters empfing. *»Rückzug. Sofort. Das Konsortium greift an.«*

7

Eine Misere zu beiderseitigem Nutzen

Perry Rhodan schirmte die Augen mit der flachen Hand ab; durch die Sichtscheibe des Beiboot-Gleiters fiel gleißend helles Sonnenlicht. Sie flogen nach wie vor in etlichen Metern Höhe über die Stadt Beltháany, die jenseits des Raumhafens begann. In der Ferne überragte ein Gebäude alle anderen, es zog seine Blicke wie magisch an.

»Wir nennen den Regierungssitz Typosium«, erläuterte Caadil Kulée; sie hatte den Gleiter auf Automatiksteuerung geschaltet. »Es gibt nur wenige Besucher auf Gorragan, aber diejenigen, die hierher kommen, bezeichnen den Anblick wohl als *beeindruckend.*«

»Und das absolut zurecht«, sagte Avryl Sheremdoc. »Als ich das Typosium zum ersten Mal gesehen habe ...«

»Den«, unterbrach Caadil.

»Bitte?«

»Den Typosium. Nicht *das*. Eine Spitzfindigkeit, verzeih mir, aber solche Kleinigkeiten sind mir wichtig. Alles sollte seine Ordnung haben; soviel Zeit muss sein.«

Avryl schloss die Augen, die Augäpfel rollten, als träume sie. »Seit ich *den* Typosium zum ersten Mal gesehen habe, frage ich mich, wie viel Energie dauerhaft benötigt wird, um ein solches Gebäude überhaupt stabil zu halten.«

Caadils Fingerspitzen huschten über ihre Vortex-Augen, die in ihren Schläfen wie Edelsteine wirkten, deren Oberfläche sie polieren wolle. Sie summte einige Takte einer Melodie, die Rhodan nicht kannte, ihn aber vage an etwas erinnerte, das er schon einmal gehört hatte. In diesen Momenten wirkte Caadil, als sei sie der Welt entrückt. Rhodan nahm sich vor darauf zu achten, ob sie dieses Verhalten öfter zeigte. Es war zumindest auffällig, was jedoch nicht bedeuten musste, dass sie deshalb psychologisch instabil sein musste.

Kurz darauf verstummte sie. Ihre Lippen glitzerten feucht, und sie öffnete die Augen wieder. »Wir nutzen die magnetischen Energien, die unsere Heimatwelt zu bieten hat. Der Typosium befindet sich exakt über dem Südpol. Du wärst erstaunt, wie stark die natürlichen Kräfte dort wirken und wie zerbrechlich das Gleichgewicht der Gewalten ist. Der Typosium hilft sogar, sie im Zaum zu halten, was sich positiv auf das Gesamtklima unseres Planeten auswirkt. Früher kam es in sehr unschöner Regelmäßigkeit alle 108 Tage zu einer Entladung der magnetischen Energien, was extreme Flutwellen und Stürme bewirkte. Von unnötigem energetischem Aufwand würde ich daher nicht reden, Avryl. Wenn ich jedoch unbedingt einen Vergleich bemühen will, kommt mir ...«

»... die Solare Residenz auf Terra in den Sinn«, unterbrach Rhodan die wie einstudiert wirkende Rede. Es fehlte nur noch, dass Caadil dozierend den Zeigefinger hob. »Der Vergleich hinkt zwar, doch ...«

»Wie Vergleiche es allgemein so an sich haben«, meinte Caadil. »Analogien gehen nie bis ins letzte Detail auf.«

»... doch umgekehrt wärst du erstaunt, welche Wirkung die Residenz auf das Selbstbewusstsein der Terraner ausübt und wie stark ihre Bedeutung für das Außenbild Terras in der Galaxis ist. Eine mindestens ebenso gute Begründung wie die deine, auch wenn sie vollkommen anders motiviert ist.«

»Du gefällst mir, Perry Rhodan. Du wirst deinem Ruf gerecht und nennst die Dinge beim Namen. Sei versichert, dass die Tamräte ein ehrliches Wort zu schätzen wissen werden.«

»Wie es in der Politik eben so ist?« Rhodan blickte durch die Sichtscheibe des Gleiters nach draußen. Sein Spiegelbild lächelte ihn amüsiert an. Er bemerkte nur beiläufig, dass Avryl eine Entschuldigung murmelte, sie habe die Gorragani nicht kritisieren, sondern nur etwas harmlose Konversation betreiben und ihr Interesse bekunden wollen.

Die eigentliche Stadt nahm Rhodan kaum wahr, seine Blicke fixierten den Typosium. Der Gleiter war inzwischen so nah herangekommen, dass die Besucher Einzelheiten erkennen konnten. Vage erinnerte der Regierungssitz in seiner Form an eine gewaltige goldene Ähre, deren Blütenstand sich in fünf Teile spaltete, die wiederum in einem geschwungenen Halbkreis nach unten ragten. Die Spitzen schienen in ständiger Bewegung; ja, sie zitterten etliche Dutzend Meter über dem Boden. Statt eines einzelnen tragenden *Stängels* jedoch gab es fünf viel zu dünn erscheinende Säulen, von denen sich jede wiederum in fünf Teile spaltete. Und auch diese teilten sich erneut. Der Zwischenraum wurde dünner und dünner, die Luft schien zu wabern. Das erkannte Rhodan allerdings erst, als der Gleiter zur Landung ansetzte.

»Es geht immer so weiter«, sagte Avryl, die offenbar Rhodans faszinierten Blick bemerkte. »Wenn du direkt vor einer dieser Säulen stehst, sind sie wieder und wieder unterteilt.«

»Wie dick ist die kleinste Ebene?«

Caadil Kulée lachte. »Es gibt keine. Das heißt, natürlich existiert sie, ist aber nicht erkennbar. Sieh es als ein philosophisches Problem an, das sich sogar auf atomarer Ebene fortsetzt. Letztlich ist es ein Wunder, dass die Säulen überhaupt Widerstand bieten, wo sie doch hauptsächlich aus *Nichts* bestehen. Manchmal denke ich, man sollte nicht zu lange über derlei Dinge nachdenken. Es verdreht einem das Gehirn.«

Die Sichtscheibe verdunkelte sich; zuletzt hatte Rhodan die Umrisse eines Landefelds wahrgenommen, das scheinbar schwerelos an einer Spitze des Blütenstands schwebte. »Sind nicht gerade die Fragen, auf die wir keine Antworten finden, besonders reizvoll?«

»Weil Erkenntnis so nüchtern ist und das Geheimnisvolle entmystifiziert?« Sie stellte die Gegenfrage mit beißendem Spott in der Stimme. »Du überraschst mich, Perry Rhodan. Sind dies die Worte eines Wissenschaftlers?«

»Wie kommst du darauf, dass ich vor allem anderen ein Wissenschaftler wäre?«

Sie schien ins Leere zu schauen, als sie antwortete. »Sind wir das nicht letztlich alle, wenn wir in die fernen Weiten des Weltraums vorstoßen? Gehen wir nicht gerade deshalb, weil wir Erkenntnis suchen? Dort draußen liegen die Antworten für unser Leben, für unseren Alltag, für die Fragen, die wir uns jeden Morgen stellen, wenn wir die Augen aufschlagen und feststellen, dass wir atmen, dass es Leben und Tod gibt, Liebe und Hass.« Mit einem Mal lachte sie. »Entschuldige ... ich neige zum Philosophieren. Schon während meiner Studienzeit verspotteten mich meine Kommilitonen, ich hätte die falschen Fächer belegt. *Was sucht eine wie du in Chaotische Physik des Normalraums?* Aber was sie auch sagten, ich wusste schon immer, dass es die Antworten gibt, nach denen ich mich sehne. Und weil sie noch niemand gefunden hat, muss der Weg dorthin ein anderer sein, als ihn schon Tausende vor mir gegangen sind.«

Rhodan dachte lange nach. »Wir müssen nicht alle Antworten kennen, nur weil sie existieren. Manches ist uns bestimmt, anderes nicht. Vielleicht finden die Antworten uns, wenn die Zeit dafür gekommen ist.«

Caadil erhob sich. »Du ... überraschst mich.«

»Was hattest du eigentlich sagen wollen?«, fragte Rhodan. »Dass ich dich ... enttäusche?«

»Du wirst zweifellos gute Gründe für deine Weltsicht haben. Doch das sagst gerade du? Der Mann, der tiefer in die Mysterien des Kosmos eingedrungen ist als jeder andere? Wenn ich nur daran denke, was du alles gesehen hast, Perry Rhodan ... *wo du gewesen bist.* In mir kämpfen zwei Seelen. Zum einen die der Pilotin, die weiter ins All will als je ein Gorragani vor mir, weil ich Abenteuer erleben und Wunder erleben will. Zum anderen die der Wissenschaftlerin.«

Rhodan glaubte, in einen Spiegel zu blicken, der ihm seine eigene Vergangenheit zeigte. *So war ich früher. Bis ich erkannte, dass der Kosmos tatsächlich Wunder zu bieten hat, Geheimnisse, die den Verstand eines einfachen Menschen übersteigen. Bis ich lernen musste, dass* zwei Seelen *nicht ausreichen, wenn man tiefer in die Strukturen des Universums eindringt und zu verstehen lernt, was alles zusammenhält.* Er griff nach Caadils Hand und wunderte sich im nächsten Augenblick selbst darüber, wie vertraut er mit dieser ihm im Grunde völlig fremden Person umging. Etwas an ihr, an jedem Wort, das sie äußerte, ließ ihn glauben, sie schon seit Ewigkeiten zu kennen.

»Wenn du weiterkommen willst, Caadil«, sagte er, »lass eine dritte Stimme in dir zu. Die des Kindes, das die Welt entdeckt, ohne sie zu verstehen. Das einfach nur staunt ... und glücklich ist.«

Vom Rand des Landefelds aus bot sich ein atemberaubender Blick über das Häusermeer der Stadt Beltháany. In der Luft schillerte Regen vor dem tiefblauen Himmel. Nein, nicht in der Luft – jener glitzernde Schleier entstand, weil Milliarden von Tröpfchen im Schutzschirm um das Landefeld blitzartig verdampften: eine Serie unzähliger Explosionen aus Wasserdampf und winziger energetischer Blitze.

Die Spitze der Skyline bildeten bunte Kristallkuppeln, die in ihrer Gesamtheit ein bekanntes Bild ergaben, wenn Rhodan den Blick zum fernen Horizont richtete und alles davor nur noch unscharf und verschwommen wahrnahm. Die Kuppeln bildeten markante Punkte im stilisierten Abbild einer Nachbargalaxis der Milchstraße; Andromeda, die ursprüngliche Heimat der Tefroder. Jene Sterneninsel, die Rhodan kennengelernt hatte, als die Meister der Insel sie noch beherrschten.

Caadil stand neben ihm; der Terraner fühlte ihre Blicke. Sie schienen auf seinem Gesicht zu brennen. »Du hast das Muster erkannt?«

Er nickte beiläufig. »Ungewöhnlich, einer Großstadt auf diese Weise einen architektonischen Stempel aufzudrücken. Welche Bedeutung hat Andromeda für dich? Du bist aller Wahrscheinlichkeit nach nie dort gewesen. Die Reise dorthin würde eine halbe Ewigkeit in Anspruch nehmen.«

Ihre Antwort verblüffte ihn: »Du hast also Andromeda erkannt?«

»Gibt es etwa noch ein anderes Muster?«

»Lass deinen Blick nicht zum Horizont schweifen, sondern fixiere die ersten Gebäude hinter dem Typosiumswall.«

Damit musste sie zweifellos die Hügelkette meinen, die sich rund um den Regierungssitz zog, zu symmetrisch und regelmäßig, um natürlichen Ursprungs zu sein. Rhodan musterte die erste Häuserreihe, lang gestreckte Gebäude, die maximal fünf oder zehn Stockwerke hoch aufragten. Die Fassaden waren mit Stuck und diversen Aufbauten förmlich übersät; zwischen den Fenstern ragte eine Vielzahl Säulen auf, die offenbar der reinen Zierde dienten, denn sie endeten im Nichts, ohne eine tragende Funktion zu erfüllen.

»Erkennst du es?«, fragte Caadil ungeduldig.

Rhodan versuchte, das Bild von Andromeda auszuschalten, etwas anderes zu suchen, unter der Oberfläche, etwas nicht Offensichtliches. Er kam sich vor, als mustere er ein Such- und Vexierbild, wie sie ihn in seiner Kindheit fasziniert hatten. *Was siehst du?*, glaubte er die Stimme seiner Lehrerin zu hören, *die alte Hexe oder die junge Braut?*

Die Erinnerung weckte eine weitere, die ihm einen schmerzhaften Stich versetzte, die Erinnerung an sich selbst, wie er seinen Sohn Michael fragte: *Der Mausbiber oder der Maahk?*, die Erinnerung an Mike, wie er kicherte und behauptete, einen Blue in der Uniform eines französischen Edelmannes zu sehen.

»Ich suche«, meinte er leise. Doch da war nichts anderes als das, was er längst gesehen hatte. Nichts, das er nicht schon längst entdeckt hatte. Die Gebäude. Der feine Dunst. Andromeda. Sonst nichts. Oder? Im selben Moment, als er versuchte, das Kristallkuppelbild Andromedas auszuschalten, formte sich etwas Neues. »Das ... es ist wundervoll.« Unbebaute Inseln im Häusermeer, grüne Oasen und ein Fluss, der sich durch alles schlängelte, bildeten markante Eckpunkte einer anderen Sterneninsel, das Abbild einer Galaxis, seiner eigenen, wie man sie aus weiter Ferne sah. Die Milchstraße.

»Solange du auf Gorragan bist, wirst du immer wieder feststellen, dass die Transgenetische Allianz eben genau das ist – eine Allianz. Tefroder und Jülziish sind gleichberechtigt, und das spiegelt sich in unserem Alltag wider. Die Tefroder können sich kein Denkmal ihrer alten Heimat Andromeda setzen, wenn die Jülziish nicht zugleich auf die Milchstraße verweisen. Der Verbund unserer Völker ist perfekt.«

»Wie du«, sagte Rhodan, und erst, als er selbst dem Klang dieser Worte lauschte, fiel ihm auf, wie falsch sie interpretiert werden konnten. »Sagtest du nicht«, ergänzte er deshalb, »dass du das perfekte genetische Siegel eurer Verbundenheit trägst?«

»Von Perfektion war nie die Rede.«

»Warte ab«, sagte Haneul Bitna, »bis du sie in ihrem Schiff erlebst. Wenn sie das tut, wozu sie ...« Er brach ab.

»Wozu ich erschaffen worden bin?«, beendete Caadil den Satz. »Du kannst mich damit nicht schockieren. Ich weiß, dass ich weitaus mehr bin als nur eine Pilotin, und ich lasse mich darauf nicht reduzieren. Zumal du nicht sehen wirst, wie ich das Steuer eines Vortex-Raumers übernehme. Ich werde nicht navigieren.«

»Nicht?« Bitna klang enttäuscht.

»Ich werde als Schülerin fungieren. Euch nur begleiten, um zu lernen.«

Der Rahsch'kani wusste offenbar weitaus mehr, als er bislang zugegeben hatte. Rhodan war es allerdings leid, Andeutungen mit anhören zu müssen. Auf *manche* Fragen hätte er durchaus gerne eine Antwort erhalten. Er tröstete sich allerdings damit, dass es nicht mehr lange dauern konnte, bis er erfuhr, warum die Allianz ihn nach Gorragan geladen hatte. »Kannst du den Schutzschirm deaktivieren?«, fragte er unvermittelt, um vom Thema abzulenken.

Caadil schaute ihn verblüfft an. »Wieso? Er dient nicht der waffentechnischen ...«

»Kannst du es, oder kannst du es nicht? Ich möchte den Regen spüren.«

Ihre Pupillen weiteten sich. In den Schläfen funkelten die Vortex-Augen. Kommentarlos zog sie eine kaum handtellergroße metallische Scheibe aus einer Tasche über ihrer Hüfte, die so im Stoff des Kleids eingearbeitet war, dass Rhodan sie bislang nicht bemerkt hatte.

Mit ruhiger Stimme gab Caadil einen Zahlenkode ein. Eine hörbar künstliche Stimme bat um Bestätigung. Caadil wiederholte die Ziffernfolge, dann flirrte es über Rhodan, und im nächsten Augenblick fielen erste Regentropfen auf ihn. Sie prickelten kühl auf der Haut. Mit einem Mal roch die Luft würziger als zuvor, nach wilden Blumen und dem rauschenden Wasser eines Gebirgssees.

Rhodan wandte sich um. Homer G. Adams stand einige Meter entfernt, neben dem Ausgangsschott des Gleiters. Er sah abwartend in Richtung des Regierungsgebäudes; er schien kein Interesse daran zu haben, einen Blick auf die Welt zu werfen, auf der sie zu Gast waren. Avryl Sheremdoc lehnte sich neben ihm gegen den Gleiter. Schlank und grazil überragte sie Homer um etliche Zentimeter. Neben ihr sah er noch gebeugter aus als sonst. Aus Rhodans Blickwinkel verdeckten Avryls Schulter und der Ansatz ihrer Brüste Homers halbes Gesicht.

»Er wartet«, meinte Rhodan leise zu Caadil. »Abschweifen ist nicht sein Ding. Wenn es nach ihm ginge, müssten wir sofort zum eigentlichen Thema schreiten.«

»Als relativ Unsterblicher hat er wohl gelernt, dass Zeit zu kostbar ist, um sie zu vergeuden.«

Er musterte ein letztes Mal die glänzenden Kristallkugeln über den Dächern der Stadt. »Ich vergeude keine Zeit, oder beurteilst du das anders?«

Ein leises Lachen antwortete ihm. »Die Tamräte dürften inzwischen ebenfalls den Typosium erreicht haben. Ich denke, es wird Zeit, sie aufzusuchen, ehe ...«

»Was ist?«, fragte Rhodan, als sie nicht weiter sprach.

Ohne ein Wort wies sie am Gleiter vorbei zum gegenüberliegenden Ende des Landefelds. Zwei Personen näherten sich mit forschen Schritten; ein Tefroder und ein Jülziish.

Die muskulösen Oberarme des Tefroders schienen die eng anliegende Kleidung sprengen zu wollen. Schwarze Augen mit silbrigen Flecken lagen tief in einem kantigen Gesicht. Hellblondes, fast weiß wirkendes Haar hing bis auf die Schultern. Tamrat Tooray Ziaar – um niemand anderes konnte es sich handeln – trug Hosen aus einem gelben Stoff, der die Beine lose umschwang.

An seiner Seite schritt der Jülziish, dessen flacher Schädel bei jedem Schritt auf dem dünnen Hals pendelte, als wollte er herunterfallen. Rhodan war schon vielen Blues begegnet, doch diesen Eindruck hatte er noch nie gewonnen. Ein einteiliger, lilafarbener Anzug umschloss den Körper von den Zehenspitzen bis zum Ansatz des Halses. Darüber lag der Mund frei und stand halb offen.

Rhodan, Haneul Bitna und Caadil wollten den beiden entgegen gehen, doch Tooray Ziaar bedeutete ihnen, stehen zu bleiben. So schlossen sich Adams und Avryl den beiden an, bis sie zu siebt am Rand des Landefelds standen. Rhodans Haare waren inzwischen durchnässt; Wasser tropfte von den Spitzen. Er stand als einziger im Bereich der Strukturlücke des Schutzschirms, sah jedoch keine Veranlassung, zur Seite zu treten. Er war gespannt, wie die beiden Tamräte reagierten; dass sie persönlich den Weg zum Landefeld angetreten und keine Delegation geschickt hatten, sagte schon einiges über sie aus.

Der Jülziish ergriff zuerst das Wort. Er sprach mit hoher, zirpender Stimme. »Ich bin der Gaatanyj-Tamrat

Rääy Yöliim. Neben mir steht mein Amtskollege, Tamrat Tooray Ziaar von den Tefrodern. Wir stehen dem Volk der Gorragani vor und heißen euch herzlich willkommen auf unserer Welt. Bei der sandfarbenen Kreatur der Diplomatie, das müssen wir wohl!«

Tefrod-Tamrat Tooray Ziaar schritt näher zu Rhodan und reichte ihm die Hand. »Ist dies nicht die übliche Geste auf Terra?« Regentropfen platschten auf seine Haare, perlten auf Schultern und Armen und rannen über sein Gesicht. Er wandte sich halb um, stellte sich neben Rhodan, Seite an Seite. »Ich freue mich, dass du unserer Einladung gefolgt bist.« Ein entschuldigendes Lächeln folgte. »Deine Begleiter natürlich ebenso.«

Homer G. Adams ließ ein kaum merkliches Räuspern hören. »Wann immer ich mit Perry unterwegs bin, richtet sich die Aufmerksamkeit mehr auf ihn als auf mich. Ich kann nicht behaupten, dass mir dies unangenehm wäre. Auf die Gefahr hin, dass ich unhöflich wirke: Können wir zur Sache kommen?«

Endlose Stunden in mindestens einem Dutzend Räumlichkeiten des Regierungssitzes lagen hinter ihnen. Rhodan hatte sich nur einen Bruchteil der Namen gemerkt, die ihm genannt worden waren; sie verschwammen zu einem Dutzend Gesichter von Tefrodern und Blues. Er buchte es unter *Diplomatie* ab, die sich eben nicht vermeiden ließ. Zum eigentlich interessanten Thema waren sie noch immer nicht vorgedrungen.

Irgendwann saß er mit etwa zwanzig anderen an einem riesigen Tisch, und es wurden Speisen serviert.

Rhodan konnte sich ein Grinsen nicht verkneifen, als er am Büffet, das von lurchähnlichen Bediensteten ständig beobachtet und wieder befüllt wurde, eine eindeutige Trennung zwischen Tefrodern und Blues erkannte.

Trotz der unablässig betonten *Allianz*, die jeden gleichstellte, hatte offenbar jedes Volk seine besonderen Vorlieben.

Unverdrossen bediente sich Rhodan an der Blues-Seite des Büffets und kostete einige sehr exotisch schmeckende Pasten. Das Gefühl der Wärme im Magen war noch angenehm, das Brennen in der Speiseröhre und der beißende Qualm, der bei jedem Wort seine Mundhöhle verließ, allerdings umso weniger.

Tamrat Ziaar, der an der Seite des Terraners an einer langen Tafel saß, kicherte und versicherte ihm, dass der Effekt keine schädigenden Nebenwirkungen nach sich zöge. »Es gibt keine für Tefroder oder Terraner im engeren Sinne giftigen Mahlzeiten auf dem Speisezettel der Jülziish, sonst hätten wir dich selbstverständlich gewarnt. Allerdings ist es ... mutig, gleich mit Reck-Dell zu beginnen.«

»Woraus wird es gefertigt?«

»Es ist ein Abfallprodukt des Stoffwechsels der Ohimu.«

»Abfall ...«

»Nicht falsch verstehen«, beeilte sich Ziaar zu versichern. »Es enthält hochwertige Proteine und Vitamine. Die Ohimu sind eine kollektive, endemische Halbintelligenz; sie halten sich meist in den Meeren unserer Welt auf. Hin und wieder verlassen einzelne Gruppen jedoch für einige Jahre das Wasser und treten in unsere Dienste. Einfache Aufgaben erledigen sie mit einer Gründlichkeit ohnegleichen, etwa ...« Er wies auf die Lurchähnlichen, die gerade wieder Platten voll dampfender Köstlichkeiten herbei trugen. »... das Büffet zu beaufsichtigen. Das Reck-Dell sondern sie während der Schlafphasen durch die Kiemen ab. Es ist – unter uns gesagt – geradezu sündhaft teuer. Im Wasser dient es den Ohimu dazu, die Atemwegsorgane zu schützen ... an Land benötigen sie es nicht.«

Rääy Yöliim, der Gaatanyj-Tamrat, stellte unnötig laut ein winziges Glas ab, in dem noch der Rest einer blutroten Flüssigkeit schwappte. »In der Tat, Perry Rhodan – mutig.«

Oder gedankenlos; dachte Rhodan. *Vielleicht hätte ich mich besser informieren sollen.*

Rundum wurde es zunehmend lauter. Die Gorragani schienen es bis in die höchsten Ebenen der Politik hinein durchaus zu verstehen, Feste zu feiern. Auch Rhodan hatte bereits einige der winzigen Gläser intus; Adams nannte das blutrote Redis ein »Teufelszeug«. Ging über das terranische Raumfahrergetränk Vurguzz das Gerücht, es enthalte 160 Prozent Alkohol, von denen 60 Prozent in den Hyperraum ausgelagert seien, so stufte Rhodan den Redis als um einiges höherprozentig ein.

»Ich denke«, sagte Ziaar unvermittelt, »wir waren lange genug hier. Wie wäre es mit einer kleinen ... sagen wir, touristischen Rundreise? Ich könnte dir die Schönheiten unserer Welt zeigen. Ohimu-Schwärme in freier Natur sind ein Schauspiel, wie du es sicher selten gesehen hast. Dein Begleiter Adams, du und ich? Es gibt einiges zu bereden, das nicht für alle Ohren an diesem Tisch bestimmt ist.«

Rhodan strich über die Narbe an seinem Nasenflügel. »Tamrat Rääy Yöliim wird uns nicht begleiten?«

Dieser verfügte offenbar über ein ausgezeichnetes Gehör. »Bei der roten Kreatur der Industriespionage, warum sollte ich? Nicht dass ich meinem geschätzten Kollegen widersprechen will, aber ich frage mich schon immer, warum unsere neue Technologie eigentlich vor aller Welt ausgebreitet werden muss?«

Ziaar winkte ab. »Gib nichts darauf, Perry. Yöliim ist etwas, nun ja, etwas eigenwillig. Wäre er tatsächlich dagegen, dass du alles erfährst, hättest du nie eine Einladung erhalten.«

Eine *Insel* von einigen hundert Metern Durchmesser glänzte und blitzte im Meer, reflektierte das Sonnenlicht. Ein Dutzend und mehr Regenbogen spannten sich in der Gischt, die wie eine ständige Nebelbank über den Fluten trieb.

»Dies sind Ohimu«, fühlte sich Tamrat Tooray Ziaar zu einer Erklärung gedrängt. »Ich habe dir von der halbintelligenten Lebensform erzählt? Was du siehst, ist ein Schwarm von Ohimu, die sich zu einem Kollektiv zusammengeschlossen haben.«

»Es gibt also wesentlich größere Ohimu als diejenigen, die wir im Typosium gesehen haben?«, fragte Homer G. Adams, der in dem bequemen Passagiersessel des kleinen Gleiters saß, mit dem sie zu dritt zu ihrer *Privatführung zu Gorragans Sehenswürdigkeiten* aufgebrochen waren. Die Augen hielt er geschlossen; sein Interesse an dem Thema schien nicht besonders ausgeprägt zu sein. Wie Rhodan es einschätzte, hielt sein alter Freund es schlicht für notwendig, aus Höflichkeit wieder einmal zu demonstrieren, dass er nicht völlig eingeschlafen war.

»Knapp zwei Meter. Sie ähneln Meeresfischen, haben jedoch die nötigen Gliedmaßen entwickelt, um an Land ...«

»Dann müssen sich Zehntausende zu dieser *Insel* verbunden haben.«

»Unseren Erfahrungen nach etwa eine Million«, sagte Ziaar gelassen. »Sie sammeln sich vor allem über den größten Submarin-Oasen, weil sie sich von deren Abfallstoffen ernähren.«

»Submarin-Oasen?« Nun klang Adams schon interessierter.

»Es handelt sich um eine Art Unterwasser-Wohnschiffe. Gorragan bietet weniger Wohnfläche, als wir es gern hätten. Noch vor wenigen Jahrzehnten litten wir unter einer immer problematischer werdenden Überbevölkerung. Die Oasen dienen als mobile Kleinstädte, die hin und wieder an den Forschungs- und Handelsplattformen anlegen, ansonsten aber autark sind. Die Wohnplätze auf den Booten sind sehr beliebt. Man könnte es etwa mit einem der großen Raumschiffe vergleichen, aber ohne die dort oft auftretende Enge, dafür mit einigem Komfort ... und der Möglichkeit, ständig auszusteigen, wenn es einen danach gelüstet.«

»Raumschiffe«, sagte Rhodan. »Damit sind wir wohl beim Thema. Euer Vortex-Projekt besteht in einer neuen Raumfahrttechnologie? Mit den Trägern des Genetischen Siegels stehen euch offenbar besondere Piloten zur Verfügung ... wenn ich auch nicht die geringste Vorstellung davon habe, worin diese Besonderheit besteht. Haneul Bitna jedenfalls schien fasziniert von dem Gedanken, Caadil als Pilotin endlich in Aktion beobachten zu können.«

»Oh, es ist ein Erlebnis, glaub mir.« Der Tamrat steuerte den Gleiter direkt über die Ohimu-Insel, mitten in die schillernden Bögen aus Licht und Farbe. Er ging tiefer; Gischt tanzte um die Sichtscheiben und legte sich als Schleier nieder. »Und das Besondere an unseren Vortex-Piloten ist, dass *nur sie* die im Voraus präparierten Sternenrouten nutzen können. Das sichert uns eine gewisse Monopolstellung für etliche Jahre. Es dürfte für keine Großmacht, ja, du erlaubst mir die Bemerkung, nicht einmal für Terra, in absehbarer Zeit möglich sein, eigene Piloten zu erschaffen. Jedem außer der Transgenetischen Allianz fehlen entscheidende Voraussetzungen.«

Erschaffen, dachte Rhodan. *Er redet nicht etwa davon, sie auszubilden, sondern sie zu erschaffen.*

Adams' bisher an den Tag gelegte kühle Distanz war auf einmal wie weggefegt. Endlich hatte sich das Gespräch in die Bereiche verlagert, die ihn interessierten. »Monopolstellung. Das ist offenbar nur die eine Seite. Die andere ist, dass du Perry und mich auf deinen Planeten eingeladen hast, weil du dir finanzielle Unterstützung von Terra erhoffst. Ihr habt zwar – theoretisch – ein Monopol, aber euch fehlen die finanziellen Mittel, alle notwendigen Vorbereitungen zu treffen?«

Der Tamrat legte die Fingerspitzen beider Hände aneinander, entdeckte offenbar am Nagel des rechten Zeigefingers eine Unebenheit und begann daran zu zupfen. »Eine Misere, in der Tat. Aber nichts, das man nicht durch ein Geschäft, aus dem beide Parteien ihren Vorteil ziehen werden, aus dem Weg schaffen könnte.«

»Dir ist klar«, sagte Adams, »dass ich auch nicht einen einzigen Galax investieren werde, solange ich nicht genau weiß, worum es sich bei eurem ... System handelt?«

»Das erwartet niemand. Ich plane übrigens mehr, als euch nur im Detail zu informieren. Ich lade euch auf einen Testflug ein.«

»Zu welchem Ziel?«

»Die erste Strecke führt zu einem Planeten namens Khordáad.«

»Wo ...«

»Gut 50.000 Lichtjahre von hier entfernt. Khordáad dient uns als Wissenschaftsplanet. Er umkreist eine Irrläufer-Doppelsonne, mitten im Leerraum. Der Flug wird ... sagen wir es so, er wird nicht viel Zeit in Anspruch nehmen. Er dient nur als Demonstration. Eigentliches Ziel unserer Bemühungen ist eine intergalaktische Flugstrecke. Die Alten Staaten werden schon bald wieder in kurzer Flugzeit erreichbar sein.«

Rhodan merkte auf. »Die Alten Staaten? Du meinst ...«

»Die Andromeda-Galaxis. Vor dem Hyperimpedanz-Schock leicht erreichbar, seitdem in scheinbar unerreichbare Ferne gerückt. Der Vortex-Flug jedoch, den nur unsere Piloten unternehmen können, die das Genetische Siegel tragen, macht die Entfernung wieder zu einem – wie sagt ihr auf Terra? – zu einem Katzensprung. Wir sprechen von einer Reisedauer von wenigen Tagen bis nach Andromeda.« Tamrat Ziaar positionierte die flach zusammengelegten Hände an den Nasenflügeln und strich über die Wangenknochen, bis sich die Daumen unterhalb des Kinns trafen. Er lächelte. »Ich hoffe, ich habe euer Interesse geweckt?«

Das kann man wohl sagen, dachte Rhodan. Was Ziaar soeben im Plauderton berichtet hatte, barg eine Menge Zündstoff. Eine intergalaktische Reise in vertretbaren Zeitspannen – und das in den Zeiten der erhöhten Hyperimpedanz! Das kam einer absoluten Sensation gleich.

»Der Flug nach Khordáad ist für den 15. März eurer Zeitrechnung vorgesehen, also morgen. Danach ein oder zwei Tage Aufenthalt für die Presse, die großmaßstäblich und galaxisweit berichten wird. Schon am 17. März könnt ihr zurück sein.«

»Ich nicht«, sagte Adams bestimmt.

Der Tamrat verbarg sein Erschrecken nur unzulänglich. »Du ... du bist nicht ... ich bin überzeugt davon, dass wir ...«

Adams beugte sich vor, zog den Kopf tiefer zwischen die leicht verkrümmten Schultern. »Ich werde auf Gorragan bleiben, um mit deinen Leuten einen Vorvertrag auszuhandeln.«

Die Entschlussfreudigkeit seines alten Freundes überraschte Rhodan nicht. Homer beurteilte die Situation also genauso wie er selbst. Eine Zusammenarbeit mit der Transgenetischen Allianz konnte für Terra unendlich wertvoll sein; die Möglichkeit zu intergalaktischen Fernreisen – etwas, das noch vor wenigen Jahrzehnten als völlig selbstverständlich angesehen worden, durch die Veränderung einer hyperphysikalischen Naturkonstante aber unmöglich geworden war.

»Welche Technologie habt ihr entwickelt, und was macht euch so sicher, dass sie nicht kopiert werden wird?«

»Nur die Transgenetische Allianz ist dazu in der Lage. Nicht nur unsere Vortex-Navigatoren sind unabdingbar, sondern auch ein spezielles B-Hormon, das nur die Gaatanyj produzieren und absondern ... die Navigatoren tragen das genetische Siegel, weil sie ein Jülziish-Genom besitzen, dass sie eben exakt dieses Hormon produzieren lässt, so dass sie interagieren können ... außerdem benötigt die zu fliegende Sternentrasse eine Vorbereitung, eine Präparation, die wiederum nur möglich ist, wenn man ... ach, geduldet euch noch ein wenig. Ich werde euch alles erklären und die Wirkungsweise demonstrieren. Begleitet mich zu dem Vortex-Schiff, das für die morgige Reise bereitsteht.«

Ohne auf eine Bestätigung zu warten, gab Ziaar einen neuen Kurs ein und steuerte den Gleiter wieder übers offene Meer. »Ich habe euch Sehenswürdigkeiten versprochen – die FARYDOON ist das Beste, was wir zu bieten haben ...«

8

Die Erleuchteten Kauffahrer

Cha Panggu wiederholte den ohnehin unmissverständlichen Befehl auf einer Breitbandfrequenz, die jeder einzelne Gui Col auf dem Planeten empfangen würde: »Rückzug. Sofort. Das Konsortium greift an.«

Fenji Eichach gönnte sich eine Sekunde, in der er dem Gesang der überlebenden Vodyanoi lauschte, die noch immer wie eine geschlossene Mauer am Rand der Häuser standen und den Blick stur auf die vier Toten richteten, die ihr Leben gegeben hatten, um auf ihre Art Widerstand zu leisten, wie sie gesagt hatten. Sein Luftschlitten stand noch immer in Parkposition über dem zentralen Mahnmal.

Dass die Erleuchteten Kauffahrer aufgetaucht waren, verwandelte das Geschehen der letzten Minuten in reinsten Hohn. Hätten die Opfer auch nur eine Stunde länger gewartet, könnten sie noch leben. Ihr Tod änderte nichts – überhaupt nichts. Die Gui Col mussten den Planeten verlassen, so schnell wie möglich. Den Vodyanoi jedoch würde das keine Vorteile verschaffen. Im Gegenteil. Die Gui Col überließen das Feld dem Konsortium, den Konkurrenten im Befahren des Pantopischen Gewebes. Den Feinden.

Fenji beschleunigte den Luftschlitten mit Höchstwerten. Regentropfen peitschten in sein Gesicht, der Fahrtwind drohte ihn aus dem Sitz zu reißen. Ein einfacher Sprachbefehl aktivierte einen Schutzschirm; flirrend schloss sich die energetische Kuppel und isolierte ihn von jedem äußeren Einfluss. Es blieb keine Zeit mehr für Feinheiten, wie sie während der Jagd wichtig gewesen waren, keine Zeit, um seine Sinne zu schärfen und eins zu werden mit der Natur, um die Beute zu *spüren*. Es zählte nur noch die Flucht. Seit Cha Panggus verhängnisvollen Worten bestand die oberste Priorität darin, zu überleben.

Fenji öffnete die Frequenz zu seinem Meister. Zweifellos wurde dieser inzwischen mit Anfragen überschüttet und hatte eine automatische Umleitung eingerichtet, die jede eingehende Anfrage an Untergebene delegierte; Panggu musste an Bord der CHAJE den Rückzug aller Gui Col planen und beaufsichtigen. Andererseits lag es durchaus im Bereich des Möglichen, dass ...

»Ja!«

Das knappe, unnötig laut gebrüllte Wort ließ Fenji erleichtert aufatmen. Hielt Cha Panggu seinen Meisterschüler also doch für wichtig genug, um auch in dieser Situation für ihn erreichbar zu bleiben. »Ich bin noch auf dem Planeten. Gibt es eine Aufgabe für mich?«

»Ich habe alles Notwendige in die Wege geleitet. Kehr zurück, schnell. Wir brechen in exakt ...« Ein kurzes Zögern. »... vierzehn Minuten auf. Die Zeit muss dir genügen, oder du wirst zurückbleiben.«

Fenji raste weiter, überprüfte die Werte des Luftschlittens. *Vierzehn Minuten.* Das hieß, es blieb keine Zeit, in ein raumflugtaugliches Beiboot umzusteigen. »Wann werden die Goldsegler des Konsortiums in Feuerreichweite sein?«

Das typische Knistern, mit dem sein Meister die Gesichtshaut verzog, drang aus dem Akustikfeld. »In fünfzehn Minuten, oder besser gesagt, inzwischen in vierzehn. Das heißt, dir bleibt eine Frist von dreizehn Minuten. Dann wird die CHAJE starten, ganz egal, was geschieht.«

Ein rascher Blick auf seine Instrumente machte Fenji unmissverständlich klar, dass diese Zeitspanne nicht genügte. Er würde sechzehn Minuten benötigen, um die CHAJE zu erreichen und einzuschleusen. Zurückbleiben war jedoch gleichbedeutend damit, für immer von seinem Volk getrennt zu werden und einer mehr als nur ungewissen Zukunft entgegenzublicken. Damit gab sich ein Fenji Eichach nicht zufrieden; nicht, solange er noch etwas daran ändern konnte.

Die Berechnung ging von einer Antriebsbelastung des Luftschlittens von exakt 100 Prozent aus. Entschlossen tippte Fenji Befehle, die dieses Maximum dehnten und für eine Auslastung sämtlicher Maschinen von 150 Prozent sorgten. Das bedeutete zwar, dass dieser Luftschlitten nach der nächsten Landung nie wieder abheben würde, weil er irreparable Schäden davontrug, doch darum scherte sich Fenji nicht. Besser, der Schlitten explodierte während des Fluges, als dass er sich hinterher vorwerfen müsste, nicht alles versucht zu haben.

Er jagte in einem waghalsigen Kurs nahezu senkrecht in die Höhe. Alles blieb unter ihm zurück, die Vodyanoi waren längst nicht mehr mit bloßem Auge wahrnehmbar, die Häuser der Stadt wirkten wie winziges Spielzeug. Der Luftschlitten jagte in eine grünliche Wolkenwand; als er sie durchbrach, loderten Flammenzungen um den Schirm.

»Wie viele Goldsegler sind unterwegs?«

»Fünf«, gab Cha Panggu bereitwillig Auskunft. Das zeigte mehr als alles andere, wie stark der Druck war, der auf ihm lastete. In jeder anderen Situation hätte er seinen Schüler gemaßregelt, ob er etwa die Entscheidungen seines Meisters anzweifeln und sie überprüfen wolle.

Doch darum ging es Fenji nicht. Er wollte nur auf dem Laufenden sein, sich ablenken, einen Plan schmieden für den Fall, dass ihm die Rückkehr zur CHAJE nicht rechtzeitig gelang. Wichtiger als alles andere wären in diesem Fall grundlegende Informationen. »Wie ist das Konsortium ausgerechnet jetzt auf Vodyan aufmerksam geworden? In den letzten Jahren hat es sich schließlich genauso wenig um den Planeten gekümmert wie wir.«

»Da fragst du noch? Sie sind uns gefolgt und haben uns ausspioniert, weil sie wussten, dass ich vielversprechende Ziele ausfindig machen würde. Und nun werden sie das ernten, was ich mühevoll gesät habe.«

Inzwischen umgab Fenji ein Meer aus lodernden Flammen, die teilweise nur auf eine Armtentakellänge entfernt brannten. Fenji saß inmitten einer brennenden Kuppel. Ohne den Schutzschirm bliebe von ihm binnen Sekunden nicht mehr als ein verschmortes Skelett in einem stinkenden Schlackehaufen. Er zwang den Blick auf die Kontrollanzeigen. Der Schirm hielt, und es bestand keine Gefahr, dass er kollabierte.

Die aktuelle Belastung des Antriebs lag bei 143 Prozent.

Es blieben acht Minuten bis zum Eintreffen bei der stationären Position der CHAJE im Orbit über Vodyan.

Danach benötigte sein Luftschlitten etwa zwei Minuten zum Einschleusen.

Bis zum Aufbruch der CHAJE gab es also eine Toleranz von exakt einer Minute ... wenn alles glatt lief. Mit Cha Panggu zu diskutieren, war zwecklos. Fenji wollte gar nicht wissen, wie viele Gui Col auf Vodyan zurückbleiben würden, der Willkür des Konsortiums und den Bewohnern des Planeten ausgeliefert, die die ehemaligen Besatzer voller Hass verfolgen würden. Er konnte nur eins: erleichtert sein, dass er wahrscheinlich zu denjenigen gehörte, die noch rechtzeitig aus dieser Todesfalle entkamen.

Sein Luftschlitten erreichte die äußeren Atmosphäreschichten. Für einen längeren Aufenthalt im freien Weltraum war das Fahrzeug nicht konstruiert, doch die kurze benötigte Zeit würde es durchhalten. Zumindest hoffte Fenji das. Gewissheit gab es erst hinterher – oder in der Sekunde, in der die Struktur des Schlittens kollabierte und Fenji im eisigen Vakuum des Alls erfror und erstarrte.

Die CHAJE stand nur wenige zehntausend Kilometer im freien Raum, im Ortungsschatten eines kleinen Mondes. Fenji raste auf das Mutterschiff zu. Die Flammen rund um den Schutzschirm waren längst erloschen; er blickte scheinbar ungeschützt in die ewige Schwärze, in der die Sterne wie winzige Edelsteine glühten.

Irgendwo hinter ihm knackte und knarrte das Metall, als die Struktur des Luftschlittens unter der ungewohnten Extrembelastung zu versagen drohte. Mit einem hellen Sirren platzte direkt vor seinen Augen ein Stück der Lackierung von der Steuerkonsole. Blauer Staub rieselte durch die Luft, setzte sich auf seinen Kleidern ab.

Einen bangen Moment fragte er sich, ob Cha Panggu möglicherweise einen vorzeitigen Aufbruch befehlen konnte. *Lächerlich*, rief er sich selbst zur Ordnung. Panggu mochte ein Teufel sein, aber er hatte nicht nur ihm, sondern wohl jedem einzelnen seiner Männer klare Anweisungen gegeben. Dazu gehörte auch das korrekte Zeitfenster, das ihr Anführer unter keinen Umständen grundlos ändern würde. Sie alle waren Gui-Col-Piraten, ihrem Meister auf Gedeih und Verderb ausgeliefert. Cha Panggu opferte keinen seiner Männer ... zumindest nicht leichtfertig.

Aber jeder, der es nicht innerhalb der gesetzten Frist zurück in die CHAJE schaffte, würde zurückgelassen werden. Das Leben dieser Unglücklichen konnte das aller anderen nicht aufwiegen, denn wenn die Schiffe der Erleuchteten Kauffahrer erst einmal zum Angriff übergingen, war es um die CHAJE geschehen. Fünf Goldraumer des Konsortiums stellten eine unüberwindliche Übermacht dar – mit einer oder zwei feindlicher Einheiten hätte es die CHAJE aufgenommen, nicht jedoch mit derart vielen.

Fenjis Luftschlitten besaß nur sehr unzulängliche Ortungseinrichtungen, doch sie boten immerhin einen grundlegenden Überblick über das Geschehen.

Auf dem kleinen Schirm blitzten zahlreiche Reflexe auf. Beiläufig nahm Fenji die Zahl wahr, die automatisch an den Rand projiziert wurde: dreiundachtzig kleinere und kleinste Einheiten versuchten zurückzukehren. Fenji schätzte, dass mindestens die Hälfte zu spät kommen würde. Dennoch hieß das nichts anderes, als dass etwa vierzig Kleinsteinheiten nahezu gleichzeitig zur CHAJE gelangen würden. Diese schiere Menge konnte zur Katastrophe führen; es standen nur sechs Außenschotts zur Verfügung, und für geordnetes Einschleusen so vieler Einzelobjekte blieb keine Zeit.

Fenji wog die Risiken ab – und beschleunigte weiter.

Grellgrüne Warnsignale leuchteten auf, zugleich ertönte ein durchdringender Sirenenton. Fenji ignorierte die Hinweise auf das allzu Offensichtliche. Dass die Triebwerke inzwischen zu mehr als 160 Prozent ausgelastet waren, wusste er.

Es blieben drei Minuten, bis eine Explosion des Antriebs den gesamten Luftschlitten zerreißen würde.

Zwei Minuten und fünfzig Sekunden.

Auf dem Orterbildschirm beobachtete Fenji, wie er der CHAJE immer näher kam – und durch das unverantwortliche Beschleunigen im Verhältnis zu den anderen Rückkehrern aufholte. Er analysierte den Anflugwinkel. Schott Vier bot sich an. Er würde gleichzeitig mit etwa sechs weiteren Einheiten ankommen.

Zu viele. Sie konnten es nicht alle schaffen. Dennoch waren die Chancen dort höher als überall sonst. Hätte er seine strategischen Analysefähigkeiten nicht in tausend theoretischen Übungen geschult, wäre er – wie wohl die meisten der anderen Unglücklichen – nicht in der Lage gewesen, so schnell zu handeln.

Es blieben knapp zwei Minuten bis zur Explosion seines Luftschlittens. Fenji machte sich bereit, die Fahrt exakt im richtigen Moment wieder zu drosseln.

Verblüfft bemerkte er, dass die Funkverbindung zu Cha Panggu noch immer offen stand; da erst wurde ihm klar, wie wenig Zeit vergangen war. Jede Sekunde schien sich zu dehnen. Seine Gedanken waren völlig klar und analysierten automatisch und unablässig jede Information; sein Handeln war die Folge logischer Konsequenz. Sein Meister widmete sich allerdings offenbar anderen Themen.

An Bord der CHAJE schrie Cha Panggu Befehle und verlangte lautstark, darüber informiert zu werden, ob der biologische Tribut an Bord geschafft worden war. Als ob es momentan keine anderen Probleme gäbe.

Die gibt es tatsächlich nicht, korrigierte Fenji seine eigenen spöttischen Gedanken. *Nicht für Cha Panggu. Er weiß, dass Vodyan für ihn verloren ist, und er weiß ebenso, dass er mit der CHAJE rechtzeitig entkommen wird. Ihm ist ebenfalls klar, dass er viele seiner Männer verlieren wird, weil er die Schleusen in wenigen Minuten schließen und danach sofort fliehen muss. Das steigert seinen Zorn, und der biologische Tribut ist exakt das Ventil, an dem er diesen Zorn abreagieren wird. Arme Vodyanoi ... es wird sie noch härter treffen als andere. Auf diese Jagdspiele kann man wohl gespannt sein.*

Eine Minute und zehn Sekunden bis zur völligen Antriebsüberlastung. Wenig mehr als tausend Kilometer bis zur CHAJE. Vier Minuten bis zum Aufbruch des Schiffs.

Der gesamte Luftschlitten rüttelte wie ein bockiges Tier. Das Metall unter Fenjis Füßen kreischte protestierend.

Eine winzige Explosion, irgendwo hinter ihm. Beißender Gestank drang in seine Nase.

Fenji reduzierte die Antriebsleistung. In den ersten Sekunden änderte sich scheinbar nichts, dann verstummte der enervierende Alarm.

Der Schlitten raste weiter, deutlich langsamer als zuvor, und doch schnell genug. Ein Blick auf den Zeitmesser. Er würde es schaffen.

Der schiefergraue Schiffsgigant der CHAJE raste näher, Fenji konnte ihn bereits mit bloßem Auge erkennen. Er drosselte die Geschwindigkeit weiter, um nicht am Schiff zu zerschellen – oder in dessen Schutzschirm zu verglühen, in den nur direkt vor den Schotten kleine Strukturlücken geschaltet worden waren.

Cha Panggus Meisterschüler zwang sich zur Ruhe und steuerte den Luftschlitten auf den konischen Turmaufsatz in der Mitte des torpedoförmigen, knapp anderthalb Kilometer messenden Raumers zu. Genau wie etwa zehn weitere Beiboote und Minigleiter – den Orteranzeigen nach exakt vier vor und viele hinter ihm. Zu viele, denn nicht allen würde die Einschleusung noch gelingen. Wer immer sie steuerte, sie waren Narren, dass sie das nicht erkannten oder wider besseres Wissen weiterflogen.

Fenji gab weiter Gegenschub, bis es ihm vorkam, als stehe er im All. Mit lächerlichen 300 Kilometern pro Minute kroch er auf die CHAJE zu ... genauer gesagt, auf das rettende Schott unterhalb des Turmaufsatzes.

Zwei Reflexe vor ihm verschwanden von der Ortung. Sie hatten es geschafft. Blieb noch eine Einheit, ehe er selbst an der Reihe war. Er gönnte sich den Luxus, genauer hinzusehen – es handelte sich um einen Zehnpersonengleiter der FEDJA-Klasse; ein sogenanntes Verhandlungsschiff. *Bürokraten*, dachte Fenji, und es war der erste erleichternde Gedanke seit der Hiobsbotschaft.

Als er einschleuste, lachte er.

Nach ihm gelang es noch einem einzigen Schiff, in diesen Hangar der CHAJE zu fliegen, dann schlossen sich die Schotten. Wie vielen Einheiten damit wohl der Weg zur Rettung abgeschnitten war?

Eine Durchsage hallte durch den Hangar: »Start in sechzig Sekunden. Beschleunigung mit Höchstwerten. Eintritt in den Weißraum bei fünfzehn Prozent Licht in genau fünf Minuten dreißig Sekunden.«

Fenji verließ seinen Luftschlitten nicht, sondern musterte die Orteranzeige. Genau wie er vermutet hatte, waren noch etliche Gui-Col-Einheiten außerhalb des Mutterschiffes verblieben. Die meisten trieben ab, hatten in stiller Akzeptanz ihres Schicksals einen Kurs zurück nach Vodyan eingeschlagen – das einzig Vernünftige. Mit etwas Glück konnten sie in einer unzugänglichen Region landen und sich dort verbergen, bis das Konsortium wieder abzog. Zumindest hätte Fenji genau das versucht; es war die Option, die die größten Überlebenschancen bot.

Eine Einheit jedoch flog weiter auf die CHAJE zu, eine weitere stand direkt vor dem Schott, so nahe, dass sie sich im Inneren der inzwischen rundum geschlossenen Schirme befand. Die Insassen hatten die Chance, rechtzeitig umzukehren, nicht genutzt und waren nun gefangen.

Diese Narren.

Fenji öffnete eine Breitbandfrequenz und empfing tatsächlich den Befehl an das letzte Beiboot, endlich abzudrehen, weil der Start der CHAJE in weniger als dreißig Sekunden erfolgen musste.

»Ihr könnt uns nicht zurücklassen«, brüllte eine weibliche Stimme.

Undiszipliniert, dachte Fenji. *Schwach. Erbärmlich. Diese Befehlsverweigerin hat keinen Tod verdient. Hoffentlich fällt sie den Schergen des Konsortiums in die Hände.*

»Dreh ab«, hörte Fenji die erneute Aufforderung. »Die Schirme sind geschlossen. Du wirst ...«

Zu spät. Die Einheit raste gegen den Schirm. Ein energetisches Unwetter aus tausend Überschlagblitzen tobte, doch der Schirm kollabierte nicht. So leicht war er nicht zu knacken. Kurz flackerte es auf dem Orterbild, dann verschwand der Reflex des Beiboots.

In derselben Sekunde verging auch der Zweipersonengleiter vor dem Schott unter konzentriertem Beschuss der leichten Bordwaffen – ohne diese notwendige Aktion hätte die Masse des Gleiters innerhalb der Schutzschirme womöglich den Start der CHAJE beeinträchtigt.

Das Kampfschiff der Gui Col raste los, beschleunigte mit 150 Kilometern pro Sekundenquadrat. Fenji kannte die maximalen Geschwindigkeitswerte und wusste, dass sein Meister jede nur denkbare Energie für das Fluchtmanöver nutzte.

»Eintritt in den Weißraum in vier Minuten, dreißig Sekunden«, tönte es durch den Hangar.

Fenji schaltete den Orter aus, verließ den Luftschlitten, der nichts weiter mehr war als ein Wrack, und machte sich auf den Weg in die Zentrale.

Cha Panggu wirkte gelassen, als habe er alles unter Kontrolle. Und in der Tat hatte er das seit kurzem wieder.

Aber die Kontrolle war ihm von seinen Feinden aus der Hand genommen worden. Fenji wusste genau, dass dies seinen Meister weitaus mehr schmerzte als der Verlust der Tributwelt Vodyan. Das Konsortium hatte dem Meister-Piraten seine Grenzen aufgezeigt und ihm die Illusion der absoluten Macht geraubt. Das würde Cha Panggu nie vergessen, und eines Tages würden seine Feinde einen hohen Preis dafür bezahlen müssen.

Fenji hatte gerade erst die Zentrale der CHAJE betreten und ging direkt auf seinen Meister zu, ignorierte jeden anderen im Raum.

»Fünfzehn«, sagte der *Teufel*, und die Haut seines goldenen Gesichts legte sich rund um den Mund in Falten. Die Stimme klang kalt, kälter als Fenji es je zuvor gehört hatte, als käme sie direkt aus den Tiefen einer Totengruft. »Fünfzehn unserer kleinen Einheiten blieben zurück, Fenji. Zwei musste ich darüber hinaus höchstpersönlich zerstören. Eine weitere ist in den Schirmen der CHAJE zu Sternenstaub zermahlen worden.« Beinahe beiläufig ergänzte er: »Wann bist du an Bord gekommen?«

»In meinem Hangar war ich der Vorletzte. Sind wir ...«

Cha Panggu ließ ihn nicht ausreden. *Wenigstens ist alles beim Alten geblieben*, dachte Fenji bitter. *Und wie immer wusste er genau, welche Frage ich ihm stellen wollte.*

»Wenn wir nicht in den Weißraum eingetaucht wären, hätten die Goldsegler uns längst zerstört. Sieh es dir an.« Eine hastige Bewegung mit dem Armtentakel über dem Sensorfeld seiner Kontrollstation, und ein Hologramm flammte auf.

Die energetischen Funken in der Randsektion zerstieben, und vor Fenjis Augen wiederholte sich, was sich vor wenigen Minuten im Vodyan-System abgespielt hatte.

Das Holo zeigte die CHAJE, wie sie ein Beobachter aus dem All gesehen hätte. Zweifellos waren die Orterdaten in ein Realbild umgerechnet worden. Drei kleine Lichtfunken blitzten in der Nähe des gewaltigen schiefergrauen Leibs auf – explodierende Beiboote. *Zwei musste ich höchstpersönlich zerstören*, hatte Panggu gesagt. Sofort danach beschleunigte das Kampfschiff.

Das Holo zoomte einen größeren Bereich. Aus dem Weißraum tauchten die Schiffe des Konsortiums auf. Goldene Segler, deren Konstruktion Fenji schon immer verschwenderisch und unnötig prunkvoll erschienen war.

Wie gern hätte er mehr über die Erleuchteten Kauffahrer gewusst, auch darüber, warum sie ihre Raumer gerade in dieser Form errichteten. Es musste sich aus historischen Begebenheiten erklären – vielleicht hatten die Kauffahrer einst die Meere ihrer Heimatwelt befahren und wollten noch heute, zweifellos viele Generationen später, stets an ihre Vergangenheit erinnert werden. Doch das war nur eines der vielen Rätsel, die die Kauffahrer den Gui Col aufgaben.

Das gesamte Schiff war aus goldweißer Stahlplastlegierung gefertigt, einem Stoff, den die Kauffahrer – wenigstens das hatten die Spione der Gui Col herausgefunden – als Konsortionelles Plastaurit bezeichneten, und der extreme Festigkeit aufwies. Die scheinbar unterteilten aufgetakelten Aufbauten wirkten, als durchwehe sie der Wind eines Planeten und als strahle eine leuchtende Sonne durch sie. Die Schiffe glänzten im All, spiegelten das Licht der Sterne und rasten als grelles Fanal durch den Weltraum.

Prunkvoll, verschwenderisch und unnötig auffällig, urteilte Fenji erneut.

»Sie kamen, kaum dass die CHAJE beschleunigte«, erklärte Cha Panggu. »Genau wie ich es berechnet habe. Sie hatten keine Chance, uns einzuholen.«

Das war der einzige Punkt, in denen die Gui Col dem Konsortium eindeutig überlegen waren – die Raumtaucher konnten doppelt so schnell beschleunigen und damit in der halben Zeit den Weißraum erreichen. Flucht war die einzige Möglichkeit gewesen, der Situation um Vodyan zu entkommen; die Alternative hätte in einer offenen Schlacht bestanden, und wenn ein Kampfschiff der Gui Col gegen fünf Goldsegler kämpfte, stand das Ergebnis von vornherein fest. Cha Panggu hatte also zweifellos richtig gehandelt, wie immer. Und doch sah er es selbst als Versagen an – Fenji las es in seinen Grubenaugen, roch es an dem Gestank nach gärenden Früchten, der der Gebildegrube seines Meisters entstieg.

Fenji überlegte, wie er antworten sollte. Zum ersten Mal seit langem war er im Umgang mit seinem Meister unsicher.

Sollte er ihm schmeicheln, betonen, wie konsequent und korrekt er gehandelt hatte? Nein, das würde Cha Panggu nur langweilen.

Was also dann? Sollte er zu erkennen geben, dass er um die Sorgen wusste, die ...

Keinesfalls. Sein Meister würde das ohne Zweifel missverstehen. Stattdessen würde Fenji ihm die Gelegenheit bieten, in eine positive Zukunft zu schauen, die von Cha Panggu persönlich gebildet und auch von ihm gelenkt wurde, dem mächtigen Herrscher, der einen perfekten Plan verfolgte und stets souverän handelte.

Fenji musste nur unauffällig bleiben. Wieder einmal machte es sich bezahlt, dass er mehr wusste, als sein Meister ahnte. »In letzter Zeit sind die Gui Col unter Druck geraten. Das Konsortium hingegen wächst und gedeiht ... schändlich!«

Cha Panggu reagierte exakt wie erwartet. »Ich habe bereits einen Plan, wie ich die Lage zu Gunsten der Gui Col wenden kann.«

Fenji fand, dass es ihm hervorragend gelang, angemessen überrascht zu wirken. »Wie sieht dieser Plan aus, Meister?« Das interessierte ihn tatsächlich. Er hatte nur in Erfahrung bringen können, *dass* Cha Panggu diverse Vorbereitungen traf – worin diese genau bestanden, wusste er allerdings nicht.

»Es könnte gelingen, das Konsortium auf lange Zeit, wenn nicht sogar auf ewig auszustechen. Ganz Sternenquell könnte den Gui Col gehören. Alles kommt darauf an, ob auf Zva Pogxa Verlass ist oder nicht.«

»Zva Pogxa?« Fenji beschloss, nicht den gänzlich Unwissenden zu spielen – diese Rolle hätte sein Meister ihm ohnehin nicht abgenommen. »Der Wissenschaftler?«

»Ich vertraue ihm fast so sehr wie dir, mein Meisterschüler! Mit etwas Glück wird er schon auf dem Hort eingetroffen sein und dort auf uns warten.«

»Wir sind also unterwegs zum Hort Nooring?«

»Ich habe den Tribut der Vodyanoi schon längst auf die CHAJE geschafft, während du noch der Jagd nachgegangen bist! Und wie es Sitte ist, werde ich diesen auf dem Hort abliefern. Übrigens habe ich auch biologischen Tribut an Bord geschafft – sechs der erbeuteten Vodyanoi schmachten in der Kerkerzelle. Sie werden als Zerebrale für den Sport dienen ... und uns die beste Jagd verschaffen, die der Hort je erlebt hat!«

Sogar Fenji erschauerte unter der Aggression und der namenlosen Wut, die in Cha Panggus Stimme lag. Ein Gutteil des Zorns seines Meisters konzentrierte sich auf die Gefangenen – von ihrem Schicksal würde man wohl noch lange sprechen.

»Aber viel wichtiger ist das, was Zva Pogxa möglicherweise in Erfahrung gebracht hat.«

»Was genau erforscht er?«

»Es gibt Hinweise darauf, dass ein zweites Gewebe im Weißraum existiert ... und dass ein Zugriff auf jene Schiffe gelingen könnte, die dieses zweite Gewebe befahren. Pogxa ist mit der Konstruktion von Hyperplanken beschäftigt.«

Ein zweites Gewebe im Weißraum? Ein fremdes Volk, das dieses bereiste? Fenji wusste nicht, was er davon halten sollte, es klang allzu phantastisch. Andererseits besaß Zva Pogxa großes wissenschaftliches Ansehen, er war der bedeutendste Pantopist dieser Generation; niemand kannte das Pantopische Gewebe des Weißraums so gut wie er. »Um welches Volk soll es sich dabei handeln?«

»Es ist die Rede von einem Zusammenschluss zweier Völker, um genau zu sein. Sie nennen sich selbst die Transgenetische Allianz.«

9

Club der Verlierer

»Die FARYDOON ist ein intergalaktisches Raumschiff«, sagte Tamrat Tooray Ziaar, als handele es sich um das Selbstverständlichste der Welt. Gemeinsam mit Perry Rhodan und Homer G. Adams stand er auf dem gewaltigen Gelände einer Werft, wo sie vor wenigen Minuten mit seinem Gleiter gelandet waren.

Die Insel hatte Ziaar als *Wissenschaftsbereich Eins* oder *Der Raumsturm* bezeichnet; einen Eigennamen wie die meisten anderen Inseln im weltumspannenden Meer Gorragans besaß sie nicht.

Fabrikationshallen umgaben die drei Besucher. Über ihnen spannte sich ein unsichtbarer Energieschirm – nur wenige hätten wie Rhodan die winzigen optischen Verzerrungen des Felds bemerkt, die man nur entdeckte, wenn man den Himmel sehr genau beobachtete.

Die FARYDOON stand weniger als hundert Meter entfernt. Rhodan hatte noch im Gleiter ihre Spezifikationen studiert, doch es war etwas völlig anderes, das Schiff und sein ungewöhnlich elegantes Design mit eigenen Augen zu sehen. Das Zentrum bildete ein Kugelkörper von knapp 400 Metern Durchmesser, der in Äquatorhöhe einseitig ausgekeilt war. In den Keil war ein flacher Ring eingelassen, der etwa den doppelten Durchmesser des Kugelraumers besaß.

Wie ein von einem Ring umgebener Planet, dachte Rhodan. *Wie der Saturn im Solsystem. Wenn da nicht die Aussparung des Ringes wäre, in die eindeutig etwas gehört. Nur was?* Er versuchte, sich die Aufzeichnungen zu vergegenwärtigen, doch er konnte sich nicht erinnern.

»Ein intergalaktisches Raumschiff«, wiederholte Homer G. Adams nachdenklich die letzten Worte des Tamrats. »Von welchen Geschwindigkeiten sprechen wir?«

»Es hängt auch von den Fähigkeiten der Vortex-Piloten ab, aber ein Überlichtfaktor von 150 Millionen ist durchaus möglich.«

150 Millionen. Rhodan betrachtete den von dem Ring umgebenen Kugelraumer. *Ein Wert, der in der Post-Hyperimpedanz-Zeit als völlig utopisch angesehen werden muss.* Rasch überschlug er die Entfernungen und rechnete sie um. »Das heißt, der Testflug nach Khordáad, der uns morgen bevorsteht, wird gerade einmal drei Stunden in Anspruch nehmen.«

In Ziaars Gesicht schien eine Sonne zu zünden. »Andromeda ist nur sechs Tage entfernt. Sechs Tage, Perry! Die Alten Stätten werden für uns Tefroder bald wieder erreichbar sein. Die Vertriebenen kehren zurück.«

In Rhodan zog ein nicht zu leugnendes Hochgefühl auf. Das waren mehr als phantastische Aussichten. All die Distanzen, die seit dem Hyperimpedanz-Schock als unüberbrückbar galten ... all die kosmischen Entfernungen ... sie schienen wieder näher zusammenzurücken. So recht wollte er es allerdings noch nicht glauben. Dennoch schob er die Zweifel und die tausend Fragen, die in ihm aufstiegen, erst einmal beiseite. Er wollte positiv an die Sache herangehen, auch wenn er spürte, dass es einen Haken geben musste.

Adams schienen weniger Skrupel zu plagen. Der kleine Mann reckte den leicht verkrümmten Rücken. »Und wo liegt das Problem?«

»In der Art der Manipulation, die das intergalaktische Reisen ermöglicht«, gab der Tamrat bereitwillig Auskunft. »Sie ist weder einfach noch billig. Genau hier kommt Terra ins Spiel.«

»Wie teuer kann die Spezialausrüstung eines Schiffes werden?«

»Du denkst von der falschen Richtung her.«

»Wir sprechen also nicht von der FARYDOON allein, sondern von einer ganzen Flotte?«

Ziaar ging einige Schritte in Richtung des Schiffs. Vom anderen Ende des Raumhafens her näherte sich ein Lastengleiter, über den sich eine gläserne Kuppel wölbte.

Nein, keine Kuppel, korrigierte sich Perry Rhodan, *der gläserne Aufbau gehört nicht etwa zum Gleiter, er ist das Transportgut.*

»Wir haben einen völlig anderen Ansatz verfolgt«, stellte der Tamrat klar. »Das *normale* Denken verlangt förmlich von uns, dass wir Schiffe aufrüsten, den Antrieb verfeinern oder im besten Fall neu erfinden. Die Transgenetische Allianz ist einen anderen Weg gegangen. Den umgekehrten Weg. Ich habe einige historische Abhandlungen über euer Leben und die Zeit eurer Jugend gelesen, weil ich in die Stimmung eintauchen wollte, die ihr wohl selbst empfunden habt, als auf Terra die Raumfahrt begann. Ihr seid Zeitzeugen gewesen und habt diese Epoche mitgeprägt wie nur wenig andere, die noch am Leben sind. Während dieser Studien bin ich auf ein interessantes Sprichwort gestoßen. Ihr dürftet es kennen. Vielleicht beschreibt es die Situation treffend. Wenn der Berg nicht zum Propheten kommt, muss der Prophet zum Berg kommen.«

Sofort begriff Rhodan, worauf Ziaar hinauswollte. »Ihr habt nicht eure Schiffe weiterentwickelt, sondern ...« Wie hatte der Tamrat es genannt? »... den Linearraum manipuliert?«

»Die Manipulation nennen wir Vortex-Routen. Es sind Strecken erhöhter Beschleunigung oder auch selbstbewegte Zonen.« Ziaar lachte, aber es klang unsicher. »Ich habe zu viele Abhandlungen unserer Wissenschaftler darüber gelesen. Was sich wie und weshalb bewegt, ist wohl ein wenig ... relativ. Aber ja, du hast Recht – wir haben nicht an unseren Schiffen angesetzt, sondern am Transportmedium.«

Was der Tamrat im Plauderton vorbrachte, war schlichtweg ungeheuerlich. Den Linearraum manipulieren? Wie sollte das möglich sein? Für wen hielt sich die Transgenetische Allianz? Ein vielleicht unfairer, aber ebenso unvermeidlicher Vergleich kam Rhodan in den Sinn. Was war zuletzt geschehen, als jemand – in diesem Fall die Kosmokraten und vielleicht auch die Chaotarchen – Naturkonstanten manipulierte? Die Erhöhung der Hyperimpedanz hatte alle raumfahrenden Völker technologisch um Jahrhunderte zurückgeworfen.

Äußerlich blieb Rhodan gelassen. »Ein unkonventioneller Gedanke. Wahrscheinlich ist es deswegen weder unserer Geheimagentin, noch denjenigen irgendeines anderen Sternenvolkes je gelungen, hinter euer Geheimnis zu kommen.«

»Das hoffen wir«, sagte der Tamrat. »Haneul Bitna hat dir zweifellos von dem Unbekannten erzählt, der auf Gorragan spionierte und alle Parteien ausspielte? Zwar starb er, aber wir wissen nicht, was er in Erfahrung brachte und vor seinem Tod womöglich noch weitermeldete.«

»Wie sieht diese Manipulation des Linearraums konkret aus?«, fragte Rhodan.

Der Lastengleiter erreichte die FARYDOON. Er schwebte vor dem Schiff empor und hielt direkt vor der Lücke im umgebenden Ring. Drei klobige Schweberoboter verließen den kleinen Passagierraum. Die keilförmigen Einheiten besaßen eine Fülle von dicken Tentakelarmen; sie waren offensichtlich für grobe Montagearbeiten konstruiert worden.

»Kommt mit in das Schiff«, bat der Tamrat. »Dort kann ich es euch anhand einiger Simulationen leichter erklären.« Er ging los; Rhodan und Adams folgten. »Einiges aber jetzt schon: Die Reiserouten müssen vorab präpariert werden. Wir trassieren sie mit einem speziell bearbeiteten Syntho-Molkex, das wir mit besonderen Hyperkristallen versetzen. Hyperkristalle, die die Brütersonnen unseres Sternenreiches absondern. Eine Strecke nach Andromeda vorzubereiten, kostet also erst einmal Zeit ... und eine Menge Ressourcen. Deshalb benötigen wir Terras Hilfe.«

»Unsere Agentin Avryl Sheremdoc hat mir von den Brütersonnen berichtet«, sagte Rhodan. Die Montagerobots entluden eine gläserne, rundum geschlossene, eiförmige Kabine, deren Wände völlig durchsichtig waren. Rhodan schätzte ihren größten Durchmesser auf etwa zehn Meter. Im Inneren waren vor allem eine breite Liege und einige technische Hardware zu sehen, deren Details Rhodan aus der Entfernung nicht erkennen konnte. »Ihnen verdankt die Transgenetische Allianz ihren Wohlstand und den Aufschwung. Sie schleudern mit ihren Protuberanzen wertvolle Hyperkristalle aus.«

»Es ist nicht leicht, diese Kristalle abzuernten, doch wir haben inzwischen Technologien entwickelt, die es uns ermöglichen. Die Ernte steigt von Monat zu Monat. Übrigens unterscheiden sich diese Sonnen auf den ersten Blick nicht von zahllosen anderen in unserem Herrschaftsgebiet. Wir wurden erst auf sie aufmerksam, als sich Einheiten der Terminalen Kolonne TRAITOR für sie besonders zu interessieren schienen. Diese Hyperkristalle versetzen wir wie gesagt mit dem synthetisch hergestellten Molkex ... was allerdings nur gelingt, wenn man ein spezielles Hormon zur Verfügung hat. Womit wir bei dem B-Hormon angelangt sind, das nur unsere Alliierten, die Gaatanyj-Jülziish, in ihren Körpern produzieren. Das ist einer der Gründe, warum wir sicher sind, dass wir auf absehbare Zeit eine Monopol-Stellung für unsere Vortex-Routen besitzen. Niemand kann diese Technologie ohne die Gaatanyj kopieren. Ebenso wenig wie ohne die Hyperkristalle unserer Brütersonnen.«

»Mit diesen Kristallen prägt ihr also den Linearraum?«, fragte Adams.

»Sie bieten eine Art Anknüpfungspunkt, ein Fixelement im mehrdimensionalen Bereich. Vielleicht solltest du es mit dem alten Bild des gekrümmten Raums vergleichen. Wenn ein Vortex-Pilot in der Gondel sitzt und in den Navigationsmodus übergegangen ist, kann er diese Fixelemente wahrnehmen und sein Schiff dorthin ziehen. Nun, das ist allerdings ein sehr schleppendes Bild, wie ich zugeben muss.«

»Im wahrsten Sinn des Wortes«, warf Rhodan ein. »Aber es ist nun einmal Teil eines Vergleichs, dass er nicht in jeder Hinsicht zutrifft.«

»Wie gesagt, man kann es auch von der anderen Seite her sehen – der Linearraum bewegt sich selbst auf das Vortex-Schiff oder genauer auf die Gondel zu, die das Herzstück unserer Schiffe darstellt. Es ist eine philosophische Frage. Nehmen wir es einfach als Tatsache hin, dass das Endergebnis für unsere Vortex-Schiffe ein Überlichtfaktor von 150 Millionen ist. Damit dürften wir jedem, ich betone, jedem anderen Schiff überlegen sein, auch den Spitzenfertigungen eurer eigenen Welt.«

Die Roboter verankerten die Glaskabine in der Aussparung des Ringteils der FARYDOON. Nun ergab sich ein geschlossenes, wenn auch seltsam asymmetrisches Gesamtbild. Das im Verhältnis zum Gesamtschiff winzige, durchsichtige Ei zog unwillkürlich Rhodans Blicke an. Er hob die Hand, wies darauf. »Ist dies die *Gondel*, von der du sprichst?«

»Dort befindet sich der Steuersitz des Vortex-Piloten. Das Herz des Schiffes und der gesamten Technologie.«

»Was meinst du, wenn du die Technologie erwähnst?«, fragte Rhodan. »Die Gondel – oder den Piloten? Mir ist vorhin schon aufgefallen, dass du davon gesprochen hast, dass der Pilot *in den Navigationsmodus übergeht* – als sei er eine Maschine. Ich habe einen der Piloten kennengelernt ... oder eine Pilotin. Caadil Kulée. Es gefällt mir nicht, wenn du einem Lebewesen die Funktion eines Roboters oder bestenfalls Androiden zuordnest.«

»Ich verstehe deinen Ärger, und es war von meiner Seite keineswegs abfällig gemeint. Caadil, oder wer immer die Gondel steuert, geht währenddessen *buchstäblich* in einen Navigationsmodus über. Du wirst es sehen. Die Vortex-Augen ...« Tooray Ziaar räusperte sich. »Und nun folgt mir bitte ins Schiff. Wie gesagt, einige Holo-Simulationen werden euch das Verständnis vielleicht erleichtern. Übrigens befindet sich Caadil an Bord. Es wird dich sicher freuen, sie wiederzutreffen.«

Von den Holofilmen, die Tamrat Ziaar seinen Gästen in einem festlichen Bankettsaal – gleich neben dem Eingang ins Bordcasino der FARYDOON – präsentierte, hatte Rhodan schnell genug; sie zeigten lediglich das, was er ohnehin schon wusste. Während Homer G. Adams eine Diskussion mit diversen Wissenschaftlern der Allianz begann, bat Rhodan darum, das Schiff besichtigen zu können – unabhängig und ohne Teil einer geplanten Führung zu sein.

Verwundert, aber sichtlich ohne dass es ihm Probleme bereitete, stimmte Ziaar zu; sie vereinbarten, sich früh am nächsten Morgen wieder zu treffen, einige Stunden vor dem Start der FARYOON. Die luxuriöse Kabine, die Rhodan für die Übernachtung zur Verfügung stand, kannte er inzwischen und versicherte, sie auch ohne Hilfe wieder zu finden.

Für Rhodan war es mehr als ein Vertrauenstest; wenn die Allianz etwas vor ihm zu verbergen hatte, würde ihr das auch dann gelingen, wenn er durch die Korridore der FARYDOON streifte. Ihm ging es darum, die Stimmung aufzufangen, die das Schiff verströmte; den Puls zu spüren, in dem dieser Raumer schlug.

Er verließ den Saal und spazierte durch den anschließenden Korridor, den er derart leer und verlassen wohl nicht mehr vorfinden würde, wenn erst einmal die gesamte Mannschaft an Bord und die FARYDOON aufgebrochen war.

Rhodan war in Tausenden von Raumschiffen unterwegs gewesen. Die besseren hatten stets eine Art *Seele* besessen, einen undefinierbaren Charakter, der sich aus Millionen von Details zusammensetzte. Das grundlegende Design, die Farben, die Quartiere der Mannschaft, die Düfte der Kantinen, die Wartungsroboter ... aber auch jedes einzelne Mitglied der Besatzung, die Frage, wie vielen verschiedenen Völkern sie angehörten ... spürte man das Vibrieren des Antriebs oder in welcher Lautstärke wurde die Kommunikation an Bord geführt ... all das waren Bestandteile dieser *Seele*, und doch gab es so unendlich viel mehr, einen Atem, der die gesamte Technologie durchströmte; ein Herz, das irgendwo und nirgends in den langen Korridoren und Maschinenhallen schlug; fast, als habe das Schiff selbst ein eigenes

Leben entwickelt, als sei es ein Wesen, eine Kreatur, die die Raumfahrer in ihrem Leib aufnahm und sie gut oder schlecht behandelte – je nachdem, ob sie von ihnen gut oder schlecht behandelt wurde.

Viele Namen stiegen in ihm auf, Raumschiffe, die zu einem Teil seines Lebens geworden waren, die ihn ebenso begleitet hatten wie manche *lebendige* Weggefährten. Die SOL, die BASIS ... Erinnerungen, Empfindungen, Assoziationen verbanden sich mit diesen Begriffen, die weit über das hinausgingen, was ein Stück Technologie, und sei es noch so riesig, liefern konnte. Die Reisen der SOL, die ihn in Kontakt mit Superintelligenzen brachten. Die BASIS, die ...

Sein Gedankengang stockte, als er Caadil sah. Er blieb stehen, in der Hoffnung, dass sie ihn noch nicht wahrgenommen hatte.

Sie stand mit dem Rücken gegen die Wand des Korridors gelehnt und schaute auf eine geschlossene Tür, als könnten ihre Blicke das gelb eingefärbte Metall durchdringen. Ihr rechtes Bein war angewinkelt, der Fuß lehnte gegen die Wand. Sie schloss die Augen – *ihre normalen Augen,* dachte Rhodan, *denn die Vortex-Augen sehen noch immer aus wie kristallener Schmuck in ihren Schläfen, nicht wie lebendige Sinnesorgane* –, ging einen Schritt vor, streckte die Arme aus und legte die flachen Hände gegen die Tür. Das Rot ihrer Haare schien vor dem gelben Metall zu leuchten. Sie atmete mit halboffenem Mund, summte eine Melodie, tippte dabei mit den Fingerspitzen den flotten Rhythmus.

Jazz, dachte Rhodan, *es ist Jazz, wie er auf Terra gespielt wurde.* Er stand wie angewurzelt, gab keinen Laut von sich, um sie nicht auf sich aufmerksam zu machen. Sie schien so stark in sich selbst versunken, so konzentriert, als versuche sie eine unendlich schwierige Aufgabe zu lösen. Er hörte sie singen, leise und in absolut reinen

Tönen, die keinen Zweifel darüber ließ, dass sie ihre Stimme professionell schulte.

»Fly me to the moon ... let me sing among those stars.«

Es war Englisch, eine der längst vergessenen altterranischen Sprachen.

»Let me see what spring is like ... on Jupiter and Mars.«

Englisch, wie es seit Jahrhunderten niemand mehr sprach, wie es aber in einem Sprachghetto überlebt hatte – in der musikalischen Lyrik, die sich einer bestimmten melodischen Richtung bediente.

Caadil verstummte. Ohne die Augen zu öffnen, ohne den Blick zu wenden, zog sie die Hände zurück. »Ich liebe den Paläo-Jazz. Du findest es vielleicht absurd, aber seit ich ihn auf meiner Heimatwelt Gwein einmal gehört habe, geht mir dieser Rhythmus nicht mehr aus dem Sinn. Wenn ich ein Problem lösen muss, verleiht es mir besondere Konzentration, ihn zu summen. Ich habe mit dieser Hilfe schon so manche unkonventionelle Lösung gefunden.« Sie lachte. »Manche vermuten, es sei eine Para-Gabe. Nur einen passenden Namen dafür finden sie nicht.«

Rhodan ging näher. »Entschuldige, dass ich dich beobachtet habe. Seit wann weißt du, dass ich da bin?«

»Ich habe dich kommen sehen, aber du störst mich nicht.«

»Was ist hinter dieser Tür?«

»Der Zugang zur Gondel.«

»Dem Steuerzentrum der FARYDOON?«

»Die gläserne Kabine inmitten des Rings. Das Herz des Schiffes. Ich werde es nicht betreten, oder wenn doch, werde ich nicht auf der Navigatorenliege Platz nehmen. Aber glaub mir, es gibt nichts, nach dem ich mich mehr sehne.« Ihre Fingerspitzen huschten über die Kristallaugen in ihren Schläfen. »Dennoch bin ich nur ... Schülerin.«

Rhodan entging das kurze Zögern nicht, doch er schwieg.

»Warum bist du unterwegs?«, fragte sie.

»Ich habe genug von Vorträgen und Holoschauen, die mir die Funktionsweise eines Vortex-Schiffes anhand von ausgefeilten Simulationen erklären sollen.«

»Sieh den Linear-Vortex als eine Art Schnellstraße im Linearraum. Die präparierten Hyperkristalle, von denen du zweifellos gehört hast, sind Bojen, die im Abstand von 722 Lichtjahren verankert wurden und das Vortex-Schiff zunächst anziehen, dann im Vorüberflug beschleunigen.«

Perry Rhodan dachte über Caadils Worte nach. »Wieder ein völlig anderes Erklärungsmodell, als es etwa der Tamrat gebraucht hat. Es kommt mir allerdings anschaulicher vor.«

»Anschaulicher, das ist das richtige Wort. Es ist ein Bild ... die tatsächlichen Vorgänge im Hyperraum sind natürlich um einiges komplexer. Ich glaube nicht, dass wir sie verstehen können.«

»Womit wir wieder beim Themenkomplex *Fragen und Antworten* angelangt wären.«

»Für mich habe ich diese Antwort längst gefunden. Ich muss die Hyperphysik nicht verstehen. Aber ich *fühle* den Vortex. Das ist meine Aufgabe als Pilotin.«

»Zeigst du mir das Schiff?«

Sie schüttelte den Kopf; eine eigentlich terranische Geste, die offenbar auch bei den Gorragani verbreitet war. »Wenn du einverstanden bist, Perry, würde ich dir lieber etwas anderes zeigen. Begleitest du mich in die Stadt?«

»Seht sie euch an!« Der Blue rief diese Worte mit übertriebener theatralischem Tiefsinn, zu dem die hohe, zirpende Stimme so gar nicht passen wollte. Die Hände fuchtelten vor dem Diskusschädel, als wollten sie die zahllosen Passanten greifen und in das kleine Museum zerren. »Die Meister der Insel ... legendär, entsetzlich – gruselig!« Beim letzten Wort zitterte die Stimme noch stärker als zuvor.

Rhodan blieb stehen. Die Menge strömte an ihm vorüber. Caadil bemerkte es nicht sofort und hatte einige Mühe, sich zurückzukämpfen.

Nicht nur Tefroder und Blues waren unterwegs; Rhodan erkannte auch die weißen Haarschöpfe einiger Arkoniden sowie, was ihn mehr als alles andere erstaunte, einen gerade einmal handspannengroßen Siganesen, der auf einem kleinen Spezialgleiter wenige Zentimeter über den Passanten flog. Vor wenigen Minuten hatte er darüber hinaus geglaubt, einen Springer zu sehen – doch der hatte sich in der Masse verloren. Es wäre allerdings nicht verwunderlich gewesen, denn dieses Händlervolk, das sich gerne *eigener Methoden* bediente, war nahezu überall anzutreffen. Alles in allem schien es nur wenig Fremdenverkehr auf Gorragan zu geben, aber völlig abgekapselt vom galaktischen Geschehen war diese Welt nicht.

Etwas rempelte von hinten seine Unterschenkel an. Ein dumpfer Schmerz jagte durch seine Beine, er knickte in den Knien ein, wäre fast gestürzt. Rhodan wandte sich verärgert um und sah einen Hund mit zottigem Fell. Gerade dachte der Terraner, dass er wohl Glück gehabt hatte, nicht gebissen worden zu sein, als das vermeintliche Tier sich auf die Hinterbeine aufrichtete und sich in akzentfreiem Interkosmo wortgewandt entschuldigte.

Dem Blue, der theatralisch mit den Meistern der Insel geworben hatte, entging derweil nicht, dass ein potenzieller Kunde stehen geblieben war. »Du willst sie sehen, die Wunder und die Gräuel der Vergangenheit? Lebensechte Holoramen stellen die Historie der Vergangenheit dar!«

Die Historie der Vergangenheit, wiederholte Rhodan in Gedanken. Er murmelte ein halb interessiert wirkendes »so, so« und wartete ab.

»Die Meister der Insel, die Andromeda geknechtet haben«, fuhr der Blue fort. »Deine Wurzel, mein Freund!«

»Er ist kein Tefroder«, sagte Caadil kühl, die inzwischen den Weg zurück geschafft hatte. »Siehst du nicht, dass ...«

Rhodan griff nach ihrer Hand, die sie erhoben hatte. »Lass ihn. Ich interessiere mich für die Meister der Insel.«

Der Blue gab ein zirpendes Geräusch von sich; es klang äußerst zufrieden. »Bei der fahlwolkigen Kreatur der Vergangenheit, du wirst den Besuch nicht bereuen. Wir dokumentieren sogar das Leben des großen Befreiers bis in die Gegenwart. Perry Rhodans legendäres Zusammentreffen mit Faktor 1, der Kampf mit Mirona Thetin und sein weiteres Leben auf Terra ... alles inklusive, für ein Eintrittsgeld, das ein reiner Spottpreis ist.«

Er scheint seine eigenen Holofilmchen nicht sonderlich gut zu kennen, dachte Rhodan. »Nach deinen wenigen Andeutungen glaube ich nicht, dass dein ...«

»Museum«, half der Blue aus, als Rhodan zögerte.

»... dein Museum historisch allzu korrekt ist.«

»Ich habe höchstpersönlich geforscht und ...«

Caadil und Rhodan lachten gleichzeitig los. »Die Meister sind ein dunkler Schatten, über den heute kaum noch jemand etwas weiß«, meinte sie schließlich. Dann, mit einem Blick auf den Blue: »Komm, Perry.«

Rhodan gönnte sich ein letztes, breites Grinsen und folgte seiner Begleiterin.

Durch das Getümmel ging es weiter, und der Terraner sah all das, was sich offenbar universell in jeder

Stadt der Galaxis breitmachte, wenn man die auf Hochglanz polierten Zentren verließ. Holos warben in tausend Abwandlungen für sexuelle Erlebnisse, eine Neonreklame versprach *Träume, Visionen, Herrlichkeit, nur bei Vlau-Priy-Moor, der Meisterin der Zukunft*, es stank aus Spelunken nach tausend ranzigen Mahlzeiten und reichlich fließendem Alkohol.

Irgendwann bog Caadil ab, und der Trubel blieb hinter ihnen zurück. Zu beiden Seiten ragten die gläsernen Fronten zehnstöckiger Gebäude auf. Der Schmutz auf den Scheiben zeugte davon, dass für selbstreinigende Fassaden hier offenbar ebenso wenig Geld vorhanden war wie auch nur für die billigsten Reinigungsroboter.

Vor einer halbverfallenen Tür blieb Caadil stehen und drückte sie auf. »Die Teestube ist ein Geheimtipp.«

»Teestube?«, fragte Rhodan. »Klingt ungewöhnlich.«

»Es sind Terra-Nostalgiker.«

»Lass mich raten – sie spielen Paläo-Jazz.«

Sie lächelte. »Hin und wieder.«

Obwohl er sich genau umsah, konnte er nicht den kleinsten Hinweis darauf entdecken, dass dieser Eingang in eine öffentliche Teestube führte. Offenbar schien es sich tatsächlich um einen *Geheim*tipp zu handeln.

Einen Antigravschacht gab es nicht, stattdessen stiegen sie eine Treppe nach oben. Es roch nach einer Mixtur der abenteuerlichsten Gewürze.

Zwei Stockwerke höher hämmerte Caadil gegen eine Tür aus verbogenem Plastik.

Es dauerte nicht lange, dann wurde geöffnet. Zuerst sah Rhodan einen zauseligen Vierbeiner mit schwarzem und weißem Fell, aus dessen Rücken verkümmerte Flügel wuchsen – doch diesmal handelte es sich offenbar tatsächlich um ein Tier, wie ein scharfer Zuruf vermuten ließ, auf den hin es zur Seite trottete und den Besuchern den Weg frei machte.

»Caadil«, sagte ein Tefroder mit stoppelkurzen, grün gefärbten Haaren erfreut. Die Mitte des Kopfes zierte eine Glatze, in die ein verschlungenes Symbol tätowiert war; Perry konnte es erst erkennen, als sich der Fremde leicht verneigte. »Sei willkommen, und dein Begleiter ebenso.«

»Du weißt, wer er ist?«

»Selbstverständlich. Doch für mich ist ein Gast wie der andere.« Der Tefroder schnippte mit dem Finger und rief »Bass Clarinet and his Coltermen« gegen die Decke, woraufhin Musik zu spielen begann – Jazz, wie Rhodan nicht anders vermutet hatte. »Was kann ich euch bringen?«

»Was immer du an einem Tag wie diesem empfiehlst.«

Ein zufriedenes Lächeln legte sich auf die Lippen des Teestubenbesitzers. »Ich werde dir etwas Besonderes mischen.« Er wandte sich an Rhodan und sah ihn fragend an.

»Ich schließe mich meiner Begleiterin an.«

»Für zwei, sehr wohl. Caadil wird dir die Feinheiten einer Teezeremonie auf Gorragan sicherlich liebend gern zeigen, wenn du es wünschst. Und nun geht, geht ... ich schätze, dass ihr bereits erwartet werdet.«

Caadil führte Rhodan durch einen Vorhang aus zerschlissenen Perlenschnüren. Da erst fiel ihm auf, wie geradezu unpassend sauber der Boden glänzte, der aus reinweißem Gestein bestand. Für die großflächigen Bilder an den Wänden des anschließenden Raums hatte der Terraner keinen Blick – zu sehr nahmen ihn die beiden einzigen Gäste gefangen, die dort scheinbar nur auf ihn gewartet hatten.

»Überraschung«, sagten Haneul Bitna und Avryl Sheremdoc wie aus einem Mund.

Caadil lächelte entschuldigend. »Ich hatte ohnehin vor, dich an Bord der FARYDOON zu suchen, Perry, und dich um diesen kleinen Ausflug zu bitten. Nach deinem Abschied hatte ich mich mit Avryl und Haneul zusammengetan. Wir haben einiges gemeinsam – alle drei werden wir zwar an der kommenden Reise nach Khordáad teilnehmen, aber nicht im Mittelpunkt stehen. Ich werde nicht navigieren, Avryl ist nur die Begleiterin des eigentlich wichtigen Fluggastes, und Haneul ist ... nun, was er ist, weiß ich auch nicht.«

»Ich weiß es ja nicht einmal selbst«, sagte der Vogelartige und klapperte noch einige Male mit dem Schnabel, als der Simultanübersetzer längst schwieg. »Wir sind die Verlierer. Die ewigen Zweiten.«

Rhodan setzte sich. »Gerade du kommst mir ganz und gar nicht so vor, Haneul. Im Gegenteil. Du scheinst immer noch ein As im Ärmel zu haben, weil du stets ein wenig mehr weißt, als du vorgibst zu wissen. Wer bist du wirklich?«

Am Hals, dicht über dem Ende des roten, uniformartigen Oberteils, sträubte sich das Gefieder. »Ich sehe keinen Grund, es länger vor dir geheim zu halten. Ich war nicht immer Agent der Transgenetischen Allianz, aber die Gorragani wissen, dass sie mir vertrauen können. Du hast inzwischen einige Eindrücke von der Allianz gesammelt, Perry Rhodan – aber ist dir auch aufgefallen, dass sie kein eigenes Militär besitzt? Keine Kriegsmaschinerie, oder positiv ausgedrückt, keine eigene Verteidigungsarmee?«

»Aufgefallen ist zuviel gesagt. Avryl hat es natürlich in ihrem Bericht erwähnt.«

»Die Allianz bedient sich stattdessen der Söldnerdienste der Sternenwacht Myrmidon. Und genau hier kam ich ins Spiel.«

Die Klinge raste heran.

Haneul sah nichts außer einem gleißenden Licht – ob es Zufall war, eine Reflexion der untergehenden Sonne, oder ein bizarrer Effekt, um den Gegner zu verwirren, wusste er nicht.

Ein Schmerz, dann trieben einige Federn vor seinen Augen, vermischt mit Blutstropfen.

Die Rechte seines Gegners war zur Faust geballt, um die einzelnen Finger zogen sich schmale, gezackte Metallringe. Haneul ließ sich rückwärts fallen, entging so dem brutalen Schlag. Noch im Sturz riss er das rechte Bein hoch.

Ein punktgenauer Treffer.

Adlai Kefauver schrie, als Haneuls Krallen gegen sein Handgelenk schmetterten.

Kaum schlug der Rahsch'kani auf, krümmte er sich zusammen, spannte alle Muskeln an und warf sich auf seinen Gegner. Er prallte gegen seine Beine und riss ihn von den Füßen.

Wieder dieser blitzende Lichteffekt in seinen Augenwinkeln. Die Waffe sah Haneul nicht, doch das war nicht nötig. Seine Linke schnellte hoch und bekam den Waffenarm zu fassen. Adlai wollte sich losreißen, doch beide Kontrahenten wälzten sich über den Boden. Jeder versuchte die Oberhand zu gewinnen. Steine stachen in Haneuls Rücken. Während er die Krallen in Kefauvers Bein schlug, ließ dieser die Klinge fallen.

Haneul war überrascht – eine halbe Sekunde lang. Zu lange. Den Fehler bereute er sofort, als sein Gegner den Schädel gegen seine Stirn rammte.

Beide ächzten. Blut lief über Adlais Gesicht. Haneul verlor die Orientierung. Ihn schwindelte. Er glaubte, ohnmächtig werden zu müssen, doch das ließ er nicht zu. Wenn er jetzt in dem schwarzen Strudel versank, war alles verloren. Alles, wofür er seit Monaten jede freie Sekunde seines Lebens geopfert hatte.

Er griff zum Äußersten, quälte sich auf die Füße und schloss die Schnabelhälften. Adlai Kefauver stand ebenfalls, überkreuzte die angespannten Unterarme und rannte los. Mit einem Schrei schlug er mit beiden Armen zu.

Die erste Attacke unterlief Haneul. Die linke Handkante jedoch schmetterte genau wie berechnet gegen sein Brustbein. Ein notwendiges Opfer.

Schlimmer als der Schmerz war der Ekel, als sich Haneuls Schnabelspitze keine Sekunde später in das Fleisch von Adlais Schulter bohrte.

Und jetzt – öffnen ...

Sein Gegner brüllte, Haneul hörte das widerwärtige Geräusch von sich dehnendem, reißendem Fleisch, schmeckte das Blut, das ihm in den Schnabel lief.

»Abbruch«, hörte er, und die Gegner taumelten auseinander.

Medoroboter eilten herbei und versorgten sie. Das Schmerzmittel war eine Wohltat.

»Bestanden«, quetschte Adlai hervor. »Du bist in die Sternenwacht Myrmidon aufgenommen.«

Dann schlief Haneul Bitna, der myrmidonische Söldner, unter dem Einfluss des Betäubungsmittels ein.

»Eine sehr harte Prüfungsmethode«, sagte Avryl. Sie hielt eine Tasse, aus der ein Gewürztee dampfte, dessen blaue Blätter im noch immer siedenden Wasser tanzten.

Dass es sich um selbsterhitzende Tassen handelte, war Rhodan anfangs unangenehm aufgestoßen; es wollte nicht zur übrigens nostalgischen Stimmung passen, der sich die Teestube verschrieben hatte.

»Wenn ich ehrlich sein soll«, fuhr Avryl fort, »freue ich mich, dass der TLD andere Lehrmethoden bevorzugt.«

»Der Sternenwacht ist wichtig, dass ihre Mitglieder sich auf einen guten Nahkampf verstehen. Glaub mir, es war mir seitdem mehr als einmal nützlich. Adlai sagte mir später, auf diese Weise hätte ihn noch niemand angegriffen.«

Rhodan versuchte sich die Szene bildlich vorzustellen, und leichte Übelkeit stieg in ihm auf. Er nahm einen Schluck Tee, der den bitteren Geschmack in der Mundhöhle vertrieb.

Caadil saß mit untergeschlagenen Beinen auf ihrem Sessel und hatte bislang schweigend der Erzählung gelauscht. Nun ergriff sie das Wort, und sie redete, ohne die anderen anzuschauen. »Ich hatte einen Cousin. Er liebte Tiere aus Stoff, weiche, kuschelige Tiere. Sie schenkten ihm einen ruhigen, tiefen Schlaf. Entschuldige, Haneul, er ... er liebte einen Vogel mit dünnen Beinen und einem riesigen Schnabel. Sein Plüschkörper war schon ganz abgegriffen und dünn, weil mein Cousin ihn ständig mit sich herumtrug, weil er ihn Nacht für Nacht in der Hand hielt und auf dem Schnabel herumkaute.« Ihre Augen schillerten plötzlich feucht. »Eines Tages hatte er einen Unfall. Ein Gleiter ... mein Cousin hatte nicht aufgepasst, und ein Gleiter schmetterte gegen ihn. Sein Bein hing irgendwie fest, und der Gleiter schleifte ihn mit sich, bis – bis das Bein ...«

Alle sahen zu ihr. Niemand sprach ein Wort. Rhodan fragte sich, wieso sie gerade in diesem Augenblick diese Episode aus ihrer Vergangenheit ansprach.

»Ich sehe diese Wunde noch immer vor mir, diesen Stumpf, aus dem das Blut läuft.« Ihre Hände zitterten so sehr, dass sie sie an den Leib zog und ineinander verschränkte. »Ich war zuerst bei ihm, denn ich hatte auf ihn aufpassen sollen. Er war doch erst vier Jahre alt. Er hat mir seinen Arm entgegen gestreckt und nach dem Stoff-Vogel gerufen, der ihm aus der Hand gerissen worden war. Seine Augen waren ganz groß. Ich hatte das Tier aufgehoben, als ich ihm nachgerannt war, weil ich dachte, er ... er braucht es doch. Ich hab es ihm in die Hand gegeben, und er hat gelächelt, als er starb. Gelächelt und auf den Schnabel gebissen.« Sie löste die Hände und griff nach ihrer Tasse. Als sie sie hochhob, verspritzte sie etwas Tee. »Ich musste daran denken, als du erzählt hast, wie dein Schnabel ...«

Erstmals sah Rhodan eine Regung in ihren Vortex-Augen. Sie schienen zu schillern. Eine Folge der starken inneren Erregung? Oder bildete er es sich nur ein?

»Entschuldige«, sagte sie unvermittelt. »Manchmal neige ich dazu, zu viel zu reden. Fahr mit deinem Bericht fort, ich wollte dich nicht stören.«

Einige Sekunden schwiegen alle, und Perry gingen Caadils Worte nicht aus dem Sinn. Es musste für sie ein schreckliches, prägendes Erlebnis gewesen sein, ihrem kleinen Cousin beim Sterben zuzusehen. Ob es damit zusammenhing, dass sie sich offenbar so sehr ins All sehnte?

»So wurde ich ein Söldner der Sternenwacht«, sagte Haneul schließlich. »Zwei Jahre später, genau im Jahr 1417 deiner Neuen Galaktischen Zeitrechnung, Perry, wurde die Sternenwacht zum ersten Mal von der Transgenetischen Allianz engagiert. Ich war Teil dieses ersten Einsatzes. Ein Kommando des benachbarten Sternreiches der Lemuraner hatte Kenntnis erhalten von ...«

»... von einem Frachttransport der Transgenetischen Allianz, der von ihrer Heimatwelt Gorragan nach Khordáad führt. Was transportiert wird, ist für uns nicht von Belang.« Adlai Kefauver, Haneuls ehemaliger Ausbildungsleiter und inzwischen Einsatzleiter für hochbrisante – weil lukrative und bestbezahlte – Aufträge, musterte seine Einsatztruppe.

Außer Haneul würden mehr als fünfzig weitere Söldner zum Einsatz kommen. Die meisten kannte der Rahsch'kani persönlich. Es waren die Besten der Besten. Gegen einige von ihnen hätte selbst er keine Chance im direkten Zweikampf, da machte er sich nichts vor.

»Es steht wohl außer Zweifel, dass die Lemuraner den Transport angreifen werden. Womit sie allerdings nicht rechnen: Wir werden an Bord sein. Sie werden niemals zu Gesicht bekommen, wonach sie suchen.«

Haneul war der Einzige, der sich traute, die Frage zu stellen, die zweifellos allen auf der Seele brannte. »Wonach suchen sie?«

»Habe ich nicht schon gesagt, dass das für uns irrelevant ist?«

»Das hast du«, bestätigte Haneul. »Aber entspricht das auch der Wahrheit? Was, wenn wir zum Beispiel eine schreckliche biologische Waffe beschützen, mit der die Allianz Völkermord an den Lemuranern begehen wird?«

Adlais Augen lagen tief in den Höhlen; sie waren schwarz wie die Haare, die dicht über den Brauen ansetzten. Ebenso wie er unbändig lachen konnte, bis ihm die Tränen kamen, besaß er in anderen Situationen keinen Funken Humor. »Dann hat das mit uns nichts zu tun. Wir beschützen diesen Frachttransport.«

»Verstanden«, sagte Haneul. Hätte er seine Gedanken ausgesprochen, wäre es zu einer Eskalation gekommen, die niemandem etwas genützt hätte.

Fünf Stunden später startete der Transportflug, und das Schiff der Transgenetischen Allianz fiel unnötig oft aus dem Linearraum, um nach kurzem Aufenthalt wieder zu starten. Derartig viele Orientierungsstopps konnten nicht nötig sein.

Während des neunten Stopps griffen die Lemuraner an und enterten das Schiff.

Beiboote der myrmidonischen Sternenwacht schleusten aus und zerstörten den Raumer der Lemuraner. Haneul und dreißig weitere Söldner kümmerten sich um den Entertrupp. Haneul selbst tötete an diesem Tag acht Eindringlinge; sechs mit gezielten Schüssen, zwei im Nahkampf.

Später, als er einem hochrangigen Politiker der Allianz namens Tooray Ziaar gegenüberstand und dessen Dankesrede entgegennahm, unterbrach er diesen mitten im Wort und bat darum, ihn unter vier Augen sprechen zu dürfen. Ziaar stimmte zu, und noch am selben Tag stellte Haneul ihm die Frage, welches Transportgut er mit seinem Leben geschützt hatte.

»Das werde ich dir nicht sagen«, sagte Ziaar, »aber ich habe dir ein Angebot zu machen.«

»Es hat ihn beeindruckt, dass ich der Einzige war, der mehr wissen wollte.« Haneul Bitna tauchte die Spitzen einiger Federn des Handrückens in seinen Tee. Rhodan fragte sich, ob er über sie etwas fühlen konnte. »Auf meine eigene Art habe ich ihn von meiner Loyalität überzeugt, davon, dass ich ein Gewissen besitze.«

»Also rekrutierte er dich für die Allianz«, stellte Avryl fest. »Du hast deine Karriere wirklich zielstrebig verfolgt.«

»So ist es, wenn man mit denen zu tun hat, die Macht besitzen. Mein Ausbilder Adlai Kefauver ist heute einer der beiden Inhaber der Sternenwacht. Ihr werdet ihn morgen kennenlernen, denn er wird an dem Flug nach Khordáad teilnehmen, genau wie ein Trupp seiner Söldner. Eine reine Vorsichtsmaßnahme übrigens, niemand rechnet tatsächlich mit einem Angriff. Ach ja – und Tooray Ziaar, dem ich damals die Frage stellte, ist heute einer der beiden Tamräte. Im Vergleich zu ihnen ist meine Karriere also eher bescheiden verlaufen.« Er lehnte sich zurück, breitete die Arme aus und hob sie leicht an, als wolle er seine eigene Genialität anbeten. »Aber ich möchte mich nicht beklagen.«

»Und nun ...« Avryl zog aus einer Tasche, die Rhodan neben ihrem Sessel bislang nicht bemerkt hatte, eine flache, kaum fingerlange Flasche. Sie schraubte sie auf und ließ reihum in jede Tasse einen Tropfen fallen. »Das genügt, um den Tee etwas ... hm, etwas feierlicher zu gestalten. Auf Perry Rhodan, der sich nicht zu schade war, den Club der ewigen Zweiten zu besuchen!«

Rhodan hob seine Tasse und trank. Schon der Duft stellte klar, dass der eine Tropfen in der Tat genügte ...

Er sah die Versammelten nacheinander an. Caadil Kulée ... Avryl Sheremdoc ... Haneul Bitna. Er kannte sie noch nicht lange, doch er wusste, dass er ihnen vertrauen konnte, auch wenn er bei weitem noch nicht alles über sie wusste oder wie im Fall von Caadil gerade einmal die Oberfläche ihrer Persönlichkeit angekratzt hatte.

Dennoch fühlte er sich geborgen, und dieses Wissen verschaffte ihm ein beruhigendes Gefühl, mehr noch als das Wissen um die Söldner der Sternenwacht, die den Flug nach Khordáad begleiten würden.

»Auf den Club der Verlierer«, sagte er, sicher, dass keiner von ihnen tatsächlich ein Verlierer war.

Und er war überzeugt davon, dass jeder Einzelne dies genauso sah.

10

Die Cyberiaden der Gui Col

Die Haut kribbelte unter der Hitze. Tausend winzige Laserstrahlen schienen sich in sein Gesicht zu bohren. Blitzende Reflexe tanzten bei jedem Schritt vor Fenji Eichach auf dem Boden, wie immer, wenn die Hitze groß und das Sonnenlicht stark genug war, dass es sich auf der golden-glatten Haut spiegelte. Allerdings gab es nur wenige Welten, auf die dies zutraf.

Bei Hort Nooring, dem Planeten, der nicht nur seinen Meister, sondern auch ihn selbst hervorgebracht hatte, handelte es sich um eine dieser Welten. Fenji genoss die Wärme, die ihn seit ihrer Rückkehr nach der gelungenen Flucht bis in den letzten Winkel seines Körpers durchdrang. Es war einfach nicht dasselbe, tatsächlich zu Hause zu sein oder sich in einer Schwitzkammer der CHAJE der seiner Heimat nachempfundenen Hitze auszusetzen. Wenn es möglich gewesen wäre, Pirat zu werden, ohne Hort Nooring zu verlassen, Fenji hätte diese Chance sofort ergriffen. Ganz im Gegensatz zu Cha Panggu – sein Meister liebte es, unterwegs zu sein, sich im freien Weltraum aufzuhalten, bei seinen Zwillingstöchtern, die den Palast in der CHAJE niemals verließen.

Auch auf Hort Nooring besaß der *Teufel, der Gold bringt,* selbstverständlich eine prunkvolle Residenz, wie es seinem Stand angemessen war; Fenji konnte sich allerdings nicht daran erinnern, dass Panggu diese seit dem Tod seiner Gefährtin auch nur ein einziges Mal betreten hatte.

Fenji durchquerte die Einlasskontrolle, ohne von den Wächterrobotern aufgehalten zu werden. Sie erkannten ihn als Zugangsberechtigten und ließen ihn passieren. Er betrat die vollverglaste Hightech-Einzelloge der Cyberiaden-Arena. Die Kanzel schloss sich, kaum dass der Besucher im bequemen Sessel Platz genommen hatte. Die Loge setzte sich sofort in Bewegung und nahm ihren Platz über dem Hauptkampfplatz der Cyberiaden ein. Eine weite, überwiegend flache Graslandschaft breitete sich unter ihm aus. Vereinzelte Wälle und Hügel sowie ein riesiger, einzeln stehender Baum schufen einen harmonischen Gesamteindruck.

Fenji regulierte die Temperatur in der Loge einige Grad nach oben und schaltete die Servomechanik ein.

»Cyberoiden sind bereits im Einsatz«, meldete sich sofort eine sanfte, aber leblose Stimme zu Wort. »Wünschst du nähere Informationen?«

»Nein.«

Er lehnte sich zurück, spürte den leichten Gegendruck der Sessellehne und aktivierte die Massagefunktion. Im Gegensatz zu seiner sonstigen Gewohnheit hatte er sich für eine vollkommen passive Variante der Cyberiaden-Spiele entschieden – ohne Eigenbeteiligung, ein Status als bloßer Zuschauer. Von der aktiven Jagd hatte er erst einmal genug. Diese verfluchten Vodyanoi hatten ihm mit ihrer völlig sinnlosen Aktion die einzige Beschäftigung geraubt, die ihm Frieden und Ruhe schenkte.

Der Platz in der Einzelloge hätte normalerweise ein Vermögen gekostet, wenn Fenji ihn überhaupt hätte ergattern können. Dass er nun in ihr saß, verdankte er ausschließlich der Tatsache, dass er als Cha Panggus Meisterschüler einiges Ansehen auf Hort Nooring genoss. Die Veranstalter der Cyberiaden-Spiele hatten sogar mit Fenjis Namen geworben, um den Ansturm der Zuschauer noch zu steigern: *Einer der großen Söhne unserer Welt wird den Kampf seines Meisters beobachten.*

Zwei Kampfroboter rasten auf Mini-Schwebeplattformen durch die große Arena, die Fenji in ihrer ganzen Größe überblickte, was nur wenigen Zuschauern vergönnt war. Die aktuellen Kontrahenten waren jedoch reine Roboter, nichts als Kampfmaschinen – noch nicht die Zerebrale, deren Einsatz für diesen Tag vorgesehen war. Nur wegen der Zerebrale besuchte er die Spiele. Wenn sich zwei Cyberoiden-Roboter gegenseitig hetzten und zerlegten, mochte das für das einfache Volk amüsant sein, Fenji jedoch war längst über die Phase hinaus, in der er Freude an reinen Zerstörungsorgien gefunden hatte. Für ihn mussten die Spiele eine gewisse Würze besitzen, die über die möglichst effektive Nutzung zahlloser technischer Spielereien und Tötungsmaschinen hinausging.

Unter ihm jagte einer der Kampfroboter eine Torpedosalve auf seinen Gegner, der auswich, indem er seine Schwebeplattform in steilem Winkel nach unten riss. Haarscharf über dem Boden stabilisierte sich der Flug, während in einigen Dutzend Metern Entfernung die Torpedos detonierten.

Ein automatischer Akustikdämpfer hielt die Lautstärke in Fenjis Loge auf einem erträglichen Niveau, gerade laut genug, um das dumpfe Dröhnen noch körperlich zu spüren. Es versetzte das Plasma der Gebildegrube in Wallung.

Die Feuerwand raste jedoch auf den Cyberoiden zu und erreichte dessen Schwebeplattform. In Sekundenschnelle glühte das Metall. Der Kampfroboter schnellte in die Höhe und korrigierte noch in der Luft durch einen kurzen Schub aus den Hochdruckdüsen seine Richtung. Er überschlug sich mehrfach und krachte auf einen freiliegenden Wiesenbereich. Seine Plattform explodierte. Bruchstücke jagten durch die Luft, durchstießen Feuer und Qualm. Beißend grüner Rauch stieg von den zerschmetterten Überresten, die wie Geschosse in den Boden hämmerten.

Der zweite Kampfroboter sah offenbar seinen Sieg gekommen und feuerte unablässig. Eine Spur aus wirbelnden Erdbrocken und brennenden Grasbüscheln raste auf den Abgestürzten zu, der sich erhob und in aberwitzigem Tempo losrannte, auf den Angreifer zu. Dieser versuchte noch, seine Schussrichtung zu korrigieren, aber es war längst zu spät. Einer der Kampfarme des schon fast besiegten Cyberoiden hielt plötzlich eine Bombe und schleuderte sie in die Höhe. Sie detonierte direkt unter der Schwebeplattform. Der Roboter wurde mit ihr in tausend Stücke zerrissen, die qualmend und dampfend in die Tiefe prasselten.

Aus Interesse kalibrierte Fenji seine Akustikfelder auf eine allgemeine Frequenz. Das Publikum johlte und applaudierte; ein vielstimmiges Kreischen erschall, als der siegreiche Cyberoide in den Trümmern die Schädelsektion seines Gegners fand und lange, metallene Finger in die rotglühenden Kunstaugen bohrte.

Was all diese Gui Col nur an einem derartigen Schauspiel fanden? Es war primitiv und zielte nur auf Effekte – die Grundprogrammierung der Kampfroboter sah derartige Einlagen vor, die jeglicher Vernunft widersprachen. Wo lag der Erkenntnisgewinn, wo jenes prickelnde Gefühl der Spannung über den ungewissen Ausgang der Kämpfe, wenn nur Kunstgeschöpfe gegeneinander antraten? Wenn kein einziges echtes Leben auf dem Spiel stand?

Fenji öffnete die mobile Kühleinheit seiner Loge. Wie erwartet, fand er heimischen Bosraac-Wein. Er kappte die Flasche und genoss den herben Geschmack. Kaum hatte er einige Schlucke getrunken, roch der gesamte Innenraum der Loge nach dem Wein; seine Gebildegrube reagierte und sonderte den Alkohol in Duftschüben ab, um den Körper vor Vergiftung zu schützen.

Eine Frau, dachte Fenji unvermittelt. *Um diesen Moment der Vorfreude perfekt zu machen, fehlt nur noch eine Frau.* Er ärgerte sich, dass er keine der Cyberiaden-Mädchen mitgenommen hatte – allerdings wunderte er sich über sich selbst, denn er hatte noch nie Verlangen nach dieser Art billigem Vergnügen gespürt.

Ihm blieb keine Zeit mehr, darüber nachzudenken, ob er das Versäumte nachholen sollte. Der Servo seiner Loge meldete sich. »Es steht nun ein weiterer Höhepunkt bevor. Tributier Cha Panggu persönlich tritt an. Wünschst du weitere Informationen?«

Fenji nahm einen weiteren Schluck. Der Ansatz seines Tentakelarms erwärmte sich, das glutflüssige Feuer schien die gesamte Gebildegrube zu erfüllen. »Diesmal ja.«

»Cha Panggu stellt sich in voller Kampfmontur drei Zerebralen, deren biologische Komponenten von der Tributwelt Vodyan stammen.«

Die Tributwelt Vodyan, dachte Fenji. *Die Beschönigung in dieser Aussage wird wohl niemandem auffallen, denn Cha Panggu wird kein Detail seiner Niederlage an die Öffentlichkeit dringen lassen.* Er stellte die Flasche weg, korrigierte die Position der Lehne. »Nenn mir die genauen Details.«

Der Servo projizierte ein kleines Hologramm. Für einen Augenblick waren drei der Androiden zu sehen, die äußerlich einem Gui Col glichen, dann zoomte die Wiedergabe auf den ganz rechts Stehenden. »Zerebral 1 trägt die inneren Organe eines Vodyanoi, die mit dem internen Nährstoffkreislauf verbunden wurden.« Die Fenji bekannte Gestalt eines der Dreibeinigen tauchte auf, der Bereich des Brustkorbs wurde hervorgehoben und der Transfer diverser Organe simuliert. »Zerebral 2 wurden bei einer Beweglichkeit von etwas mehr als 140 Prozent des Originalleibs die drei Arme desselben Vodyanoi transplantiert.« Das Holo zeigte den entsprechenden Vorgang. »Am interessantesten gestaltete sich die Operation bei Zerebral 3, leicht erkennbar durch die rote Kleidung. Er trägt das Gehirn des Vodyanoi in sich. Medizinische Scans gehen davon aus, dass ein Bewusstseinstransfer in weiten Teilen gelungen ist, so dass sich der Zerebrale wohl nach wie vor für den Vodyanoi hält.«

Das Holo erlosch.

»Tributier Panggu steht also ein einmaliger Kampf bevor. Er selbst deportierte das Ursprungswesen nach Hort Nooring und lieferte es mit dreien seiner Artgenossen ab. Nun steht ihm ein Kampf gegen einen einzigen Vodyanoi bevor, der jedoch auf drei Trägerkörper verteilt und mit der Kraft der Cyberoiden-Androiden versehen wurde. Eine Fülle von Überraschungen wartet auf dich.«

Den Werbemodus könntest du dir sparen, dachte Fenji verärgert. Die grundlegende Szenerie jedoch, an der sein Meister zweifellos lange getüftelt hatte, gefiel ihm. Sicherlich hatten seine Forderungen den Medikern der Cyberiaden einige hoch komplizierte Operationen abverlangt.

Nur schade, dass wahrscheinlich die wenigsten Gui Col im Publikum das zu würdigen wussten. Für die meisten würde es wohl denselben Nervenkitzel bieten, wie die plumpe Schlacht zweier Cyberiaden-Kampfroboter ohne Bio-Anteile.

Auf dem Schwarzmarkt jedoch würden die verbotenen Aufnahmen des nun folgenden Kampfes schon bald horrende Preise erzielen. In der Szene der Cyberiaden-Jünger auf allen Gui-Col-Welten würde für Speicherkristalle mit Hologrammen dieses Kampfes schon bald gemordet werden, weil die Kunde von Cha Panggus Versagen auf Vodyan ohne Zweifel im Untergrund längst die Runde machte. Gerücht mischte sich mit Wahrheit, einige Details wurden wohl noch prickelnder verkündet, als sie sich tatsächlich ereignet hatten: *Panggu ließ die Hälfte seiner Männer zurück ... das Konsortium hält sie als Sklaven und foltert sie ... Panggu hat einen der Goldsegler höchstpersönlich abgeschossen und die gesamte Mannschaft der Erleuchteten Kauffahrer gemeuchelt ... nun rächt er sich ... man munkelt sogar, dass Gehirnteile eines der Kauffahrer in den Zerebralen verarbeitet worden sind ... Panggu wird seinem Zorn ein einzigartiges Ventil verschaffen, wie damals, im legendären Duell nach dem Tod seiner Frau ... einen Kampf wie diesen wird es nie wieder geben ...*

»Weitere Informationen stehen unter Sicherheitsstufe Fünf bereit«, fuhr die mechanische Stimme seines Servos fort. »Da du über die entsprechenden Kodes verfügst, kann ich jederzeit ...«

Kommentarlos schaltete Fenji die Maschine ab. Er wollte sich kein Detail des Kampfes entgehen lassen, keine Regung seines Meisters, aus der er herauslesen würde, wie sich der *Teufel* wirklich fühlte.

Wenn Fenji dies wusste, wenn er ein aktuelles Stimmungsbild seines Meisters gewonnen hatte, konnte er die nächsten Schritte planen.

Die wenigen Andeutungen, die Cha Panggu über Zva Pogxa und die Transgenetische Allianz gegeben hatten, ließen darauf schließen, dass den Gui Col große Veränderungen bevorstanden. Und er, Fenji Eichach, würde diese Veränderungen nutzen, um an der Seite seines

Meisters in der Hierarchie weiter nach oben zu klettern ... oder den *Teufel* gar zu überflügeln.

Wie um eine perfekte Optik zu bieten, erhob sich der Lichtreif exakt in dem Moment über den Horizont und schickte seine fahlblaue Helligkeit in die Arena, als Cha Panggu sie betrat. Fenji hielt diese zeitliche Übereinstimmung für zu unwahrscheinlich, als dass es sich um einen bloßen Zufall handeln könnte. Wahrscheinlich hatte sein Meister diesen Auftritt auch in dieser Hinsicht perfekt inszeniert; schließlich waren die Umlaufzeiten des Trümmerrings eines vor ewigen Zeiten zerstörten Mondes bestens bekannt. Um dessen Trümmer hatte sich eine fluoreszierende Gashülle gebildet, die nun am Abend und in der Nacht jedem Gui Col leuchtete.

Cha Panggu trug die volle Kampfmontur eines Cyberoiden-Soldaten. Die Rüstung glomm mattgrau, genau wie der Abwehrschild, den er in dem von der Gebildegrube geformten Tentakelarm hielt. Wenn ein Schild wie dieser zum Einsatz kam, blieb er die einzige Defensivbewaffnung der Kontrahenten; weitere energetische Schutzschirme waren bei dieser Variante der Kampfspiele verboten. Der Schild selbst verfügte jedoch über eine Funktion, die Strahlerbeschuss zu absorbieren vermochte.

Welche Schwierigkeitsstufe des Arenageländes gewählt worden war, wusste Fenji nicht. Er hatte auf diese Information bewusst verzichtet, denn es erhöhte die Spannung, wenn nicht klar war, welche Tücken die Automatiken bereithielten.

Panggu sonnte sich in donnerndem Applaus.

Viele von ihnen sind Tiere, dachte Fenji abfällig. *Sie verstehen nicht, was dieser Kampf bedeutet, welche elementaren Wahrheiten im Cyberiaden-Sport verborgen sind. Sie geifern nur nach Blut und Tod, hoffen auf eine sensationelle Tötung, von der sie noch ihren Kindern erzählen können.*

Die Körperhaltung seines Meisters strahlte überlegene Ruhe aus. Er zeigte nicht die kleinste Unsicherheit, als weniger als einen Meter neben ihm eine Feuerlohe aus dem Boden schoss. Dies war eine der zahllosen Überraschungen, die die Arena zu bieten hatte, und die während der Duelle für so manche unerwartete Wendung sorgten.

Tausend winzige Funken tanzten über den Flammen, trieben prasselnd in den heißen Luftschichten und verpufften. Glimmender Staub regnete auf Cha Panggu hinab, der gelassen seinen Schild ausstreckte und ihn dem Feuer entgegenreckte. Glutheißes Orange umtanzte das speziell gehärtete Metall.

Unter begeistertem Johlen der Zuschauer stürmten die Zerebrale in die Arena.

Dank seiner kleinen Holoschulung konnte Fenji sie unterscheiden; derjenige, der die drei Vodyanoi-Arme trug, war ohnehin leicht zu erkennen, und nur der Androide mit dem implantierten Vodyanoi-Gehirn trug rote Kleidung. Diesen vernachlässigte Fenji noch in seiner Beobachtung, denn ihn würde sein Meister zweifellos zuletzt töten, weil dieser Zerebrale die Qual stärker empfinden konnte als die anderen.

Panggus Gegner schwärmten aus und verteilten sich.

Einer suchte Deckung hinter dem gewaltigen Stamm des großen Baumes, der vollkommen natürlich aussah, jedoch eine Nachbildung aus nahezu unzerstörbarem Plastat war – das Original war schon vor langer Zeit während eines Duells in Flammen aufgegangen.

Der zweite duckte sich hinter einen Erdwall und verschwand aus Cha Panggus Sichtfeld.

Der dritte ging ungestüm zum Angriff über. Es handelte sich um denjenigen, der lediglich die inneren Organe des Vodyanoi in sich trug. Er war mehr Maschine als alle anderen, ein fast reiner Cyberoiden-Kampfroboter, der nach seiner Programmierung handelte. Zwischen seinen Augen schob sich die Mündung einer Laserwaffe hervor.

Nadelfeine und glutheiße Strahlen jagten auf Cha Panggu zu.

Der *Teufel* blieb ruhig, hielt den Schild vor sich. Die meisten Strahlen fuhren in den Boden, verschmorten ihn und bohrten sich in die Tiefe. Einer jedoch schmetterte gegen den Schild, dessen energetische Schutzfunktion ihn absorbierte und ableitete.

Panggus Tentakelarm rammte die Unterseite des Schilds in den weichen Boden, so dass dieser zitternd stecken blieb und eine winzige Deckung bot, hinter die er sich duckte. Rasend schnell zog er aus einer Seitentasche der Rüstung einen Wurfstern, dessen Kanten aus zentimeterlangen Sägezähnen bestanden. Fenji kannte diese Waffen sehr gut; sein Meister hatte ihn mit ihrer Hilfe einige schmerzhafte Lektionen gelehrt. Panggu selbst hatte sie entwickelt und einige technische Gimmicks eingebaut.

Der Stern raste auf den Androiden zu, der das blitzende Etwas offenbar kommen sah und zur Seite auswich. Damit betrachtete er diese Attacke wohl als erledigt, weil er die Eigenschaften dieser Waffe nicht kannte. Ihm blieb keine Gelegenheit, seine Programmierung durch die aktuellen Erfahrungswerte zu verbessern.

Die miniaturisierten Sensoren des Wurfsterns hatten längst Peilung aufgenommen und korrigierten den Flugkurs. Die halb kopfgroße Metallscheibe flog eine enge Kurve, folgte der Ausweichbewegung ihres Zielobjekts und bohrte sich in den Rücken des Androiden.

Die zahllosen Richtmikrofone der Arena nahmen das kreischende Geräusch auf, mit dem sich die Zähne des

Sterns in den Cyberoiden bohrten und zentimeterweit tiefer frästen. Funken schlugen, als Metallplatten zersägt wurden; das gelbliche Blut, das in dem Adernsystem des Androiden floss, drang hervor.

Der Angreifer wurde durch diese Attacke völlig überrascht und stürzte. Er feuerte dabei unablässig und ungestüm weiter; die Schüsse fuhren immer dichter vor ihm in den Boden und ließen stinkende Rauchschwaden aus verbranntem Gras aufsteigen.

Noch ehe er auf den Boden prallte, war Cha Panggu heran. Fenjis Meister hielt den Schild wieder in der Hand und rammte ihn gegen die Kopfsektion des Androiden, als dieser sich wieder erheben wollte. Panggus Gegner flog in einem unmöglichen Winkel rückwärts und schlug auf.

Gelassen beobachtete Fenji, wie Panggu den Schädel seines ersten Gegners abriss und hinter sich schleuderte. Sofort zog der *Teufel* ein Messer und rammte die Klinge durch die Brustplatte des Androiden. Ein tiefer Schnitt ließ die biologischen Anteile, die inneren Organe des Vodyanoi, ins Freie quellen. Nun erst war Panggu zufrieden.

Fenji schätzte die Zeit. Dieses erste Duell hatte nicht mehr als eine Minute in Anspruch genommen. Zweifellos war es der unspektakulärste Teil – ungeachtet dessen johlte die Menge und zeigte ungestüme Begeisterung.

Oh ja, dachte Fenji, *für ein illegales Holo dieses Kampfes werden viele zu morden bereit sein.*

Blitzartig überzog sich ein Areal von mindestens fünfzehn Metern rund um Cha Panggu mit Eis; eine weitere Schikanefunktion der Arena.

Zum ersten Mal entdeckte Fenji einen erschrockenen Ausdruck auf den Gesichtszügen seines Meisters. Panggu würde keinen Schritt gehen können, denn der Boden rund um ihn war spiegelglatt.

Die beiden verbliebenen Cyberoiden nutzten diese Gelegenheit, ohne zu zögern. Sie sprangen hinter ihren Deckungen hervor und feuerten.

Cha Panggu ließ sich fallen, schlitterte zur Seite. Wo er eben noch gestanden hatte, schlugen Laserstrahlen ein, brachten das Eis zum Schmelzen und ließen die feuchte Erde kochen wie quellendes Moor.

Ob es dieser Anblick war oder ob sein Meister schon vorher einen Plan gefasst hatte, konnte Fenji nicht beurteilen. Panggu klickte den Schild in die rechte Halterung seiner Rüstung und konnte so wenigstens seinen Kopf und den Oberkörper vor direkten Treffern schützen. Dann zog er eine Strahlwaffe und feuerte einen dauerhaften Strahl dicht vor seine eigenen Füße – dorthin, wo sein nächster Schritt aufsetzen würde. Dann rannte er los, über kochende Erde, in die er einsackte, die ihm jedoch Halt bot. Als ein Strahlerschuss dicht an seinen Beinen vorbeijagte, schlug er einen Haken, ohne langsamer zu werden.

Fenji kalibrierte ein optisches Feld so, dass es die Füße seines Meisters heranzoomte. Das Metall der Rüstung war mit einer schwarzen Rußschicht überzogen, unter der es düster glomm. Lange konnte er das nicht mehr ertragen. Doch da verließ er bereits das vereiste Feld, hetzte weiter und warf sich in eine Bodenmulde, die ihm wie ein Schützengraben Deckung gewährte.

Die beiden Angreifer stürmten weiter vor. Der Dreiarmige hielt mit einem Mal Granaten in allen Händen und schleuderte sie in Richtung des Grabens. Wenn sie ihr Ziel erreichten, war Panggu verloren.

Ein Aufschrei ging durch die Menge. Selbst Fenji konnte eine gewisse Aufregung nicht verleugnen. Immerhin war es theoretisch möglich, dass sein Meister verlor, dass er unter dem Ansturm der Cyberoiden starb ...

Panggu feuerte in blitzartiger Geschwindigkeit, erwischte eine der Granaten noch in der Luft und brachte sie augenblicklich zur Explosion. Die Druck- und Feuerwelle zündete auch die beiden anderen Granaten. Fenji schien es, als donnerten die drei Detonationen gleichzeitig.

Der dreiarmige Cyberoide stand dem Zentrum der Explosionen zu nahe – die Druckwelle riss ihn mit sich, trieb ihn wie ein lebloses Stück Holz nach hinten. Er überschlug sich. Flammen flackerten auf seinem Leib. Cha Panggu wartete gerade so lange ab, wie es nötig war, dann stürmte er aus dem Graben und schoss mitten durch das noch immer lodernde Feuer. Als es Sekunden später verpuffte, weil es keine Nahrung mehr fand, war von dem Androiden nicht mehr als eine vielfach durchlöcherte Hülle geblieben. Die Arme des Vodyanoi glichen verschmorten Schlackehaufen.

Plötzlich verstummte jede akustische Übertragung in Fenjis Loge.

Ein Knacken – dann ertönte die Stimme seines Meisters, der soeben gebückt vor den letzten Flammen stand und in die Richtung starrte, in die sein dritter Gegner verschwunden war. Die Spitzen des Feuers zuckten bis auf das Schild und verpufften im energetischen Schirm. »Ich weiß, dass du mich hören kannst, Fenji … nur du.«

Der Schüler zoomte das Gesicht seines Meisters heran. Die Gesichtshaut glänzte golden. Die flache Nase blähte sich unter tiefen Atemzügen. In den Grubenaugen schimmerte das Wasser. Der schmale Mund bewegte sich kaum merklich.

»Diese Frequenz führt nur in deine Loge. Du sollst wissen, was meinen Feinden blüht.«

Er hob den Strahler und feuerte eine Salve, als sich sein letzter verbliebener Gegner zeigte. Sein Fuß ruckte in die Höhe – ein Torpedo schoss aus der Spitze der Rüstung und detonierte in der Luft vor dem Versteck seines Gegners. Ein Wurfstern raste hinterher.

»Ich gönne ihnen keine Ruhe.«

Ein Schrei gellte, als die Explosion abebbte. Der Androide mit dem Gehirn eines Vodyanoi sprang aus der Deckung hervor. Der Wurfstern steckte in seinem Brustkorb. Die rote Kleidung war über und über mit gelblichschleimigen Blut beschmiert.

»Und ich weiß, dass du versuchst, mich zu übertrumpfen. Das musst du auch ... niemals hätte ich dich zu meinem Meisterschüler gemacht, wenn du diese Ambitionen nicht hegen würdest. Ich selbst habe einst meinen Meister übertrumpft. Aber du wirst warten müssen, bis ich die Macht in deine Hände lege. Hast du mich verstanden, Fenji? Ich sage es nur ein einziges Mal. Glaub nicht, ich hätte nicht bemerkt, dass du mich unablässig analysierst.«

Darum also ging es ihm, dachte Fenji. *Nicht nur um einen spektakulären Kampf, nicht nur darum, an einem der Vodyanoi symbolisch Rache zu nehmen und ihn auf bizarre Weise zu quälen. Es ging ihm um mich.*

»Wir werden nie wieder davon reden ... nie wieder. Doch du solltest diese Worte niemals vergessen.«

Panggu feuerte auf den heranstürmenden Gegner. Der wich in rasender Geschwindigkeit aus, wie es nur ein Androide vermochte. Und feuerte zurück. Cha Panggu riss seinen Schild aus der Halterung, duckte sich dahinter.

Treffer um Treffer ließ das energetische Schutzgitter auflodern. Das Material des Schildes selbst erhitzte sich und begann zu glühen, als nicht mehr alle Energien abgeleitet werden konnten. Panggu schrie, als ihn ein Streifschuss am Bein erwischte, weil er den Schild nicht rechtzeitig genug senkte.

Dann brüllte Fenjis Meister einen Befehl, so laut, dass er bis zu seinem Gegner vordrang: »Lösen und erneute Attacke.«

Der Wurfstern ruckte aus dem klaffenden Androidenleib und zerfetzte den roten Stoff, flog einen Meter zur Seite und schmetterte dann in den Waffenarm des Cyberoiden. Die Hand, die den Strahler hielt, wurde glatt gekappt, die mahlenden Sägezähne fraßen sich danach in eines der Laufbeine.

»Eine nützliche Erfindung, nicht wahr, Fenji? Merk es dir gut ... ich bin erfindungsreich. Noch erfindungsreicher, als du in deinen kühnsten Träumen sein magst. Denk daran, was ich dir bei deinem letzten Besuch in meinem Palast in der CHAJE sagte, nachdem meine Töchter gegangen waren. Es gilt noch immer – es kommt die Zeit, da ich die Macht in deine Hände legen werde. Vielleicht ist es schon bald so weit. Verdirb es dir nicht. Du wirst heute Abend erneut in meinen Palast kommen. Über das, was eben geschehen ist, verlieren wir nie wieder ein Wort. Und nun hör gut zu.«

Sein Meister war bei seinem Gegner angelangt, rammte den Schild in den Boden und stieß den Tentakelarm gegen den ohnehin wankenden Androiden, dass dieser stürzte. Die nächsten Worte waren sowohl für ihn als auch für Fenji bestimmt. Panggu beugte sich über den besiegten Feind.

»Du magst einen anderen Körper besitzen, aber du bist ein Vodyanoi ... Dein kleines, dreckiges Gehirn sitzt in diesem Leib, und nun bezahlst du. Und du sollst wissen, dass ich noch drei deiner Artgenossen mitgenommen habe, ehe ich von deiner Welt geflohen bin.«

Panggu zog einen Strahler.

»Schieß endlich«, brüllte der Vodyanoi mit seinem Cyberoiden-Mund. »Schieß doch!«

Panggu zielte in aller Seelenruhe, schenkte dann jedoch den Lauf und feuerte auf seinen Schild, der nach wie vor im Boden steckte. Wieder, und wieder, bis das Metall glühte.

»Hör mir zu, Vodyanoi ... dein Gehirn steckt in diesem Leib, und du sollst sehen, wie sich der Tod diesem Gehirn entgegen frisst.«

Cha Panggu, der *Teufel*, hob den glühenden Schild und senkte ihn langsam in Richtung des Schädels seines Feindes.

»Wenn ich nicht schlafen kann«, sagte Cha Panggu, »lausche ich dem Atmen meiner toten Frau.«

Der Holostatue inmitten des Empfangsraumes in Panggus Palast entströmte wieder jener schweflige Duft der Meditation, den Fenji schon bei seinem letzten Aufenthalt gerochen hatte. Chyi Xeyme, Panggus Lebensgefährtin, die ihm die geistig behinderten Zwillinge geboren hatte, war in diesem Holo so schön wie eh und je, ein künstliches Abbild perfekter Eleganz und Harmonie.

»Ich lausche dem Rhythmus ihres Herzens, das im Schrein noch immer schlägt«, fuhr Fenjis Meister fort. Als er die Holostatue passierte, sprach sie einen ihrer programmierten Sätze – *»Glaub dem Offenbaren nicht, mein Lebensstern«* – und schickte ein Seufzen hinterher. Die Statue selbst beachtete Panggu jedoch nicht. Er ging weiter, einem breiten Schrank entgegen, der das Abbild der Galaxis Sternenquell auf den Wänden trug.

Direkt vor dem Schrank blieb er stehen, lehnte die Seite des Kopfes dagegen. Das Gesicht war noch immer vom gelblich-blutigen Schleim der Cyberoiden bespritzt; wahrscheinlich würde er es noch für Tage nicht abwaschen. »Es sind die schönsten Geräusche, die ich kenne. Das Atmen ... das Schlagen ihres Herzens ... nicht nur ihre Lunge und ihr Herz halte ich am Leben, auch einige ihrer inneren Organe. Nur ihr Gehirn – ich konnte es nicht retten, damals, als sie ...«

Er brach ab, und Fenji war klug genug, nicht nachzufragen. *Als sie sich aus Verzweiflung über das Schicksal ihrer neugeborenen Zwillingsmädchen das Leben nahm? Und als der* Teufel *kam und einen bizarren, kultischen Schrein aus den Teilen ihres Körpers bildete, die unglücklicherweise noch lebten?*

Cha Panggu öffnete eine der Türen des Schrankes. Sie knarrte. Der äußere Anblick hatte nicht erahnen lassen, welche Hightech sich im Inneren befand. Organe schwammen in einer Nährlösung, aus der zahllose Drähte ragten. Farbiges Licht beschauerte die Gläser und die Metallstreben, an deren Ende sich ein fußgroßer Gewebeklumpen dehnte und wieder in sich zusammensackte.

»Deine Schönheit ist ungebrochen«, sagte Cha Panggu zu der makabren Anordnung, ehe er die Tür des Schrankes wieder schloss. Seine Stimme klang verklärt, doch als er sich wieder umwandte, waren seine Worte klar und bestimmt wie immer. »Ich habe dich zu mir gerufen, weil Zva Pogxas Forschungen von Erfolg gekrönt sind. Du weißt, dass ich einen Spion zur Hauptwelt dieser Transgenetischen Allianz geschickt hatte. Du kennst die Schwierigkeiten, die der Transfer verursacht hat. Er kehrte allerdings kurzzeitig zurück und berichtete mir, was er in Erfahrung gebracht hatte. Sein Zustand war ... nun, sagen wir, erbärmlich. Er ist wieder zurückgekehrt, seitdem habe ich nichts mehr von ihm gehört. Während seines ersten Aufenthalts gab es einen Interessenskonflikt, weil ich nicht der Einzige war, der Spione entsandt hatte. Seine hochinteressanten Daten beschäftigen Zva Pogxa seitdem unablässig.«

Sein Meister kam auf Fenji zu. Der rauchige Duft der Erregung entströmte seiner Gebildegrube. »Ach, Panggu«, seufzte die Holostatue, als er ihr versehentlich zu nahe kam.

»Ich habe einige Recherchen über Pogxa angestellt«, sagte Fenji, weil er genau wusste, dass sein Meister dies von ihm erwartete. »Er galt als der bedeutendste Pantopist, seit das Gewebe im Weißraum entdeckt und zur überlichtschnellen Reise nutzbar gemacht worden ist. Seine wissenschaftliche Karriere verlief steil nach oben, bis er sich vor wenigen Monaten völlig zurückgezogen hat.«

»Er steht nun ausschließlich in meinen Diensten, weil er weiß, dass dies für ihn den größten Gewinn bringen wird. Er und ich ... und du, Fenji ... wir können den Gui Col eine Zukunft bieten, die uns von dem Pantopischen Gewebe unabhängig macht! Bislang dürfen wir die Routen nur so lange und so weit befahren, wie wir dafür bezahlen, und die Erleuchteten Kauffahrer bringen mehr und mehr Tributware für mehr und mehr Routen auf ... Sie vertreiben uns aus unserer Vorrangstellung! Aber so wird es nicht weitergehen! Wir werden neue Quellen für unendliche Mengen an Tribut erschließen, um unserem *Handwerk* nachgehen zu können!«

»Du hast ein zweites Gewebe im Weißraum erwähnt, das ...«

Fenji kam nicht dazu, den Satz fortzuführen. Eine Tür öffnete sich zischend.

Cha Panggu wirbelte herum, sein Schüler drehte sich merklich langsamer.

Die Zwillingsmädchen betraten den Raum. Fenji verschlug es den Atem – er konnte kaum glauben, dass dies Cha Chiyme und Cha Xeiri waren, die er erst vor wenigen Tagen zuletzt gesehen hatte; jene scheinbar unbeschwerten, filigranen jungen Gui Col, die ihre schlanken Körper im Rhythmus einer unhörbaren Melodie tänzelnd bewegt, die zwar unsinnige Wörter geredet, aber strahlend gelacht hatten.

Nun schlurften sie in den Raum, mit nichts als schmutzigen, zerschlissenen Stofffetzen über den fast nackten Leibern. Aus den Gebildegruben rannen fahle, stinkende Tropfen und flossen über die Beine. Die Gesichtshaut war matt und stumpf. Als sie ihren Vater sahen, krächzten sie und zuckten zurück, dass die Stofffetzen zur Seite fielen und die kleinen Brüste entblößten.

Fenji wandte sich ab; er wusste, dass diese Situation seinen Tod bedeuten konnte. So durfte er die Zwillinge nicht sehen.

Doch Cha Panggu, sein gestrenger Meister, schien zu vergessen, dass sein Schüler an seiner Seite stand. Er eilte zu seinen Töchtern, und nie zuvor hatte Fenji ihn so sanft reden gehört.

»Geht, meine Kinder, geht in eure Räume ... ruht euch aus ...«

»Donner«, sagte Cha Chiyme.

»Wolken«, sagte Cha Xeiri.

»K...a...l...t«, dehnten beide gleichzeitig. »Der Schattenfresser frisst die Sonnen, die Sternenquell gebiert.« Dann trotteten sie zu der noch immer offen stehenden Tür und schlossen sie hinter sich.

Fenji stand wie gebannt.

»Sie prophezeien den Untergang und die Apokalypse, seit sie reden können«, stellte Cha Panggu klar. »Gib nichts darauf, und vergiss, was du gesehen hast. Meine Töchter sind niemals, verstehst du, *niemals* in einer solchen Verfassung.«

»Auch heute nicht?«, fragte Fenji.

Sein Meister schloss die Augen. »Auch heute nicht.«

»Du hast von Zva Pogxa geredet.«

»Es steht nun fest, dass ein zweites Gewebe innerhalb des Pantopischen Gewebes existiert. Ebenso sicher ist, dass die Transgenetische Allianz es betreibt. Pogxa hingegen ist es nicht gelungen, Zugang zu finden, um es zu nutzen. Deshalb bricht die CHAJE noch heute auf. Unsere Mission ist es, herauszufinden, wie diese Allianz das zweite Gewebe befährt.«

»Hast du einen Plan?«

Panggu drehte sich um, starrte auf die verschlossene Tür, durch die seine Töchter verschwunden waren. »Den habe ich immer.«

11

(K)ein Spaziergang

»Die Sternentrasse nach Khordáad ist längst inoffiziell erprobt und für ungefährlich befunden worden«, sagte Tamrat Ziaar zu Perry Rhodan. »Das nur zur Klarstellung, wenn ich jetzt ...«

»Ich verstehe«, unterbrach der Terraner. »Ich betreibe schon lange Politik.«

Ziaar lächelte, und für einen Augenblick entstand eine Vertrautheit zwischen ihnen, wie Rhodan sie sonst erst nach vielen Jahren der Zusammenarbeit kannte. In diesem Moment standen sich die beiden Männer auf eine seltsame Art nah – sie hielten gemeinsam ihren Kopf hin, um ein wichtiges Projekt zu fördern.

Weitere Worte waren zwischen ihnen nicht nötig. Rhodan nahm einen letzten Schluck Wasser aus seinem elegant geschwungenen Glas und ließ es dann in einem verborgenen Fach des noblen, mit Edelsteinen verzierten Marmor-Schreibtischs verschwinden, der glänzte, als sei er erst vor wenigen Minuten auf Hochglanz poliert worden. *Was wohl auch zutrifft*, dachte Perry. War da nicht ein kleiner Reinigungsroboter gewesen, als er mit dem Tamrat dieses Repräsentationsbüro der Transgenetischen Allianz im Typosium betreten hatte?

Im Moment, in dem sich die dreiflügelige Tür öffnete und eine Schar Journalisten den Raum betrat, standen die beiden Männer, denen das Interesse der Öffentlichkeit galt, erhobenen Hauptes nebeneinander. Ihre Haltung symbolisierte unmissverständlich ein gemeinsames Ziel: *Wir gehen ohne zu zögern in die Zukunft.* Tefrod-Tamrat Tooray Ziaar amy Golróo, das offizielle Gesicht des Geheimprojekts Linear-Vortex, derjenige, der von Anfang an die Schirmherrschaft über die Forschungen innehatte. Und sein Gast, Perry Rhodan, Terranischer Resident, Repräsentant Terras seit drei Jahrtausenden, Freund von Superintelligenzen, kosmischer Mensch, ehemaliger Bote von Thoregon, lange Zeit Ritter der Tiefe, Großadministrator ... die Legende schlechthin. *Einträchtig vereint.*

Mit den Reportern kamen zwei Dutzend fliegende Minikameras, die jedes Wort und jede noch so kleine Regung aufzeichneten und für die Ewigkeit konservierten. Es würde im Nachhinein zweifellos böswillige Berichte geben, die jedes Wort negativ auslegten und – gelinde gesagt – misstrauisch interpretierten, überall nach Fehlern und Unstimmigkeiten suchten und den Vorreitern des Projekts Unfähigkeit unterstellten. Rhodan blieb dennoch gelassen; er war es gewohnt, im Mittelpunkt des Interesses zu stehen, und er hatte schon lange gelernt, *echte* Fehler einzugestehen und notfalls selbst darauf hinzuweisen, um Kritikern den Wind aus den Segeln zu nehmen.

»Perry Rhodan ist offizieller Staatsgast der Transgenetischen Allianz«, eröffnete Ziaar die Konferenz. »Er steht kurz davor, im Namen Terras das Projekt Linear-Vortex mit einer großzügigen Summe zu unterstützen. In wenigen Stunden wird der Terranische Resident mit mir den Prototyp unserer Vortex-Schiffe, die FARYDOON, betreten, das auf einer Wissenschaftsbasis bereitsteht. Ein

Testflug wird zu der etwa 60.000 Lichtjahre entfernten Welt Khordáad führen. Technische Spezifikationen liegen euch vor, wenigen ausgewählten Pressevertretern wurde darüber hinaus der Zugang zur FARYDOON gewährt.« Publikumswirksam wandte sich Ziaar um und reichte seinem prominenten Gast die Hand.

Dieser zögerte keine Sekunde, sie zu ergreifen, als könne ein fester Handschlag nach terranischer Sitte das Bündnis der beiden Männer – und damit ihrer Welten – für immer besiegeln. »Ich bin der Einladung nach Gorragan gerne gefolgt und schaue dem Testflug mit freudiger Erwartung entgegen.«

Das sollte erst einmal genügen, dachte Rhodan. *Ein Satz, der alles und zugleich nichts aussagt.*

Ziaar klopfte auf die Tischplatte und eröffnete damit nach der Sitte der Transgenetischen Allianz den Journalisten das Wort. »Eure Kommentare?«

Ein Hagel aus Fragen prasselte auf die beiden Männer nieder; die meisten richteten sich an Rhodan, der sich bemühte, alle zu beantworten, solange sie etwas zum Thema beitrugen. Einiges ignorierte er geflissentlich: »Was sagst du als Insider zum Gerücht, die Terminale Kolonne TRAITOR hätte nach ihrem Abzug ein Traitank-Geschwader in unmittelbarer Nähe des Solsystems als Schläfer der Chaosmächte hinterlassen?« »Wann wirst du endlich die wahren Gründe offenlegen, weshalb du die Retroversion in Hangay ...«

Als ein Tefroder mit gebeugtem Rücken und trüben Augen die Frage nach der genauen Besatzung der FARYDOON stellte, ergriff Tamrat Ziaar wieder das Wort. »Obwohl wir sicher sind, dass es weder auf dem Hin- noch auf dem Rückflug zu Schwierigkeiten kommen wird, befinden sich drei Vortex-Navigatoren an Bord ... zwei voll ausgebildete Piloten und eine Schülerin. Sollte es aus Gründen, die außerhalb unserer Vorstellungskraft liegen, zu Schwierigkeiten kommen, werden sie sich gegenseitig beistehen und die FARYDOON auf sicherem Kurs halten können. Die Schülerin ist die talentierteste Nachwuchspilotin, über die die Allianz derzeit verfügt. Außerdem werden uns Söldner der Sternenwacht Myrmidon begleiten, was jedoch keinesfalls darauf zurückzuführen ist, dass wir einen Angriff befürchten.«

Caadil schien Rhodan nicht zu bemerken, als dieser die Zentrale der FARYDOON betrat. Sie sprach mit den beiden anderen Vortex-Piloten – Rhodan war ihnen zwar noch nicht begegnet, aber ihr zweites, scheinbar kristallines Augenpaar stellte überdeutlich klar, um wen es sich handelte. Sie waren genau wie Caadil Träger des Genetischen Siegels und damit eine unbezahlbare Ressource der Allianz.

Die Pressekonferenz lag mittlerweile mehr als drei Stunden zurück; die Flut der Fragen hatte kein Ende genommen, und so war der Tamrat irgendwann aufgestanden und hatte die Veranstaltung abgebrochen. Zwei ausgewählte Reporter hatten Ziaar und Rhodan auf dem Flug zur FARYDOON begleitet – das Tefroder-Pärchen vertrat den größten unabhängigen Medien-Dienst der Transgenetischen Allianz. Sie nahmen als einzige Journalisten am Testflug teil, unter der Bedingung, keine eigenen Aufnahmegeräte mit an Bord zu nehmen. Ihre Namen hatten die beiden Männer unterwegs so oft genannt, dass Rhodan sie längst kannte und wohl auch so schnell nicht vergessen würde – Omid Manóo amy Viraa und Aarmáan Farbod amy Parastoo; *nenn mich einfach Aarma.*

Die Zentrale der FARYDOON lag im Ring, der den zentralen Kugelraumer umgab. Ein Schott ermöglichte den direkten Zugang zur gläsernen Gondel, in der der aktive

Vortex-Pilot seinen Dienst versah. Einer der Männer, mit denen sich Caadil unterhalten hatte, näherte sich Rhodan mit militärisch anmutenden Schritten. Seine Körperhaltung war perfekt gerade, die Arme starr und leicht zur Seite gerichtet. Vor seinen *normalen* Augen trug er eine Brille mit undurchsichtig gefärbten Gläsern. Rhodan blickte auf zwei schwarze, spiegelnde Flächen.

»Ich bin Navigator Sáatin Sepehr amy Niloofar. Es ist mir eine Ehre, dich zu treffen, Perry Rhodan. Ich werde in der Gondel für eine rasche Reise nach Khordáad sorgen. Es ist mir eine Ehre, dich zu fliegen.«

Rhodan murmelte eine Höflichkeitsfloskel und verfolgte den Weg des Gorragani, bis er am Rand der Zentrale das Schott durchschritt, das in die Verbindungsschleuse führte.

»Wunderst du dich über die schwarzen Gläser seiner Brille?«, fragte der Tamrat. »Seine gewöhnlichen Augen sind extrem lichtempfindlich. Vielen Vortex-Navigatoren geht es so; offenbar eine Nebenwirkung der genetischen Modifikation oder Ergänzung des ursprünglichen Genoms. Caadil bildet in dieser Hinsicht eher die Ausnahme als die Regel. Sátin Sepehr orientiert sich im Normalraum mit Hilfe einer Miniaturkamera, die in den Metallrahmen seiner Brille integriert ist und ein sehr stark helligkeitsgedämpftes Bild der Umgebung auf die Innenseite der Gläser projiziert. Für den Flug im Linearraum sind ohnehin nur die Vortex-Augen von Bedeutung. Du wirst den Vorgang genau verfolgen können. Bitte folge mir nun zu einer der Konsolen.«

Die Zentrale erschien Rhodan ungewöhnlich geräumig und weitläufig; im ersten Moment bezweifelte er, dass dies eine sinnvolle Konstruktionsweise war, bedeutete es im Notfall doch, dass die Mannschaft weitere Wege als unbedingt nötig zurücklegen musste. Andererseits hatte er noch nie ein Schiff gesehen, in dem sich ein Teil der Pilotenarbeit – der wichtigste – in einem ausgelagerten Extraraum abspielte, eben der gläsernen Gondel im Außenring. Die *Normalraumpiloten* hingegen versahen in der eigentlichen Zentrale ihren Dienst. Eine ständige Kommunikationsverbindung ermöglichte Austausch ohne Zeitverlust.

»Start in zehn Minuten«, tönte es aus Akustikfeldern, die die Worte in jeden Winkel der Zentrale und – wie der Tamrat versicherte – in jeden Raum der FARYDOON transportierten, von den Quartieren für Mannschaft und Gäste bis hin zu den Erholungs- und Aufenthaltsbereichen. Rhodans suchender Blick erkannte den Kommandanten des Schiffs, der auf einem einfachen Metallrahmenstuhl inmitten der Zentrale vor einer quaderförmigen Kontrollstation saß und die grundlegenden Informationen weitergab.

Tamrat Ziaar erschien Rhodan mit einem Mal aufgeregt wie ein kleines Kind. Wahrscheinlich stellte dieser Test- und Prestigeflug den Höhepunkt einer Entwicklung dar, an der er seit Jahren arbeitete. Ziaar wischte sich mit dem Handrücken mehrfach über die Lippen; kurze, abgehackte Bewegungen, denen er sich wohl selbst nicht bewusst war. *Nichts anderes*, dachte Rhodan, *als wenn ich über die Narbe an meinem Nasenflügel streiche.*

Wie oft hatte ihn Gucky bereits darauf aufmerksam gemacht, dass sich in diversen Presseberichten mancher Kritiker darüber lustig machte. Gucky nannte es seinen »Tick«; Rhodan scherte sich nicht darum. Dann hatte er eben einen Tick ... es schadete nicht.

In der Zentrale fieberte offenbar jedes Besatzungsmitglied dem Aufbruch entgegen. Wenn die FARYDOON auch – wie Ziaar versichert hatte – nicht ihren ersten Vortex-Flug nach Khordáad antrat, so hatte es doch nie zuvor einen wichtigeren gegeben. Die nächsten Stunden würden das Bild des Projekts in der Öffentlichkeit für lange Zeit prägen. Ein Scheitern war undenkbar.

Die Normalraumpiloten lotsten das Schiff durch Gorragans Atmosphäre in den freien Weltraum. Auf einem Hologramm verfolgte Rhodan, wie der Planet samt seinem leuchtenden Kunstmond hinter ihnen zurückblieb.

Die FARYDOON war aufgebrochen.

Eine Leiste am Rand des Holos zeigte grundlegende Daten. Die Beschleunigungswerte waren einem modernen Schiff durchaus angemessen, aber nicht sensationell.

Das Schiff bewegte sich durch das System, in Richtung von Peurii, dem achten der elf Planeten der Sonne Bandyll. Über Peurii befand sich die Vortex-Dämmerzone des Systems, der Einflugpunkt in den Vortex. Zumindest soviel hatte man ihm verraten.

»Der Übergang in den Linearraum erfolgt bald«, kündigte Ziaar an. »Du erlaubst, dass ich das Holobild wechsle?«

»Was willst du anzeigen lassen?«

»Den Blick in die Gondel. Der Vortex-Pilot wird bald in den Navigationsmodus wechseln.«

Wieder diese Umschreibung, die Rhodan eher an eine Maschine als an ein lebendiges Wesen erinnerte. Er sah jedoch keinen Sinn darin, seinen Begleiter erneut darauf hinzuweisen.

Kommentarlos gab Ziaar einige Befehle auf einem Display der Konsole ein. Das Holobild erlosch, um sich sofort wieder neu aufzubauen.

Es zeigte Sátin Sepehr, der sich in einer Liege ausstreckte, umgeben von einigen Konsolen. Hinter dem Oberkörper glänzte die durchsichtige Außenwand der Gondel, die freien Blick ins All ermöglichte. Gorragan war bereits nicht mehr zu erkennen, lediglich Bandyll leuchtete noch merklich größer und heller als alle anderen Sterne.

Die Hände des Navigators ruhten auf Pulten; als Rhodan genauer hinsah, erkannte er, dass es sich um Eingabemasken handelte. Die Fingerspitzen bewegten sich kaum merklich, wie zitternde Spinnenfäden im Wind.

»Er kann Befehle sowohl manuell als auch akustisch weitergeben. Da der Vortex-Flug zu einem Großteil auch auf intuitivem Erkennen beruht, steuert Sepehr die Gondel – und die gesamte FARYDOON – teilweise auch mit Gedankenimpulsen. Dieses Teilsystem ähnelt der Simultanen Emotio- und Reflex-Transmission, wie sie Terra schon lange verwendet, wenn auch auf anderer Basis.«

Rhodan lächelte. »Ich werde dich gewiss nicht wegen Industriespionage anklagen.«

»Dafür ist die Technik wohl schon zu lange bekannt.«

Der Kommandant meldete sich erneut zu Wort. »Übergang in den Vortex in zehn Sekunden. Acht. Sechs. Vier. Zwei. Eins. Jetzt.«

Zunächst spürte Rhodan keine Veränderung. Das Holobild jedoch wechselte auf erstaunliche Weise.

Zuerst blitzte ein Reflex auf den schwarzgetönten Brillengläsern des Navigators ... dann *erwachten* seine Vortex-Augen.

Die bislang starren, scheinbar kristallinen Gebilde schlugen irrlichternde Funken – und öffneten sich. Einen Moment lang leuchteten sie aus sich heraus in einer rötlichen Glut, die sich in winzigen energetischen Blitzen entlud und den Eindruck eines toten Edelsteins Lügen strafte. Leben zog in die zusätzlichen Organe ein, sie wurden weicher und geschmeidiger, formten und wanden sich. Es gab weder Pupillen noch Iriden, und doch sahen sie zweifellos ... sahen in einen Bereich, der jedem anderen Auge verschlossen war.

Und sie schauten Rhodan genau an.

Obwohl der Unsterbliche wusste, dass dies unmöglich war, weil die Bildübertragung nur in eine Richtung geschaltet war, fühlte er sich, als blicke ihm Sátin Sepehr bis auf den Grund seiner Seele, als entreiße er ihm in diesem zeitlosen Augenblick jedes noch so intime Geheimnis.

Ein strahlender Lichtkranz umgab den Kopf des Navigators wie eine Aureole, die ihn zu einem überirdischen Wesen stilisierte. Die Vortex-Augen schwebten darin wie eine Doppelsonne, die Leben in einen lichtlosen Kosmos trug. Das restliche Gesicht schien bis zur Bedeutungslosigkeit zu verblassen; die schwarzen Brillengläser waren nichts als bodenlose Brunnen ohne besondere Merkmale inmitten eines Meeres aus Dunkelheit.

»Wir sind in den Vortex-Flug übergegangen«, stellte Ziaar unnötigerweise fest. Rhodan wusste es längst, denn der Anblick, den der Weltraum durch die Scheibe der Gondel bot, war ...

... anders.

Anders als selbst ein Perry Rhodan das All jemals gesehen hatte. Die Sterne bildeten ein Inselgeflecht inmitten eines unendlichen, wogenden Meeres. In der allgegenwärtigen Schwärze zuckten Farben auf und vergingen wieder, ferne Punkte, die heranrasten, wuchsen, alles verschlangen und wieder verschwanden.

Er fühlte eine Berührung am Arm, und ihm kam es fast so vor, als stamme sie aus einem anderen Leben, einer anderen Existenz. Aus der Realität, der er durch den unfassbaren Anblick entrückt schien.

»Die Bojen aus den präparierten Hyperkristallen sind alle 722 Lichtjahre im Linearraum verankert«, sagte Caadil Kulée. »Sie bilden diese farbigen Erscheinungen.

Wenn ich selbst in der Gondel sitze und fliege, sehe ich sie als leuchtende Fanale in dem wesenlosen Etwas, das mich und das Schiff umgibt und auf das ich aus eigenartiger Perspektive hinab blicke. Ich fühle diese Bojen auch; sie scheinen durch die Vortex-Augen ein Teil meines Bewusstseins zu sein. Ich bin mitten in ihnen und doch sehe ich mich selbst, wie von einem erhöhten Standpunkt aus, von dem ich ein weites Tal überblicke. Ich sehe mich ... und die Gondel. Wir strömen durch den Halbraum, wie ein tief unter Wasser tauchendes, unscharf dahingleitendes Gebilde, das der Navigator von Boje zu Boje – von Transponder zu Transponder – dirigiert. Und gleichzeitig sehe ich mich von ›oben‹, aus dem Sextadimraum. Der Vortex-Pilot ist eins mit dem Schiff, mit der Umgebung, mit der präparierten Strecke. Er sieht und fühlt die Transponder, die ihm den Weg nach Khordáad, an unser Ziel, weisen. Ich bin diese Strecke selbst einmal geflogen, und kaum war ich gestartet, schien ich schon angekommen zu sein, nicht erst nach den drei Stunden, die objektiv vergehen, sondern *sofort*, verstehst du, Perry? Der Weltraum ist ein allumfassendes Wesen, das mich anzieht und abstößt und tiefer in sich hineinreißt.«

»Drei Stunden«, wiederholte der Terraner. Mühsam riss er sich von dem einmaligen Anblick los, den das Hologramm bot. Caadils schlanke Gestalt lehnte gegen die Konsole, über der das Abbild aus der Gondel projiziert wurde.

Ziaar stand neben ihr, die Arme angezogen, den Kopf leicht gesenkt. »Drei Stunden für eine Flugstrecke von mehr als 50.000 Lichtjahren. Das ist nur der Beginn! Von Gorragan nach Andromeda wird eine Flugzeit von nur sechs Tagen nötig sein, wenn diese erste intergalaktische Strecke erst einmal präpariert sein wird. Und wer weiß ...« Er lachte jovial, doch er konnte nicht verbergen, wie ergriffen er selbst von dieser Vorstellung war. »Wer weiß, vielleicht wird Caadil den Jungfernflug in unsere alten Heimstätten durchführen.«

»Die Vorbereitungen werden einige Jahre in Anspruch nehmen, selbst mit finanzieller Unterstützung durch Terra«, sagte Caadil. »Bis dahin werde ich die beste Vortex-Gondoliere sein, die die TGA zu bieten hat. Also werde ich *ganz sicher* den ersten Flug in eine andere Galaxis leiten.«

An Selbstbewusstsein mangelt es ihr jedenfalls nicht, dachte Rhodan. *Oder ist es eine Maskerade, die sie zur Schau stellt, um ein offizielles Image zu pflegen? Gestern Abend schien sie eine völlig andere Person zu sein, als sie vom Club der Verlierer sprach. Oder schauspielerte sie auch dort, weil sie sich etwas davon versprach? Wer ist die wahre Caadil Kulée?* Offenbar war sie eine bemerkenswerte Person, die genau wusste, was sie wollte und ihre Ziele konsequent verfolgte.

Das zweite Augenpaar des Navigators glich inzwischen einer im Sonnenlicht glitzernden Wasseroberfläche. Sepehr machte einen völlig entspannten Eindruck. Noch immer lag er mehr in seinem Pilotensitz, als dass er darin saß. Seine Finger huschten über die Eingabefelder.

»Bedient er die Positroniken des Schiffes?«, fragte Rhodan.

»Sie sind unter den speziellen Bedingungen des umgestalteten Linearraums nicht leistungsfähig«, antwortete Caadil. »Der Vortex-Flug ist hochgradig unsicher und kann auch durch maschinellen Zugriff nicht weiter stabilisiert werden. Nur der Gondoliere ist in der Lage dazu, den Flug konstant zu halten. Wir bezeichnen das ... Steuerruder, das die Gondoliere im Navigationsmodus ausbilden, als *Mentales Schwert*. Wenn du einen wissenschaftlicher klingenden Begriff bevorzugst, kannst du es auch als ÜBSEF-Konstante ansehen, als individuelle sechsdimensionale Energiekonstante, die durch den Sextadimraum strömt und die Gondel und mit ihr das gesamte Schiff kraft des Bewusstseins des Navigators leitet. Die Transponder-Bojen bilden dabei leere Spiegelbilder, in denen sich diese Konstante auf hyperdimensionaler Ebene abbildet. Dadurch entstehen einander entsprechende Pole, die sich anziehen.« Sie sprach von diesen Zusammenhängen mit einer Natürlichkeit, mit der andere über die Wetterprognose oder den Restaurantbesuch am Vortag redeten.

Ebenso selbstverständlich vermochte Rhodan ihr zu folgen – er verstand sehr wohl, was sie ihm erklärte, wenn er auch kaum fassen konnte, dass so etwas möglich war. Er musterte Caadil und sah in ihr mehr die atemberaubend schöne Frau als die genetisch veränderte oder optimierte Pilotin, die seit ihrer *zweiten Zeugung*, wie sie es nannte, für eine besondere Aufgabe bestimmt war. Und doch trug sie das Genetische Siegel, das sie für den Vortex-Flug prädestinierte.

Seit wann?, fragte er sich und dachte an die Geschichte aus ihrer Kindheit, die sie mit ihm, Haneul Bitna und Avryl Sheremdoc geteilt hatte. Hatte sie die Vortex-Augen schon besessen, als sie ihrem sterbenden Cousin den Stoff-Vogel in die Hand gedrückt hatte? Zweifellos ... die Manipulation ihrer Genetik musste im embryonalen Zustand erfolgt sein. Oder doch nicht?

»Kann ich kurz mit dir sprechen?«, fragte er.

Sie breitete auffordernd die Hände aus.

Rhodan schüttelte den Kopf. »Allein«, bat er.

Der Schrecken ist so tief in mir verborgen, dass er fast nur die Erinnerung daran ist, der Abglanz des entsetzlichen Urgrunds.

Doch das macht ihn nicht minder schrecklich.

In meinem Bewusstsein ist er nicht verankert, ich träume nicht einmal in den dunkelsten Stunden der Nacht davon. Zu weit liegt es zurück, viel zu weit. Manchmal frage ich mich, ob es geschehen ist, ehe ich ein Bewusstsein entwickelte und zu mir selbst wurde. Dann wieder sage ich mir, dass ich, Caadil Kulée amy Kertéebal, entstand, als sich meine Eltern vereinigten und der Lebensfunke zündete. Seit diesem Moment bin ich ich selbst. Vereinigte Zellen, deren Genome sich vermischten und etwas Neues, etwas Wunderbares hervorbrachten, angefacht vom göttlichen Atem, der mich erschuf. Noch ehe die erste Zellteilung einsetzte, war jedes Detail meines Selbst festgelegt und vorherbestimmt.

Fast jedes.

Denn ich wurde verändert.

Und bin doch dieselbe und werde es immer sein. Die Caadil vor der genetischen Veränderung war ebenso ich selbst wie ich es heute bin. Der Vorgang hat nichts an meinem Wesen, meiner Seele, meinem Bewusstsein verändert, und nur dieses bestimmt mich. Was zählen schon manche Äußerlichkeiten?

Ich bin einzigartig. Caadil Kulée, Tochter der Kertebaal ... ich bin, ich war und ich werde sein. Das Genetische Siegel vollendete lediglich meine Existenz, rundete sie ab und perfektionierte sie, doch es veränderte mich nicht.

Sage ich.

Rufe ich.

Schreie ich.

Was sind schon die Vortex-Augen? Was sagen sie über mich als Persönlichkeit aus? Ich hasse und ich liebe sie. Sie sind Teil meiner Selbst und sie ...

... sie machen mich zu einer Maschine, zu einem Ding, sieh nur, wie der Tamrat den Piloten anstarrt, wie er vom Navigationsmodus *spricht ...)*

... gehören zu mir. Ohne sie wäre ich nicht die Caadil, die ich seit so langer Zeit bin.

»Ich bin Caadil Kulée, Tochter der Kertebáal«, endete sie mit erstickter Stimme, die kurz davor stand zu brechen, wie schon seit so vielen Sätzen, und die doch nicht brach.

Perry Rhodan sah die Feuchtigkeit, die Caadils Augen – ihre normalen Augen – glitzern ließ. *Normale Augen*, dachte er. Er erschrak selbst über diese Qualifizierung, gerade in diesem Moment, nachdem sie ihm von ihren tiefsten Ängsten berichtet oder ihn zumindest einen flüchtigen Blick auf den Schrecken hatte werfen lassen, der tief in ihr vergraben lag. Er war gesichert in einer Zauberkiste, deren Schloss hundertfach mit geheimen Codes gesichert war, die sie selbst vergessen wollte und an die sie sich doch immer wieder erinnerte.

Sie erhob sich von dem bequemen Sessel in Rhodans Quartier. »Gehen wir.« Der orangefarbene, mit grünen Schlieren durchzogene Cocktail, den sie von dem Servoroboter hatte kredenzen lassen, stand unangetastet vor ihr auf dem Tisch. »Wir müssen zurück sein, ehe wir auf Khordáad landen. Schließlich bin ich Teil der offiziellen Mission der FARYDOON. Wenn Sátin Sepehr und sein Ersatzmann ausfallen, weil ein bizarrer kosmischer Zufall oder ein wütender Chaotarch ihnen gleichzeitig tödliche Herzattacken schickt, werde ich die Steuerung in der Gondel übernehmen müssen. Ganz zu schweigen von dir ... die Presse will dich sehen.«

Rhodan sah keine Veranlassung aufzustehen. »Es sind nur zwei Journalisten an Bord, Omid Manóo und Aarmáan Farbod, und sie ...«

»*Nenn mich einfach Aarma*«, unterbrach Caadil, und beide lachten, dass die Schwermut aus dem Zimmer floh wie flüchtiges Gas.

»Beide durften keine Aufnahmegeräte mit sich nehmen«, brachte Rhodan den Gedanken zu Ende. »Kein Grund zur Eile also. Du benötigst noch eine Minute Ruhe.«

»Halt mich nicht für hochmütig.« Sie beugte sich über den Tisch zu Rhodan, so nah, dass er ihren Atem spüren konnte. Er roch nach Minze. »Aber was ich benötige, weiß ich immer noch am besten.« Sie wandte sich ab und ging zur Ausgangstür. »Der Flug der FARYDOON wird auch ohne mich ein triumphaler Erfolg werden, aber ich will wenigstens einen Abklatsch der Herrlichkeit mitnehmen, will spüren, was es bedeutet, wenn es eines Tages für mich so weit sein wird.«

»Ich kenne Personen wie dich«, sagte Rhodan. »Und wenn ich während meiner Reisen in zahllose Galaxien und Sonnensysteme eins gelernt habe, dann das, Caadil: Es kann früher so weit sein, als du denkst. Viel früher.«

»Das hoffe ich.« Sie verließ Rhodans Quartier.

Er folgte ihr; in der Zentrale fingen ihn die beiden Journalisten ab. »Perry, wie beurteilst du die militärische Präsenz auf diesem Wissenschaftsflug?«

Er wandte sich um. »Aarma ... ich danke dir für die Frage. Ich habe darauf gewartet. Die Fakten sind dir sicherlich bekannt?«

Der Tefroder verengte die Augen, deren völlig schwarze Iriden den Eindruck riesiger Pupillen weckten. »Selbstverständlich kenne ich sie.« Er klang, als sei er zutiefst beleidigt darüber, dass ihm eine derartige Frage gestellt wurde. Schließlich war er als Journalist stets bestens informiert. Oder sollte es zumindest sein.

»Wärst du dann so nett, sie für mich zu wiederholen? Nur um sicherzugehen, dass wir uns auf demselben Wissensstand befinden.«

Der rechte Mundwinkel des Reporters zuckte – damit hatte er offenbar nicht gerechnet. Nun war er gezwungen, das Terrain, auf dem er sich sicher fühlte, zu verlassen: die Position des Angreifers. »Die FARYDOON selbst ist unbewaffnet. Mit dem Vortex-Raumer ist allerdings ein Trägerkreuzer der Sternenwacht Myrmidon verbunden – die CANNAE. Ein militärisches Schiff der CALLAMON-Klasse, das darüber hinaus von niemand anderem als einem der beiden Inhaber der Sternenwacht befehligt wird.«

»Von Adlai Kefauver«, präzisierte Tamrat Ziaar gelassen, der sich auf einen unauffälligen Wink Perry Rhodans hin zu den beiden gesellte. »Dass er den Flug persönlich begleitet, ist eine lobenswerte Geste der Sternenwacht. Unser Militär-Dienstleister demonstriert damit, dass er die hohe Bedeutung dieses Flugs erkennt und einen seiner wichtigsten Männer entsendet, um ihn zu begleiten.«

»Und dass Militär anwesend ist«, ergänzte Rhodan, »ist ein völlig normaler Vorgang. Daraus irgendwelche zwielichtigen Schlussfolgerungen zu ziehen, wäre in hohem Maß verwunderlich. Genauer gesagt müsste man am Verstand der Projektverantwortlichen zweifeln, wenn *kein* militärischer Schutz die FARYDOON begleiten würde.«

Fast schmerzte es den Terraner, Aarmáan Farbods Enttäuschung zu sehen – der Reporter fand keinen Ansatzpunkt, um eine Sensationsstory zu konstruieren, wie er es zweifellos geplant hatte. Weder Rhodan noch Ziaar hatten auch nur den geringsten Ansatzpunkt dafür geliefert, dass man mit einem Angriff oder Industriespionage rechnete und sich nicht etwa auf einen konkreten Verdacht hin zur Verteidigung gewappnet hatte.

Wenig später landete die FARYDOON auf Khordáad.

»Du bist Terraner?«, fragte Rhodan. »Haneul Bitna hat mir von dir erzählt. Du hast ihn vor einigen Jahren in die Sternenwacht aufgenommen.«

Adlai Kefauver blickte Rhodan aus tiefliegenden, schwarzen Augen überlegen an. »Haneul ist, oder besser gesagt, er war einer meiner besten Söldner. Als er sich von uns lossagte und komplett in die Dienste der Transgenetischen Allianz trat, bedauerte ich das. Sein Kampfstil ist ... innovativ. Er war ein guter Soldat. Und so wie ich ihn kennengelernt habe, ist er zweifellos ein noch besserer Geheimagent. Aber um auf deine Frage zurückzukommen – ja, ich bin Terraner. Geboren 1360 NGZ in Brüssel. Eine schöne Stadt übrigens. Hörte ich. Ich habe meine ersten vier Lebensmonate dort verbracht, ehe meine Eltern aussiedelten. Du wirst mir verzeihen, dass ich keine Erinnerungen daran habe.«

Zu einer Antwort kam Rhodan nicht mehr. Gemeinsam traten sie vor eine Menschenmasse, gegen die die Konferenz auf Gorragan geradezu verblasste:

Perry Rhodan, der prominente Gast, das Aushängeschild Terras, der Mann, der an die Zukunft des Vortex-Flugs glaubte.

Tamrat Ziaar, der verantwortliche Politiker, der unermüdliche Förderer.

Adlai Kefauver, der Mann im Hintergrund, der mit seinem angeflanschten Schiff CANNAE für die Sicherheit des Testflugs sorgte; niemand würde es wagen, die FARYDOON anzugreifen, ohne es bitter zu bereuen.

Die drei Vortex-Piloten Sáatin Sepehr, Mitraa Morváarid und Caadil Kulée.

Botschafter einiger einflussreicher Sternenreiche, unter ihnen ein Arkonide namens Zuno da Zoltral, der Rhodan kurz vor dem Ausstieg mit ihrer *weitläufigen Verwandtschaft* geneckt hatte.

Sie verließen das Antigravfeld, in dem sie vom Ringschott der FARYDOON aus auf Khordáads Boden geschwebt waren. Auffällig war Rhodans Meinung nach, dass kein Wissenschaftler des Vortex-Projekts sie begleitete. Wollten sie im Hintergrund bleiben? Oder sah man sie als nicht öffentlichkeitswirksam an? Immerhin hatten sie ein revolutionäres Überlicht-Reisesystem entwickelt, das seinesgleichen suchte.

Ein energetischer Zaun hielt sämtliche Journalisten ebenso fern wie alle anderen Beobachter. Gemäß der vorher getroffenen Abmachung würde es zunächst keine offiziellen Interviews und Verlautbarungen geben; auf diese Einschränkung hatte Kefauver bestanden. Die jubelnde Zuschauermenge stellte ein zu großes Sicherheitsrisiko dar. Als oberster Verantwortlicher für die Sicherheit des Projekts wollte Kefauver nicht ausgerechnet die wichtigsten Fluggäste einer unkontrollierbaren Gefahr aussetzen. *Allein der arkonidische Botschafter hat wahrscheinlich zehntausend Feinde*, hatte er argumentiert, *von dir ganz zu schweigen, Perry Rhodan.*

Rhodan kam sich vor wie einer der Stars, die in seiner Jugendzeit über den berühmten roten Teppich flaniert waren. Er schaute sich in der Menge um. Wie nicht anders zu erwarten, bildeten Tefroder und Blues die Überzahl, doch auch einige Fantan-Leute, die früher zum Großen Imperium der Arkoniden gehört hatten, waren anwesend. Ihre fein geschuppten Zylinderkörper fielen als Fremdkörper sofort auf; Rhodans Blick fing sich in den dunklen Öffnungen, die in der oberen Hälfte des elastischen Körpers wie Löcher gähnten.

Neben einer Fantan-Gruppe stand ein Mann terranischen Aussehens, eine ältere, aber robuste, geradezu knorrige Erscheinung mit langem Bart, der den Eindruck eines Weithergekommenen vermittelte und sonderbar deplatziert, wie aus einem tiefen, schwarzen Wald in die Zivilisation verirrt wirkte – *ein Waldschrat*, dachte Rhodan amüsiert, *ein Naturgeist in Menschengestalt.* Wie es sich für einen Schrat gehörte, hielt der Mann einen mächtigen Wanderstab in der Hand. Hinter ihm standen zwei Tefroder, die Rhodan unwillkürlich schmunzeln ließen; auf den kahlgeschorenen Köpfen trugen sie je einen grell lilafarben leuchtenden Sichelkamm, der einem Ertruser zur Ehre gereicht hätte.

Am Firmament prangten zwei dunkelrot leuchtende Zwergsonnen – Khordáad umkreiste die beiden alten Sterne als einziger Himmelskörper, ein einsamer Planet knapp 40.000 Lichtjahre außerhalb der Milchstraße.

Der Raumhafen, auf dem sie gelandet waren, lag in dem einige hundert Kilometer breiten Äquatorstreifen, der als einziger Bereich Khordáads nicht von Eis bedeckt war. Auf diesem Streifen war eine riesenhafte Stadt errichtet worden – Géeti, die ständig von Milliarden künstlicher Lichtquellen erleuchtet wurde, da das Licht der Doppelsonne zu keiner Tageszeit eine ausreichende Helligkeit schuf.

Rhodan ließ den Blick über den Himmel wandern. Er suchte jenen Bereich aus fasrigem Dämmerlicht, das scheinbar keine Herkunft besaß. Er wurde fündig; das musste sie sein, die Vortex-Dämmerzone von Khordáad, der Eingangsbereich in den Vortex, aus dem die FARYDOON in den Normalraum zurückgestürzt war. In seinem Gegenstück über Peuríi hatte die Reise begonnen.

Mit einem Mal verwehrte ihm ein Gleiter, der wenige Meter vor der Delegation landete, den Blick auf das Phänomen. Sie stiegen im selben Moment ein, als in einigen hundert Metern Höhe eine gewaltige Salve aus Lichtfontänen explodierte und die Feierlichkeiten zum gelungenen Testflug offiziell begannen.

Im Gleiter bat der Tamrat all seine Begleiter, sich zu beeilen. Sie versammelten sich im eng bemessenen Passagierraum, der gerade einen Sitzplatz für jeden bot. Rhodan saß zwischen Tamrat Ziaar und Zuno da Zoltral, dem arkonidischen Botschafter.

Dieser grinste ihn so breit an, dass die Mundwinkel hinter den schlohweißen dünnen Haaren verschwanden, die glatt über die Wangen hingen. »Mein geschätzter Herr Vetter. Ich mag angeheiratete Verwandte.« Er schien einen besonders ausgeprägten Sinn für Humor zu besitzen. Zweifellos spielte er auf seine ferne Vorfahrin Thora da Zoltral an, deren Familie er angehörte; das machte ihn allerdings ebenso wenig zu einem Vetter oder zu einem anderen Verwandten wie jeden anderen Arkoniden auch.

»Wenn die Lichter am Himmel verlöschen«, sagte Ziaar, »startet auf jedem einzelnen Bildschirm des Planeten eine Progno-Dokumentation, die zeigt, wie es in wenigen Jahren sein wird, wenn über Gorragan nicht nur eine, sondern mehrere Dämmerzonen stehen und der Weg auch nach Andromeda führen wird. Selbstverständlich könnt ihr ebenfalls zusehen.« Sirrend entstand ein Hologramm, das ihn selbst zeigte. »Ich fungiere als Sprecher der Dokumentation und vermittle alle notwendigen Kenntnisse – soweit sie für die Öffentlichkeit zum einen von Interesse und zum anderen freigegeben sind. Ich hoffe, ihr werdet euch gut unterhalten.«

Caadil erhob sich. »Du erlaubst, dass ich mich zurückziehe? Ich glaube kaum, dass ich etwas Neues erfahren würde.«

Adlai Kefauver schloss sich ihr an; Rhodan ebenso. Ihn wunderte, dass die beiden anderen Vortex-Piloten sitzen blieben. Vielleicht wollten sie Ziaar nicht brüskieren, oder sie waren einfach müde und sahen das Spektakel als willkommene Entspannung und Erholung an.

So zogen sie sich zu dritt in eine winzige Kantine zurück; den einzigen leeren Raum, den der Gleiter noch zu bieten hatte.

Caadil entnahm einem Regal ein Getränk, das sich selbsttätig öffnete, als sie in raschem Rhythmus dreimal gegen den Flaschenhals klopfte. »In der offiziellen Kundgebung werden wir noch länger lächeln und uns dabei die Geschichte des Vortex-Flugs anhören müssen, als uns lieb ist.«

Rhodan musterte die Getränkeauswahl – keine der Bezeichnungen sagte ihm etwas – und folgte Caadils Entscheidung. Das schien ihm am sichersten, wenn er an das Büffet auf Gorragan zurück dachte. Er klopfte ebenfalls dreimal gegen den Flaschenhals, doch nichts geschah, nicht einmal, als er den Versuch wiederholte.

Kefauver lachte, dass seine leicht welligen Haare über der Stirn tanzten. »Du bist nicht schnell genug.« Er demonstrierte den notwendigen Rhythmus an einer eigenen Flasche.

»Ein seltsames System«, meinte Rhodan, dem es beim nächsten Mal gelang, die Flasche zu öffnen. Was immer es war, das er da trank – es schmeckte fruchtig und knirschte zwischen den Zähnen.

»Nicht seltsamer als etwa ein terranischer Automatkorken auf einer Flasche Ferrol-Exportwein.« Adlai Kefauver, Mitbesitzer der Sternenwacht Myrmidon, ahmte das Geräusch einer aufploppenden Weinflasche nach.

»Das klingt zwar eher wie ein verschwindender Teleporter, aber du kennst dich mit terranischen Details offenbar gut aus.«

»Wenn ich auch fern der Heimat lebe, bin ich dennoch Terraner.«

»Und dazu einer, der eine beachtliche militärische Karriere hinter sich hat.«

»Ich gehe davon aus, dass du meine Akte kennst?«

Rhodan nickte nur.

»Und ebenso kann ich wohl als gegeben hinnehmen, dass du die Wahl meiner Mittel nicht immer gutheißen würdest.«

»War das eine Frage?«

»Klang es so?«

»Die Sternenwacht als militärischer Dienstleister, der denjenigen unterstützt, der am besten bezahlt, ist nicht unbedingt der Standard, den Terra propagieren würde«, stellte Rhodan sachlich fest.

»Es ist ein nützliches Konzept. Die Transgenetische Allianz ist einer unserer besten Kunden. Und schon haben wir einen gemeinsamen Nenner, Perry. Der Terranische Resident und der Militärsöldner. Wahrscheinlich können wir froh sein, dass es keinen Ernstfall geben wird.«

»Du wärst überrascht«, behauptete Rhodan, »wie flexibel ich sein kann, wenn es sich als notwendig erweist.«

»Hoffen wir, dass es während der zentralen Kundgebung zu keinem Zwischenfall kommen wird. Du sollst jedoch wissen, dass ich jeden, auf den ein Attentat verübt werden könnte, mit meinem Leben beschützen würde.«

Rhodan lächelte schmallippig. »Dann haben wir schon etwas gemeinsam. Wie lautet deine ganz persönliche Einschätzung? Glaubst du, dass Gefahr besteht? Für mich oder irgendjemanden sonst? Für den Tamrat etwa?«

»Das Projekt findet allgemeine Zustimmung in der Bevölkerung der Allianz. Nur zwei kleine Splittergruppen äußern sich kritisch – sie gelten jedoch als harmlos. Und dass ihre Vertreter den Weg nach Khordáad gefunden haben, wage ich zu bezweifeln. Wenn es also keine Spione oder Kampftruppen einer unbekannten Macht gibt, die das Bündnis zwischen der TGA und Terra stören wollen, wird das Ganze ein Spaziergang.«

Caadil begann zu summen – altterranischer Jazz.

Soweit von der Heimat entfernt, dachte Rhodan, *und doch ist Terra allgegenwärtig.*

Es wurde tatsächlich ein Spaziergang. Es gab keinerlei Zwischenfälle, keine Unruhen, nicht einmal harmlose Pöbeleien unter den zahllosen Zuschauern.

Obwohl es die Gorragani verstanden, eine rauschende Feier zu inszenieren, ließ der Trubel Rhodan weitgehend kalt, während er an den Festlichkeiten teilnahm.

Die zwei Tage auf Gorragan vergingen wie im Flug. Rhodan konnte die Hände nicht zählen, die er – ganz nach terranischer Sitte, der sich die Gorragani nur zu gern anschlossen, um ihre Verbundenheit mit Terra zu demonstrieren – in dieser Zeit schüttelte.

In der Nacht vor dem Rückflug lag Rhodan, die Hände im Nacken verschränkt, auf der Pneumoliege seines Quartiers an Bord der FARYDOON. Er trug eine Hose, die bis über die Füße reichte, sonst nichts.

Er dachte nach, müde, dem Schlaf nah. In seinem Kopf tanzten Bilder von neuen Sternenstraßen. Er sah Tefroder auf dem Weg in die Tiefen des Alls. Gemeinsam mit den Gaatanyj, diesem abenteuerlustigen Zweigvolk der Jülziish; eine neue Konstellation am Machtfirmament der Milchstraße.

Der Türmelder gongte, ein leises, angenehm nachhallendes Geräusch.

»Bitte«, sagte Rhodan.

Die Tür glitt zur Seite. Caadil stand da, das Haar und die Vortex-Augen unter einer golden schimmernden Haube, die Lippen fremdartig geschminkt. Sie trug eine rote, leise klirrende Robe aus einem metallischen Synthostoff. »Ich kann nicht schlafen.«

»Man schließt die Augen und denkt an nichts«, sagte Rhodan. »So geht das. Wo ist die Kunst?«

»Du kannst ganz schön eklig sein«, sagte Caadil. »Lass uns irgendwohin essen gehen. Lad mich ein.«

»Wie käme ich dazu?« Rhodan stand auf, reckte sich, sah ihr ins Gesicht.

Die Kosmetik bewirkte offenbar, dass schimmernde Reflexe über ihre Lippen glitten, wie Wellen aus Licht auf einem blassroten Meer. Es war sehr irritierend.

»Wo essen wir? Bleiben wir in der FARYDOON? Die Küche soll ausgezeichnet sein.«

»Nichts als Gerüchte.« Rhodan stellte den Fußteil der Hose auf Schuhfunktion und wartete, bis sich die Struktur verhärtet hatte. Dann bat er die positronische Zimmerverwaltung um eine Weste mit Wärmeregulation. »Ich habe gehört, die Nächte auf Khordáad sollen kalt sein. Oder sind das auch nichts als Gerüchte?«

»Sie sind eisig«, verbesserte Caadil. »Wir werden vermutlich erfrieren.«

»Ein trauriges Schicksal.« Rhodan legte sich die Weste um den bloßen Oberkörper und wartete, bis sie sich seiner Größe angepasst hatte. Für einen Moment hatte er das Gefühl, als glitten Schlangen über seine Haut. Seidig, warm und anschmeichelnd. Dann passte die Weste. »Also dann.«

Sie waren nicht die Einzigen, die das Schiff noch zu dieser späten Stunde verließen. Rhodan nickte einem Blue zu, mit dem er sich vor ein paar Stunden im Antigravschacht kurz unterhalten hatte. Der Gaatanyj hatte sich ihm als Wissenschaftsjournalist vorgestellt.

Vaarayn? Vayran?

»Ihr geht aus«, stellte der Gaatanyj fest und strich seinem Begleiter über den Schulterpelz. Rhodan konnte nicht erkennen, ob der andere Gaatanyj männlich oder weiblich war. »Wie wir. Wollen wir uns gesellen?«

»Ich weiß nicht, ob der Resident für ein Interview zur Verfügung steht«, sagte Caadil.

»Wenn wir das nicht wissen, fragen wir den Residenten«, sagte der Wissenschaftsjournalist. Seine vorderen Augen fixierten Rhodan. »Eine Antwort wird ihn nicht bücken.«

Rhodan erinnerte sich daran, dass es für jeden Jülziish demütigend war, den schlauchförmigen Hals so zu beugen, dass der Kopf unterhalb der Schulter lag. Er lachte. »Nein, es bückt mich nicht – Vaarayn. Ist das der Name?«

Sie erreichten den Eingang zum Antigravschacht der FARYDOON.

»Vayran ist der Name«, korrigierte der bluessche Journalist. »Resident Radon – hast du etwas gegen ein Hintergrundgespräch einzuwenden?«

Caadil lachte leise auf. »Hier trennen sich unsere Wege.«

»Was meint die Gondoliere?«, fragte der zweite – oder die andere – Gaatanyj.

»Die Gondoliere meint, wir mögen uns verzischen«, übersetzte Vayran. Er machte eine einladende Geste mit seiner Hand, die trotz der sieben Glieder schmal und zartgliedrig wirkte. Vier Finger, drei Daumen – ein für Rhodan immer noch unbegreifliches Sortiment.

Er wies in Richtung Antigravschacht, er würde ihnen den Vortritt lassen.

»Ich bin müde«, entschuldigte sich Rhodan. »Wir gehen essen. Mehr nicht. Bitte entschuldigt, aber das ist eine rein private Angelegenheit.«

Die beiden Gaatanyj blieben höflich zurück.

Rhodan und Caadil schwebten hinab, ohne ein Wort zu wechseln. Caadils Schulter berührte seine linke leicht. Er bewegte sich nicht.

Die Luft verschlug ihm den Atem, so kalt. Es war Nacht. Ein Großteil Khordáads lag unter Eis; nur ein knapp unter 500 Kilometer breiter Äquatorstreifen bot Temperaturen, die Lemuroiden erträglich waren. Dort lag Géeti, die einzige größere Stadt des Planeten, und zog sich weitmaschig über den Äquatorring hin.

Es wurde auf Khordáad nie richtig hell. Das System der beiden roten Zwergsonnen Khorpan und Khorpau war ein Irrläufer aus der Milchstraße, hatte sich vor vielen Jahrmillionen aus dem Sternenverbund der Galaxis gelöst und stand beinahe 40.000 Lichtjahre weit im Leerraum. Khorpan und Khorpau umkreisten einander in engen Bahnen, zwei beinahe erschöpfte, lichtschwache Wanderer ins Nichts.

Khordáad war ihr einziger Planet. Das Einzelkind eines müden, älteren Sternenpaares.

Weder das Solare Imperium noch die Liga Freier Terraner hatten das System jemals kartografiert. Khordáad, der geheime Wissenschaftsplanet der Transgenetischen Allianz, lag, wenn in schwarzer, der Milchstraße abgewandter Nacht.

Géeti dagegen strahlte in einem unaufhörlichen Glanz, von unzähligen Laternen und lichterloh lumineszierenden Bäumen erleuchtet. Rhodan hatte keinen Zweifel, dass diese sonderbar glühende Flora ihre Existenz den Gen-Ingenieuren der Allianz verdankte.

Als sie aus dem Antigravfeld getreten waren, erwarteten sie zwei weibliche Mitglieder der Sternenwacht. Die beiden Frauen trugen eine Art schwarzen Frack, an der Seite hing ein zeremonieller Degen. Kopf und Stirn waren von einem silbrig-grünen, sorgfältig gebundenen Turban bedeckt. Das Ganze wirkte auf Rhodan wie eine aberwitzige Mischung aus modischem Schnickschnack und militärischem Firlefanz. Sie stellten sich ihnen als Auma Taccomi und Kalakujen vor.

»Du gehst freiwillig?« Kalakujen war klein und grazil, ihre Haut schimmerte bläulich. Unter dem Turban lugte eine Strähne kupferfarbenes Haar hervor. *Eine Ferronin,* dachte Rhodan.

Er sagte: »Nein.« Mit einem Fingerzeig auf Caadil ergänzte er: »Sie hat mich versklavt.«

Die beiden Myrmidoninnen wechselten einen Blick; Auma Taccomi, die Größere der beiden, rollte kurz mit den Augen. »Wir werden dich begleiten.« Sie war geradezu einschüchternd hochgewachsen, dabei breitschultrig.

Ihre Augen lagen unter buschigen, blauschwarzen Augenbrauen. Das Muskelspiel unter dem Stoff ihres Fracks war sensationell. Wahrscheinlich eine Oxtornerin.

»Ich habe keine Begleitung beantragt.«

»Sie wird dennoch gewährt«, entgegnete die Ferronin. »Anordnung des Tamrats.«

Rhodan zuckte mit den Achseln und ging an den beiden Myrmidoninnen vorbei.

»Wenn du wünschst, können wir unsere Deflektorschirme aktivieren«, bot die Ferronin an.

Rhodan winkte ab. Nur keine Gespensterbegleitung. Keine Geheimnisse.

Sie gingen einige Hundert Meter zu Fuß über den Metallplastboden von Kajomóor Sternenhof. Lotrecht über dem Raumhafen hing die Dämmerzone, der Eingang zum Vortex – 12.000 Kilometer tief im All, wie Rhodan wusste.

In dieses Tor aus sanftem Licht würden sie morgen eintauchen und zurückkehren nach Peuríi, dem Gegenstück zu diesem Portal hoch über dem achten Planeten des Bandyll-Systems.

Sie spazierten durch die weitläufige Stadt, an Gebäuden vorbei, die gläsernen Riesenschrauben ähnelten, und an Häusern, die so typisch terranisch aussahen, als befänden sie sich in einem Vorort von Terrania City. Parks, Haine, ein See, in dem das Licht der Milchstraße glänzte wie in einem schwarzen Spiegel.

Hin und wieder zogen Girlanden von miteinander verbundenen Leuchtballonen vorüber, still und leise pulsierend, wie wunderliche Kreaturen am Grund der Nacht. Dann wieder strich ein Polarwind über ihre Haut, und Rhodan spürte, wie die Weste ihre Temperatur erhöhte und ihn einhüllte in ein Kissen aus Wärme.

Auma Taccomi und Kalakujen folgten ihnen in gebührendem Abstand.

Caadil hielt Rhodan am Ellenbogen an und wies auf ein kastenförmiges, fensterloses Gebäude. Eine Neonreklame flackerte über dem schmalen, schießschartenartigen Eingang, Rhodan entzifferte die Lettern; sie waren alt-tefrodisch, dem lemurischen Alphabet noch sehr ähnlich. *Auf alt getrimmt,* dachte Rhodan. *Auch die Neonreklame ist nichts als ein Retro-Look.*

»Zum menschenfressenden Konos«, las er Caadil laut vor. »Klingt vielversprechend.«

»Ein Stondac«, erklärte sie. »Man isst dort, man trinkt, man kann spielen.«

»Was davon werden wir tun?«

Caadil gab keine Antwort.

Der Servobot am Eingang identifizierte sie beide und wünschte ihnen einen guten Abend. Die beiden Myrmidoninnen forderten Einlass als Begleitschutz, was der Robot, zweifellos nach kurzer Rücksprache mit der Hauspositronik, gewährte.

Der Saal war in ein merkwürdig honigfarbenes Licht getaucht, das Rhodan beinahe meinte fassen zu können. Das Lokal war gut besucht. Die meisten Tische waren besetzt, fast ausnahmslos mit Tefrodern; die Gaatanyj waren sichtbar in der Minderheit.

An zwei oder drei Tischen saßen fremdartigere Gäste. Rhodan erkannte eine Gruppe von Fantan-Leuten; an einem Tisch saß ein Cheborparner-Pärchen, faunengleiche Geschöpfe mit tiefschwarzen Gesichtern, in denen rotglühende Augen standen. Mit ihren Hörnern wirkten sie wie altterranischen Phantasiebildern der Hölle entsprungen. Die beiden tauschten verliebte Blicke und rauchten gemeinsam und abwechselnd eine bittersüß duftende Zigarre.

Ein Leitlicht führte sie an einen freien Tisch. Rhodan warf keinen Blick zurück; er hatte keinen Zweifel, dass die Myrmidoninnen ihn und Caadil unter Aufsicht behielten.

Die Tischfläche erhellte sich und gewann scheinbar an Tiefe. Rhodan sah einzelne Gerichte aufleuchten. Es waren keine bloßen Hologramme, sondern olfaktorisch ergänzte Darstellungen.

Der Tisch pries einige khordáadsche Spezialitäten an, deren Namen Rhodan nichts sagten. Er überließ Caadil die Wahl. Die Pilotin tippte einige Holobilder an; der Tisch erlosch.

»Ich mag den Himmel über Khordáad nicht«, bekannte Caadil. »Er ist zu leer.«

»Man kann die Milchstraße gut sehen. Und das Vortex-Portal«, sagte Rhodan wie aus einem unsinnigen Versuch, das hiesige Firmament zu verteidigen.

»Es ist kein Sternbild zu sehen«, konterte Caadil.

»Welche Sternbilder?«

»Die Münze. Der Rufer. Mironas leerer Thron. Das Möbiusbad und die Platinspinne.«

»Aha«, sagte Rhodan. *Was hatte ich auch erwartet? Dass Caadil irdische Sternbilder aufsagen würde?*

»Du kennst sie nicht?«

»Ich wusste nicht, dass es tefrodische Sternbilder gibt.«

Sie lachte. »Es sind die Sternbilder, die ich über Gwein gesehen habe. Meiner Heimatwelt. Meine Großmutter hat sie mir erklärt und ihre Geschichten erzählt.«

Natürlich hatten die Terraner die Tradition, den Nachthimmel in Bildern zu sortieren, auf alle ihre Siedlungswelten exportiert. Häufig wurde nach vertrauten Mustern gesucht, der – oder ein – Großer und Kleiner Wagen an ihrem neuen Himmel entdeckt, das Haar der Berenike, die Giraffe, der Kranich, der Vogel Phoenix. Wie hieß noch einmal dieses wunderschöne, hoch komplexe Sternenbild über dem Südhimmel von Olymp? *Der Foltertresor der heimtückischen Steuerbeamten.*

Warum sollten die Tefroder anders verfahren, den Himmel unbebildert lassen? Schließlich besaßen die Terraner kein Monopol auf Sternenmalerei.

Rhodan schaute sich um. Er entdeckte die beiden Myrmidoninnen, die einen Tisch in der Nähe gefunden hatten. Auma Taccomi und Kalakujen saßen vor einem hohen, schlanken Glas, aus dem wie aus einem Schlot weißer Dampf kräuselte. Sie schlürften die Flüssigkeit aus dem Gefäß mit Trinkhalmen.

Rhodans und Caadils Bestellungen schwebten auf einem Antigravtablett herbei. Sie nahmen sich die dampfenden Töpfe und Schalen und portionierten das Essen mit langen Holzlöffeln auf einem großen, dreieckigen Teller aus blassrotem Porzellan.

Sie aßen. Rhodan nickte anerkennend. »Ein gutes Stondac. Ich werde es weiterempfehlen.« Er schaute Caadil an.

Sie aß, trank und tat, als bemerkte sie seinen Blick nicht. Dann drohte sie spielerisch mit ihrem Spießmesser. »Ich bin eingeladen?«

»Ja. Sehr.«

Sie aßen weiter. »Mironas leerer Thron«, sagte Rhodan nach einer Weile. »Ihr habt die Meisterin der Insel zu den Sternen erhoben?«

Caadil kaute und schluckte, bevor sie antwortete. »Nur ihren Thron. Ich werde dir die Geschichte angelegentlich erzählen.«

»Werden wir Gelegenheit haben?«

»Sicher.«

Rhodan beobachtete, wie die Fantan-Leute sich von ihrem Tisch erhoben, mannsgroße, fein geschuppte Zylinder, deren obere Hälfte mit Sinnesgruben versehen war – Ohren, Augen, Nasen oder was immer den Fantan die Welt erschloss.

Langsam glitten sie auf ihren sechs identischen Extremitäten, die sie je nach Bedarf als Arme oder Beine benutzten, in Richtung Ausgang. Was mochte sie in diese stellare Einöde verschlagen haben? Wie mochten sie hierhergekommen sein? Schon vor zwei Tage hatte er sie – oder andere ihres Volkes? – beim Eintreffen auf Khordáad in der Menge gesehen. Was wusste er überhaupt von ihnen?

»Was weißt du von ihnen?«, fragte Caadil in diesem Moment.

Er lachte, als hätte sie ihn ertappt. »Ich weiß nichts. Fast nichts. Es heißt, sie sterben aus. Sie seien psionisch hoch begabt. Sie – ich weiß nicht. Wir hatten einmal ernsthaft mit ihnen zu tun, vor über dreitausend Jahren, und danach nur noch sehr selten.«

»Was man nicht alles im Laufe eine unsterblichen Lebens lernt«, sagte Caadil. Es klang spöttisch.

»Und du? Was weißt du?«

»Über die Fantan? Sie haben eine kleine Kolonie auf Khordáad, irgendwo in den Froststarren Regionen. Sie haben auch auf Gwein eine kleine Kolonie. Das heißt – vielleicht ist Kolonie zuviel gesagt. Eine Art Eremitage. Eine Ansammlung von Klausen, auf einer Felseninsel im Llawon-Ozean, einer Insel, die mit keiner anderen verbrückt ist.«

»Verbrückt?«

»Über Brücken verbunden.«

»Was tun sie dort?«

»Nun – sie halten sich auf. Sie sind da. Wir haben nicht viel Kontakt zu ihnen, und sie suchen keinen Kontakt zu uns. Sie sind da. Ist das nicht genug?«

Rhodan wehrte ihren unausgesprochenen Vorwurf mit der Hand ab und lächelte. »Es ist völlig hinreichend. Ich denke nicht, dass du mich auf die Spur einer galaxisweiten Fantan-Konspiration gebracht hast. Ich werde ihnen nicht den Liga-Dienst auf den Hals hetzen. Oder die Fersen. Oder irgendeine andere, dazu besonders geeignete Extremität. In Ordnung?«

»In Ordnung.«

Belanglosigkeiten, dachte Rhodan. *Wir reden über Belanglosigkeiten.* Verwundert bemerkte er, wie sehr er dieses Reden über Belanglosigkeiten genoss und wie ihre Stimme in ihm nachzuhallen begann.

Er räusperte sich und aß weiter.

Später schwebte ein Dessert heran, eine flockig-schaumige Masse, die nach Nuss, einem sehr süßen Paprika und einem Hauch von Limone schmeckte.

»Erzähl mir von deiner Großmutter«, bat er sie.

»Erzähl mir von deiner«, erwiderte sie.

Rhodan musste lächeln. Seine Großmutter? Es mochten hundert Jahre und mehr her sein, dass er an sie gedacht hatte. An welche übrigens? Er hatte zwei Großmütter. »Meine Großmütter haben mir jedenfalls nichts über Sternbilder erzählt.«

»Meine Großmutter schon. Sie hat das Sternbild Lichtwaage sehr gemocht. Und das Sternbild Die Laterne in der Kammer des Geschichtsschreibers. Die Platinspinne. Und das Möbiusbad natürlich auch.«

»Natürlich.« Rhodan schaute Caadil forschend an.

Als die Pilotin keine Anstalten machte, etwas über diese Bilder zu erzählen, wandte sich Rhodan wieder dem Dessert zu. Er aß mit Hingabe. Er war sehr zufrieden. Satt und müde, fühlte er sich in der Gesellschaft der jungen Vortex-Pilotin wohl.

Als er aufblickte, stand ein Mann neben ihrem Tisch. Eine robuste, geradezu knorrige Erscheinung. Im Gesicht ein langer Bart. *Der Waldschrat,* dachte Rhodan. *Der Waldschrat vom Raumhafen. Wir haben einen Fan.* Der Mann stand, als hätte er nach einem steilen Anstieg den Gipfel eines Berges erklommen, auf einen hohen Wanderstab gestützt.

Rhodan schaute sich kurz um. Die beiden Myrmidoninnen schlürften aus ihrem Glas. Hatten sie die Annäherung des Mannes nicht bemerkt oder ihn unauffällig überprüft und für ungefährlich gehalten?

Auf Terra wäre dem Schrat eine solche Begegnung kaum möglich gewesen. Jeder Personenschutz des Liga-Dienstes hätte sie unterbunden und zuerst seine Erlaubnis eingeholt. Rhodan lächelte. Die Liga war weit. Die ganze Milchstraße war weit.

»Wir kennen uns?«, fragte Rhodan den Mann. »Vom Raumhafen?«

»Ja.« Seine Stimme klang sonor, und das eine Wort war wie eine längere Erzählung.

Rhodan warf einen Blick auf den Wanderstab. Er war mannshoch und aus einem weißlich hellen Holz gefertigt. Wäre ihm der Mann irgendwo in den Gebirgen Terras begegnet, hätte Rhodan, was das Material des Stocks anging, auf Esche getippt – ein hartes, zähes, aber hinreichend biegsames Holz. Hier und da schimmerte es allerdings schwach bläulich, wie kalte Milch, was den Eindruck verwischte, einen Stoff irdischer Herkunft vor Augen zu haben.

Der Stab war weitgehend geradlinig, kaum gewunden, und er lag dem Mann offenbar gut in der Hand. Am unteren Ende bedeckte ein Gummipuffer den größeren Teil einer stählernen Spitze. Rhodan wusste, dass man einen solchen Bergstock beim An- und Absteigen als beidhändige Stütze führen konnte, die die Trittsicherheit deutlich erhöhte und zumal die Kniegelenke beim Abstieg entlastete. Allerdings wirkte das Gerät im Zeitalter der technischen Gehhilfen, der biomechanischen Steiggamaschen und positronischen Balancesupporter mehr als nur anachronistisch. Archaisch geradezu.

Der Mann hatte die Begutachtung stumm und lächelnd über sich ergehen lassen. »Setz dich«, lud Rhodan ihn ein und wies auf den freien Stuhl.

Aus den Augenwinkeln sah er, dass sich die Oxtornerin und die Ferronin von ihren Plätzen erhoben – langsam und zäh, als wären sie übersatt von ihrem Getränk, schwer und träge. Oder als müssten sie sich durch Sirup kämpfen.

Der Mann blieb stehen, löste sich leicht von seinem Stab und lächelte erst Rhodan, dann Caadil an. »Ihr habt eine lange Reise vor euch.«

Rhodan nickte. »Morgen. Auch wenn mir Rückreisen oft kürzer erscheinen als der Hinweg.«

»Ist das so?«

Für einen Augenblick herrschte Schweigen. Überhaupt war es merkwürdig still geworden im Raum, alles klang gedämpft, als wäre schwerer, aber unsichtbarer Schnee gefallen, der alle Geräusche schluckte.

»Ich habe eine Bitte«, sagte der Schrat. »Halt' das bitte für einen Augenblick.« Er reichte Caadil den Wanderstab und begann, in den Tiefen seiner Joppe zu wühlen. Endlich förderte er ein Stück Papier hervor und legte es zwischen Rhodan und Caadil auf den Tisch. Es war ein Brief, ein altertümlicher Umschlag aus wirklichem Papier, versiegelt mit tiefrotem Wachs.

Rhodan nahm den Brief in die Hand. Absender und Empfänger waren mit schwarzer Tinte aufgeschrieben, aber er konnte beides nicht lesen – sei es, dass er die Buchstaben nicht kannte, oder dass die Handschrift zu den völlig in sich gekehrten, unleserlichen gehörte.

»Bist du so gut«, fragte der Schrat, »und nimmst diesen Brief an dich?«

Rhodan hob den Brief an. Er wog, was ein Brief eben wog, jedenfalls seiner Erinnerung nach. Er hatte etwas Derartiges seit vielen Jahrhunderten nicht mehr in Händen gehalten. »Er ist nicht frankiert. Müssen Briefe nicht frankiert werden? Alter postalischer Brauch.«

Auma Taccomi und Kalakujen hatten inzwischen zwei oder drei Schritt getan – Auma, die Oxtornerin, hatte einen deutlichen Vorsprung vor der Ferronin gewonnen, nun aber schienen beide mitten im Raum festzustecken. Rhodan fühlte sich leicht beschwipst und auf nie gekannt Weise überfordert.

Ich bin vergiftet worden, dachte er für einen Moment, *unter Drogen gesetzt – unmöglich!*

Er schaute Caadil an. Vielleicht würde er sie gleich in der Tür stehen sehen, sie würde seine Kabine an Bord der FARYDOON noch gar nicht betreten haben und ihn mit einem mitleidig-spöttischen Lächeln fragen: »Habe ich dich geweckt?«

Und er würde sagen: »Ja. Ich habe geschlafen. Wirres Zeug geträumt. Du hast mich geweckt. Vielen Dank dafür.«

Aber die Vortex-Pilotin stand nicht in der Tür, sondern sie saß vor ihm, an ihrem Tisch im Stondac *Zum menschenfressenden Konos* in der Stadt Géeti auf Khordáad, im Leerraum unter der Milchstraße versunken. Über ihre Lippen huschten leichte Wellen aus Licht. Der metallische Synthostoff ihrer roten Robe klirrte leicht.

Sie war ganz in die Betrachtung ihrer Hand versunken, die den Wanderstab des Waldschrates umfasst hielt. Das Schmuckmosaik auf ihrem linken Handrücken, das Ornament aus winzigen Muscheln, war unverändert. Und war es doch nicht. Die in sich verschlungene, verknotete Symmetrie, dieses Labyrinth aus Kehren und Wendungen, hatte sich auf undefinierbare Art und Weise geöffnet.

Konzentrier dich, dachte Rhodan. *Schalte um. Sofort. Der Schrat ... der Brief ... das Dessert ...*

»Alter postalischer Brauch?«, echote der Waldschrat fröhlich. »Das ist gut. Wir lieben alte Bräuche.« Er lachte, gesund und dröhnend.

Rhodan öffnete die Weste wie im Traum und führte, als müsste er dort eine Tasche finden, den Brief an die nackte Brust. Tatsächlich fügte sich ihm der Brief an die Haut, fühlte sich selbst wie Haut an. Rhodan versuchte ihn wieder zu lösen, und es gelang mühelos. Es gelang, aber es war nicht angenehm. Es war bei weitem angenehmer, den Brief zu spüren. Wie eine sanfte Berührung, warm und voller Zuversicht.

»Was ist das?«, fragte er. »Was ist das, sag mir das, oder ich entferne den Brief so bald wie möglich. Ich vernichte ihn, restlos.«

»Nein, das wirst du nicht«, sagte der Mann. »Es ist ein Permanenter Brief. Es gibt nicht viele davon.«

»Ein Talisman«, riet Rhodan. »Ein Glücksbringer.«

Der Mann lachte.

Die beiden Myrmidoninnen hatten sich einige Millimeter weiter in das Schweigen zwischen ihnen vorgearbeitet.

»Bekomme ich auch etwas?«, fragte Caadil.

»Du?«, fragte der Schrat zurück. Er schien zu überlegen. »Behalt den Stab.« Er winkte den beiden zu und wandte sich ab, durchschritt den Raum und war kurz darauf verschwunden.

Auma Taccomi und Kalakujen traten an ihren Tisch und schauten sich verwundert um. »Entschuldigt«, sagte die Oxtornerin, »aber ich dachte, ich hätte jemanden bei euch am Tisch stehen gesehen. Einen Mann. Sehe ich Gespenster?«

»Ich weiß nicht. Sag du es mir«, bat Rhodan.

Die Ferronin wies auf den Wanderstab, den Caadil in der Hand hielt. »Woher hast du das?«

»Es ist ein Geschenk«, sagte die Vortex-Pilotin.

»Von wem?«

»Von einem unbekannten Verehrer.«

Rhodan seufzte. Er und Caadil schienen eine stumme Übereinkunft getroffen zu haben, die beiden Myrmidoninnen nicht in das Geschehen einzuweihen.

Zurück an Bord der FARYDOON überlegte er, ob er den Brief mit Bordmitteln untersuchen lassen sollte. Wozu? Er würde bald zurück auf Terra sein, und dort standen ihm ganz andere Möglichkeiten zur Verfügung. Sein Instinkt sagte ihm überdies, dass keine Gefahr von diesem Brief ausging.

Und als sich Caadil, die ihm versprochen hatte, den Wanderstab einer sicherheitstechnischen Überprüfung zu unterziehen, nicht mehr meldete, war er sicher, dass auch dieser Stecken nichts und niemanden bedrohte.

Merkwürdiger Abend, dachte er. *Merkwürdige Welt.*

Dann schlief er ein und träumte: von zwei blassroten Sonnen, die tiefer und tiefer in den Leerraum sanken, außer Reichweite der Zeit; von einigen Fantan-Leuten, die ein Märchenschloss im ewigen Eis von Khordáad bauten; von einem Berg, so hoch, dass sein Gipfel in den Orbit reichte, in die Dämmerzone des Vortex, und noch darüber hinaus. Er sah Caadil, die ihm mit dem Wanderstab in der Hand in Richtung Felsengipfel vorauseilte.

Was willst du dort?, rief er ihr nach.

Er hörte sie lachen, er hörte, dass sie ihm antwortete, aber er verstand nicht, was sie sagte.

Warte, rief er ihr nach, *warte!* Er musste sich beeilen, denn sie stieg sehr schnell.

Dann verwirrte sich der Traum vollends.

Am nächsten Morgen freute er sich auf den Rückflug und die Aussicht, nach Terra zurückkehren zu können. Der kleine Ausflug hatte sich gelohnt und bot eine aufregende Zukunftsperspektive, doch zu Hause galt es, viele Dinge ins rechte Lot zu rücken. Die Belagerung durch die Terminale Kolonne TRAITOR lag zwar schon über einhundert Jahre zurück, aber noch immer gab es düstere Schatten, die die schreckliche Besatzungszeit hinterlassen hatte.

Alles verlief geradezu perfekt ...

... bis exakt eine Stunde nach dem erneuten Aufbruch der FARYDOON und dem Wechsel in den Vortex die Navigatorin für den Rückflug, Mitraa Morváarid amya Keyvaan, aufschrie.

Sie zuckte in ihrem Pilotensitz in der gläsernen Gondel. Das Irrlichtern der Vortex-Augen verstärkte sich, bis es schien, als gingen grelle Strahlen von ihnen aus. Sie glühten weiß. Das Schreien der Navigatorin steigerte sich zu einem schmerzerfüllten Brüllen.

Längst starrte Rhodan auf das Hologramm in der Schiffszentrale, das wie während des Hinflugs den Blick in die Gondel ermöglichte.

Längst rannte der zweite Navigator Sáatin Sepehr zum Schott, das den Zugang zur Gondel ermöglichte.

Längst breitete sich in der Zentrale entsetztes Schweigen aus.

Eine Funkmeldung von Bord des Myrmidonenschiffs CANNAE ging ein. Adlai Kefauver klang aufgeregt, doch kein Wort war zu verstehen. Es knisterte und knackte.

Vor den *normalen* Augen der Navigatorin kräuselte Dampf und zerfaserte. Die Vortex-Augen verwandelten sich in winzige Novae. Das Schreien endete. Blutspritzer klatschten gegen die durchsichtigen Außenwände der Gondel. Ein letztes Mal zuckten die Hände.

Dann: Dunkelheit über den kristallenen Vortex-Augen. Ein halbgeöffneter Mund. Frisches Rot auf weißen Zähnen.

Rund um die Gondel – der einzige Blick, der momentan nach draußen möglich war – wurde das Weltall weiß. Die Sterne trieben in milchiger Helligkeit.

»Wo sind wir?« Caadils Stimme war wie ein Hauch. »Was – was ist das?«

Das Holo blitzte und fiel aus.

Adlai Kefauver sprach immer noch, und zwischen den Störgeräuschen schnappte Rhodan einige verständliche Wortfetzen auf: »... geentert ... golden ... Gui Col ...«

12

Hyperplanke

Das gegnerische Feuer verpuffte wirkungslos in den Schutzschirmen. Fenji spürte nicht die kleinste Erschütterung. Das Schiff namens FARYDOON sowie die daran angeflanschte Söldnereinheit CANNAE hingen an der Hyperplanke wie ein Greihn am Haken.

»Sie können nicht entkommen.« Der alte Zva Pogxa sprach mit tiefer, angenehmer Bass-Stimme, in der der Stolz über seine Erfindung überdeutlich zu hören war. »Meine Konstruktion hält, was sie verspricht.« Auf seiner linken Wange klebte ein rot schimmerndes Medopflaster. Wie immer. Seit Jahren existierte kein Bild dieses größten aller Pantopisten ohne das Pflaster. Fenji hatte vor wenigen Stunden miterlebt, wie Pogxa es wechseln ließ, hatte sogar einen Blick auf den niemals heilenden, fingerbreiten Riss im Fleisch geworfen, hatte die Schmerzen im verzerrten Gesicht des Gui Col gesehen, die das schwärende, eitrige Fleisch ihm bereitete, in dem es hyperdimensional irrlichterte.

Cha Panggu, der *Teufel*, saß vor der Kommunikationssäule in der Zentrale der CHAJE. Er schien die selbstherrlichen Worte des Pantopisten-Forschers nicht einmal zu hören, während er angespannt auf Datenkolonnen starrte und sie durchforstete.

Auch vor Fenji zeigte ein Zählwerk den Status der Hyperplanke und ihrer Wechselwirkung mit dem Pantopischen Gewebe einerseits und dem Vortex-Schiff der Feinde andererseits. Allerdings vermochte er die einzelnen Werte nicht zu interpretieren.

Das Gesamtergebnis überzeugte ihn jedoch und war für ihn verständlich: Die Funktionalität der Hyperplanke lag momentan bei 68 Prozent, Tendenz steigend. Um die Einzelheiten zu verstehen, hätte er wohl einige Jahre pantopistischer Gewebeforschung hinter sich bringen müssen. Das erschien ihm keineswegs erstrebenswert, für solcherlei Zulieferdienste gab es schließlich Gui Col wie Zva Pogxa, die auf ihre Art Berühmtheit erlangt hatten. Fenji jedoch sah es nicht als wichtig an, *wie* das Pantopische Gewebe funktionierte, geschweige denn wie es mit diesem ominösen zweiten Gewebe namens Vortex verbunden war, das die Transgenetische Allianz benutzte; für ihn war nur wichtig, *dass* es funktionierte. Und dass den Gui Col und damit ihm selbst große Zeiten bevorstanden. Alles hing von den nächsten Stunden ab. Dies war womöglich die wichtigste Mission seines Lebens. Und der Augenblick des größten Triumphs seines Meisters.

Gebeugt schlurfte Zva Pogxa auf Cha Panggu zu. Er sah aus, als würde sämtliche Energie, die der Aufbau der Hyperplanke verschlang, ihm selbst entzogen. »Die Enterung kann beginnen. Die Verbindung der Schiffe ist nahezu perfekt.«

»Nahezu?«, fragte der *Teufel* leise. Fenji genügte dieses eine Wort, um die Stimmung seines Meisters perfekt einzuordnen. Cha Panggu war nervös, doch um nichts in der Welt würde er es zeigen; nicht einmal, wenn es ihn all den Tribut seines Lebens kosten würde.

»Die Planke muss die Restbewegung der fremden Schiffseinheit kompensieren«, erklärte Pogxa. »Sie absorbiert die kinetische Energie und leitet sie in den Weißraum ab, so dass eine hyperenergetische Rückkopplung vermieden und die Masse der FARYDOON gleichzeitig gebremst wird. Wir reden immerhin von einer Restgeschwindigkeit, die im Pantopischen Gewebe noch …«

»Schon gut«, unterbrach Panggu barsch. »Die CANNAE bildet unser primäres, der FARYDOON übergeordnetes Ziel. Deshalb ankert die Hyperplanke an ihr. Wenn uns Gefahr droht, dann von den Söldnern an Bord der CANNAE. Die Störsignale der Sonden arbeiten bereits, meine holografische Botschaft ist vor Minuten abgestrahlt worden und angekommen. Außerdem liefern die Suchsonden erste Daten.« Er rief seinen Meisterschüler zu sich.

Fenji zögerte keinen Augenblick. Während der Cyberiaden hatte sein Meister ihm höchst effektiv die Grenzen aufgezeigt, in denen ein Schüler sich bewegen konnte, und ihn in seine Schranken gewiesen. Seitdem wusste Fenji, dass er einen verhängnisvollen Fehler begangen hatte, den er niemals wiederholen würde: er hatte den *Teufel* unterschätzt. Von nun an würde er im Umgang mit Cha Panggu weitaus vorsichtiger sein – was nichts anderes bedeutete, als dass er seine Ränkespiele raffinierter inszenieren musste, um ständig bereit zu sein, seine Position zu sichern und im richtigen Moment die Gelegenheit zum Aufstieg ergreifen zu können. Genau wie es sein Meister einst getan hatte, als er während der legendären Tributentnahme im Reich der Renikiden seinen eigenen Lehrer einen tragischen Unfalltod sterben ließ. Cha Panggus erster großer Coup hatte nicht nur die Renikiden, sondern auch seinen Lehrer für immer der Vergessenheit anheimfallen lassen.

Ohne ihn eines Blickes zu würdigen, passierte Fenji den alten Wissenschaftler und stellte sich zwischen ihn und Cha Panggu. Er konnte die schneidenden Blicke förmlich spüren, die der Pantopist ihm zuwarf, doch er kümmerte sich nicht darum. Pogxa war unwichtig, ein Mann für den Hintergrund, eine nützliche Marionette, mochte er in der Öffentlichkeit auch noch so angesehen sein.

Auf der Konsole seines Meisters zeigte eine stilisierte Darstellung den Datenstrom, der von der CANNAE aus durch den energetischen Tunnel der Hyperplanke die CHAJE erreichte und von der Positronik sofort entschlüsselt wurde.

Die winzige Suchsonde schwebte im feindlichen Schiff wenige Zentimeter über dem Boden, um nicht zufällig entdeckt zu werden. Die übertragenen Bilder zeigten aus einem seltsam verzerrten Winkel erste Eindrücke aus dem Inneren der CANNAE. Offenbar war dort Unruhe ausgebrochen. Kein Wunder – das Schiff der myrmidonischen Söldner war mitsamt der Trägereinheit FARYDOON urplötzlich aus dem Vortex gerissen worden. Den Grund dafür – die Hyperplanke – konnte die Besatzung bislang noch nicht entdeckt haben. Das unvermittelt in ihrer Zentrale erschienene Hologramm Cha Panggus, der die bedingungslose Übergabe der beiden Schiffe im Namen der Gui Col verlangte, mochte ein Übriges dazu beigetragen haben, genau wie der unvermittelte Ausfall großer Teile ihrer Technologie, den die Störsignale der Sonden bewirkten.

Cha Panggu riskierte viel, indem er vor seinen Feinden derart überlegen und selbstbewusst auftrat. Über die wahren Möglichkeiten der Transgenetischen Allianz und vor allem ihrer Söldner war den Gui Col kaum etwas bekannt; Panggus Spion hatte nur wenige Hinweise liefern können, ehe er getötet worden war. Die erste Gegenwehr von Seiten der Geenterten – die Salven, die in die Schutzschirme der CHAJE preschten – gab dem *Teufel* jedoch Recht; wenn die Myrmidonen keine stärkeren Waffen besaßen, würde ihr Widerstand schon bald gebrochen sein.

Die Bildwiedergabe der Suchsonde konzentrierte sich auf eine metallische Gestalt, eine schwebende Roboteinheit, deren Hauptteil pyramidenförmig auf einem breiten Stiel ragte. Einige metallische Tentakelarme pendelten vor dem Körper. Vom Kopfteil ragte ein beweglicher Aufsatz, eine horizontal abstehende, steife Antenne, die sich rundum drehte, als würde sie sich in ständiger Suchbewegung befinden.

»Ein Kampfroboter«, meinte Cha Panggu gelassen. »Damit habe ich gerechnet.« Er formte aus dem Plasma der Gebildegrube einen Arm und gab Befehle in die Kommunikationskonsole ein.

Fenji beugte sich vor, um das Tun seines Meisters besser verfolgen zu können. Aus der Gebildegrube roch er den schweflig-süßen Duft konzentrierter Anspannung und Siegesgewissheit. Panggu hatte sich nach außen hin perfekt unter Kontrolle; kein Duftmolekül verriet seine Nervosität. Dennoch war Fenji sicher, dass er sich nicht täuschte.

Sein Meister programmierte die Sonde per Funksignal so, dass sie nach einer Möglichkeit suchte, sich an den Roboter zu heften und dessen Systeme zu infiltrieren. Wenn es gelang, war dies die einfachste Möglichkeit, die spezifischen Leistungsdaten des Kampfroboters in Erfahrung zu bringen. Vielleicht konnten über einen gezielten viralen Störimpuls sogar sämtliche Kampfeinheiten an Bord ausgeschaltet werden. Es würde die Eroberung zweifellos um einiges leichter gestalten.

Die Bildwiedergabe änderte sich, als die Sonde auf den Roboter zuschwebte.

Unvermittelt transformierte dessen Gestalt; die pyramidenförmige Sektion formte sich zu einem konischen Schlauch. Das Metall beugte und bog sich in zahlreichen Gelenkstellen. Eine Klappe öffnete sich, aus der ein weiterer Arm schoss. Blitzte dessen Ende nicht energetisch auf? Fenji vermochte es nicht mit Sicherheit zu sagen – denn im nächsten Augenblick erlosch das Bild. Vor Panggu wurde das Display der Kommunikationskonsole schwarz.

Der Gui-Col-Pirat gab ein ärgerliches Fauchen von sich. »Er hat die Sonde entdeckt und zerstört.«

Jetzt kennen wir auch die Funktion der Antenne auf der Schädelsektion des Roboters, dachte Fenji. *Sehr effektiv. Und hoffentlich nicht repräsentativ für die Fähigkeiten unserer Gegner. Sonst könnte uns ihre Technologie einige Schwierigkeiten bereiten.*

Das Wiedergabefeld blieb nicht lange schwarz. Ein neuer Datenstrom baute sich auf, ein anderes Bild erschien. Es zeigte einen Fremden, den Fenji aufgrund seiner Vorabstudien als Tefroder erkannte; womöglich gehörte er auch zum Volk der ihnen ähnlichen Terraner. Sein blauschwarzes Haar war leicht gewellt, die Augen, fast schwarz, lagen tief in den Höhlen; die Gesichtshaut wirkte seltsam bleich und ganz und gar farblos.

Die Bordpositronik legte ein Raster über die Gesichtszüge und gab ein Erkennungssignal. »Identifiziert«, meldete sie. »Einhundertprozentige Übereinstimmung zu einem der zwei terranischen Muster, die der Datenbank vorliegen. Dies ist Adlai Kefauver, einer der beiden Besitzer der Sternenwacht Myrmidon.«

»Er muss zuerst sterben«, sagte Panggu kalt.

»Hast du schon Explosionskörper eingeschleust?«, fragte Fenji.

»Pogxa hat noch keine Entwarnung gegeben und bislang nur nicht explosives Material freigegeben.« Der *Teufel* wirbelte herum, fixierte den Pantopisten. »Lässt der Zustand der Hyperplanke es inzwischen zu? Wir dürfen keine Zeit mehr verlieren. Spätestens seit sie die Sonde entdeckt haben, zählt jede Sekunde. Sie werden sich fragen, wie wir sie eingeschleust haben.«

Zva Pogxa warf einen beiläufigen Blick auf die Scheibe, die er in der Hand trug. »Die Verbindung ist erst zu 84 Prozent stabil. Noch ist ein Zwischenfall möglich. Sollten Bomben während des Transports Schaden nehmen und detonieren, kann das die Stabilität der Planke beeinträchtigen. Jedoch können nun akustische Relais stationiert werden. Ich habe sie bereits abgeschickt. Es kann nur noch Sekunden dauern, bis sie aktiv werden.«

Die Sonde verfolgte Kefauvers Weg, der mit wenigen Schritten zu dem Kampfroboter ging, den Fenji bereits kannte.

Gleichzeitig bewahrheiteten sich Pogxas Worte; eine akustische Verbindung baute sich auf. »Parizhoon«, sagte Kefauver an Bord der CANNAE. »Versuch, weitere Sonden zu orten! Auch diese Holoprojektion des Gui Col muss schließlich von irgendwo ausgegangen sein.« Er wandte sich um. »Und ihr stellt endlich eine stabile Funkverbindung zur Zentrale der FARYDOON her! Rhodan und Ziaar müssen erfahren, was geschehen ist!«

»Von Denno ist bereits unterwegs«, antwortete ein Sprecher, der nicht zu sehen war. »Sie wird die Zentrale in wenigen Minuten erreichen.«

Während des letzten Worts schob sich ein silbriges, biegsames Etwas vor das Bild – und erneut erlosch die Wiedergabe.

Die akustische Verbindung blieb jedoch offen. »Eine weitere Spionsonde zerstört.« Die Stimme, die von Bord der CANNAE übertragen wurde, klang blechern, gehörte wohl dem Roboter.

»Ich habe vier Sonden geschickt«, erklärte Cha Panggu. »Einschließlich derjenigen, die den Holoprojektor trug, der sich nach Abspielen der Botschaft rückstandslos zerstört hat.«

Also blieb nur eine letzte Sonde an Bord der feindlichen Einheit. Es wurde Zeit, eine echte Enterung vorzunehmen. Ob es risikoreich war oder nicht, spielte Fenjis Einschätzung nach keine Rolle mehr. Zweifellos kam sein Meister zu exakt demselben Ergebnis.

»Transport von Waffensonden und Enterung möglich«, meldete Zva Pogxa und löste damit die Spannung im Raum. »Die Bewegung der FARYDOON ist völlig aufgehoben, wir stehen stabil im Weißraum.«

»Wir dürfen keine allzu großen Zerstörungen bewirken«, entschied Panggu. »Die FARYDOON darf unter keinen Umständen Schaden davontragen. Sie muss voll manövrierfähig bleiben. Fenji, du wirst den ersten Stoßtrupp anführen. Töte so viele der Söldner, wie du es für nötig erachtest. Adlai Kefauver muss auf jeden Fall sterben. Er ist unser gefährlichster Gegner. Dein oberstes Ziel ist dir klar?«

»Ich bringe dir den Vortex-Piloten.« Fenji wandte sich ab und empfand zum ersten Mal seit langer Zeit völlige innere Ruhe. Das war genau jenes Gefühl, das er während der letzten Jagd und als Zuschauer der Cyberiaden vermisst hatte. Die Vodyanoi hatten ihm diese Ruhe, diese innere Perfektion und Harmonie geraubt. Doch nun kehrte sie zurück.

Denn dies war eine *richtige* Jagd.

Eine bedeutsame Jagd.

Eine, deren Ausgang ungewiss war. Und sie begann ...

... *jetzt.*

13

Akustische Verbindung

»Auch die dritte Sonde hat sich selbst zerstört.«

Adlai Kefauver fluchte. »Du musst vorsichtiger sein, Parizhoon! Wenn wir eine von ihnen untersuchen können ...«

»Ich *war* vorsichtig. Noch etwas vorsichtiger, und die Sonde wird ohne Probleme ausweichen können.« Aus dem Greiftentakel des Roboters fielen rauchende Trümmerstücke. »Allerdings ist mir etwas gelungen, das dich interessieren dürfte.«

Kefauver sah sich in der Zentrale der CANNAE um. *Vielleicht gibt es noch eine Sonde. Verdammt, diese Dinger sitzen wie Krebsgeschwüre in unserem Nacken, wenn wir sie nicht ausschalten. Wie haben sie es gemacht? Wie haben sie diese verfluchten Sonden eingeschleust?*

Immerhin war die CANNAE ein Zweihundert-Meter-Kreuzer und die Zentrale der am besten gesicherte Ort in diesem Kriegsschiff der CALLAMON-Klasse. Sein suchender Blick entdeckte nichts. Wie zuvor. Auch die ersten drei Sonden hatte nur Parizhoon dank seiner Ortungstechnologie entdeckt, die die fremde Technologie als Störquelle wahrnahm.

Die Söldner-Einheit wappnete sich zur Verteidigung. Die Hälfte seiner Männer war mit Kommandantin Leire von Denno unterwegs zur Schleuse, die zur FARYDOON führte. Der zweite Trupp unter Kommandant Julen Outarra stand bereit, die CANNAE zu verteidigen und zum Angriff überzugehen. Alle taktischen Positionen waren besetzt.

Wie haben sie die Sonden eingeschleust – und wo zum Teufel sind sie überhaupt?

Vor wenigen Minuten, nachdem die FARYDOON samt der CANNAE aus dem Vortex gerissen worden waren, hatte es zunächst so ausgesehen, als könnten die Orter eine feindliche Einheit lokalisieren, wenn das Orterabbild auch verschwommen und undeutlich in dem milchigen Weiß lag, in das sich der Weltraum verwandelt hatte. Kefauver hatte sofort feuern lassen, doch inzwischen existierte dieses Ziel nicht mehr. Sie hatten keine Explosionen angemessen, also hatte es wohl keine Wirkungstreffer gegeben.

Stattdessen waberte im weißen Raum, der sie umgab, ein hyperenergetisches Phänomen. Eine schnurgerade, etliche Meter durchmessende Säule, deren Natur höherdimensional war und sich nicht näher bestimmen ließ, begann scheinbar im Nichts. Wie der Saugnapf eines Tintenfischs koppelte das Ende dieser Erscheinung an die Außenhülle der CANNAE an. Noch immer liefen Messungen, aber längst stand fest, dass niemand an Bord einem derartigen Phänomen jemals begegnet war; es ließ sich bislang nicht einmal der genaue Ort bestimmen, an dem dieser *Korridor*, wie Kefauver ihn nannte, die CANNAE berührte – falls er das überhaupt tat. Sämtliche Messgeräte lieferten keine exakten Ergebnisse, und bisher war keine Zeit geblieben, ein Team vor Ort zu schicken, zumal sich die Erscheinung zu bewegen schien.

Alles, was sich jenseits dieses Hyperkorridors befand, war für die Orter nicht zugänglich; seine Strahlung überlagerte alles. An Bord der CANNAE war man jenseits des wenige Dutzend Meter umfassenden Umfelds blind.

Wahrscheinlich kann der Navigator in seiner Glasgondel mehr erkennen als wir, wenn er einfach nur nach draußen schaut, dachte Kefauver.

»Hast du gehört, Adlai?«, fragte der Roboter. »Ich habe da etwas, das ...

»Red nicht lang, zeig es mir!« Er hörte seine Zähne aufeinander knirschen, ohne dass er diese Bewegung bewusst steuerte. Im Augenwinkel sah er, dass einer seiner Männer durch die Zentrale rannte.

»Die Sonde erstellte eine akustische Verbindung zu unseren unbekannten Gegnern, wo immer sie sich befinden. Ich konnte mich in den Datenstrom einklinken und einen gegenläufigen Kanal eröffnen.«

»Soll das etwa heißen, du hast ...«

»Es bestand Verbindung in ihre Zentrale. Allerdings nur bis zur Zerstörung der dritten Sonde vor wenigen Sekunden. Ich spiele gleich die automatische Aufzeichnung meines Gedächtnisprotokolls ab. Mein Spracherkennungs-Translator sorgt bereits für eine Übertragung in Interkosmo. Sie wird jeden Augenblick fertiggestellt sein. Aufgrund des geringen vorliegenden syntaktischen, morphologischen und phonologischen Vergleichsmaterials ist der Inhalt der Übersetzung allerdings nur zu etwa 90 Prozent gesichert.«

Kefauver ließ seine Umgebung keine Sekunde aus den Augen, rechnete ständig mit einer neuen Überraschung, gönnte sich aber die Zeit, der Aufzeichnung zu lauschen. Es war möglich, dass sie auf diese Weise wichtige Informationen gewannen. Sie hatten ihre Gegner für kurze Zeit belauscht, ohne dass diese es wussten.

»Ich habe vier Sonden geschickt.« Die Stimme klang hoch und gelassen, ließ wenig Aufschluss über den Sprecher zu – zumindest nach terranischem Maßstab. Kefauver

wusste, dass er dies nicht auf unbekannte Fremdvölker übertragen durfte, die einer völlig anderen Gefühlswelt folgten, wenn sie überhaupt vergleichbare Emotionen besaßen. Es war dieselbe Stimme, die die Holobotschaft gesprochen und die Besatzungen der CANNAE und der FARYDOON zur Kapitulation und zur Übergabe der Schiffe aufgefordert hatte; damals allerdings in der Verkehrssprache der Gorragani. Es musste sich also um den Gui Col namens Cha Panggu handeln, von dem sie nichts wussten außer seinem Namen. *»Einschließlich derjenigen, die den Holoprojektor trug, der sich nach Abspielen der Botschaft rückstandslos zerstört hat.«*

»Das heißt, inzwischen sind alle Sonden zerstört«, meldete Parizhoon. »Ich habe drei Einheiten entdeckt und vernichtet.«

»Ein Grund zur Erleichterung!«

Eine andere Stimme sprach in der Aufzeichnung. Sie war voluminöser und wirkte auf Adlai unwillkürlich sympathisch; ein Eindruck, der ihm ganz und gar nicht gefiel. *»Transport von Waffensonden und Enterung möglich. Die Bewegung der FARYDOON ist völlig aufgehoben, wir stehen still im Weißraum.«*

Diese Worte elektrisierten ihn. *Waffensonden! Enterung.* »Macht euch bereit!«, befahl er seinem Trupp. Mehr war nicht nötig. Die Söldner wussten ohnehin, was die Worte aus der Zentrale der Angreifer bedeuteten.

»Wir dürfen keine allzu großen Zerstörungen bewirken.« Das war wieder die Stimme, die zuerst gesprochen hatte – dieser Cha Panggu. *»Die FARYDOON darf unter keinen Umständen Schaden davontragen. Sie muss voll manövrierfähig bleiben. Fenji, du wirst den ersten Stoßtrupp anführen. Töte so viele der Söldner, wie du es für nötig erachtest. Adlai Kefauver muss auf jeden Fall sterben. Er ist unser gefährlichster Gegner.«*

Adlai erstarrte. *FARYDOON. Söldner.* Die Fremden waren bestens informiert. Sogar seinen Namen kannten sie, ebenso wie seine Position an Bord der CANNAE. Er bildete also das erste Ziel.

Er empfand keine Angst. Nur Entsetzen. Doch dieses unterdrückte er, wie tausendmal zuvor.

»Dein oberstes Ziel ist dir klar?«, fragte Cha Panggu.

Und eine dritte Stimme antwortete: *»Ich bringe dir den Vortex-Piloten.«*

»Schafft mir eine Verbindung zu von Denno!«, rief Kefauver. »Sie muss auf jeden Fall Bescheid wissen! Sie muss die Pilotin schützen, um jeden Preis!« Die Fremden wollten den Piloten – sie wollten eine unversehrte FARYDOON – ihnen ging es also um das Vortex-Schiff ... um ein manövrierfähiges Vortex-Schiff!

»Keine Verbindung zum Außenteam möglich«, sagte Parizhoon.

Die akustische Aufzeichnung brachte nur noch Schrittgeräusche, die allerdings eins klarstellten: An Bord des fremden Schiffes setzten sich viele Soldaten in Bewegung.

Der Entertrupp, dachte Kefauver. Er zog einen schweren Kombistrahler.

Dann ertönte noch einmal Cha Panggus Stimme an Bord des fremden Schiffes, leise und kaum verständlich, offensichtlich sprach sie nur zu sich selbst: *»Fenji, Fenji ... vielleicht wird dies deine letzte Probe sein. Ich hoffe für dich, dass du an dem Kampfroboter vorbeikommst. Chyi Xeyme, wenn du diesen Triumph nur miterleben könntest.«*

Parizhoon gab ein blechernes Lachen von sich. »Er hält mich für einen bloßen Kampfroboter.«

»Bist du das etwa nicht?«

»Ich bin ein Mentadride, das solltest du wissen. Ich trage Erinnerungen in mir, und schon bald wird mir das Bürgerrecht der Transgenetischen Allianz ...« Er brach mitten im Satz ab, drehte sich so schnell, wie es nur eine mechanische Einheit konnte, und feuerte eine Salve ab.

Ein Strahl zischte dicht an Adlai Kefauvers Kopf vorbei, doch er war nicht von Parizhoon abgefeuert worden. Hinter ihm explodierte etwas in grellem Licht. Da hatte er sich längst hingeworfen, krachte auf den Boden und suchte Deckung.

Ein Aufschrei.

Flammen pufften vor ihm hoch und erloschen wieder. Einen Sekundenbruchteil lang blitzte etwas golden auf.

Golden wie die Gesichtshaut dieses Gui Col, der uns die Holobotschaft geschickt hat. Doch diesmal ist es anders, wie ein Götze in einem antiken Tempel, kantig und hart.

Dann flackerte ein energetisches Gewitter in den Schutzschirmen der Angreifer. Auch Kefauver schützte sich längst mit den Mitteln seines Kampfanzugs, wie hoffentlich jeder einzelne seiner Männer. Der Helm schloss sich automatisch. Mit derartig plötzlichem Auftauchen der Angreifer hatte allerdings niemand gerechnet.

Wo waren die Fremden hergekommen? Sie standen mitten in der Zentrale, als seien sie durch die Außenhülle der CANNAE spaziert. Hatten sie etwa nicht nur die Sonden, sondern auch den Empfangspol eines fortschrittlichen Transmitters an Bord geschafft?

Um ihn brach die Hölle los, eine Hölle aus Feuer, Schüssen und Explosionen.

Unter dem Befehl von Kommandant Julen Outarra gönnten die Söldner den Eindringlingen keinen Zentimeter Bodengewinn. Alles ging rasend schnell. Irgendwo detonierte eine Konsole. Die Druckwelle erwischte Kefauver, riss ihn trotz des Schutzschirms, der die meiste Energie absorbierte, von den Füßen und trieb ihn mit sich.

Er prallte gegen etwas, das seinem unkontrollierten Flug ein abruptes Ende bereitete. Einen Augenblick tanzten Sterne vor seinen Augen, dann war sein Schirmfeld in blitzendes Feuer gehüllt. Jemand feuerte auf ihn, aus unmittelbarer Nähe.

Jemand? Genau der, gegen den er geprallt war ...

Kefauver sah nichts, doch sein Kampfanzug projizierte ein energetisches Tastbild auf die Innenseite der geschlossenen Helmscheibe. Er sah einen der Angreifer – groß, kräftig, mit einem einzigen Arm, der eine schwere Waffe hielt. Die Gesichtshaut glänzte golden, als läge eine zerknitterte Folie darüber. Ein kantiger Helm umgab den Kopf, den Oberkörper schützte ein Brustpanzer. *Wie eine Rüstung*, dachte Kefauver. *Eine goldene Maske, die den Gegnern Schrecken einjagen soll.*

Er zögerte keine Sekunde. Wenn er zurückschoss, würde die Gegenwehr im Schutzschirm des anderen verpuffen. Ein stärkeres Geschütz musste her. Rasch weitete er den Sensorbereich aus. Niemand seiner eigenen Männer befand sich in unmittelbarer Nähe. Nur drei weitere Gui Col. Sie konzentrierten den Angriff auf ihn, hatten ihn wahrscheinlich bewusst separiert, während die anderen verhinderten, dass ihm jemand zu Hilfe kam. Denn er war das primäre Ziel. *Adlai Kefauver muss zuerst sterben.*

Allerdings zeigte die Ortung seines Anzugs noch etwas: Zwischen den Angreifern stand ein Kommunikationspult.

Der Anführer der Myrmidonen zog eine Granate, zündete sie und wartete eiskalt ab. Wenn er sie schleuderte und sie im gegnerischen Feuer zerrissen wurde, ehe sie ihr Ziel erreichte, würde die Detonation seinen Schutzschirm kollabieren lassen und ihn töten. Die Belastung lag bereits bei mehr als 130 Prozent, und er befand sich im Dauerfeuer von vier Angreifern. Der Schirm würde bald kollabieren. Es konnte nicht mehr lange gutgehen.

Das war auch nicht nötig.

Die Granate würde in zwei Sekunden explodieren.

Der Terraner warf sie mit aller Kraft.

Vorbei an den Schüssen des Angreifers. Mitten in den Schutzschirm dessen, der am weitesten entfernt stand.

Ein Flackern, dann die Explosion. Splitter jagten durch die Zentrale, verglühten in Adlais eigenem Schirm und in denen seiner Feinde.

Doch das war nicht alles. Das Kommunikationspult zwischen dem Gui Col wurde zerfetzt, genau wie Adlai es geplant hatte. Die Energieleitungen loderten in blauem Plasmafeuer, das Überschlagsblitze schlug, deren zuckende Enden in die Schutzschirme der Angreifer schlugen.

Kefauver hatte bereits die Flugfunktion seines Anzugs aktiviert und jagte blindlings weg. Jeder Meter konnte lebensrettend sein. Seinen Gegnern war dies nicht vergönnt. Ihnen blieb keine Zeit zu reagieren. Ihre Schutzschirme kollabierten. Adlai glaubte einen Augenblick lang brennendes Gold zu sehen, dann zerplatzten die Feinde förmlich unter den Gewalten. Ihre Körper wurden zerrissen. Blut und Körperteile verdampften noch in der Luft.

Und um Adlai Kefauver tobte noch immer die Hölle.

Jemand sprach ihn über Funk an. Parizhoon, der Kampfroboter und Mentadride. Er klang völlig ruhig. »Der Ansturm ist weitgehend zurückgeschlagen, die Hälfte der Gegner ist tot. Etwa zwanzig eigene Verluste. Die Angreifer versammeln sich in einem bestimmten Bereich der Zentrale.«

»Sind sie von dort gekommen?«, fragte Kefauver, während er auf einen Gui Col feuerte.

»Möglich. Du glaubst, sie ziehen sich zurück?«

»Zumindest aus der Zentrale. Es muss dieses hyperphysikalische Phänomen sein, das bis zur CANNAE ragt. Offenbar können sie es zum Transport nutzten. Was nicht heißt, dass sie ...« Er brach ab. Eine goldene Gestalt huschte geduckt am Rand der Zentrale entlang, näherte sich einem kleinen Schott. Zwei weitere Gui Col folgten. Sie feuerten nicht, sondern bewegten sich leise und unbemerkt, während der Rest ihrer Männer alle Aufmerksamkeit auf sich zog. Ehe Kefauver etwas tun konnte, öffneten sie das Schott und verschwanden dadurch.

»Ich bringe dir den Vortex-Piloten«, dachte Adlai. Das hatte einer der Gui Col an Bord gesagt, der Einsatzleiter, den Cha Panggu mit dem Namen Fenji angesprochen hatte. Und genau dieser Fenji wollte sich nun offenbar absetzen – und mit ihm ein kleines Einsatzkommando, das die Entführung des Piloten zum Ziel hatte.

Kefauver schaltete eine Funkfrequenz, die jeder seiner Männer hören würde. »Julen, die Angreifer sammeln sich – sie wollen fliehen, auf demselben Weg, auf dem sie gekommen sind. Töte so viele es geht. Und schick zwei Leute zu mir! Sie werden mich begleiten. Du hast das Kommando in der Zentrale. Parizhoon, du kommst mit mir. Drei Gui Col haben sich abgesetzt. Sie wollen zur FARYDOON! Wir halten sie auf. Zum Übergangsschott, sofort!«

Der Roboter löste sich aus dem Pulk der Verteidiger. Er stellte keine Fragen. Die Hierarchie war klar. Obwohl er nicht zu den myrmidonischen Söldnern gehörte, hatte er sich als Kampfroboter – der er *in seinem früheren Leben gewesen war, ehe ich Mentadride wurde*, wie er zu sagen pflegte – zu ihnen gesellt und Kefauvers Befehl unterstellt.

Zwei Söldner begleiteten den Roboter. Alle trafen am Schott zusammen.

»Drei Gui Col sind unterwegs«, wiederholte Kefauver. »Ihr Ziel ist die FARYDOON und dort die Gondel des Navigators. Wir stoppen sie.«

»Leire von Denno dürfte mit ihrem Trupp längst dort sein«, sagte Parizhoon. »Sie werden die Vortex-Piloten verteidigen.«

»Nicht, wenn sie nicht einmal wissen, dass ein Entführungskommando unterwegs ist. Was weiß Denno schon? Nichts! Und die Funkverbindung ist immer noch tot.«

Sie rannten durch den Korridor, der sich an das Schott anschloss.

Von den Gui Col war nichts mehr zu sehen. Adlai rechnete damit, dass die Angreifer den Weg zum Verbindungsgang zur FARYDOON genau kannten. Sie waren gut informiert, woher auch immer sie ihre Kenntnisse hatten. Und sie waren im Vorteil. Das milchige Gefilde hatten sie als *Weißraum* bezeichnet; sie kannten es offensichtlich genau, hatten die FARYDOON auf irgendeinem Weg aus dem Vortex in eben diesen Weißraum gerissen und steuerten offenbar diesen hyperphysikalischen Korridor – über den sie auch Material und sogar Einsatztruppen einschleusen konnten.

Und obwohl die FARYDOON weniger als zweihundert Meter Luftlinie entfernt war, wusste man dort nichts von dem Unheil.

14

Terra incognita

Es herrschte Ruhe in der Zentrale der FARYDOON.

Seit Adlai Kefauvers bruchstückhafter, wenig beruhigender Funknachricht aus der CANNAE war die Verbindung völlig abgebrochen. Das Hologramm, das das Innere der Navigatorengondel zeigte, präsentierte hingegen nach wie vor die schrecklich zugerichtete Leiche. Mitraa Morváarids Vortex-Augen waren förmlich explodiert – mitten in ihrem Kopf.

Perry Rhodan und sämtliche anderen Mitglieder der Besatzung hatten Waffen gezogen. Niemand trug einen Schutz- oder Kampfanzug. Man war sich sicher gewesen. Viel zu sicher. Und man hatte sich auf den Schutz der myrmidonischen Söldner verlassen. Was aus ihnen geworden war, wusste niemand. Kämpften sie gegen die Angreifer? Hatten sie sie schon zurückgeschlagen? Waren sie überrannt worden oder gar längst tot?

Sáatin Sepehr, der Ersatz-Navigator, kehrte aus der Gondel zurück, mit Caadil Kulée an seiner Seite. Ihre Hände waren blutverschmiert.

»Wir vermuten«, sagte Sepehr, »dass Mitraa getötet wurde, als die FARYDOON aus unbekannten Gründen aus dem Vortex gerissen wurde. Ihre Vortex-Augen haben offenbar einen ... einen hyperphysikalischen Rückstoß erhalten. Höherdimensionale Energien haben sie zerrissen, weil sie mit dem Vortex verbunden war. Unsere Messgeräte nehmen immer noch langsam abebbende Werte rund um ihren Schädel wahr.«

Caadils Gesicht schien aus Stein gemeißelt. Die roten Haare ließen es noch bleicher wirken, beinahe wie das einer Leiche. »Wir sind nicht aus *unbekannten Gründen* aus dem Vortex gefallen, Sáatin! Hast du nicht die Funkübertragung gehört? Jemand hat uns herausgerissen! Wir wurden geentert!«

»Wie soll das möglich sein? Im Linearraum, noch dazu im Vortex-Flug, der ...«

»Das weiß ich auch!«, sagte Caadil scharf. »Aber ob es unmöglich ist oder nicht, steht hier nicht mehr zur Debatte! Es ist geschehen, also ist es auch möglich.«

Im Hintergrund hörte Rhodan einen der beiden Journalisten aufgeregt debattieren. Er achtete nicht darauf. Ob Omid Manóo und Aarmáan Farbod um ihr Leben fürchteten oder die größte Story ihres Lebens witterten, war momentan irrelevant. Allerdings konnten die beiden sehr wohl zu einem Problem werden, falls die Zentrale angegriffen wurde. Sie würden sich wohl kaum verteidigen können, also mussten sie beschützt werden. Wie etliche der Fluggäste ebenfalls, die an der Passage zurück nach Gorragan teilnehmen durften. In Khordáad waren etwa hundert prominente Gäste zugestiegen, die sich in diesem Moment in ihren Kabinen oder den offiziellen Vergnügungsräumen wie der Spielbank oder der Bar aufhielten. Sie hatten ein wenig Luxus und Medienöffentlichkeit erwartet ... stattdessen war nun möglicherweise ihr Leben bedroht.

Das Schott der Zentrale öffnete sich. Zwei Besucher wurden eingelassen – Haneul Bitna und Avryl Sheremdoc. Beide waren bewaffnet.

Tamrat Ziaar eilte ihnen entgegen; Rhodan und Caadil folgten.

»Es gibt noch keine Verbindung zur CANNAE«, setzte Ziaar sie in Kenntnis. »Auch nicht zu den Myrmidonen.«

Perry wandte sich an Avryl und Haneul. »Ihr werdet Kontakt herstellen – wenn du erlaubst, Tamrat.«

Glücklicherweise sträubte sich Ziaar nicht und führte keine unnötigen Kompetenzstreitigkeiten. »Wer sonst, wenn nicht die beiden?«

Avryl nickte. »Wir sind bald zurück. Entweder mit einem Trupp Söldner oder mit guten Nachrichten.«

Ohne weitere Zeit zu verlieren, eilten die beiden Agenten aus der Zentrale.

Rhodan deutete auf das Hologramm, auf das milchige Weiß, das durch die gläserne Hülle zu sehen war. »Was ist das, Tamrat?«

»Ich hatte gehofft, du würdest es mir sagen, Perry. Immerhin bist du derjenige, der seit Jahrtausenden den Weltraum bereist und unzähligen kosmischen Phänomenen begegnet ist.«

»Du jedoch hast den Vorteil, dass dir wenigstens der Vortex bekannt ist! Und das hier muss mit ihm in irgendeinem Zusammenhang stehen!«

»Was immer es ist«, meinte Caadil, »es ist nicht der Vortex selbst. Diese Sterne, die in dem trüben Weiß treiben ... ich kann ihr Bild nicht erkennen. Die fernen Galaxien, der gesamte Spiralarm, der sich im Hintergrund abzeichnet ... ich kenne diesen Blickwinkel nicht. Wir sind nicht mehr auf der Route zwischen Khordáad und Gorragan.«

»Terra incognita«, murmelte Rhodan. »Unbekanntes Gelände. Ihr wurdet im Vorfeld schon einmal angegriffen, als ihr diese Route vorbereitet habt.«

»Du glaubst, dies ist das Werk der Lemuraner?«

»Sag du es mir!«

»Wohl kaum. Dazu sind sie nicht fähig. Sie können den Vortex nicht bereisen und uns schon gar nicht aus ihm herausreißen ... falls es das ist, was mit uns geschehen ist.«

Lärm wurde laut, dann beugte sich der Tamrat zur Seite. Er hielt die Hand ans Ohr, lauschte offenbar einer Funknachricht, die nur er hören konnte. Rhodan entdeckte zwischen Ziaars Fingern ein winziges Empfangsgerät.

Sekunden später senkte der Tamrat die Hand wieder. »Eine Delegation der myrmidonischen Söldner ist unterwegs. Kommandantin Leire von Denno führt ihren Trupp zu uns. Er ist bereits an Bord der FARYDOON, nur noch wenige Dutzend Meter entfernt. Seit eben funktioniert die Funkverbindung wieder – allerdings nur zu ihr. Die CANNAE bleibt nach wie vor unerreichbar. Also geht die Störung wohl von dort aus. Als von Denno aufgebrochen ist, wusste man dort auch noch nicht viel mehr. Es gab wohl eine Art Holobotschaft, in der wir zur Übergabe des Schiffs aufgefordert wurden.«

Rhodan nahm die Information zur Kenntnis. »Die Söldner müssen die Passagiere schützen. Gibt es einen halbwegs sicheren Raum?«

»Das Casino ist der größte Raum. Dort könnte man zumindest alle versammeln. Es gibt nur einen Eingang.«

»Bist du damit einverstanden, von Denno und die Hälfte ihrer Leute dafür abzukommandieren? Der Rest wird mit uns die Zentrale sichern, bis wir von Avryl und Haneul mehr erfahren.«

Der Tamrat zögerte kurz, dann stimmte er zu.

»Wir müssen so viel wie möglich über den Gegner in Erfahrung bringen.« Einen Augenblick ärgerte sich Rhodan darüber, die beiden Agenten nicht begleitet zu haben; doch in der Zentrale wurde er womöglich dringender gebraucht. Aller Wahrscheinlichkeit nach war die FARYDOON und damit die Vortex-Technologie das Ziel des Angriffs – also würde sich das Interesse an exakt diesem Ort bündeln.

Ziaar zog offenbar dieselben Schlussfolgerungen. »Caadil Kulée und Sáatin Sepehr müssen geschützt werden. Sie tragen das Genetische Siegel ... sollten die Angreifer die FARYDOON entern wollen, sind ...«

»Wir täuschen sie«, unterbrach Rhodan. »Wir präsentieren ihnen die tote Navigatorin. Vielleicht wussten sie nicht, welche Folgen ihre Aktion nach sich zieht. Caadil und Sáatin werden wir in Sicherheit bringen und verstecken.«

»Die Angreifer werden niemals glauben, dass sich nur ein Vortex-Pilot an Bord befand«, sagte Sepehr. »Ich bleibe hier. Du jedoch, Caadil ...«

»Ich bin die ewige Zweite. Aber diesmal ist es vielleicht von Vorteil. Vielleicht wissen sie tatsächlich nicht, dass sich eine Schülerin an Bord aufhält.«

»Sie dürfen dich nicht zu Gesicht bekommen. Deine Augen sind zu auffällig, sie würden es sofort bemerken.«

»Dann werde ich verschwinden«, sagte Caadil.

15

Die Jagd

Fenji Eichach lauschte jedem Schritt, der in dem Reparaturgang widerhallte.

Nach der Durchquerung der Hyperplanke – das verrückteste Erlebnis seines Lebens, er würde diesen Blick in die n-dimensionale Ewigkeit nie vergessen – hatte er in der Zentrale der CANNAE sofort den Nahdistanz-Hohlraumorter aktiviert. Seitdem zeigte ihm das System auf einem Display ein labyrinthisches Abbild der Korridore und Wartungstunnel, das ständig exakter wurde, je mehr Messdaten verarbeitet werden konnten.

Seit sie zu ihrer Entführungsmission aufgebrochen waren, führte Fenji die beiden Gui Col auf möglichst direktem Weg zur Andockschleuse, die das Söldnerschiff mit der FARYDOON verband. Nach reiflicher Überlegung hatte sich Cha Panggu dagegen entschieden, dort direkt die Hyperplanke anzusetzen, denn die Gefahr war zu groß, dass die Schiffsstruktur dauerhafte Schäden davontrug. Ob die CANNAE zerstört wurde, spielte keine Rolle – sie war keine wertvolle Ressource, es kam nur auf das Vortex-Schiff an. Dieses jedoch durfte unter keinen Umständen verlorengehen.

Im Reparaturgang, der sie dem Übergang zur FARYDOON näher und näher brachte, herrschte völlige Dunkelheit. Nur das gedämpfte Licht der Lampe seines Rüstungshelms erhellte notdürftig den Bereich direkt vor ihnen. Das Einsatzteam musste darauf achten, möglichst wenig Energie abzusondern, um nicht zufällig geortet zu werden. Das düstere Zwielicht nahmen sie also in Kauf, während sie sich durch die Eingeweide des Söldnerschiffes heimlich voranarbeiteten.

Die erste gefährliche Stelle würde das Übergangsschott zur FARYDOON sein, der einzige Weg, in das andere Schiff überzuwechseln. Nur direkt vor Ort konnte Fenji nach einer Möglichkeit suchen, wie dies unauffällig gelingen konnte. Bis dahin genoss er den Nervenkitzel seiner Mission. Eines allerdings verwirrte ihn: Obwohl ausreichend Platz war, schien eine unerträgliche Enge Fenji zuzusetzen. Das Gefühl, in einem bedrückenden Raum eingeschlossen zu sein, raubte ihm einen Teil der inneren Ruhe und Harmonie. Manchmal glaubte er, die Rüstung müsse an den Seitenwänden hängen bleiben. Eine irrationale Angst, die vielleicht mit der fremdartigen Konstruktion der CANNAE zusammenhing. Fenji sehnte sich nach der gewohnten Konstruktion eines Gui-Col-Schiffes wie der CHAJE, die wenigstens andeutungsweise an die Heimat erinnerte. Der letzte Aufenthalt auf Hort Nooring war viel zu kurz gewesen, ehe sie erneut aufgebrochen waren.

Er rief sich selbst zur Ordnung. Diese Mission war viel zu wichtig, um sich von sentimentalen Gedanken ablenken zu lassen.

Einer seiner beiden Männer wandte sich an ihn. »Jemand folgt uns.«

Fenji ging weiter, im selben Rhythmus wie zuvor, ließ sich nichts anmerken. »Bist du sicher? Niemand hat uns beobachtet, als wir die Zentrale verlassen haben.« Zumindest hoffte er das. Es hatte keinen Alarm gegeben, und als er sich vor Durchschreiten des Schotts noch einmal umgedreht hatte, war ihm nichts Besonderes aufgefallen.

Er tippte auf die Eingabemaske des Nahdistanzorters und führte ein Standard-Umgebungssuchmuster durch. Die schematische Wiedergabe ihres Umfelds erlosch, das Display blieb tot, was jedoch nicht notgedrungen bedeutete, dass sich tatsächlich kein Lebewesen in ihrer Nähe aufhielt; ein potentieller Verfolger konnte genau wie das Entführungsteam selbst seine energetische Ausstrahlung dämpfen.

Der Gui Col zögerte. »*Sicher* ist zuviel gesagt. Ich glaubte jedoch mehrfach, etwas zu hören.«

»Glauben?«, fragte Fenji Eichach spöttisch. »Mehr hast du nicht zu bieten?«

»Ich sah es als meine Pflicht, dich darauf hinzuweisen.«

Fenji wandte sich beiläufig um und starrte in den Wartungsgang hinter ihnen. Nichts bewegte sich in der Dunkelheit. Völlige Stille herrschte. Einen Augenblick lang überlegte er, blind einen Feuerstoß in die Schwärze zu jagen, doch das hätte wiederum zu einer zufälligen Entdeckung durch die Überwachungssysteme des Schiffs führen können. Waffenfeuer würde in einem Kriegsschiff mit einiger Wahrscheinlichkeit nicht unbemerkt bleiben.

Die große Stärke des Einsatzteams war, dass niemand von ihrer Mission und damit von ihrer Anwesenheit auf der CANNAE wusste. Die Söldner mussten glauben, alle Überlebenden hätten sich zurückgezogen; das restliche Team war inzwischen zweifellos durch die Hyperplanke zurück zur CHAJE gegangen. Die myrmidonischen Söldner wähnten ihr Schiff also sauber – zwar nach wie vor durch die Planke an die Feinde gekettet, aber nicht mehr infiltriert.

Es würde ein böses Erwachen für sie geben. Fenji schaute auf den Chronometer. Noch knapp zwei Stunden, dann würde die zweite Angriffswelle rollen, falls die Myrmidonen bis dahin keinen Gegenangriff über die Planke starteten. In beiden Fällen würde es zum Chaos an Bord kommen. Ein Chaos, dass Fenji und seine Männer ausnutzen würden, um die Zielperson zu entführen, den Vortex-Navigator, der unerlässlich war, dieses Schiff zu steuern. Befand er sich erst einmal in ihrer Gewalt, würde er ihnen alle Geheimnisse verraten. Dafür würde der *Teufel* schon sorgen.

Das bedeutete allerdings auch, dass sie keine Zeit verlieren durften. Es blieben etwa einhundert Minuten, und bis zum Übergang zur FARYDOON lag noch einiges an Weg vor ihnen. Danach mussten sie neue Messungen vornehmen und hoffen, den Weg zur Gondel und zur Zentrale zu finden. Und schließlich galt es, den Piloten zu entdecken und auf den geeigneten Zeitpunkt zu warten – der spätestens mit der zweiten Angriffswelle kommen würde. Denn niemand würde damit rechnen, dass der Feind sich bereits so weit vorgearbeitet hatte.

»Was sollen wir tun?«, fragte der Gui Col.

Fenji zeigte keine Unsicherheit und fällte die einzig richtige Entscheidung. »Wir gehen weiter.«

Wenige Schritte später riss sein Helmstrahler eine Ausbuchtung des Wartungstunnels aus der Finsternis. Er blieb stehen, denn in der Ausdehnung des Tunnels hatte er den Umriss eines Roboters erkannt. Eines Kampfroboters?

Vorsichtig drehte er den Kopf und damit den Winkel der Helmleuchte.

Der fahle Strahl fiel nun genau in die Ausbuchtung, die einige Meter tief in die Wand ragte. Im Halbdunkel zeichneten sich die Silhouetten nicht nur eines, sondern mindestens eines Dutzends Roboter als schwarze Schattenblöcke ab; irgendwo reflektierte eine metallene Oberfläche das schwache Licht, und Fenji meinte, eine ölige Pfütze am Boden wahrzunehmen.

Zu seiner Erleichterung bewegten sich die Roboter nicht; sie standen starr. Offenbar handelte es sich um einen Lagerraum, in dem deaktivierte Wartungseinheiten auf ihren Einsatz warteten. Nichts von Bedeutung. Kein Grund, noch länger innezuhalten.

Sie waren noch etwa fünf Meter entfernt, als in den ersten Roboter Bewegung kam.

Einige Dioden im oberen Teil des zylinderförmigen Grundkörpers begannen zu blinken, dann leuchtete ein handbreites gläsernes Feld rot auf.

Fenji hob den Strahler.

Ein zweiter Roboter erwachte auf diese Art, ein dritter ... dann das ganze Dutzend. Doch sie gingen nicht zum Angriff über, wie Fenji einen Augenblick lang befürchtet hatte. Es handelte sich offenbar nicht um Kampfroboter; wieso sollten diese auch ausgerechnet hier in einem Reparaturtunnel stehen?

»Zurückhalten!«, befahl Fenji den beiden Gui Col. Noch bestand eine Chance, dies hinter sich zu bringen, ohne das gesamte Schiff auf sich aufmerksam zu machen.

Ein Roboter löste sich aus dem Pulk, rollte auf drei Standbeinen näher. »Bereit zur Programmierung.« Fenji verstand die Worte dank einer intensiven Projektionsschulung, die ihn vor Beginn der Mission die Verkehrssprache der Transgenetischen Allianz gelehrt hatte. »Welche Sektion der CANNAE benötigt eine Reparatur?«

Sie reagieren automatisch auf die Annäherung eines Lebewesens, dachte Fenji. *Offenbar sind sie nicht in der Lage, uns als Fremde oder Eindringlinge zu erkennen. Es sind hoch spezialisierte, aber dumme Maschinen, mehr nicht.*

»Es ist keine Reparatur nötig. Deaktiviere dich wieder.«

Es erfolgte keine Reaktion. Stattdessen rollte die ganze Roboterarmada näher. In wenigen Sekunden würde sie den Durchgang völlig versperren. Dieser Zwischenfall konnte zu einer fatalen Verzögerung führen.

Trotz des Lärms, den die Reparatureinheiten verursachten, hörte Fenji noch etwas anderes.

Hinter mir!, dachte Fenji. *Da ist etwas. Die Roboter sind nichts als Ablenkung!*

In dieser Sekunde wurde ihm klar, dass diese ganze Situation kein Zufall war und auch keine befremdliche Art der Programmierung.

Sondern ein Hinterhalt.

»Angriff!« Er wirbelte herum, aktivierte den Schutzschirm seines Kampfanzugs, zielte an seinen Männern vorbei und feuerte blindlings ins Dunkel des Tunnels.

Der grelle Strahl riss für einen Sekundenbruchteil ein Schattenbild aus der Schwärze. Stroboskopartig blitzte es auf, schuf grelles Licht und scharfe Schatten. Es hielt nicht lange genug an, um etwas erkennen zu können, doch da waren Gestalten. Kein Zweifel.

Fenji feuerte erneut, seine Begleiter ebenso.

Und wer auch immer hinter ihnen war, sie schossen zurück.

Ein Roboter explodierte hinter Fenji; offenbar war eine Salve der Angreifer fehlgegangen.

Fehlgegangen?

Fenji erkannte seinen fatalen Irrtum, als die erste Explosion eine weitere Wartungseinheit in den Untergang riss. Die erneute Druckwelle schmetterte in seinen Schutzschirm. Noch gab es keine Überlastung.

Noch nicht – aber hinter ihnen standen zehn weitere Roboter. Das war eine perfekte Todesfalle. Jeden Augenblick würde die komplette Armada der Reparaturroboter in einer Kettenreaktion detonieren und alles im Umfeld pulverisieren, Fenji und seine Männer eingeschlossen.

»Wir müssen an den Robotern vorbei!«

Er schaltete die Flugfunktion seines Anzugs auf vollen Schub und steuerte mitten in das lodernde Feuer einer dritten Explosion hinein. Das Bruchstück eines Roboters raste auf ihn zu, füllte sein ganzes Gesichtsfeld aus – und verglühte in seinem Schirm.

Feuer rund um ihn.

Dann eine Druckwelle, die ihn zur Seite drückte und seine Flugrichtung änderte.

Er prallte gegen die Wand, schlitterte daran entlang. Infernalischer Lärm tobte um ihn, eine Detonation nach der nächsten, so eng beisammen, dass es wie eine einzige klang.

Einer seiner Männer trieb direkt vor ihm im Feuersturm – ohne Schutzschirm. Der ganze Körper war schwarz. Aus der Gebildegrube pulsten Plasma und Blut und verdampften in der kochenden Luft. Der Eindruck währte nur eine Sekunde, dann ließ Fenji die Leiche und das Chaos der explodierenden Roboter hinter sich.

Er blickte sich um. Sein zweiter Begleiter hatte überlebt, kam mit flackerndem Schutzschirm auf ihn zu, der sichtlich kurz vor dem Erlöschen stand. Hinter ihm prasselten metallische Fetzen auf den Boden. Dann verwehrte eine lodernde Feuerwand jeden weiteren Blick.

Alles war blitzschnell gegangen. Fenji schätzte, dass seit dem ersten Angriff höchstens eine Minute vergangen sein konnte. Ihre Gegner hatten auf einen Überraschungserfolg spekuliert und dabei die abrufbereiten Roboter eiskalt ausgenutzt. Wahrscheinlich hatten sie über die Kodes verfügt, mit denen sie sie aus der Ferne mit einem Funkimpuls aktivieren konnten. Doch einen Fehler hatten sie begangen – sie waren sich ihres Sieges zu sicher gewesen. Nun saßen sie fest und konnten das Schlachtfeld nicht mehr durchqueren, weil dort nach wie vor weitere Roboter in der glühenden Hitze explodierten und sich energetische Energien austobten. Das gab Fenji und seinem verbliebenen Begleiter einen kleinen Vorsprung; durch die Explosionen war allerdings die gesamte Schiffsbesatzung gewarnt. Viel Zeit blieb nicht.

»Weiter! In zwanzig Metern gibt es einen Ausstieg aus dem Wartungstunnel. Wir müssen sofort von hier verschwinden und werden uns einen anderen Weg suchen.«

Dort angekommen, hielt er sich nicht lange auf. Ein Feuerstoß zerstörte das Schloss des Schotts. Fenji trat es aus dem Rahmen.

Nun standen sie in einem breiten Korridor. Gehetzt blickte er in beide Richtungen. Die Explosionen konnten unmöglich unbemerkt geblieben sein. In Kürze würde es von Sicherheitskräften wimmeln. Eine einzelne Gestalt rannte auf sie zu. Fenji schoss ihr in den Kopf.

»Rechts«, sagte er und jagte los. Sein Schutzschirm erreichte wieder ein akzeptables Niveau, die notwendigen Energien bauten sich erneut auf. Sein Begleiter jedoch meldete einen Totalausfall. *Was wohl nichts anderes heißt, als dass ich mich in Kürze allein durchschlagen muss.* Doch vielleicht konnte er daraus wenigstens einen Vorteil gewinnen. Man würde sehen; Fenji würde improvisieren müssen. Momentan befand sich alles in der Schwebe.

Jeder an Bord wusste nun, dass es ein kleines Kommando aus feindlichen Eindringlingen gab. Fenji beurteilte seine Lage realistisch genug, um zu wissen, dass sie auf Dauer keine Überlebenschance besaßen. Sie mussten also erneut untertauchen. Die Übermacht der Gegner würde sie bei einem offenen Kampf sonst früher oder später überrollen.

Nur zu verschwinden, kam jedoch nicht in Frage. Fenji hatte eine Aufgabe zu erfüllen.

Er brauchte einen neuen Plan. Doch so düster es momentan aussah, am Ende, dessen war er sich sicher, würde er triumphieren. Für seine Verfolger hielt er einige Überraschungen bereit. Schließlich ging ein Gui-Col-Jäger wie er nur bestens ausgerüstet auf die Jagd.

16

Abgesang

Adlai Kefauver starrte noch immer auf die Wand aus energetisch-grellem Feuer und umhersirrenden Trümmern, die er selbst geschaffen hatte; auf jene Todesfalle, durch die das Einsatzkommando der Gui Col hätte sterben sollen. Er war sich jedoch nur sicher, dass einer der Drei gestorben war. An den Tod der beiden anderen würde er erst glauben, wenn er ihre Leichen sah, oder das, was die Explosionen und die mörderischen Temperaturen von ihnen übrig gelassen hatten. Ein Sensor seines Anzugs tastete die lodernde Hölle vor ihm ab. Noch gab es keine Entwarnung, noch konnte er auch mit aktiviertem Schutzschirm nicht weitergehen. Laut der aktuellen Prognose waren weitere dreißig Sekunden Wartezeit notwendig.

Nur eine halbe Minute.

Eine Ewigkeit.

»Funkkontakt!«, meldete die automatische Kommunikationseinheit seines Kampfanzugs.

Er nahm das Gespräch an, ohne zu wissen, wer ihn zu erreichen versuchte.

»Avryl Sheremdoc«, sagte eine rauchige, weibliche Stimme. Adlai erinnerte sich sofort an die TLD-Agentin. »Wir sind unterwegs von der FARYDOON, um ...«

»Wie ist deine Position?«, unterbrach Kefauver.

Sie gab sie durch und meldete, dass sie und Haneul Bitna sich bereits an Bord der CANNAE befanden, nicht weit entfernt von der Stelle, wohin die überlebenden Gui Col unterwegs waren.

»Ich schicke euch ein Peilsignal«, sagte Adlai. »Ihr müsst in den Wartungstunnel vorstoßen, in dem ich mich aufhalte. Möglicherweise gibt es zwei flüchtige Eindringlinge. Sofortige Eliminierung, verstanden?« Er gab die Richtung an, in der die Gui Col wahrscheinlich unterwegs waren.

Sein Anzug gab Entwarnung. Mit aktiviertem Schutzschirm raste Kefauver los, hinein in die noch immer brennenden Überreste der Wartungsroboter. Kleine blaue Blitze zuckten in den Trümmern.

Parizhoon folgte ihm, ebenso die beiden myrmidonischen Söldner. Wenn sich Sheremdoc und Bitna tatsächlich von der anderen Seite näherten, konnten sie die Gui Col möglicherweise in die Zange nehmen. Die Eindringlinge durften nicht entkommen. Als Saboteure konnten sie gewaltigen Schaden anrichten.

Zu viert rasten sie durch das Trümmerfeld. Nur wenige Roboter hatten das Chaos überstanden. Die Seitenwände waren eingerissen, Spalten klafften im aufgeworfenen Boden. Freigelegte energetische Leitungen blitzten.

In der nächsten Sekunde waren sie vorbei. Wenige Meter vor ihnen entdeckte er ein zerschossenes Schott; ohne eine Sekunde zu zögern gab er den Befehl, die Gruppe aufzuteilen. Die Gui Col konnten den Tunnel an dieser Stelle verlassen haben, oder das Schott stellte einen simplen Täuschungsversuch dar. Für genauere Untersuchungen blieb keine Zeit. Kefauver nahm einen der Söldner mit; der Mentadride Parizhoon folgte mit dem zweiten weiter dem Wartungsgang. In Zweierteams waren sie angreifbarer, doch es blieb keine andere Möglichkeit.

Kaum stand Adlai in dem anschließenden Korridor, entdeckte er die Leiche eines Technikers. Ein zufälliges

Opfer, das das Pech gehabt hatte, sich zur falschen Zeit am falschen Ort aufzuhalten.

»Wir sehen zwei Gestalten in goldenen Rüstungen«, sagte Avryl Sheremdoc durch die nach wie vor offen stehende Funkverbindung. »Sie haben uns noch nicht entdeckt, kommen auf uns zu. Wir gehen in Deckung.«

Ohne dass Kefauver sie darauf hinweisen musste, schickte sie ein Peilsignal, das die Position genau bestimmte. Mehr als achtzig Meter entfernt, in der Nähe des Verbindungsschotts zur FARYDOON. Um dorthin zu kommen, mussten die Gui Col mehrfach die Korridore gewechselt und einige Lagerräume durchquert haben.

Sie schlagen Haken wie Hasen, die gejagt werden. Und das tun sie verdammt gut.

Kefauver rannte weiter und informierte Parizhoon. Der Mentadride konnte mit seinem Begleiter zurückkehren.

»Sie kommen näher«, drang es aus dem Funkempfänger. »Nicht mehr lange, und wir können ... halt, was ... sie ...«

Die weiteren Worte gingen im Lärm einer Explosion unter. Das Akustikfeld in Adlais Helm dämmte automatisch die Lautstärke, nur ein dumpfes Dröhnen drang durch. Er glaubte jedoch, einen abrupt abbrechenden Schrei inmitten der Detonation zu hören.

»Meld' dich!«, forderte er.

Es kam keine Antwort.

Er stieß das Schott zu einer Lagerhalle auf. Container lagerten auf beiden Seiten. Er beachtete sie nicht. Es zählte nur, den Raum möglichst schnell zu durchqueren, um zum Schauplatz des Geschehens zu gelangen. Der Söldner folgte. Sie waren noch etwa dreißig Meter Luftlinie entfernt. Ein knappes Dutzend Wände trennte sie.

»Avryl!«

Nichts.

Stattdessen öffnete sich ein weiterer Kanal. »Bombe«, hörte er. Er erkannte die Stimme seines alten Söldners

Haneul Bitna. »Hab' noch keinen Überblick. Avryl ist verschwunden. Seh' sie nicht.«

Sie erreichten das gegenüberliegende Ende der Lagerhalle, hörten hinter sich Parizhoon und seinen Begleiter. In wenigen Sekunden würden sie aufgeschlossen haben.

Den unscheinbaren Laserstrahl, durch den er rannte, bemerkte Kefauver zu spät. Seine Warnung ging im infernalischem Lärm einer Explosion unter.

Etwas packte ihn, riss ihn mit sich und schleuderte ihn krachend in eine Reihe Container. Dass sein Schutzschirm den Gewalten standhielt, rettete ihm das Leben. Ein metallener Behälter barst, Adlai wurde unter silbrig glänzenden Tüten begraben. *Notrationen*, erkannte er, und ein absurdes Lachen stieg in ihm auf, während die ersten Verpackungen rissen und es getrocknetes Getreide und verschmorendes Fleisch regnete.

Hinter diesem Schleier verpuffte blau-grünes Plasmafeuer.

Er wühlte sich aus dem bizarren Berg an Lebensmitteln. Vereinzelt schmolzen die Plastikhüllen zu einem stinkenden See. Schwarzer Rauch stieg auf und zerkräuselte vor seinen Augen.

»Der Schirm hält der Belastung stand«, meldete der Kampfanzug. »Die Energiereserven liegen jedoch bei weniger als fünf Prozent.«

Was Adlai sah, als er endlich wieder festen Boden unter den Füßen hatte, versetzte ihm einen Stich. Die simple Falle, die offensichtlich die beiden flüchtenden Gui Col hinterlassen hatten, war für seinen Begleiter tödlich gewesen. Er lag unter Trümmern begraben; der schieren mechanischen Gewalt umstürzender Container hatte sein Schirm nichts entgegensetzen können. Der Mann war zerquetscht worden. Tote Augen starrten blicklos aus einem abgerissenen Schädel.

Parizhoon und sein Begleiter jedoch sausten zwischen den Trümmern heran.

Die drei Überlebenden ließen ihren toten Gefährten zurück und eilten in Richtung des Standorts von Avryl Sheremdoc und Haneul Bitna.

Kefauver sah die Kommunikationseinheit an seinem Arm blinken. Jemand versuchte, ihn zu erreichen. Da erst bemerkte er, dass er noch immer das Dröhnen und Donnern der letzten Explosion hörte, obwohl es längst vergangen war. Er konnte nur hoffen, dass er keinen dauerhaften Schaden davongetragen hatte. Ein kurzer, stechender Schmerz in seinem Nacken – die Medoeinheit des Anzugs injizierte ihm etwas. Er kümmerte sich nicht darum und wies die Anzugspositronik an, die Sprachausgabe lauter zu stellen.

»Einer der Goldenen ist verletzt«, ertönte Haneul Bitnas Stimme. »Der andere hält Avryl als Geisel.«

»Töte die beiden!«, befahl Adlai.

»Hast du nicht gehört? Avryl ...«

»Töte sie. Wir sind gleich vor Ort, um dir zu helfen. Avryl ist ein notwendiges Opfer. Die Sicherheit der FARYDOON ist ihrem Leben übergeordnet.«

»Ich nehme von dir keine Befehle mehr an.«

»Du musst ...«

Ein Klicken. Die Funkverbindung war unterbrochen.

Parizhoon wies mit einem mechanischen Tentakelarm geradeaus. »Wir sind nur noch zehn Meter entfernt. Sie müssen sich wenige Meter hinter dieser Abbiegung befinden. Ich werde den Eindringling töten und der terranischen Agentin das Leben retten. Nicht umsonst war ich in meinem früheren Leben Kampfroboter und trage nun Verstand in mir. Ich habe einen Plan und die nötige Stärke.«

»Was hast du vor?«

»Bleib zurück.« Der Mentadride drehte die Kopfsektion. Die Augendioden blinkten. »Bitte.«

Adlai Kefauver ging bis zur Abzweigung, um zu beobachten.

Der vogelartige Haneul Bitna stand wenige Meter von den beiden Gui Col entfernt. Einer blutete aus einer Wunde am Brustkorb. Der zweite, mit nach wie vor intaktem Schutzschirm, richtete eine Strahlerwaffe auf Avryl Sheremdocs Hinterkopf. »Ich will den Vortex-Navigator«, sagte er. »Liefert ihn aus, und ich lasse diese Frau leben. Wir werden eure Schiffe ohnehin entern und den Piloten in unsere Gewalt bekommen. Ihr könnt es euch um einiges leichter machen.«

»Warum bist du dann hier, wenn du so siegessicher bist?« Bitnas Schnabelhälften klapperten rhythmisch.

»Du weißt genau, weshalb. Ich bin eine Absicherung, und ich werde meine Mission auf jeden Fall erfüllen. Der Pilot ist wichtig, für euch wie für uns. Ihr werdet ihn zu schützen versuchen. Der Versuch wäre jedoch fatal. Die Botschaft, die ich euch bringe, lautet wie folgt: Liefert ihn aus! Ich bin Fenji Eichach und spreche im Namen unseres Anführers Cha Panggu. Es geht bei dieser Entscheidung nicht etwa nur um das Leben dieser Frau. Wenn ihr ihn nicht ausliefert, werden wir jeden an Bord töten. Das ist jedoch nicht notwendig. Ihr könnt überleben. Wir wollen nur das Schiff und den Navigator.« Er wandte sich an seinen verletzten Begleiter. »Zeig ihm die Sprengkörper, die du bei dir trägst.«

Aus einer amorphen Masse im Bauchraum des Verwundeten schob sich ein biegsamer, gewundener Arm, an dessen Ende sich eine Greifhand entfaltete und aus einer Seitentasche der Rüstung zwei nachtblaue, metallene Stäbe zog.

Kefauver atmete tief ein. Wenn diese Bomben dieselbe Sprengkraft besaßen wie jene, die das Chaos in der Lagerhalle angerichtet hatte, drohte die Situation zu eskalieren. Er musste eingreifen. Langsam, noch immer in Deckung, hob er seinen Strahler. Er würde sich nicht auf Diskussionen mit den Angreifern einlassen. Und schon gar nicht auf Drohungen achten. Wenn es so weit kam, war jede Verteidigung von vornherein zum Scheitern verurteilt.

Er wandte sich um, um Parizhoon aufzuhalten. Doch der Roboter war bereits verschwunden. Ein Schott in der Wand stand offen. Dahinter lag ein weiterer Wartungstunnel. Auf diese Art und Weise wollte er sich also heimlich in die Nähe der Gui Col schleichen. Wahrscheinlich befand sich ein genauer Konstruktionsplan der CANNAE in seinen Speicherbänken.

Aber was immer der Mentadride plante, Kefauver würde nicht abwarten. Die nächsten Momente waren zu wichtig.

Auf den Gui Col zu feuern, ergab keinen Sinn, denn er war nach wie vor durch seinen Schutzschirm isoliert. Ein einzelner Überraschungsschuss würde verpuffen.

Adlai Kefauver trat über die Abzweigung in den anschließenden Korridor, die Waffe in beiden Händen. »Du kannst nicht entkommen. Wir werden uns nicht erpressen lassen. Eine *Verhandlung* mit dir und deinem Vorgesetzten Cha Panggu jedoch ...«

Weiter kam er nicht.

Der Gui Col, der sich selbst Fenji Eichach genannt hatte, erschoss Avryl Sheremdoc ohne Vorwarnung. Die Agentin sackte mit einem Loch zwischen den Augen zusammen.

Dieser entsetzliche Anblick und die Plötzlichkeit der Tat lähmte sogar Kefauver für eine Sekunde.

Sofort schwenkte der Gui Col seine Waffe und feuerte auf seinen Artgenossen, mitten in die beiden Stab-Bomben, die dieser im Tentakelarm hielt.

Die Welt ging unter.

17

Untertauchen

Ein erfolgreicher Jäger musste fähig sein, zu erkennen, wann der Moment kam, in dem er untertauchen musste. Für Fenji war der Rückzug die einzige Chance gewesen, dieser verfahrenen Situation unbeschadet zu entkommen.

Zwar erwischte ihn die Druckwelle der Explosion noch und belastete seinen Schutzschirm stark, doch er brach nicht zusammen, obwohl hinter ihm die Stab-Bomben diesen Bereich der CANNAE in ein Trümmerfeld verwandelten.

Fenji raste weiter; er hatte den Moment, in dem er sein Flugaggregat auf Volllast stellen musste, genau abgepasst und war so dem Epizentrum der Explosion entkommen.

In dem Chaos achtete niemand auf ihn. Alle Beteiligten dieser Jagd waren entweder tot oder litten noch unter den Folgen der Explosion. Niemand hatte damit gerechnet, dass Fenji *dies* tat. Unvorhersehbares Verhalten war während einer Jagd oft der Schlüssel zum Sieg. Dass er seinen letzten Begleiter hatte opfern müssen, spielte keine Rolle; dieser war ohnehin verletzt gewesen. Wie sehr ein wenig Unberechenbarkeit die Feinde doch verwirrt hatte! Fenji hatte den Terraner sehr wohl erkannt, der kurz vor der Eskalation wie aus dem Nichts aufgetaucht war. Es war Adlai Kefauver gewesen. Es sollte ihn nicht wundern, wenn Kefauver auch derjenige war, der ihn im Reparaturtunnel verfolgt hatte.

Fenji raste dem Verbindungsschott zur FARYDOON entgegen. Vier Wächter waren dort postiert, wie die energetische Ausstrahlung ihrer Schutzanzüge dem Gui Col überdeutlich auf dem Orter zeigte. Drei dieser Wächter verließen ihren Posten, eilten zum Ort der Explosion. Wahrscheinlich wollten sie *helfen.* Ein grober Fehler. Sie waren Narren.

Als Fenji das Schott erreichte, hatte er es nur noch mit einem Gegner zu tun. Er stoppte den Flug, warf eine weitere Stab-Bombe und gab zusätzlich Dauerfeuer, noch ehe der Wachposten überhaupt reagieren konnte.

Nein, dies war kein großes Hindernis. Hätten seine Kameraden den einsamen Wächter nicht verlassen, wäre es wesentlich schwieriger gewesen, zur FARYDOON durchzudringen. Niemals hätten sie ihre Aufgabe vernachlässigen dürfen.

Die Trümmer des Schotts brannten noch, genau wie der tote myrmidonische Söldner, als Fenji schon hindurchjagte. Ein kurzer Verbindungskorridor, dann eine neue Umgebung. Das war sie also, die FARYDOON. Sauberer, glänzender, edler. Diese Eindrücke erhaschte er, während er eine erneute Hohlraumortung durchführte. Er brauchte ein Versteck, einen Ort, an den er sich zurückziehen und wo er weiter nachdenken konnte.

Fenji schaltete seinen Kampfanzug ab, stellte sich energetisch tot. Sie würden ihn nicht finden, solange er nicht auf sich aufmerksam machte. Zu Fuß rannte er weiter, durch einen leeren Korridor, folgte der labyrinthischen Karte des Orters, bog mehrfach ab und erreichte einen kleinen Lagerraum, der ihm unbedeutend genug erschien, dass dort niemand zufällig auftauchen würde.

Er schlüpfte durch das Schott, schloss es hinter sich wieder. Container standen aufgestapelt an den Wänden. Es roch nach Staub und Schmutz. Offenbar besaß diese kleine Lagerhalle für die Reinigungsroboter keine besonders hohe Priorität. Es war ein schäbiger Ort, seiner nicht würdig, doch er lebte noch, und das war das Einzige, das zählte.

Inzwischen hatte sich alles geändert. Vielleicht war Adlai Kefauver tot, vielleicht nicht. Es gab eine einfache Möglichkeit, dies herauszufinden; zumindest, wenn Fenjis Spionsonde die Detonation überstanden hatte. Denn natürlich hatte er die kleine Überraschungsattacke so gut vorbereitet, wie es in der Kürze der Zeit möglich gewesen war. Fenji war diesem Vogelartigen lange genug nahe gewesen. Als dessen Aufmerksamkeit gelitten hatte, weil er sich um die terranische Frau sorgte, hatte Fenji die Sonde ausgeschickt.

Gute Ausrüstung war eine weitere Voraussetzung für den Erfolg. Fenji verwendete das kleinste und energetisch unauffälligste Gerät, das die Technologie der Gui Col zu bieten hatte. Es übertrug nur Ton, und auch das nur auf einer ganz bestimmten, abgeschirmten Frequenz. Dafür war die energetische Streustrahlung minimal.

Der Gui Col hob das Empfangsteil und klickte es in sein rechtes Ohr.

»Er ist entkommen.« Das war Adlai Kefauver. Also hatte er überlebt. Wie hätte es auch anders sein können? Dieser Mann war offenbar unverwüstlich und wurde seinem Ruf gerecht, von dem Cha Panggus Spion berichtet hatte. Vielleicht hätte Fenji warten sollen, bis Kefauver noch näher gekommen war. *»Es gibt keine Leiche, keine Überreste. Wir müssen ihn finden.«*

»Er will zur FARYDOON.« Auch diese zweite Stimme erkannte Fenji sofort. Es handelte sich um den Vogelarti-

gen, Haneul Bitna, in dessen Federkleid Fenjis Minispionsonde steckte. *»Wir sollten ihm dort einen heißen Empfang bereiten.«*

»Leire von Denno mit dem ersten Trupp muss längst vor Ort sein.«

»Was geschieht mit Avryl?«

»Sie ist tot. Die Explosion hat von ihr kaum noch etwas übrig gelassen.«

»Wie kannst du derart ...«

»Hast du alles vergessen, was ich dich gelehrt habe, Haneul? Sie ist tot! Der Feind jedoch lebt. Um ihn müssen wir uns kümmern!«

Ein Dritter meldete sich zu Wort, blechern und künstlich. Es war der Kampfroboter, den Fenji schon an Bord der CHAJE gehört hatte. *»Du benötigst eine Pause, Adlai! Deine Wunden müssen versorgt werden.«*

»Wo warst du, verdammt?«

»Ich habe dir angekündigt, dass ich die Situation entschärfen werde. Hättest du abgewartet, wäre der Gui Col jetzt tot, und die TLD-Agentin könnte noch leben.«

Fenji ließ sich an einem der Container nieder. Es tat gut, zu sitzen. Erschöpfung machte sich in ihm breit. Er musste sich dringend etwas Ruhe gönnen, wenn er die nächsten Stunden einsatzbereit bleiben wollte. Nun war er auf sich allein gestellt, inmitten einer Horde von Feinden. Doch dabei würde es nicht mehr lange bleiben.

»Ich werde mit dir nicht diskutieren«, sagte Adlai Kefauver. *»Wenn dieser Fenji Eichach klug ist, hat er die FARYDOON längst erreicht! Wir müssen ihm folgen und den Tamrat warnen.«*

»Ihn und ...«

»Sei still, Haneul!« Das war der Kampfroboter.

»Was hast du?«

»Still!«

Fenji ahnte, was kommen würde. Schon in der Zentrale der CANNAE hatte der Roboter Cha Panggus Sonden aufgespürt. Genau dasselbe war ihm nun offenbar wieder gelungen.

Der Empfänger übertrug ein raschelndes Geräusch, dann ein Schleifen. Im nächsten Moment sprach Haneul Bitna. *»Ich weiß, dass du mich hören kannst. Du kannst dich verstecken. Du kannst dich bis ins Herz oder in den äußersten Winkel der FARYDOON vorarbeiten und dich dort irgendwo verkriechen. Aber irgendwann ... irgendwann werde ich dich finden! Du hast Avryl Sheremdoc getötet. Kanntest du überhaupt ihren Namen? Du hast Avryl getötet, und dafür werde ich dich töten.«*

Ein Knacken.

Dann: Stille.

Fenji nahm das Empfangsteil aus dem rechten Ohr, legte es auf den Boden und trat darauf, dass es in tausend Einzelteile zersprang. Er durfte keine Spur hinterlassen, die möglicherweise verfolgt werden konnte. Es wäre vorteilhaft gewesen, die Feinde weiterhin heimlich zu belauschen, doch es war ihm nicht länger vergönnt.

Er verließ die Lagerhalle.

Sie wollten ein Spiel? Eine Jagd?

Das konnten sie haben. Allerdings ahnten sie nicht, worauf sie sich einließen. Mit wem sie sich anlegten.

Fenji blickte auf den Chronometer. Es blieben maximal fünfzig Minuten, bis die Gui Col einen erneuten Angriff starten würden, falls sich die Söldner bis dahin nicht zu einem Gegenangriff entschlossen. Fenji würde für Unruhe sorgen, bis sich das Schicksal der FARYDOON und der CANNAE über die Hyperplanke entschied, auf die eine oder andere Weise.

Er zog eine der beiden verbliebenen Stab-Bomben und machte sich auf den Weg. Die Transgenetische Allianz und ihre Söldner hatten ja keine Ahnung, wozu diese kleinen Waffen fähig waren.

Er lächelte, während er die erste nachtblaue Bombe programmierte. Er würde schon dafür sorgen, dass die FARYDOON keinen nennenswerten Schaden nahm.

Die FARYDOON nicht ...

18

Stimme der Toten

Zu dritt hatten sie sich in einen Besprechungsraum am Rand der Zentrale zurückgezogen, Perry Rhodan, Adlai Kefauver und der Tamrat Ziaar. Keiner der Versammelten saß auf einem der bereitstehenden Stühle, als wollten sie demonstrieren, dass ihnen daran lag, diesen Informationsaustausch so schnell wie möglich hinter sich zu bringen.

»Wir haben also ein Geschwür an Bord«, beendete Adlai Kefauver seinen Bericht. »Einen Virus.«

Perry Rhodan fand diese Bezeichnungen übertrieben, doch er korrigierte Kefauver nicht. Wenn er den Gui-Col-Eindringling so bezeichnen wollte, sollte er es tun. Rhodan hätte es verstanden, wenn der myrmidonische Söldner Hass auf diesen Fenji Eichach empfunden hätte, doch Kefauver sprach seltsam emotionslos, als hätte er sich keine mörderischen Kämpfe mit dem Gui Col geliefert. Einerseits schien er die nötige Distanz zu wahren und über den Dingen zu stehen, andererseits sprach seine Wortwahl Bände. *Er würde nichts lieber tun, als ihn zur Strecke zu bringen. Wie ein Raubtier, das in seinem Revier wildert.*

Tooray Ziaar ging unruhig an der hinteren Wand des Raumes hin und her. »Die Situation ist klar. Ein Volk namens Gui Col hat uns über eine sogenannte Hyperplanke mitten im Vortex geentert und die FARYDOON in dieses Gefilde gerissen, das sie als Weißraum bezeichnen. Für Navigatorin Mitraa Morváarid war dieser Vorgang aus bislang ungeklärten Gründen tödlich; Caadil Kulée und Sáatin Sepehr vermuten eine Art Rückkopplung hyperenergetischer Gewalten. Da die Gui Col von Sepehr wissen, hat sich Caadil mit meiner ausdrücklichen Billigung zurückgezogen.«

Sie ist unser Joker, dachte Rhodan. *Unser Trumpf, von dem unsere Feinde nichts wissen.* Caadil kannte die FARYDOON wie kaum ein anderer und war sicher, nicht entdeckt zu werden, selbst wenn das Schiff in die Gewalt ihrer Feinde fallen sollte. »Leider ist sie nicht die Einzige, die sich verbirgt. Ein hochrangiger Gui Col namens Fenji Eichach hat genau dasselbe getan. Sein Ziel ist die Entführung des Navigators.«

»Nicht nur das«, gab sich Kefauver überzeugt. »Er wird Sabotage üben oder einen Terroranschlag durchführen.«

Der Tamrat blieb stehen. »Wie kannst du dir da so sicher sein?«

»Dieser Gui Col wird uns schaden, wo immer es möglich ist, um seinen Leuten einen zweiten Enterversuch zu erleichtern. Er will die Aufmerksamkeit unserer Verteidigungskräfte an verschiedenen Orten bündeln. Und leider ist ihm genau das bereits gelungen. Wir müssen die Besatzung im Casino schützen, wir müssen die Zentrale der FARYDOON verteidigen und Navigator Sepehr sichern. Diese Hyperplanke, die ihnen offenbar Zugang zur Zentrale der CANNAE gewährt, ist eine weitere Schwachstelle. Dass dort ein zweiter Enterversuch erfolgen wird, steht wohl außer Frage. Wir konnten den ersten Trupp zwar zurückschlagen, doch sie werden wiederkommen. Besser gerüstet und besser über unsere Möglichkeiten und Fähigkeiten informiert.«

Rhodan ergriff die Lehne eines Stuhls und schob ihn an den runden Besprechungstisch heran. Die Beine schrammten quietschend über den Boden. »Wenn wir es dazu kommen lassen. Mein Vorschlag ist ein anderer.« Er warf Kefauver einen Blick zu und las in den Augen des Söldners, dass dieser genauso dachte. Seine Kampferfahrung und die taktisch-militärische Schulung ließen keine andere Schlussfolgerung zu. »Wir versuchen Kontakt mit den Gui Col aufzunehmen.«

»Um es weniger schön zu formulieren«, sagte Kefauver. »Wir starten einen Gegenangriff. Über diese Hyperplanke besteht eine Verbindung zu dem Schiff unserer Feinde. Wenn es uns möglich ist, diese Verbindung zu nutzen, müssen wir das tun, ohne auch nur noch eine Sekunde zu zögern. Die überlebenden Gui Col haben sich über die Planke zurückgezogen. Wir folgen ihnen.«

Perry Rhodan beurteilte die Idee weniger überschwänglich. »Zumindest, falls Kommandant Julen Outarra inzwischen mehr über diese Technologie herausgefunden hat. Da noch immer keine Funkverbindung zur CANNAE möglich ist, können wir das nur vor Ort erfahren. Sollte diese Planke ein zu unsicherer Weg sein, müssen wir eine andere Methode finden, um zurückzuschlagen. Nur eins dürfen wir auf keinen Fall, da stimme ich mit Adlai überein: tatenlos abzuwarten wäre verhängnisvoll. Vielleicht ist es möglich, mit den Gui Col zu verhandeln.«

Kefauver gab ein verächtliches Geräusch von sich.

Ziaar stand die Verzweiflung ins Gesicht geschrieben. »Sollten wir nicht viel eher versuchen, diese Hyperplanke zu lösen und zu fliehen?«

Selbstverständlich hatte Rhodan daran schon gedacht, doch er war überzeugt, dass es nicht gelingen konnte. »Die Gui Col haben diese Technologie entwickelt, kennen wahrscheinlich jedes Detail. Wir jedoch sind einem derartigen Hyperphänomen noch nie begegnet.

Es würde wohl tagelang dauern, auch nur zu verstehen, wie die Planke funktioniert, selbst wenn sich ausgebildete Spezialwissenschaftler an Bord befänden. Wir haben keinerlei Ansatzmöglichkeit.«

»Also ist unsere einzige Option, einen Gegenangriff zu starten«, beharrte Adlai. »Tun wir das nicht, können wir nur auf den nächsten Soldatentrupp warten, der uns überrennen wird. Oder die Gui Col schicken gleich eine Bombe, die unser Schiff zerstört und uns alle tötet.«

Rhodan ging einige Schritte in Richtung des Ausgangs. »Das werden sie nicht tun. Sie brauchen die FARYDOON, warum auch immer. Nur deshalb haben sie diese ganze Aktion gestartet, die auch für sie zweifellos mit viel Mühe und Vorbereitung verbunden war. Sie haben uns *im Linearraum* geentert! Ein beispielloser Vorgang.«

»Du klingst fast, als würdest du ihnen dafür Respekt zollen.«

Rhodan musterte den Tamrat. »Es ist eine bedeutende wissenschaftliche Leistung. Aber solange die Gui Col diese Technologie in kriegerischer Absicht einsetzen, werden sie meinen Respekt niemals verdienen.«

»Ich bin einverstanden. Adlai, du organisierst den Gegenangriff. Ich vertraue dir.«

Kefauver nickte. »Ich lasse den ersten Trupp hier, um Besatzung und Passagiere zu schützen. Kommandantin von Denno geht jedoch zurück zur CANNAE. Sie und Kommandant Outarra werden mit dem zweiten Trupp das Schiff der Fremden stürmen. Sie sind die besten Strategen, die die Sternenwacht zu bieten hat.«

Außer dir selbst, dachte Rhodan. *Wenn du weniger kompromisslos und hart vorgehen würdest, würde ich alles versuchen, um dich für Terras Militär zu gewinnen.* »Ich werde den Vorstoß ebenfalls begleiten.« Er legte eine kleine Pause ein. »Wenn du gestattest, Adlai.«

Kefauver zögerte keine Sekunde. »Ich bin sicher, dass deine Erfahrung wertvoll sein wird. Und nach allem, was ich über dich weiß, würdest du ohnehin nicht zurückbleiben.«

Rhodan öffnete die Tür. »Du hast Recht. Es geht um die Sicherheit dieses Schiffes und um unser aller Überleben.«

»Was ist mit dir, Adlai?«, fragte der Tamrat. »Wirst du nicht mitgehen?«

»Ich habe eine andere Aufgabe. Eine, die nicht weniger wichtig ist.«

»Und die wäre?«

»Er wird jagen«, sagte Rhodan.

Im selben Moment bebte der Boden, und der Donner einer Explosion hallte bis zu ihm. In der nächsten Sekunde krachte es ein zweites Mal.

Alarm tönte durch die Zentrale. Ziaar stürzte an Rhodan vorbei in die Zentrale. »Wo?«, rief er.

»Das Casino«, antwortete einer der Offiziere von seinem Pult.

Kefauver rannte los. »Du bleibst zurück, Tamrat!«

Rhodan folgte ihm.

Fenji Eichach hatte einen Anschlag auf das Casino verübt, den Ort, an dem alle Passagiere der FARYDOON versammelt waren. Der sensibelste Ort des gesamten Schiffes, bewacht von einem ganzen Trupp Söldner der Sternwacht. Kefauvers düstere Prophezeiung hatte sich früher als erwartet bewahrheitet – das *Geschwür* hatte zugeschlagen.

Sie eilten durch den Hauptkorridor, sprangen auf ein Laufband, um schneller voranzukommen.

Das Casino lag weniger als fünfzig Meter von der Zentrale entfernt. Als sie es erreichten, waren bereits Medo- und Kampfroboter vor Ort. Während die Kampfmodelle lediglich die Umgebung sicherten, weil sie gegen keinen

Gegner vorgehen konnten, waren die medizinischen Einheiten in vollem Einsatz. Es gab zu viele Verletzte.

Für viele der Söldner der Sternenwacht konnte niemand mehr etwas tun. Zahlreiche Wachposten waren von der ersten Explosion getötet worden. Einer der Überlebenden, dem der rechte Arm abgerissen worden war, berichtete Kefauver und Rhodan mit stockender Stimme, was geschehen war, während ein Roboter ihn behandelte und die Blutung stillte.

Demnach hatte sich ein nachtblaues fliegendes Objekt von der Größe einer Hand rasend schnell durch den Korridor dem Eingang ins Casino genähert. Zwar war automatisch ein energetisches Schutzfeld im Korridor entstanden, doch die Bombe – um nichts anderes hatte es sich gehandelt – hatte es einfach durchstoßen.

»Ein kleines Flirren in der Luft«, sagte der Söldner, auf dessen Gesicht der Schweiß stand und dessen Augen in den Höhlen rollten. »Nur ein kleines Flirren, dann kam der Tod. Ein Splitter hat meinen Arm ... meinen Arm ...« Seine Linke schob sich zitternd in Richtung des Armstumpfs. Der Medoroboter stoppte die Bewegung.

»Du wirst bestens versorgt.« Rhodan schämte sich für die hohlen Worte. Doch es gab nichts, das er sonst hätte sagen können. *Du wirst es überstehen* wäre eine Lüge gewesen. Vielleicht überlebte der Söldner die schreckliche Verletzung – womöglich starb er auch. Rhodan konnte unmöglich eine Prognose stellen. Es gab keine tröstenden Worte.

»Nein, ich ... ich will nicht überleben. Ich habe nichts getan, um ...«

»Sei still«, sagte Kefauver bestimmt und sanft zugleich. »Du hast deine Pflicht erfüllt. Es kam eine zweite Bombe, nicht wahr?«

»Sie raste durch das Loch in der Eingangstür zum Casino, das die erste Explosion geschlagen hatte. Ich konnte ... konnte nichts tun.« Plötzlich rannen Tränen aus seinen Augen.

Der Robot strahlte eine Hochdruckinjektion in die Halsschlagader des Söldners. Sofort sackte sein Patient in sich zusammen. »Ich konnte ihn nicht länger bei Bewusstsein halten«, teilte die Medoeinheit mit.

Ein Blick ins Casino schnürte Rhodan den Kehlkopf zusammen. Jemand schrie. Blut an den Wänden. Eine Tefroderin saß apathisch da, die Hände an die Schläfen gelegt, und wiegte den Oberkörper vor und zurück, immer wieder vor und zurück. Der Tellerkopf eines Blue lag in unmöglichem Winkel zum Körper. Ein Zahlenrad drehte sich über einem in der Mitte durchschlagenen Tisch, auf dem eine Hand lag. Der Schrei ging unablässig weiter, schrill und hoch. Rhodan fand seinen Ursprung. Ein Kind mit blonden Haaren.

»Wir können hier nicht helfen«, sagte Kefauver. »Zumindest nicht mehr, als andere auch. Aber vor uns liegen andere Aufgaben. Wichtigere.«

Rhodan wandte sich zu dem Söldner. »Ich wünsche dir eine gute Jagd.«

»Und du vertraue Julen und Leire. Sie sind gute Soldaten und wissen, was zu tun ist. Sie sind klug genug, dass sie deinen Rat annehmen werden, Perry.«

Rhodan wandte sich ab. Dies alles musste endlich enden.

Kommandantin Leire von Denno begleitete ihn auf seinem Weg zur CANNAE. Sie war eine kleine Frau mit spitzem Gesicht; die Lippen wirkten ungewöhnlich voll für den kleinen Mund, in dem schneeweiße Zähne blitzten. Die Haare trug sie stoppelkurz und flammendrot gefärbt.

An ihrer Seite schwebte ein Roboter – Parizhoon, der Mentadride. Rhodan wusste kaum etwas über diesen

Typ Roboter. Ihm war nur bekannt, dass ein Mentadride zwar keinen Bioanteil besaß, aber die Erinnerungen von freiwilligen *Spendern* in seinem Datenspeicher trug, von Tefrodern und Blues. Diese Baureihe bildete einen weiteren Versuch, der Allianz dieser so verschiedenen Völker einen besonderen Ausdruck zu verleihen. Mentadriden entwickelten auf diese Weise ein Mischbewusstsein, das nicht auf einer organischen Komponente basierte. Ihr rechtlicher Status war ungeklärt, doch Parizhoon selbst stand kurz davor, das Bürgerrecht der TGA zu erhalten. Trotzdem besaß er immer noch sämtliche Hardware und Programmierung eines Kampfroboters, und als genau diesen redete Rhodan ihn auch an, als er über die Erstürmung der Hyperplanke sprach, während sie durch das zerstörte Verbindungsschott die CANNAE betraten.

»Ich bin kein Kampfroboter«, meinte Parizhoon. »Ich war es in meinem früheren Leben. Nun bin ich mehr als das. Ein Mentadride.«

»Dennoch wirst du uns ein wertvoller Begleiter sein.«

»Wertvoller als jeder andere.«

An mangelndem Selbstbewusstsein schien das Mischbewusstsein jedenfalls nicht zu leiden.

In der Zentrale angekommen, sahen sie sich schwer bewaffneten myrmidonischen Söldnern gegenüber, die Waffen auf einen bestimmten Bereich der Außenwand richteten. Erst als Rhodan genau hinsah, bemerkte er, dass die Struktur des Metalls dort waberte, als läge feiner Nebel davor. Der Anblick weckte ein seltsam unwirkliches Empfinden.

Kommandant Julen Outarra, dem Rhodan auf Khordáad kurz begegnet war, kam auf die Neuankömmlinge zu. Während der Feierlichkeiten waren seine fingerlangen schwarzen Haare perfekt frisiert gewesen, nun standen sie wirr in alle Richtungen. Er erweckte nicht den Eindruck eines Militärs in hohem Rang; seine Gesichtszüge waren zu weich, erinnerten eher an die eines Künstlers.

Nur ein weiterer Beweis dafür, dachte Rhodan, *dass auch ich nach all den Jahrhunderten und den Tausenden von Menschen, mit denen ich zu tun hatte, noch immer auf Äußerlichkeiten und Klischee-Vorstellungen hereinfalle.*

Leire von Denno gab einen kurzen Statusbericht.

Outarra wies über die Schultern hinter sich, auf den flimmernden Bereich der Außenwand. »Wir sollen also die Hyperplanke durchschreiten.«

»Zumindest«, schränkte Rhodan ein, »wenn ihr inzwischen mehr herausgefunden habt. Wir werden uns nicht blind dieser Technologie anvertrauen. Wenn diese Planke tatsächlich eine Art Korridor durch den Linearraum darstellt – oder durch das, wo immer wir uns mittlerweile befinden ... dann kann das andere Ende dieser Brücke im Schiff der Gui Col liegen. Oder im offenen Weltraum. Es könnte eine Todesfalle bilden, aus der es für uns keine Rückkehr gibt.«

»Wir wissen nichts«, gab Julen Outarra die ernüchternde Auskunft, mit der Rhodan gerechnet hatte. »Nicht einmal genaue Messungen ergaben sinnvolle Werte, mit denen wir etwas anfangen konnten. Allerdings ist auch kein Hyperphysiker an Bord, der die Daten interpretieren könnte.«

»Dennoch müssen wir das Risiko eingehen«, sagte Leire entschlossen. »Ich werde freiwillig gehen und sofort zurückkehren. Das ist der einfachste Weg, um herauszufinden, ob die Verbindung zur feindlichen Einheit tatsächlich besteht.«

»Es ist zu riskant«, widersprach Rhodan.

»Ich bin überzeugt davon, dass es sich um einen Korridor zwischen unseren Schiffen handelt. Die erste Attacke beweist es. Und dieses hyperphysikalische Phänomen hält uns nach wie vor an diesem Ort fest. Allerdings ist es zu riskant, wenn ich allein gehe. Die Gui Col könnten mich gefangen nehmen oder töten. Gehen wir jedoch zu zweit, ist die Chance größer, dass wenigstens einer zurückkehrt und Bericht erstattet.«

»Schicken wir zuerst eine Sonde«, schlug Rhodan vor. »Oder einen Roboter.«

Parizhoon hob einen seiner Tentakelarme. »Obwohl ich mehr bin als ein bloßer Roboter, bin ich die logische Wahl. Ich bin nicht nur in der Lage, Aufzeichnungen und Messwerte anzufertigen, sondern ich kann sie dank meines künstlichen Bewusstseins interpretieren und eine Entscheidung nach freiem Willen fällen. Ich benötige keine Programmierung für diese spezielle Situation.«

Die beiden Kommandanten der Myrmidonen-Trupps wechselten einen raschen Blick. »Damit ist die Entscheidung gefallen«, sagte Leire. »Parizhoon und ich werden gehen. Wir werden möglichst schnell zurückkehren.«

Oder wird eine Menge Zeit vergehen?, fragte sich Rhodan. In ihm stieg, ausgelöst durch die Bezeichnung, die der Gui Col genannt hatte, die Assoziation einer Planke aus der antiken Schifffahrt auf, die in ganz realem Sinn zwischen zwei Meeresschiffen angelegt wurde. Eine solche Planke musste aus eigener Kraft überquert werden. War es in diesem Fall ähnlich? Waberte vor ihnen in der Wand der Eingang eines stabilen Tunnels durch den Hyperraum?

»Wir versuchen, Funkkontakt zu halten«, sagte Julen Outarra. »Du wirst kontinuierlich berichten.«

Die kleine Gruppe passierte die Reihe der Söldner, die nach wie vor ihre Waffen auf den Eingang in die Hyperplanke richteten.

Rhodan und Julen Outarra blieben stehen, doch Parizhoon und Leire von Denno näherten sich mit aktivierten Schutzschirmen dem Phänomen.

»Ich gehe zuerst!« Der Mentadride schwebte auf das Wabern zu ...

... und tauchte hinein.

Er verschwand wie in dichtem Nebel. Keine Sekunde später ragte erst einer seiner biegsamen Tentakelarme zurück in die CANNAE, dann sein halber Körper. »Du kannst mir folgen. Es ist eine stabile Umgebung.«

Leire von Denno trat auf die verschwommene Stelle der Schiffswand zu und passierte sie. »Ich werde ...«, drang ihre Stimme noch aus dem Funkempfänger, dann brach die Verbindung ab.

»Leire«, rief Outarra. »Leire, melde dich!«

Stille.

»Parizhoon!«

Keine Antwort.

»Nun heißt es also abwarten.« Die Anspannung stand Julen Outarra ins Gesicht geschrieben.

Auch Rhodan fühlte innere Unruhe. Es gefiel ihm nicht, dass sie sich einer unbekannten Technologie auslieferten. Hätte er dieses Kommandounternehmen verhindern müssen?

Die Frage ging ihm nicht aus dem Kopf, obwohl sie keinerlei Grundlage besaß. Er verfügte an Bord der CANNAE nicht über die Befehlsgewalt. Er war Gast an Bord, nicht mehr. Außerdem wusste er genau wie die anderen, dass diese Erkundungsmission von zentraler Bedeutung war.

Unerbittlich verstrichen die Sekunden, ohne dass Leire oder der Mentadride zurückkehrten oder sich per Funk meldeten. Waren sie bereits tot? Und wenn ja, hatte die Hyperplanke sie in einem unfassbaren höherdimensionalen Raum verwehen lassen? Oder waren sie an Bord des Schiffes ihrer Feinde im Waffenfeuer gefallen, weil die Gui Col dort ebenso bereitstanden wie die Söldner der Sternenwacht auf der CANNAE?

Jeder in der Zentrale schwieg.

Minuten vergingen quälend langsam.

»Sie werden nicht zurückkommen«, sagte Julen Outarra schließlich. »Wir benötigen eine neue Option.«

Als wären seine Worte der Auslöser gewesen, stürzte eine kleine Gestalt aus dem Flackern.

Leire von Denno.

Die Kommandantin schlug auf den Boden, mit dem Gesicht nach unten. Der erste Eindruck war der von Blut. Ihre rechte Schulter glänzte rot.

Im selben Moment knackte es im Funkempfänger, und Leires Stimme drang aus dem Akustikfeld. Dieselbe Leire von Denno, die verletzt oder tot vor ihnen lag. Während Rhodan sich über den reglosen Körper beugte, hörte er, wie sie sagte: »Ich betrete nun die Hyperplanke. Es ist ... ein verwirrender Anblick. Eine unwirkliche Umgebung.«

Eine Blutlache breitete sich unter ihrem Schädel aus, frisches Rot rann über Rhodans Hand.

»Der Anblick fasziniert mich. Ich trete durch eine schwarze Wand. Sie ist wie zäher Sirup, durch den ich treibe. Der Widerstand ist ungleich größer als der von Wasser, und doch kann ich mich leicht bewegen, als würde ich von etwas angezogen werden. Um mich wehen nun weiße Schlieren im Schwarz. Die Messgeräte meines Anzugs zeigen extrem erhöhte hyperenergetische Werte.«

Rhodan fühlte Leires Puls. Es gab keinen Herzschlag mehr.

»Es ist wundervoll«, sagte die Frau, die tot vor ihm lag. Ihre Stimme vibrierte. »Das Schwarz ist vergangen, die Schlieren werden breiter und breiter, füllen alles aus. Ich fühle mich leicht und schaue in eine Ewigkeit, wie ich sie nie zuvor gesehen habe. Ich bin seit exakt dreißig Sekunden unterwegs.«

Seit dreißig Sekunden ... Rhodans Blick huschte auf seinen Chronometer. Leire war vor mehr als zehn Minuten durch die Wand getreten.

Ein Medoroboter blieb neben Leire stehen und legte eine Messsonde auf ihren Hals. Das Ergebnis kam augenblicklich und war eindeutig. »Keinerlei Hirnfunktion«, meldete der Robot. »Sie ist tot.«

»Vor mir sehe ich Parizhoon«, sagte Leire. »Er ist ganz nah und doch so weit entfernt. Die Planke, diese Planke ist ... sie zieht mich zu ihm. Pa...aaa...aaarrrrr...«

Das Wort dehnte sich, Leires Stimme klang dumpfer und verkam zu einem tiefen Brummen am Rande der Hörbarkeit.

Eine zeitliche Verschiebung, dachte Rhodan. *Diese Funkübertragung erreicht uns erst, nachdem Leire bereits zurückgekehrt ist. Ein Hyperphänomen, das den festen Körper schneller passieren ließ als die Funkwelle.*

Es knackte, dann wurde Leires Bericht wieder gut verständlich. »Ich gehe nun direkt neben Parizhoon. Im ewigen Weiß, das nur von den leuchtenden Sternen durchbrochen wird, treiben nun erste schwarze Schlieren. Wir erreichen das andere Ende der Planken. Vor mir ragt eine schwarze Wand auf. So war es auch, nachdem ich die CANNAE verlassen hatte. Das Gefühl, durch Sirup zu gehen, wird wieder stärker. Die Messgeräte meines Anzugs zeigen unsinnige Werte.«

Der Medoroboter drehte die Leiche auf den Rücken. Etwas an dem Anblick, der sich Rhodan bot, war *falsch.*

»Der Chronometer behauptet, dass ich mich erst seit fünf Sekunden auf der Hyperplanke befinde. Vorhin waren es mehr als dreißig Sekunden. Meinem Gefühl nach allerdings einige Minuten. Parizhoon erreicht die schwarze Wand vor mir und taucht hinein. Ich folge ihm.« Sie atmete geräuschvoll ein, ein Ächzen, ein Saugen, das in ein Lachen überging. »Es ist schön ... so schön ... ich bin endlich am Ziel ... dies ist die ewige Herrlichkeit ...«

Rhodan starrte in das Gesicht der Toten. Ihre Augen waren grau.

»Es ist so schön ... ich – ich darf nicht ... Es ist ein Einfluss der Hyperenergien auf meinen Verstand. Ich muss ruhig bleiben. Darf mich nicht beeinflussen lassen. Was ist das? Parizhoon, du ... er kehrt zurück, rast durch die Wand, genau auf mich zu. Ein Strahlerschuss dringt mit ihm hindurch. Er ist so langsam. Er kriecht auf mich zu, als ... ich kann nicht ausweichen, mich nicht bewegen. Ich ...« Ein mörderischer Schrei folgte.

Dieses Grau, das den gesamten Augapfel anfüllte. Waren Leires Iriden nicht blau gewesen wie ein Bergsee? Nichts mehr erinnerte daran. Es gab auch kein Weiß. Das gesamte Auge war verbrannt und von einer Rußschicht überzogen. Leires Gesichtshaut jedoch war unversehrt. Sie war *von innen heraus* verbrannt. Ein weiteres hyperenergetisches Phänomen, wie die Zeitverschiebung.

Im Funkempfänger wurde es still.

Dann flackerte es an der Wand, und der Mentadride Parizhoon stürzte heraus. Sein metallischer Körper hatte einige Schäden davongetragen. »Ich war drüben! Leire wurde getroffen! Folgt mir, wir müssen angreifen – sofort!«

19

Profiler

»Die Bomben folgten offensichtlich einer programmierten Flugroute.« Haneul Bitna öffnete den Schnabel und ließ ihn leicht vibrieren, als wolle er diese Spur in der Luft wittern und erschmecken. »Sie haben zweifellos eine energetische Signatur hinterlassen.«

Adlai Kefauver musterte den Trümmerberg vor sich. Sie standen inmitten des Chaos, das die doppelte Explosion im Casino hinterlassen hatte. Inzwischen waren alle Verletzten versorgt – die Zahl der Todesopfer war in den letzten Minuten um drei auf insgesamt vierunddreißig gestiegen. Eine schreckliche Bilanz. Und das auf einer Mission, für deren Sicherheit er verantwortlich war. Er würde den Schuldigen finden und zur Rechenschaft ziehen. »Eine energetische Signatur, so, so. Willst du mich etwa beleidigen?«

»Nichts liegt mir ferner. Aus deinen Worten schließe ich, dass du dieser Spur bereits nachgegangen bist?«

Auf dem Trümmerstück eines Tisches lagen bunte Spielsteine verstreut. Sie zeigten die Abbilder von Jülziish, Tefrodern und anderen Sternenvölkern der Galaxis. Als Kefauver das handflächengroße verkohlte Abbild eines gehörnten Cheborparners zur Seite schnippte, verbrannte er sich daran die Finger. Der Schmerz machte ihm einmal mehr bewusst, dass der Anschlag noch nicht lange zurücklag. Und wie schnell sich Haneul Bitna an seine Seite geschlagen hatte. Perry Rhodan war kaum aus dem Raum gegangen, als der Rahsch'kani aufgetaucht war.

Unter dem Chip – *»Siegel«,* erinnerte er sich, *das Spiel hieß schlicht »Siegel«, ein weiterer Ausdruck des Wahns der Allianz, sich überall ein Denkmal zu setzen* – kam exakt das zum Vorschein, was er vermutet hatte: ein Stück nachtblaues Metall. Wahrscheinlich handelte es sich um ein Hüllenbruchstück der Bombe. Kefauver hatte baugleiche Modelle in der Hand des Gui Col gesehen, ehe Fenji Eichach darauf gefeuert hatte.

»Bist du?«, hakte Bitna nach.

»Ich habe den entsprechenden Befehl gegeben, ehe du zu mir kamst. Die Untersuchung läuft seitdem. Ebenso wie in sämtlichen Bereichen der FARYDOON, die eigentlich verlassen sein sollten, nach auffälligen energetischen Spitzen gesucht wird.« Ohne viel Hoffnung fügte er hinzu: »Und nun geh!«

»Das ist mir leider nicht möglich, denn ich werde dir helfen, unseren gemeinsamen Feind Fenji Eichach zur Strecke zu bringen. Da ich deinem Befehl nicht mehr unterstehe, kannst du mich nicht daran hindern.«

Kefauver lachte, laut, trocken und humorlos. »Wieso sollte ich? Du bist ein guter Mann.«

»Dann kannst du dir das Adlai-Lachen sparen.«

»Das ... was?«

»Weißt du nicht, dass all deine Schüler es so nennen? Du drückst mit diesem künstlichen Ausdruck von Heiterkeit aus, dass du ihnen überlegen bist. Dass sie noch viel zu lernen haben und im Gegensatz zu dir ganz am Anfang stehen. Alle hassen es, und bei mir, Adlai, ist es völlig unangebracht. Können wir nun gehen? Ich besitze, wie du dich vielleicht erinnerst, einen äußerst gut ausgeprägten Geruchssinn – wie jeder in meinem Volk. Diese Umgebung ist eine Qual für mich.«

Es stank nach Blut und verschmortem Plastik, eine Mischung, die auch Adlai alles andere als angenehm war. Das Fragment der Bombenhülle nahm er an sich. Möglicherweise konnte es helfen, die Art der potentiellen energetischen Reststrahlung zu präzisieren. Allerdings wurde eine Spur, so sie sich nicht ohnehin schon längst verloren hatte, von Minute zu Minute schwächer.

Ohne darauf zu achten, ob der Rahsch'kani ihm folgte, verließ Adlai Kefauver die Trümmer des Casinos. Über sein Anzugs-Kommunikationsgerät nahm er Verbindung zu dem Söldner auf, den er angewiesen hatte, den Weg der Bomben nachzuverfolgen. Nach wie vor beschränkte sich die Kommunikation auf einen nicht allzu großen Bereich; stabile Verbindungen kamen einzig in einem Umfeld von etwa hundert Metern zustande. Wenn es nur endlich gelang, die Störsender, die die Gui Col offenbar an Bord geschafft hatten, zu entfernen! Eine Verbindung zur CANNAE wäre extrem wertvoll. Was mochte dort vor sich gehen in der Zentrale, rund um die Hyperplanke?

Es dauerte Sekunden, bis ihm der Söldner antwortete. »Die schlechte Nachricht ist, dass es keine energetischen Restsignaturen gibt. Aber ich prüfe sämtliche Routineaufzeichnungen und bin außerdem auf eine andere vielversprechende Spur gestoßen. Die energetischen Schutzvorhänge in den Korridoren, die im Fall des Enterns oder eines Druckabfalls automatisch aufgebaut werden ... es ist eigentlich überdeutlich, aber in dem allgemeinen Chaos ist bislang ...«

»Spar dir die Erklärungen! Von wo ist die Bombe auf den Weg geschickt worden?«

»Es wurden insgesamt vierzehn dieser Schutzvorhänge aktiviert und wieder deaktiviert«, setzte der Söldner an.

»Damit dürfte der Weg der Bombe feststehen, die als fremde Waffe identifiziert, aber von den automatischen Systemen nicht gestoppt werden konnte.«

»Wo hat sich der Gui Col verkrochen?«

»Der erste Vorhang aktivierte sich direkt vor einer kleinen Lagerhalle in einer Randsektion der FARYDOON. Ich sende dir die genaue Position.«

Im nächsten Moment ging ein Datenstrom ein. Kefauver unterbrach die Verbindung und wandte sich um. Haneul Bitnas strahlend weißes Gesichtsgefieder schien der einzige saubere Fleck in dem zerstörten Casino zu sein. »Du solltest deine Waffe schussbereit halten.«

»Er hält sich nicht mehr dort auf. Er ist zu klug, um sich ...«

»Ich gehe jetzt. Wenn du mich begleiten willst, solltest du nicht zögern.« Ohne ein weiteres Wort ging er los, obwohl er die Lage genauso beurteilte wie sein ehemaliger Söldner. Fenji Eichach rechnete zweifellos damit, dass man den Weg der Bombe bis zu ihrem Startpunkt verfolgen würde. Aller Wahrscheinlichkeit nach hatte er den Lagerraum längst verlassen. Aber es war möglich, dass sich dort weitere Spuren fanden, die auf den aktuellen Aufenthaltsort des Eindringlings verwiesen.

Während sie zu dem Lagerraum eilten, dachte Adlai nach. Nach all seinen bisherigen Erfahrungen mit diesem Gui Col war es gut möglich, dass dieser sein ehemaliges Versteck in eine Todesfalle verwandelt hatte. Mit Schrecken erinnerte er sich an den einfachen Lasersensor, dessen Durchschreiten eine Explosion auslöste, die einen seiner Männer das Leben kostete. Allerdings musste die Ausrüstung des Eindringlings irgendwann zur Neige gehen. Falls er nicht schon längst für Nachschub gesorgt hatte.

An diesem Punkt seiner Überlegungen aktivierte er die Funkverbindung wieder. »Nimm Kontakt mit dem

Tamrat auf! Lagern irgendwo auf der FARYDOON Waffen? Wenn ja, bringt sämtliche Magazine in Sicherheit. Tragt sie in der Zentrale zusammen. Ich will keine, verstehst du, keine einzige Waffe außerhalb sehen!« Eine Erwiderung wartete er gar nicht erst ab; die Befehle waren eindeutig gewesen.

Es dauerte nicht lange, bis sie die Zielsektion erreichten.

Als nur noch eine Abzweigung sie vom Korridor trennte, in dem sich zum ersten Mal einer der Schutzvorhänge aktiviert hatte, hielt Haneul Bitna an. »Wir können nicht einfach so den Raum stürmen, ohne uns zu schützen. Unser Feind hat möglicherweise für eine böse Überraschung gesorgt.«

»Er ist kein Psychopath. Würde er eine seiner wertvollen Bomben verschwenden, ohne sich direkt in Gefahr zu befinden? Nur um uns beiden zu schaden?«

»Wir kennen ihn nicht gut genug, um das zu beurteilen. Er gehört einem fremden Volk an, von dessen Existenz wir bis vor wenigen Stunden nicht einmal etwas wussten. Allerdings haben wir mit eigenen Ohren gehört, dass die Gui Col gerade deinen Tod wollen.«

Kefauver überprüfte die Funktionsfähigkeit seines Schutzanzugs. »Vielleicht weiß er gar nicht, dass ich es bin, der ihn verfolgt. Wir werden vorsichtig sein. Wenn du zurückbleiben willst, nur zu.«

Vor dem Schott zum Lagerraum blieb er stehen. Er hob seinen Strahler und öffnete es.

Es blieb ruhig, gab keine Schüsse aus dem Inneren oder explodierende Bomben. Nichts wies auf eine Gefahr hin.

»Wir gehen rein.« Adlai prüfte den Boden vor jedem Schritt. Container stapelten sich vor den Wänden. Um eine komplizierte Falle zu errichten, war Fenji Eichach wohl weder die Zeit geblieben, noch trug er das notwendige Material bei sich.

»Riechst du es auch?«

Haneuls Frage alarmierte ihn. Wovon sprach er? Giftgas? Das konnte nicht sein. Die automatischen Filter seines Anzugs hätten längst Alarm geschlagen, wenn sie einen gefährlichen Stoff erkannt hätten. »Du meinst, außer dem staubigen Geruch zwischen den Containern?«

»Er war hier.«

»Du kannst ihn immer noch riechen?«

»Ich stand einige Zeit nahe bei ihm. Diese variable Plasmagrube in seinem Bauchraum sonderte dauerhaft Düfte ab, deren Intensität und Zusammensetzung sich veränderten. Ehe Eichach die Bombe zur Explosion brachte, stank er nach feuchter Erde. Exakt wie hier in dieser Halle, wenn es auch kaum noch wahrnehmbar ist.«

»Kannst du dieser Duftspur folgen?«

»Dazu ist sie zu schwach.«

»Aber das Minilabor im Luftfilter meines Schutzanzugs kann einzelne Duftmoleküle ausfindig machen.« Zufriedenheit breitete sich in Kefauver aus, während er einen entsprechenden Befehl ins Armbanddisplay tippte.

Wenig später führte diese Duftspur die beiden Jäger aus dem Lagerraum und in die entgegengesetzte Richtung, aus der sie gekommen waren.

Sie waren zuversichtlich, dass am Ende ihres Weges ein toter Eindringling stehen würde.

Misstrauisch blieb Adlai Kefauver stehen, ließ den Blick zu beiden Seiten schweifen, sogar zur Decke. Nirgends war ein Schott zu sehen. Die mit zahllosen abstrakten Gemälden geschmückten Wände des Korridors boten zudem keine Möglichkeit, sich zu verstecken; es gab weder Regale, noch Pflanzen oder auch nur Nischen.

»Die Spur endet hier«, informierte er seinen Begleiter. »Der Anzug filtert keine Duftmoleküle mehr.«

Haneul trat einen Schritt zurück, bückte sich und strich mit der Hand über den Boden. Sie waren inzwischen weit von dem Lagerraum entfernt und in eine Sektion für bevorzugte Passagiere vorgedrungen. Selbstreinigender Satinbelag bedeckte den Boden, Adlais Meinung nach eine reine Verschwendung.

»Er ist dicht«, informierte der Rahsch'kani. »Es gibt keine verborgenen Wartungszugänge.«

»Wie kann die Spur dann ausgerechnet hier enden?«

»Warte! Da ist ein anderer Duft. Bitter ... und rauchig. Kannst du es nicht riechen?«

Adlai atmete tief ein. »Vielleicht liegt es an der Filterung, aber ich ...«

»Es liegt daran, dass du Terraner bist und ich ein Rahsch'kani«, unterbrach sein ehemaliger Söldner. »Die Spur ist noch da, sie hat sich nur geändert.«

»Der Gui Col wechselt seinen Körpergeruch?«

»Was wissen wir schon über dieses Volk?«

Diesem Argument konnte sich Adlai nicht verschließen. Er programmierte das Minilabor neu, und es führte sie weiter. »Du bedauerst Avryls Tod.«

»Ich habe mit ihr zusammengearbeitet.«

»Sie gehörte einem anderen Geheimdienst an.«

»Aber sie war intelligent, scharfsinnig und innovativ. Wir waren so etwas wie Verbündete. Fenji Eichach hätte sie nicht töten müssen.«

»Seine Handlung hat uns alle gelähmt und gab ihm die Chance zu entkommen. Er hat ... das wird dir nicht gefallen ... er hat klug gehandelt.«

»Ich kenne deine Methoden, Adlai. Ich kenne sie nur zu gut. Dir geht der Erfolg über alles.«

»Dir etwa nicht?«

»Eine Intrige oder eine Lüge kann ebenso ...« Er brach mitten im Satz ab, blieb stehen wie erstarrt. »Er ist hier. Ganz nah.«

Kefauver umklammerte den Griff des Strahlers fester. »Woher weißt du das?«

»Der Duft ist intensiver. Frischer.«

Ein Blick auf die Auswertung des Minilabors bestätigte diesen Eindruck. Die Zahl der Duftmoleküle in der Luft hatte stark zugenommen.

Der Korridor verzweigte sich nicht weit vor ihnen. In den rechten Teil konnten sie einige Meter hineinsehen, der Linke führte in einem zu scharfen Winkel weiter. Adlai deutete in die entsprechende Richtung. »Ihm darf keine Zeit bleiben. Drei – Zwei – Eins.«

Er stürmte los. Sein Schutzschirm war aktiviert, die Waffe erhoben. Haneul folgte ihm. Beide standen bereit, sofort zu feuern. Diese Situation hatten sie im Training tausendmal gemeinsam geprobt.

Auch der linke Korridor war leer.

Bis auf eine schleimige Pfütze am Boden.

Adlai ging weiter, musterte das feucht glänzende Etwas. An dieser Stelle war sogar für ihn der scharfe, rauchige Geruch überdeutlich. Ihr Gegner hatte sie getäuscht, bewusst in die Irre geführt und ihnen eine Botschaft hinterlassen.

»Er kennt sogar unsere Schriftzeichen«, sagte Haneul voller Bitterkeit. Er bückte sich, tauchte vorsichtig den Finger in die amorphe Masse. »Es ist eine Art Plasma, wie er es in der offenen Stelle in seinem Bauchraum trägt. Er hat es auf den Boden geschmiert und danach wahrscheinlich seine goldene Rüstung komplett geschlossen. Ich bin überzeugt, dass es keine weiteren Hinweise mehr geben wird. Er hätte diese Spur nicht hinterlassen müssen, aber er wollte, dass wir wie Narren genau das tun, was er von uns erwartet. Wir hielten uns für so klug, aber er hat uns ausgetrickst und ist inzwischen wahrscheinlich weit entfernt.«

Adlai warf einen letzten Blick auf die Schriftzeichen, die ihr Feind in die Pfütze aus seinem eigenen Körperplasma geschrieben hatte.

Ich werde ihn doch bekommen.

»Wir müssen Sáatin Sepehr schützen«, sagte er leise.

Leise und kraftlos. Wie ein Mann, der an seine Grenzen gestoßen war.

20
Beute

Perry Rhodans Gesicht tauchte in schwarzen Sirup. Er umfloss die Stirn, strömte in Nase und Mund, verklebte die Augen, kroch in die Ohren.

Und doch hörte der Terraner, sah und konnte ebenso atmen wie sprechen.

Als er den Mund öffnete, hörte er die Worte, bevor er sie zu dem Mentadriden Parizhoon sprach: »Was fühlst du? Was messen deine mechanischen Sinne in dieser Umgebung?«

Er ging einen Schritt auf rohem, kantigem Eichenholz. Es war grob mit einer Axt behauen und wies tiefe Kerben auf. Als Rhodan sich bückte – der Sirup strich über seine Haut und kroch durch die Haare – fuhr ihm ein Splitter in den Zeigefinger. Er roch Harz und wähnte sich in einem Wald auf Terra.

Auf Terra.

Eichenholz.

Eine antike Bohle mitten in hyperenergetischer Hochtechnologie?

Das war Unsinn. Er sah das, was sein Verstand sehen *wollte*, weil er sich von dem Begriff einer »Hyperplanke« hatte dazu verleiten lassen. Mit dieser Erkenntnis veränderte sich die Umgebung. Der schwarze Sirup blieb, eine undurchdringliche und doch luftige Wand. Das Eichenholz jedoch verschwand und wich ...

Ja, was ist das?, fragte er sich.

Unter seinen Füßen schlug eine Sonne Protuberanzen, und als sich die Schwärze in ein Weiß verwandelte und er den Blick in die Unendlichkeit des Hyperraums oder eines anderen höherdimensionalen Kontinuums wandte, sah er Atome, die sich zu Molekülen gruppierten, sah die doppelt gewundenen Stränge einer ewigen Armada, sah Galaxien und Universen und ein in sich selbst gedrehtes Möbiusband.

»Ich messe den Hyperraum an«, drangen Parizhoons Worte zu seinen Ohren. Der Sirup war inzwischen verschwunden, doch wieso stand der Mentadriden-Roboter plötzlich vor ihm, wo Rhodan doch zuerst die Hyperplanke betreten hatte? »Ich bedauerte es, dass ich Kommandantin Leire nicht retten konnte.«

Was soll diese Aussage über Leire?, fragte sich Rhodan, doch er wunderte sich nicht, denn eben jenes Glücksgefühl, von dem die tote Leire von Denno gesprochen hatte, überkam auch ihn. Er unterdrückte es, denn es handelte sich nicht um eine echte Empfindung, sondern nur um die Auswirkung der hyperenergetischen Sphäre, die er durchwandelte. Seine Sinne mussten zu viele fremdartige Reize verarbeiten, für die sie nicht geschaffen waren.

Er durfte es nicht zu einem echten Koller kommen lassen, musste sich irgendwie ablenken und seine Gedanken auf etwas Konkretes fokussieren, damit er den Bezug zur Realität nicht verlor. Parizhoon hielt sich noch immer direkt vor ihm auf, deshalb fiel seine Wahl auf den Mentadriden. »Was hast du empfunden, als du in die CANNAE zurückgekehrt bist?«

Erschrocken zuckte er zusammen. Die Antwort auf diese Frage hatte er bereits erhalten.

Ich bedauerte es, dass ich Kommandantin Leire nicht retten konnte.

Das zeitliche Kontinuum rund um ihn spielte verrückt. Es war, als ob Schlieren veränderter Raumzeit durch diese Hyperplanke trieben. *Er gab mir die Antwort, ehe ich die Frage stellte. Es ist nicht anders, als die Funknachricht einer Frau zu hören, die sie gerade spricht, während sie tot vor mir auf dem Boden liegt.*

Mühsam ging Perry Rhodan weiter, genau wie die fünfzig Söldner des zweiten Trupps, die mit vollen Schutzschirmen gewappnet das Schiff der Fremden stürmen würden.

Seit der Mentadride in die CANNAE zurückgekehrt war, waren weniger als fünf Minuten vergangen. Sie hatten keine Zeit verloren, nachdem Parizhoon berichtete, dass er im Schiff der Gui Col gewesen war und der Ausgangsbereich der Hyperplanke zwar genau wie erwartet bewacht wurde, aber dass es möglich sein musste, durchzubrechen. Offenbar rechneten die Fremden nicht mit einem Gegenangriff. Vielleicht waren sie nie zuvor auf solche Gegenwehr getroffen, oder sie wogen sich zu sehr in Sicherheit.

Wie auch immer – sie hatten es gewagt. Julen Outarra hatte die Entscheidung getroffen, zu der Perry Rhodan ihm geraten hatte. Sie mussten versuchen, einen Überraschungserfolg zu erringen. Es schien der einzige Weg, die Angreifer zu besiegen. Zweifellos hätte Adlai Kefauver genauso entschieden.

Also hatten sie die Hyperplanke betreten.

Hinein in den Sirup und durch die Schwarze Wand, deren Ebenbild plötzlich wieder vor ihnen auftauchte.

Parizhoons Schilderung nach bedeutete das, dass sie ihr Ziel bald erreichen würden. Subjektiv kam sich Rhodan vor, als sei er etwa hundert Meter zu Fuß gegangen. Welcher Entfernung das in der normalen Raumzeit entsprach, war völlig unklar. Dieser fremdartige Hypertunnel konnte ebenso gut tatsächlich hundert Meter weit entfernte Pole miteinander verbinden wie Lichtjahre voneinander entfernte Orte.

Vor ihm tauchten Söldner in die schwarze Wand.

Dann Parizhoon.

Und dann er selbst.

Strahlenfeuer überall.

Schutzschirme flackerten. Als Perry Rhodan die Hyperplanke verließ und wieder Teil der normalen Raumzeit wurde, befand sich der Kampf zwischen Gui Col und myrmidonischen Söldnern bereits in vollem Gange.

Eine grell leuchtende Salve raste auf ihn zu, jagte in seinen Schutzschirm und brachte ihn zum Glühen. Feuer tanzte vor ihm in einer halbkugelförmigen Wölbung, als der Schirm die auftreffenden Energien schluckte und absorbierte.

Rhodan schoss zurück.

Zwei Gui Col kamen näher, einer schleuderte etwas in seine Richtung, zum Pulk der nachrückenden Söldner. Parizhoons mechanische Arme zuckten vor, so schnell, wie es nur ein Roboter vermochte. Der Mentadride feuerte, wieder und wieder, erwischte sein Zielobjekt noch in der Luft.

Eine gewaltige Detonation tauchte alles in grelles Weiß. Die Druckwelle riss Rhodan von den Füßen und schleuderte ihn rückwärts.

Ein bizarrer Gedanke durchzuckte ihn – *Was, wenn ich in die Öffnung der Hyperplanke stürze?* – dann wurde sein unkontrollierter Flug hart an einer Wand gebremst.

Er kam sofort wieder auf die Füße und war voll einsatzbereit. Situationen wie diese hatte er tausendfach durchlebt. Kein Kampf glich dem anderen, und doch gab es gewisse Verhaltensweisen, die das eigene Überleben sicherten.

Hastig suchte er nach Deckung. Er musste den Schutzschirm so lange wie möglich vor der Überlastung bewahren. Doch es gab nichts, das ihm diese Deckung bieten konnte. Die Eindringlinge standen wie auf dem Präsentierteller und waren dem Feuer ihrer Gegner hilflos ausgeliefert.

Ein weiterer Gui Col stand plötzlich wenige Meter entfernt. »Diesmal ist kein Kampfroboter da, um euch zu beschützen!« Auch er schleuderte eine Bombe.

Parizhoon schnellte unvermutet von der Seite heran und fing die nachtblaue Metallröhre in der Luft, bog den Tentakelarm und warf die Bombe zurück. Sie prallte vor dem entsetzten Gui Col auf und detonierte.

Der Mentadride zog sich zurück. »Ich bin kein Kampfroboter«, sagte er, während hinter ihm die Feuerlohe verpuffte und ein brennender Gui Col tot zusammensackte.

Rhodan blickte sich um. Das war der erste Erfolg, seit sie in das Schiff der Feinde vorgedrungen waren. Und zugleich der letzte.

Eine energetische Wand baute sich auf und isolierte die Eindringlinge. Gleichzeitig senkten sich Strahlergeschütze aus der Decke und schossen unablässig.

Schutzschirm um Schutzschirm der myrmidonischen Söldner platzte, während sie gegen die durchsichtige Trennwand feuerten, die dem Beschuss offenbar mühelos standhielt.

»Das ist eine Falle«, rief Rhodan auf einer allgemeinen Frequenz, die jeder der Söldner hören musste. »Rückzug!«

Er hörte Todesschreie, sah seine Mitkämpfer sterben.

Und er konnte nichts tun, um ihnen zu helfen.

»Rückzug!«, befahl auch Julen Outarra. Seine Stimme klang wie die eines Toten.

»Ich konnte es nicht ahnen«, meldete sich Parizhoon über Funk. »Sie täuschten mich bei meinem ersten Vordringen in das Schiff. Ich konnte nicht sehen, dass das eine einzige Falle war! Sie haben all das genau vorbereitet.«

Der erste Söldner erreichte den Einstieg in die Hyperplanke. Doch er konnte ihn nicht durchqueren. Ein zweiter energetischer Vorhang verbaute ihm und jedem anderen den Weg.

Aus, dachte Rhodan. *Das ist das Ende.* Die Gui Col hatten den Gegenangriff ihrer Feinde genau vorhergesehen, hatten ihn durch ihre Tatenlosigkeit und ihren ersten Rückzug sogar provoziert. Es war für sie wohl der Weg, auf dem ihnen am wenigsten Widerstand entgegengebracht werden konnte.

Die Strahlergeschütze feuerten unablässig weiter. Treffer um Treffer schmetterte auch an Rhodans Schirm. Er musste etwas tun, irgendetwas. Doch es gab nichts, das ihnen weiterhelfen konnte.

Neben ihm verglühte ein Söldner. Das Fleisch verschmorte im Bruchteil einer Sekunde über dem Brustkorb, bis die bloßen Knochen hervorragten. Der Kopf zerfiel zu Asche.

»Aufhören«, schrie Julen Outarra. »Wir ergeben uns! Waffen weg, Männer! Werft die Waffen weg!«

Vielleicht war dies in der Tat der einzige Ausweg. Sie mussten auf die Gnade der Gui Col hoffen.

Die Strahler klirrten auf den Boden. Ein weiterer Söldner starb, als seine Waffe unter einem Strahlenschuss von der Decke explodierte.

Dann endlich kehrte Ruhe ein. Der Beschuss endete, die Waffen schwiegen.

Ein Gui Col in goldener Rüstung trat von der anderen Seite her an den energetischen Vorhang. »Ich bin Cha Panggu, Tributier der Gui Col. Ist Adlai Kefauver unter euch?«

Aus einem Impuls heraus log Rhodan: »Er ist tot. Ich stand neben ihm, als er in einem Thermostrahl verglühte.« Es war das erste Mal, dass er einem Angehörigen dieses Volkes gegenüberstand.

Nicht nur die Rüstung des Gui Col glänzte golden, auch die Gesichtshaut wirkte, als sei sie mit einer dünnen Goldfolie überzogen. »Ich nehme eure Kapitulation an. Ihr seid von nun an Tributware, ebenso wie euer Schiff. Wer ist der Ranghöchste unter euch, der noch am Leben ist?« Mit seinem einzigen Arm deutete Panggu auf Rhodan. »Du etwa, der du gerade geantwortet hast?«

Rhodan wollte bejahen, als Julen Outarra vortrat. »Ich bin es.«

Panggu entfaltete die Finger der Hand, und ein kleines, metallenes Gerät kam zum Vorschein. Er richtete es auf die energetische Wand. Flirrend entstand eine Strukturlücke, auf die drei Gui Col ihre Strahler richteten.

Kommentarlos trat Julen Outarra hindurch. Cha Panggu zog das Gerät zurück, die energetische Wand schloss sich wieder vollständig.

»Du«, sagte Panggu zu einem der Söldner, den er wahllos bestimmte. »Du wirst zurück zur FARYDOON gehen und dafür sorgen, dass uns das Schiff übergeben wird. Sonst sind diese Männer alle tot. Und euer Kommandant«, er deutete hinter sich, wo Julen Outarra von einigen Gui Col abgeführt wurde, »wird uns alles verraten, was es über eure Verteidigung zu berichten gibt. Rechnet nicht mit seiner Loyalität. Er *wird* sprechen. Wenn ihr jetzt kapituliert, wird dies eine Menge Leben retten. Die Entscheidung liegt bei euch.«

Damit wandte er sich um.

Rhodan wusste, was dies bedeutete. Der Kampf um die FARYDOON war verloren.

Vier Stunden später hatte Perry Rhodan erneut die Hyperplanke überquert, genau wie die einundzwanzig überlebenden Söldner des zweiten Trupps. Als sie unter strenger Bewachung in den Raum der CANNAE geführt wurden, der als Gefängnis ausgewählt worden war, sahen sie dort den ersten Trupp ebenso wie etwa dreißig Mann der Besatzung der FARYDOON und knapp fünfzig Zivilisten – diejenigen Passagiere, die die Bombenattacke auf das Casino überlebt hatten.

Rhodans suchender Blick fand Tamrat Tooray Ziaar, Navigator Sáatin Sepehr und Haneul Bitna. Adlai Kefauver jedoch entdeckte er nicht. Offenbar hatte er während der Jagd auf den eingedrungenen Gui Col rechtzeitig untertauchen können. Das erleichterte den Terraner gleich in doppelter Hinsicht. Zum einen konnte Kefauver womöglich aus dem Verborgenen heraus Hilfe leisten, genau wie Caadil; zum anderen vermochte Rhodan nun nicht der Lüge überführt zu werden. Offenbar war Kefauver auf der Gegenseite genau bekannt, ganz im Gegensatz zu ihm selbst. Cha Panggu hatte kein Anzeichen gezeigt, dass er Rhodan identifiziert hatte. Ihm war es nur recht – so war er einer unter vielen.

Der improvisierte Gefängnisraum diente normalerweise als Trainingshalle. Damit hatten die Gui Col eine kluge Wahl getroffen. Es gab nur einen einzigen Ausgang, der nicht nur verschlossen war, sondern auch von einem Dutzend Gui Col mit schweren Strahlern bewacht wurde.

Jeder Gefangene war genauestens auf Waffen untersucht worden. Rhodan glaubte nicht, dass jemand etwas hatte einschmuggeln können.

Er saß am Boden, den Rücken gegen die Wand gelehnt, die dem Ausgang gegenüberlag. Dort war eine kreisförmige, drei Meter durchmessende Zone farbig markiert worden. Es war verboten, sie zu betreten. Ein Tabu, dessen Bruch die Wächter mit sofortiger Todesstrafe ahnden würden, wie sie mehrfach betont hatten. Rhodan zweifelte keine Sekunde daran. Alle hielten sich sorgsam vom Eingang fern.

»Warum töten sie uns nicht?«

Der Terraner wandte sich um. Haneul Bitna war von der Seite gekommen und stand vor ihm. Sein Federkleid über den Stummelflügeln war verschmiert. »Ich kann dir keine Antwort geben. Vielleicht brauchen sie uns noch. Vielleicht wollen sie uns ihren Göttern opfern. Wir wissen zu wenig über sie. Momentan bin ich nur dankbar, dass ich noch lebe.«

»Und wie geht es weiter?«

»Wir werden abwarten. Die Gui Col wollten die FARYDOON. Nun gehört das Schiff ihnen. Wir müssen in Erfahrung bringen, warum sie so versessen darauf sind. Natürlich bietet es die Technologie, den Vortex zu bereisen – aber ist das alles? Technologisch scheinen unsere Feinde nicht gerade unbedarft zu sein, wenn sie mittels einer Hyperplanke ein Schiff im Linearraum entern und es in dieses fremdartige Gefilde zerren können.«

»Du hast also noch nicht aufgegeben, Perry?«

»Diese Frage kommt ausgerechnet von dir? Gibt ein Haneul Bitna etwa jemals auf?«

Der Rahsch'kani lehnte sich zurück, bis er ebenfalls die Wand im Rücken hatte, und sank daran zu Boden. Die dünnen Beine zog er dicht an den Körper. »Eine ausweglose Situation bietet einen gewissen intellektuellen Reiz, das kann ich nicht leugnen. Man schmiedet unablässig Pläne.«

»Was ist mit unserem Freund?« Rhodan vermied es, den Namen *Adlai Kefauver* auszusprechen, weil er es für möglich hielt, dass ihr Gespräch belauscht wurde. Haneul wusste zweifellos auch so, wer gemeint war.

»Wir waren gemeinsam auf der Jagd.«

»Erfolgreich?«

Die Gesichtsfedern seines Gegenübers sträubten sich. »Die Beute war klüger als wir.« Enttäuschung klang in diesen Worten überdeutlich auf, ebenso Zorn.

Rhodan teilte Haneul leise mit, was er dem Anführer ihrer Feinde über Kefauvers Schicksal und angeblichen Tod berichtet hatte. »Es ist unmöglich, das nachzuprüfen.«

»Ich selbst hätte keine bessere Lüge erfinden können.«

Die Tür öffnete sich, und drei Gui Col traten ein.

Der Rahsch'kani schien in sich zusammenzusinken. »Er ist es.«

»Fenji Eichach?«

»Genau der. Avryls Mörder.«

Die Goldenen schritten durch die Halle, genau auf Rhodan zu.

Nein, nicht auf mich – auf Haneul. Ich bin für ihn bedeutungslos, ganz im Gegensatz zu ihm. Die Beute kümmert sich nun, da sie gesiegt hat, um ihren Jäger.

Was immer Fenji Eichach auch plante, Rhodan konnte nichts tun, um es zu verhindern.

Die drei Gui Col blieben vor ihnen stehen. »Steh auf!«, forderte Fenji Eichach.

Haneul wusste, dass er angesprochen war, und gehorchte. Er zeigte keine Angst. »Ich bedauere, dich nicht zur Strecke gebracht zu haben. Willst du mich töten? Nur zu.«

Die Antwort des Gui Col überraschte Rhodan. »Ich danke dir für eine gute Jagd. Wenn ihr auch allzu leicht zu täuschen wart. Ich hätte euch gern an den Stationen beobachtet, zu denen ich euch führte. Wart ihr enttäuscht? Es kam nur daher, weil ihr euch zuvor selbst getäuscht habt über eure angeblichen Fähigkeiten. Aber nun zu etwas Wichtigerem. Wo befindet sich Adlai Kefauver?«

»Nachdem wir deine Botschaft gefunden haben, ist er mit dem Stoßtrupp zu eurem Schiff aufgebrochen. Er ist in eurer Falle gestorben.«

Fenji Eichach bildete aus dem Plasmafundus seiner Gebildegrube – diese Bezeichnung kannte Rhodan inzwischen – einen Arm aus. Eine Wolke aus schwefligem Geruch schwappte heraus. »Ich hörte von diesem unrühmlichen Ende für einen solch erfahrenen Soldaten.«

Zweifelt er daran?, fragte sich Rhodan. *Weiß er, dass wir lügen?*

Die Goldfolienhaut im Gesicht des Gui Col knisterte. »Du erinnerst dich sicher an meine Botschaft. Ich kündigte euch an, dass ich ihn doch bekommen werde, euren Piloten. Nun ist es soweit. Sag selbst, findest du es nicht ein angemessenes Ende unserer kleinen Jagd, wenn du mich nun zu ihm führst und ihn mir übergibst?«

Du Teufel, dachte Rhodan. *Nicht nur, dass du triumphierst, du musst uns auch noch quälen.*

Tatenlos sah er zu, wie Haneul Bitna quer durch den Raum ging, gefolgt von den drei Gui Col. Sein Ziel bildete Sáatin Sepehr. Was hätte er auch sonst tun sollen? Eine Täuschung der Eroberer war unmöglich, alle wussten das, auch der Navigator selbst. Sepehr war bereit gewesen, sich notfalls zu opfern, um Caadil zu schützen.

Wenig später schloss sich die Tür hinter Fenji Eichach und seiner Beute.

Gedanken einer Heimatlosen

Ich bin allein.

Das Weltall hat längst den Beweis geliefert: Der Puls, in dem das Leben schlägt, ist der Tod.

Es ist geschehen. Die Feinde sind gekommen. Die Monster. Die Sternenbedrücker. Die Bösen aus den Träumen des kleinen Mädchens, das ich einmal gewesen bin. Sie haben meinen Traum zerstört und mir gezeigt, was ich wirklich bin: Ein hilfloses Etwas, das fliegen wollte und nun endgültig abgestürzt ist.

Ich bin Caadil Kulée, Tochter der Kertebáal, und ich bin wieder dem Tod begegnet. Er hat reichlich zugeschlagen in jenem Moloch, den man Weltraum nennt und in dem ich Hoffnung und Antworten suchte.

Was blieb mir? Ich bin geflohen und kauere hinter irgendeiner Maschine in der Antriebssektion des Normalraumtriebwerks. Ich kenne ihre Funktion nicht, doch dieser Winkel ist kaum zugänglich. Niemand wird mich hier finden, aber um sicherzugehen, verändere ich meine Position im Stundenrhythmus. Die FARYDOON bietet tausend Verstecke.

Zum ersten Mal in meinem Leben begegnete ich dem Tod, als mein Cousin starb, als ihm ein Gleiter den Arm abriss und ich ihm den Stoff-Vogel gab, der ihn zum Lächeln brachte, das für immer auf seinen Lippen festfror.

Danach traf ich ihn wieder, als ich im ersten Jahr die Schule besuchte. In der Pause, auf dem Spielplatz, rutschte dieses kleine Yülziish-Mädchen den Abhang auf dem feuchten Gras hinunter. Es zirpte vor Lachen, doch dann kippte es zur Seite und überschlug sich. Der flache, breite Kopf blieb irgendwo hängen, an einem Stein, und der Körper bog sich so weit zur Seite, so furchtbar und unnatürlich weit. Das Mädchen lag ganz still, und auf einmal war ich bei ihm, stand neben ihm, ohne dass ich wusste, dass ich überhaupt von meinem Platz aufgestanden war, an dem ich meine Pausenmahlzeit gegessen hatte, und ich sah diese Augen, diese geweiteten Augen am Rand des Tellerkopfes, sah den halboffen stehenden Mund und legte meine Hand an den flaumigen Hals und fühlte, dass er gebrochen war, dass der Mund sich nie mehr schließen würde, genauso wenig wie die Augen, und ich wünschte, ich könnte etwas tun, ich wünschte es so sehr.

Oh, ich wünschte es so sehr.

Aber der Tod ist unerbittlich. Ich kann keine Wunder vollbringen. Ich kann keine Toten heilen. Ich kann all die Opfer des Sturms auf die FARYDOON *nicht wieder lebendig machen.*

Nun bin ich im Weltraum, weit weg, ohne den Hauch einer Ahnung, wohin es uns verschlagen hat und was dieses weiße Gefilde bedeutet, in das die Gui Col uns gezogen haben. Ich bin von Gorragan entkommen, wahrscheinlich für immer, aber vor dem Tod konnte ich nicht flüchten.

Ihm begegne ich immer wieder.

Ich bin Caadil Kulée amy Kertebáal, und auch wenn ich keine Wunder vollbringen kann, bin ich doch diejenige, auf der die Hoffnung so vieler ruht. Unser Tamrat. Perry Rhodan. All die anderen. Sie sehen meine Tränen nicht, und sie werden sie niemals sehen.

21

Tributware

Fenji Eichach sah Dinge, die er niemals hatte sehen wollen.

Sein Meister Cha Panggu öffnete den Schrank im Empfangsraum seines Palastes, in dem er die Organe seiner verstorbenen Frau am Leben hielt. Schon einmal hatte Fenji einen kurzen Blick hineingeworfen; dieses Mal jedoch war es anders. Panggu stand reglos vor den medizinischen Geräten und den Organen. Er wandte seinem Besucher den Rücken zu, schien zu vergessen, dass dieser überhaupt anwesend war.

Die bloßgelegte Lunge dehnte sich aus wie ein Blasebalg und sackte wieder zusammen, ein ewiger, künstlicher Rhythmus. Fenji stand zu weit entfernt, um sich sicher zu sein, doch ihm schien, als nehme er ein Geräusch wahr: ein Schlürfen, mit dem die Lunge Luft durch die Nährflüssigkeit einsaugte; ein Blubbern, mit dem sie wieder entwich.

Von der Decke des weiten Raumes – *Rot*, dachte Fenji, *sie ist rot, wieso habe ich das noch nie bemerkt, so rot, dass es fast den Augen schmerzt.* – senkte sich ein verwinkeltes metallenes Gestänge, dessen Funktion Fenji erst erkannte, als es sich exakt hinter Cha Panggu im Boden verankerte. Achtlos, als habe er es schon tausendmal getan, lehnte sich sein Meister zurück. Eine bequeme Polsterung blähte sich aus dem Gestänge und fing seinen Körper ab.

»Komm näher«, forderte sein Meister, ohne den Blick von der bizarren Anordnung im Inneren des Schrankes zu wenden. »Ich habe dich nicht in meinen Palast gerufen, damit du am Eingang stehst und mich anstarrst.«

Der gesamte Raum roch rauchig nach der inneren Erregung seines Meisters, und je näher Fenji kam, desto deutlich nahm er die leicht süße Beimengung der liebevollen Zuneigung wahr.

Das Herz der toten Chyi Xeyme schlug direkt neben ihrer Lunge. Mit welchen Augen Cha Panggu es wohl ansah, dass es die Erinnerung an die einzige Liebe weckte, die der *Teufel* je empfunden hatte?

Nein, korrigierte sich Fenji, *nicht die einzige Liebe. Panggu hat seine Zwillingsmädchen, die sein Stolz und seine Schande zugleich sind.*

Die Polsterung unter dem Rücken seines Meisters bewegte sich, und über dem Gestänge waberte die Luft vor Hitze. Im Schrank zuckte ein bloßer Muskel, rot in seiner geschwungenen Vollkommenheit, unter einem energetischen Stoß. An seinem Ende hing eine bleiche Sehne, die das Ende einer halben Greifhand bewegte. Die Tote winkte ihrem Ehemann und Meister.

»Hast du es gesehen, Fenji? Nur selten gelingt es in dieser Vollkommenheit. Hast du es gesehen?«

Der Zuschauer fand keine Worte, seinen Abscheu und zugleich seine Faszination zu beschreiben.

»Sei still, mein Lebensstern«, sagte die Holostatue inmitten des Raumes, als antworte sie auf Panggus Begeisterung und versuche, ihn zu beruhigen.

Endlich drehte Panggu das Liegegestell und sah seinen Besucher an. Dunkles Wasser füllte die Grubenaugen halb, als sei der *Teufel* gerade aus einem Traum erwacht. Hinter ihm blubberte Chyi Xeymes Lunge. »Du bist oft hier, mein Schüler. Niemand anderen habe ich auch nur annähernd so oft zu mir gerufen wie dich. Du erweist dich immer wieder als würdig, Fenji Eichach. Du bist der Richtige. Ich habe oft überlegt, dich zu töten, weil du gefährlich wurdest, aber ich bereue nicht, dass ich dich am Leben ließ. Du hast sogar in der FARYDOON überlebt. Eine gute Jagd, mein Schüler, zu der ich dir gratuliere. Wenn wir in Kürze den Vortex bereisen, werde ich dich an meine Seite erheben. Vielleicht schon, sobald wir Hort Nooring erreichen. Ich überlege, ein zweites Schiff unter meinen Befehl zu nehmen und es dir zu übertragen. Tribut liegt vor uns, mehr Tribut, als ein Gui Col jemals gesammelt hat.«

»Du willst die FARYDOON zurück nach Hort Nooring bringen?«

Wieder zuckte Chyi Xeimes Muskel, doch die angeschlossene Sehne schnippte nur schlaff zur Seite, mit einem dumpfen Ton, als werde die Saite eines verstimmten Instruments geschlagen. »Vorerst ja. Wohin auch sonst? Es gibt eine Menge tributfähiges Material, da können wir einiges abzweigen für die Cyberiaden. All diese Söldner, die Überlebenden der Besatzung – völlig neuartige Ware, hochwertige Ware. Die Herren des Pantopischen Gewebes werden begeistert sein und es uns nicht verübeln, wenn wir ein wenig Material für die Cyberiade verwenden. Ich werde auch die CANNAE samt ihrer Technologie abliefern. Die FARYDOON jedoch ... nun, sagen wir, es ist nicht nötig, dass jemand davon erfährt, solange wir sie nicht perfekt beherrschen und ihren Wert einschätzen können. Zva Pogxa beschäftigt sich bereits mit dem vieräugigen Navigator.«

Ob der alte Wissenschaftler der Richtige dafür ist?, dachte Fenji, sprach es jedoch bewusst nicht aus. Dies war nicht der Zeitpunkt, um Kritik an seinem Meister zu üben.

Allerdings schien ihm Cha Panggu die Zweifel anzusehen. »Pogxa weiß, welche Fragen zu stellen sind. Ich gönne ihm das Vergnügen, auch wenn er wohl keine Antworten erhalten wird. *Wie* man Fragen zu stellen hat, das werden du und ich den alten Pantopisten schon bald lehren. Sáatin Sepehr wird ein wunderbares Übungsfeld bilden.«

»Hast du mich gerufen, um mir diesen Auftrag zu erteilen? Ich soll mich um den Navigator kümmern?«

»Diese Frage ist unter deiner Würde, Fenji! Mir kommt es auf etwas völlig anderes an. Ich will, dass du verstehst, dass du meinen ganzen Plan erkennst, damit du meine Vision teilen kannst.« Er stockte. »Warum wendest du den Blick von Chyi ab?« Während der letzten Worte veränderte sich sein Tonfall. Penetrant süßer Zorn lag darin.

Chyi ... er nennt diese Sammlung von Körperteilen nach dem Namen seiner Frau. Fieberhaft dachte Fenji nach; er durfte sich keine falsche Antwort leisten. »Ich ertrage die Erinnerung an ihre Schönheit nicht. Ich sehe nach ihrem Holobild, um ...«

»Es spielt keine Rolle! Du bist es nicht wert, sie zu hören!« Der *Teufel* sprang auf, das Gestell hob sich und verschwand in der Decke. Ruckartig schob er die Schranktür zu; es quietschte, ehe sie klackend schloss. Ein letztes Atmen drang daraus hervor.

»Ich hätte dich nicht damit konfrontieren sollen«, sagte Panggu, nun weitaus versöhnlicher. »Vielleicht wird niemand außer mir und meinen Töchtern Chyis Erhabenheit jemals verstehen können. Ich kenne dich, Fenji, ich weiß, welche Ruhe und Gelassenheit du während der Jagd empfindest, wahrscheinlich sogar an Bord der FARYDOON, als du deine Mission erfüllt hast. Dieselbe Ruhe gibt mir der Atem meiner toten Frau! Er ist kreativ, er ist schöpferisch, und während ich in seinem

Schatten schlief, entstand die Idee, wie wir den Vortex trotz der alten Rückschläge nutzen können.«

Alte Rückschläge?, dachte Fenji. »Du sagst, du möchtest, dass ich verstehe. Dann lehre mich! Gib mir die Informationen, die du bislang geheim gehalten hast. Was weißt du über den Vortex? Warum ist die FARYDOON für uns so wichtig? Was hat dein Spion ...«

»Mein Spion«, unterbrach Cha Panggu, und der süße Duft aus seiner Gewebegrube wich endgültig schwefliger Konzentration. »Genau deswegen habe ich dich gerufen, Fenji. Mein Spion, den ich ins Gebiet der Transgenetischen Allianz schickte ...«

Die Luft roch nicht nur nach den künstlich erhöhten Edelgas-Werten, sie schmeckte auch danach. Bitter und zugleich prickelnd erfüllte jeder Atemzug die gesamte Mundhöhle und schwängerte alle Knospen mit der widerwärtig metallischen Trockenheit. Cha Panggu fühlte, wie seine Gebildegrube zu verdorren drohte, obwohl laut Zva Pogxa diese Gefahr nicht bestand.

Pogxa, der alte Wissenschaftler, rannte in dem Labor umher, als glühe der Boden und als könne deshalb niemand länger als eine Sekunde auf der Stelle stehen. Er justierte Messgeräte neu, veränderte die Energieabgabe der gewaltigen Aggregate, die jenen Tunnel durch den Hyperraum stabilisieren sollte, den Pogxa als Hyperplanke *bezeichnete.*

Jenen hyperenergetischen »Arm«, der aus dem Weißraum in den Normalraum ragte und dabei das zweite Gewebe durchkreuzte, das Pogxa entdeckt hatte.

Ein zweites Medium im Pantopischen Gewebe! Ein geheimnisvoller Zwischenraum, der den Gui Col nicht zugänglich war, der aber in einer übergeordneten Dimension den Weißraum berührte, genauer gesagt, in den hinein sich das Pantopische Gewebe ausdehnte. Es existierte eine kleine Überlappungsfront, auf die Pogxa während seiner Forschungen gestoßen war.

Der alte Pantopist blieb stehen. Endlich. Der Rücken war leicht gebeugt, die Greifhand des Tentakelarms strich geradezu zärtlich über den Monitor, der ihm den Status der Hyperplanke zeigte. »Die Verbindung steht! Der Weg für deinen Spion ist also bereitet. Alles, was er tun muss, ist dieselben Koordinaten aufzusuchen, an denen er vor sechs Tagen die Hyperplanke verlassen hat. Alle Bedingungen sind exakt gleich. Du hast doch die CHAJE *am selben Ort im Weißraum stationiert? Du hast doch ...«*

»Ich habe«, unterbrach Cha Panggu unwillig. »Wenn Konnga nicht zurückkehrt, liegt es einzig und allein daran, dass deine Erfindung nicht funktioniert.«

Der Wissenschaftler straffte seine Haltung, dass sich die Haut am Hals glättete. Tiefe Furchen lagen darin, in denen das Gold stumpf und matt geworden war. »Die Hyperplanke ist mein Lebenswerk, die Krönung meines Schaffens. Sie funktioniert, verlass dich darauf. Sie mag noch Fehler in der Hyperjustierung aufweisen, aber Toes Konnga ist vor sechs Tagen am berechneten Ziel angelangt, und ihm steht nun der Weg zurück offen.«

»Falls das andere Ende der Hyperplanke ihn nicht mitten ins All befördert hat.«

»Selbst dann hätte er dank seines Kampf- und Raumanzugs überlebt und könnte nun dieselbe Stelle ansteuern. Aber ich versichere dir, Tributier Panggu: Er ist auf einem Planeten ausgetreten. Die Planke ankerte aufgrund der physikalischen und chemischen Messwerte, die ich entnommen habe, auf dem bewohnbaren Planeten, der dem Ausgang aus dem zweiten Gewebe am nächsten liegt. Ich habe Hunderte Tests und Experimente vorgenommen, ehe ich zuließ, dass ein Gui Col ...«

»Sei es wie es sei«, unterbrach Cha Panggu barsch. »Über die Details deiner Erfindung magst du eine Abhandlung schreiben und diese im Kreis deiner Kollegen diskutieren. Für mich zählt nur eins – hast du tatsächlich die Verbindung in eine andere

Galaxis geschaffen, und gibt es dort freien Zugang zu dem zweiten Gewebe?«

»Toes Konnga wird es dir sagen. Bis das vereinbarte Zeitfenster beginnt, bleiben drei Stunden. Danach wird die Verbindung über die Hyperplanke noch für zehn weitere Stunden offenstehen. Sollte dein Spion nicht getötet worden sein, wird er zurückkehren.«

Cha Panggu sah sich um. Zva Pogxa hatte das kleine Wissenschaftslabor der CHAJE in etwas verwandelt, das wie eine andere Welt wirkte; eine Welt, die aus Hochtechnologie und bizarren Messgeräten bestand. An einem Ort wie diesem würde sich Panggu nie heimisch fühlen. Dies war nicht sein Leben. Er wusste, warum er sich stets in seinen Palast zurückzog, zu seinen Zwillingen und seiner toten Frau.

Der alte Pantopist ließ sich in den einzigen Sessel fallen, der in der Mitte des Raumes stand. Seine Hand tastete über das rote Pflaster im Gesicht, das die Wangenwunde klammerte, die nie verheilte. Ein Tribut, den er an die Entwicklung der Hyperplanke hatte zahlen müssen.

Einen Augenblick lang überlegte Panggu, ob er den Raum wieder verlassen sollte. Sollte Konnga tatsächlich zurückkehren, würde er es sofort erfahren. Doch er beschloss, abzuwarten. Das Projekt war zu wichtig; so wichtig, dass Panggu sogar bereit war, dem Ego des vertrockneten alten Wissenschaftlers zu schmeicheln, weil er auf ihn angewiesen war. »Du hast gute Arbeit geleistet. Ist es dir gelungen, neue Erkenntnisse über die Überlappungszone zu gewinnen?«

»Der Weißraum frisst sich in das zweite Gewebe und es gibt Anzeichen, dass eine völlige Übernahme im Bereich des Möglichen liegt. Aber sollte das der Fall sein, wird es mindestens Jahrzehnte, wenn nicht Jahrhunderte dauern.«

Zu lange, *dachte Panggu. Das war eine entschieden zu lange Zeit, um das zweite Gewebe für die Raumfahrt zu erschließen. Dieses Gefilde widersetzte sich jedem Versuch der Gui Col, in es vorzudringen. Die CHAJE konnte das Gewebe zwar orten, wenn sie sich im Weißraum befand, doch ein Einflug war unmöglich. Mehrfach war die* CHAJE *in den Normalraum zurückgestürzt und hatte nur mit Mühe einen Weg zurück in den Weißraum gefunden. Cha Panggu hatte die Existenz des zweiten Gewebes mit allen Mitteln geheim gehalten; nicht einmal andere Gui-Col-Piraten außerhalb seiner Mannschaft wussten darum. Nicht auszudenken, wenn das Konsortium der Erleuchteten Kauffahrer davon erfuhr. Es war Glück gewesen, dass die Überlappungszone ausgerechnet an einer Route entstanden war, die Cha Panggu schon seit Jahren für sich beanspruchte und die nur er befahren durfte.*

Glück – oder Vorherbestimmung. Vielleicht rief ihn das Schicksal, womöglich hatte eine höhere Macht ihn vorherbestimmt, als Herrscher über das zweite Gewebe die Gui Col in eine neue Zukunft zu führen.

Ein Flackern riss ihn aus seinen Gedanken.

Jemand trat aus dem Wabern, das die Öffnung zur Hyperplanke bildete.

Zva Pogxa sprang auf; nichts mehr war davon zu erahnen, dass sein Körper alt und matt war; jede Schwäche schien von ihm abgefallen zu sein. »Es ist Konnga!«

Doch wie sah er aus? Sein Gesicht ... die Gebildegrube ...

»Er war – krank?«, unterbrach Fenji die Erzählung seines Meisters.

»Mehr als das. Er starb. Langsam, über Tage und Wochen hinweg, vielleicht über Monate. Doch er starb, weil das Pantopische Gewebe an ihm fraß.«

»Über Monate hinweg?«

Cha Panggu ging zu einer der hinteren Ausgangstüren, die in seinen privaten Bereich führten, den Fenji nie zuvor betreten hatte. Und wohl auch niemand sonst außerhalb der Familie seines Meisters. »Folg mir. Meine Zwillingsmädchen hören die Geschichte gern. Vielleicht sind sie sogar klar genug, um zu reden. Und Fenji?«

»Meister?«

»Unterbrich mich nie wieder. Schon gar nicht, wenn Cha Chiyme und Cha Xeiri zuhören. Wenn sie sich ärgern, entschweben sie der Wirklichkeit.«

Toes Konnga trug einen schweren schwarzen Mantel. Die Kapuze war weit ins Gesicht gezogen, doch sie verbarg nicht, was mit dem Gui Col geschehen war. Seine Haut war nicht mehr golden, sondern stumpf rot, wie oxidiertes billiges Metall. Vor dem rechten Grubenauge lag eine Klappe.

Der Mantel klaffte vor dem Leib auseinander. Die Gebildegrube war ein trockenes, pulvriges Ding, aus dem bei jedem Schritt Staub rieselte. Keinerlei Geruch ging von ihr aus.

»Der Transfer hatte Nebenwirkungen.« Die Stimme klang dumpf und krächzend. Konnga entwand sich dem Mantel und ließ ihn achtlos zu Boden sinken.

»Was ... wie kann ...«, stammelte Zva Pogxa. »Wann hast du die Symptome entdeckt?«

»Sie sind wohl kaum zu übersehen.« Der Spion wandte sich seinem Auftraggeber zu. Hinter seinem Rücken schob sich surrend ein kleiner metallischer Arm hervor, bog sich und zog einen Speicherkristall aus dem Beinteil der Rüstung, die Konnga unter dem Mantel vorborgen hatte. »Hier findest du alle Ergebnisse meiner Mission. Die Daten werden dir viele Fragen beantworten. Doch ich muss noch einmal zurückkehren, um meine Erkundungen fortzuführen.«

»Du kannst nicht zurückkehren«, ereiferte sich Pogxa. »Ich muss zuerst untersuchen, wie es zu den Störungen kommen konnte und ...«

»Störungen?« Der Spion wirbelte herum. »Mein Leib glüht von innen heraus und wird von einer verfluchten Strahlung aufgefressen! Meine Gebildegrube ist vertrocknet, und jedes Plasma, das sich neu bildet, zerbröselt zu Staub. Ich kann keinen Arm mehr ausbilden und bin auf die Hilfe einer mechanischen Krücke angewiesen.« Der besagte Metallarm packte den

Pantopisten am Schädel und drückte zu, sodass Pogxa vor Schmerzen aufstöhnte. »Störungen ist wohl ein allzu harmloser Begriff dafür, dass ich völlig verkrüppelt bin. Und wie gefällt dir das?«

Konnga ließ den Wissenschaftler los und riss sich die Klappe vom Kopf. Das bislang verborgene Grubenauge war nichts mehr als eine erstarrte Kugel, in der winzige blaue Blitze zuckten. »Sie sind hyperenergetischer Natur. Ich spüre nichts, aber das ist mir kein Trost.«

»Ich muss es wissen, wenn ich dir helfen soll«, beharrte Pogxa. »Wann sind diese Symptome aufgetreten?«

»Es hat direkt nach dem Durchgang begonnen. Ich kam an einem Strand an, inmitten von wellenumtosten Steinen, und wälzte mich stundenlang in der Einsamkeit vor Schmerzen. Es war der Transfer, Pogxa! Der Durchgang durch deine Hyperplanke hat mich zu dem Monster gemacht, das ich jetzt bin!«

»Ich werde dich heilen.«

»Gar nichts wirst du. Ich sterbe, und keiner wird das ändern.« Der Spion sprach mit einem Mal völlig emotionslos. »Aber vorher werde ich meine Aufgabe zu Ende bringen. Gebt mir drei Wochen, dann werde ich erneut zurückkehren. Dann wirst du ...«

»Ich werde dich untersuchen und ...«

»Untersuchen?« Konnga lachte. »Du solltest fliehen, Pogxa, denn ich werde dich finden und töten.« Er wandte sich zu dem Meister-Piraten um. »Und nun, Tributier Panggu, sei versichert, dass dir meine Loyalität auch weiterhin gilt. Ich werde zurückgehen und dir weitere Informationen besorgen.«

»Was macht dich so sicher, dass ich dich nach diesen Worten noch gehen lasse? Du hast meinen wichtigsten Wissenschaftler mit dem Tod bedroht.«

»Du wirst mich gehen lassen, weil ich vorgearbeitet habe. Niemand kann diese Aufgabe, die für dich so wichtig ist, so gut erfüllen wie ich. Und glaubst du, jemand anderes wird freiwillig gehen, wenn ihm das hier blüht?«

Cha Panggu beobachtete, wie der alte Pantopist hinter dem Spion zu einem Regal schlurfte und ein medizinisches Instrument holte. Damit kehrte er zu Toes Konnga zurück und entnahm dem Spion eine Gewebeprobe.

Konnga kommentierte es nicht, sondern fragte: »Ist die Planke noch korrekt justiert? Da der Durchgang nicht gerade angenehm ist, würde ich es gern hinter mich bringen. Alles, was ich zu sagen habe, ist auf dem Kristall gespeichert. Ich kehre in exakt drei Wochen mit weiteren Informationen zurück.«

Cha Panggu sah seinem Spion direkt in die Augen. Der Anblick der starren, irrlichternden Kugel stieß ihn ab, doch er ließ sich nichts anmerken. »Bist du dir sicher, dass du noch drei Wochen durchhalten wirst?« Die Frage war brutal und schonungslos ehrlich, doch der Spion störte sich nicht daran. Cha Panggu kannte Konngas Psychogramm genau, hatte ihn nicht umsonst für diese wichtige Mission auserwählt.

»Ich sterbe – aber langsam. Es wird noch Monate dauern, bis die Hyperenergien in meinem Leib mich aufgefressen haben. Wenn mich auf Gorragan niemand tötet, kehre ich zurück.«

»Gorragan?«

»Der Name des Planeten, auf den du mich geschickt hast. Studiere den Speicherkristall genau. Du wirst erstaunt sein.«

Keine Minute später betrat der verkrüppelte Spion erneut die Hyperplanke, die ihn zu einem langsamen Tod verurteilt hatte.

»Seitdem habe ich nichts mehr von ihm gehört«, beendete Cha Panggu seine Erzählung.

Die irrsinnigen Zwillinge saßen vor Fenji auf dem Boden und wiegten ihre biegsamen Oberkörper. Am hinteren Teil des Schädels vermischte sich das Gold mit stumpfem Kupfer. Ihre Brüste dehnten den Stoff der Kleider bei jeder der tänzerisch-eleganten Bewegungen. Ihre Gebildegruben rochen frisch, sie waren hungrig auf Leben. Nur mühsam unterdrückte Fenji die Erregung, die ihn erfasste. Zweifellos durchschaute ihn sein Meister, doch zu seiner Erleichterung schwieg er.

Die Mädchen hatten jedem Wort ihres Vaters gelauscht, als sei es eine Offenbarung, obwohl sie die Geschichte wohl schon dutzendfach gehört hatten.

Der Spion ist also kein zweites Mal zurückgekehrt, dachte Fenji. »Bist du sicher, dass Zva Pogxa die Hyperplanke während des zweiten Zeitfensters korrekt justiert hatte?«

Panggu stand auf einer Hitzedüse, deren Sprühnebel ihn umflirrte. Die Haut glänzte, von der Gebildegrube tropfte frischer Drüsentalg. Der *Teufel* schaltete die Düse ab und dehnte den Rücken, bis die obersten Hautschichten herunterrieselten. »Dieselbe Frage habe ich mir oft gestellt. Konnga hat gedroht, ihn zu töten. Warum sollte Pogxa ihn also zurückkehren lassen? Warum?«

Cha Chiyme erhob sich plötzlich. »Weil er die Daten des Spions benötigt hätte, um seine Erfindung zu perfektionieren.«

Fenji sah das Mädchen verwirrt an. Sie hatte die Antwort völlig klar gegeben. Ihr Auftreten ließ nicht einmal erahnen, dass sie zeit ihres Lebens der Realität entrückt war. Offenbar hatte die Geschichte ihres Vaters ihr geholfen, in die Wirklichkeit zurückzufinden. Oder handelte es sich um einen zufälligen klaren Moment?

Cha Panggu war sichtlich ergriffen. »Pogxa ist Wissenschaftler, er giert nach Erkenntnisgewinn. Sein Leben ist ihm nicht so wichtig wie sein Werk. Die Hyperplanke ist alles für ihn. Außerdem ...«

»Außerdem hast du ihm versprochen, dass du ihn beschützen wirst, weil du die Hyperplanke ebenso benötigst«, sagte Chiymes Zwillingsschwester Cha Xeiri.

Sind sie wirklich klar?, fragte sich Fenji. *Oder hat ihr Vater sie auf diese Antworten dressiert? Funktionieren sie nur wie Tiere, damit Panggu sich der Illusion hingeben kann, seine Töchter wären dazu in der Lage, in die Realität zurückzukehren?*

Beide Mädchen nahmen sich an den Händen. »Sternenquell«, sagte Chiyme. »Sternenquell und Hyperplanke und Vortex. Er kam nicht zurück.« Xeiri summte eine getragene Melodie voller Traurigkeit, und von einem Moment auf den anderen schienen die beiden wieder in ihrer eigenen Welt gestrandet. »Oh weh, der Feuersturm«, sang Chiyme.

Von Panggus Haut tropfte noch die letzte Feuchtigkeit des Hitzebads. »Sie verlieren sich im Universum ihres Geistes. Sie lieben es, von dem Pantopischen Gewebe zu hören, von dem Vortex und von einer Reise über die Abgründe von Galaxien.«

»Hast du sie mit Zva Pogxa bekanntgemacht?«

Sein Meister bückte sich und rieb die Fußsohlen auf den letzten Resten des Sprühnebels am Boden. »Du verstehst nicht – sie sind nicht an Wissenschaft interessiert. Sie lieben Geschichten.«

Und wenn in dieser Geschichte ihr Vater als Held dasteht, umso mehr, dachte Fenji. »Warum mussten wir um jeden Preis die FARYDOON erobern?«

»Der Übergang des Spions Toes Konnga hat bewiesen, dass etwas am System der Hyperplanke nicht funktionierte. Kein Lebewesen konnte sie durchschreiten, ohne Schaden zu nehmen. Doch die Gewebeprobe, die Pogxa erforschte, wies ihm einen neuen Weg, eine völlig neue Erkenntnis. Er fand den Fehler. Es lag nicht an der Hyperplanke selbst, sondern am Übergang in den Normalraum der fremden Galaxis. Das andere Ende der Planke muss in dem zweiten Gewebe liegen. Im Vortex, verstehst du?«

»Das heißt, in einem Schiff, das den Vortex befährt.«

»In der FARYDOON, Fenji ... sie ist der Anker, der uns den Übergang ermöglicht. Nun müssen wir sie nur noch steuern können. Diese fremde Galaxis nennen ihre Bewohner Milchstraße. Sie ist von Sternenquell weit entfernt – zu weit, als dass wir sie jemals erreichen könnten. Der Weißraum reicht nicht zu ihr. Wohl aber der Vortex, der den Weißraum an dieser einen Stelle im höherdimensionalen Bereich überlappt. Diese Überlappungszone öffnet uns das Tor zum Vortex und damit zu anderen Galaxien ... zu neuen Routen und zu unendlich viel Tribut!«

Fenji ließ diese Worte auf sich wirken. Sie öffneten seinen Horizont; zum ersten Mal glaubte er, die wahren Beweggründe seines Meisters zu verstehen. »Weißt du, warum Toes Konnga nicht zurückkehrte?«

»Vielleicht starb er. Er war nicht der einzige Agent auf Gorragan. Viele Mächte lieferten sich dort ein reges Stelldichein. Einige verbündeten sich sogar. Konnga blieb stets im Hintergrund. Keine Spur durfte zu uns weisen. Sieh dir seinen Bericht an, während ich mich um meine Mädchen kümmere.« Er wies kurz auf ein Lesepult, das in einer Ecke des Raumes stand.

Vorbei an einer leeren in den Boden eingelassenen Wanne, die der Hautregeneration durch Ultraschallbestrahlung nach dem Hitzebad diente, ging Fenji zu dem Pult. Ein einzelner Speicherkristall lag darauf. Als er ihn in das Lesefeld legte, baute sich ein Hologramm auf. Gleichzeitig entstand rund um ihn ein Energiefeld, das ihn akustisch isolierte. So störte derjenige, der las, nicht die anderen im Raum, und diese konnten ihn nicht ablenken.

Vorsichtig warf Fenji einen Blick zu seinem Meister. Die Mädchen umringten ihn, hatten die Münder weit geöffnet, als lachten sie. Hinter ihnen bot die transparente Wand einen perfekten Blick in die Weiten des Weißraums. Die CHAJE war unterwegs, schleppte die FARYDOON und die noch immer angeflanschte CANNAE seit mehr als einem Tag in Richtung Hort Nooring in der Galaxis Sternenquell. Nach Hause, wo Panggu den bedeutendsten Tribut seines Lebens zwischenlagern würde, ohne die volle Wahrheit zu verkünden. Die FARYDOON selbst würde auch weiterhin sein Geheimnis bleiben. Nur die CANNAE würde den Weg nach Hort Nooring finden.

Dann nahm der Bericht des Spions ihn gefangen.

Das Holo zeigte einen Toes Konnga, dessen Hyperverseuchung noch nicht so weit fortgeschritten war, wie zu dem Zeitpunkt seiner kurzen Rückkehr auf die CHAJE. Das rechte Grubenauge war noch intakt und beweglich, allerdings lag ein blau flirrender Schleier davor, und hin und wieder verzog der Spion das Gesicht, während das Auge fast aus der Grube quoll.

Konnga stellte kurz die Welt Gorragan dar, auf der er die Hyperplanke verlassen hatte. Offenbar war ihnen ein Glücksgriff gelungen – Gorragan bildete die Hauptwelt der Transgenetischen Allianz, von der Cha Panggu stets nur andeutungsweise berichtet hatte.

Nun erfuhr Fenji einiges über Tefroder und ein Volk namens Jülziish sowie über die diversen nach Gorragan eingeschleusten Agenten konkurrierender Sternenmächte. Mit einem Agenten eines Tefrodervolkes namens Lemuraner war Konnga schon früh in einen Konflikt geraten, den der Gui Col für sich entschied, indem er den Lemuraner tötete.

Das Holo zeigte danach Aufnahmen anderer Agenten, die Konnga ausfindig gemacht und beobachtet hatte. Ein sogenannter Arkonide namens Fasoul da Arthamin, eine Terranerin namens Avryl Sheremdoc und ein Rahsch'kani namens Haneul Bitna.

Fenji stoppte die Wiedergabe und ließ sich die Bilder erneut aufzeigen.

Kein Zweifel.

Avryl Sheremdoc ... die Frau, die er an Bord der CANNAE erschossen hatte, als die Feinde ihn stellten.

Haneul Bitna ... der Vogelartige, dem er gegenübergestanden hatte und der ihn gejagt hatte. Der zusammen mit den anderen in der CANNAE eingesperrt war.

Fenji zog den Kristall aus dem Lesefeld. Die akustische Dämmwand baute sich ab. »Meister!«

Panggu drehte sich um. Die Zwillinge, die eben noch gelacht hatten, erstarrten, sackten in sich zusammen und tanzten im nächsten Moment einen gemeinsamen Reigen, der perfekt aufeinander abgestimmt war. »Was willst du?«, fragte er verärgert.

Sekunden später war er sichtlich zufrieden.

22

Tabu

Die Wunde stank nach Eiter und Entzündung.

Perry Rhodan kniete neben einer tefrodischen Frau. Sie hatte als myrmidonische Söldnerin am Sturm auf die CHAJE teilgenommen und dabei eine schwere Verbrennung am rechten Arm erlitten. Der notdürftige Verband aus Kleiderstoff war durchnässt und gelb vor Eiter. Die Tefroderin verzog im Schlaf vor Schmerzen das Gesicht. Ihre Augen rollten unter den nicht ganz geschlossenen Lidern. Durch den Schlitz war gelblich verfärbtes Weiß zu sehen.

Da ihm keine andere Möglichkeit blieb, prüfte Rhodan mit der flachen Hand die Temperatur der Patientin. Sie glühte förmlich; nur der Verband, den Rhodan mit dem Handrücken vorsichtig berührte, schien noch heißer zu sein – sofern dies überhaupt möglich war.

Unter den Gefangenen befanden sich zahlreiche Verletzte; viele Wunden waren entzündet, doch diese Söldnerin schien es am schlimmsten erwischt zu haben. Mehrfach hatte Tamrat Tooray Ziaar ihre Wächter darum gebeten, dass die Gui Col einen Medoroboter schickten, doch diese hatten nicht einmal eine Reaktion gezeigt. Die Tür war geschlossen geblieben.

Ein Blue trat neben Rhodan. »Eine Sepsis.« Seine Stimme zirpte hoch, wie es bei vielen seines Volkes der Fall war. Er kniete ebenfalls. Der lilafarbene Flaum auf Hals und Tellerkopf sträubte sich, das vordere Augenpaar verengte sich. »Sie leidet unter einer starken Sepsis. Wenn sie nicht bald behandelt wird, werden ihre Organe versagen. Ich habe einige Jahre als Mediker gearbeitet und auch viele Tefroder behandelt. Wir müssen den Verband wechseln.«

»Wie schlimm ist die Verbrennung?«

»Am gesamten Arm ist die Haut völlig zerstört. Eine Schädigung dritten Grades. Teilweise auch vierten Grades – eine völlige Verkohlung.«

Rhodan schloss die Augen. »Nekrosen?«

»Überall. Sie wird bald in einen Schockzustand fallen. Ich kann sie vor Unterkühlung schützen, aber ...«

»Ich weiß. Sie wird sterben, wenn wir ihr keine echte medizinische Behandlung zukommen lassen können.«

Der Blue stand auf. »Ihre Haut muss abgeschält und erneuert werden. Heute noch. In den nächsten fünf Stunden.«

Rhodan hörte die Frau im Schlaf gequält stöhnen. Ihre Augen öffneten sich, doch sie starrte blicklos ins Leere. »Wie viele sind es außer ihr?«

»Mindestens dreißig Verletzte. Jeder dritte davon schwer. Eine Handvoll schwebt in Lebensgefahr.« Der Blue beugte sich an Rhodans Ohr, flüsterte nur: »Ohne Medikamente oder einen Medorobot wird es bald die ersten Toten geben. Du weißt, was das für diese Leute hier bedeutet. Für die Zivilisten. Für die Prominenten, die mit der FARYDOON reisten, um sich vor der Presse darzustellen und ins Gerede zu bringen. Das Schiff wurde geentert. Sie haben eine Bombenattacke überlebt. Ihre Nerven liegen blank. Schon die ersten Leichen könnten zu einer Panik führen.«

Dies war der Moment, in dem Perry Rhodan seine Entscheidung fällte. »Versuch weiterhin dein Bestes. Ich werde an unsere Bewacher appellieren.«

»Der Tamrat hat es bereits mehrfach versucht.«

Rhodan erhob sich. »Ich bin nicht der Tamrat.« Er atmete tief durch, drehte sich um und marschierte mit forschen Schritten durch die Halle.

Kaum jemand hielt sich in der Mitte auf, die Gefangenen gruppierten sich an den Wänden. Einige schliefen oder versuchten es zumindest, indem sie sich auf den blanken Boden gelegt hatten. Die meisten saßen scheinbar teilnahmslos da oder redeten mit gedämpften Stimmen miteinander. Drei Blues lehnten die Köpfe aneinander und hielten die Hände erhoben. Als Rhodan an ihnen vorbeiging, hörte er sie disharmonisch summen und eine tonlose Litanei murmeln, in der sie die fahlblaue Kreatur der Hoffnung anriefen.

Erst kurz vor der Linie in wenigen Metern Entfernung zum Ausgang, die die verbotene Zone markierte, blieb Rhodan stehen. »Hört mich an!«

Die Wächter zeigten keine Reaktion. In der Halle jedoch wurde es ruhiger. Viele verstummten. Er fühlte, wie sich die Blicke förmlich in seinen Rücken bohrten.

»Mein Name ist Perry Rhodan, und ich verlange einen Gui Col zu sprechen, der für die Gefangenen verantwortlich ist.«

Schritte erklangen hinter ihm, dann hörte er die Stimme des Tamrats, leise, fast geflüstert: »Du *verlangst*, Perry?«

»Sie halten uns nicht ohne Grund gefangen«, antwortete er leise und ging einen weiteren Schritt vor. Nur noch Zentimeter trennten ihn von der Todeslinie. »Ihr könnt mich sehen!«, rief er in Richtung der geschlossenen Tür. »Ich weiß es. Wir haben mehrere Schwerverletzte unter uns, die sterben werden, wenn sie keine Behandlung erhalten, und andere werden sich infizieren. Das kann nicht in euerem Sinne sein. Wenn ihr keine Entscheidung treffen könnt, informiert eure Vorgesetzten.«

Es konnte nicht schaden, ein wenig zu übertreiben – was wussten die Gui Col schließlich über Terraner, Tefroder oder Blues? Er hoffte nur, dass seine Mitgefangenen schlau genug waren, gerade den Worten, was die Ansteckungsgefahr betraf, keine besondere Bedeutung zuzumessen. Nichts lag ihm ferner, als Ängste zu schüren.

Die Tür blieb geschlossen. Die Wächter zeigten keine Reaktion.

»Vielleicht sollte ich gehen«, sagte Ziaar. »Nur noch einen oder zwei Schritte, dann werden sie reagieren müssen.«

»Sie erschießen dich. Damit wäre keinem gedient.«

»Sie wissen, wer ich bin. Ich bin zu wertvoll für sie. Sie werden mich nicht töten.«

»Ich würde es nicht darauf anlegen. Die Gui Col scheinen unberechenbar zu sein.«

Die Tür öffnete sich, indem sich die Hälften in den Seitenwänden versenkten.

Rhodan erkannte sofort, wer die Halle betrat. Es hatte wohl nichts mit seinen Forderungen zu tun, sondern war nur eine zufällig zeitliche Übereinstimmung.

Fenji Eichach gönnte Rhodan und Ziaar keinen Blick. Hinter ihm gingen zwei weitere Gui Col, die einen Menschen mit sich zerrten; eine zerschundene Gestalt. Kommandant Julen Outarra hing mehr zwischen den beiden Goldenen, als dass er aus eigener Kraft ging. Sein rechter Arm war offenbar unterhalb des Schultergelenks gebrochen; das Gesicht blutverkrustet. Zwei weitere Wächter hielten Waffen schussbereit.

»Ich danke Julen Outarra hiermit für seine Kooperationsbereitschaft«, sagte Eichach, während seine Männer den Kommandanten zu Boden schleuderten. Erleichtert sah Rhodan, dass sich einige Gefangene um ihn kümmerten. »Seine Informationen waren dank eurer Kapitulation nicht notwendig. Ihr zeigt Vernunft und Einsicht. Hiermit informiere ich euch über euren zukünftigen Status als Gefangene der Gui Col. Ihr werdet als Tributware zu unserer Heimat Hort Nooring gebracht. Einige von euch werden für den Sport oder andere Zwecke zur Verfügung stehen.«

»Es sind Verletzte unter uns«, sagte Rhodan. »Ohne Behandlung werden sie sterben.«

Fenji Eichach wandte sich ihm zu. »Du. Schon in der CANNAE hast du das Wort ergriffen. Nun denn, wenn die Tributware beschädigt ist und sich nicht selbst wiederherstellen kann, ist sie wertlos.«

Eiseskälte über diese abschätzige Bemerkung und die grenzenlose Arroganz stieg in Rhodan auf. »Mit der Hilfe eines Medoroboters werden unsere Verletzten sich leicht wieder erholen können.«

»Wenn die Tributware beschädigt ist, ist sie wertlos«, wiederholte der Gui Col. »Nun geh zur Seite. Ich bin nicht wegen dir gekommen.«

»Sondern?«

Kaum hatte er das Wort gesprochen, hob einer der Wächter seine Waffe und feuerte auf ihn. Ein gelber Blitz verband einen Augenblick lang die Mündung des Strahlers und Rhodans Brust. Es war, als jage ein elektrischer Schock hoher Intensität durch seinen gesamten Körper. Mörderische Schmerzen schienen seinen Brustkorb zu zerreißen. Die Muskeln versagten ihm den Dienst, er fiel wie ein Stein zu Boden und wand sich unter Krämpfen.

Unkontrolliert zuckten seine Beine und Arme, der Kopf schlug hin und her. Diese Schmerzen ... immer wieder der Aufprall auf den Schläfen ... hin und her ... die

Übelkeit ... das Stechen im Magen, im Darm ... Nässe zwischen den Beinen ... und ein einziger, glasklarer Gedanke: *Die Todeslinie!*

Er zwang sich, die Augen zu öffnen, sah den Strich auf dem Boden, sah, wie sein krampfender Körper auf die Linie zurutschte, und es gab nichts, das er dagegen tun konnte. Endlich schlug sein Kopf nicht mehr auf, doch sein Körper krümmte sich automatisch zusammen, das Kinn sank auf den Brustkorb, der Nacken spannte, die Knie zogen sich an den Leib. Er zitterte.

Die Linie.

Etwas packte ihn, zog ihn mit sich.

»Ruhig, Perry.«

Das war die Stimme des Tamrats.

»Ich bringe dich hier weg.«

Es dauerte Minuten, bis die unkontrollierten Kontraktionen seiner Muskeln und der Schmerz endlich nachließen.

»Es war wohl ein Wort zuviel«, sagte Ziaar voller Mitleid.

Rhodan wischte sich mit dem Handrücken über die Lippen. »Ich würde ... würde es wieder ... sagen.« Mühsam setzte er sich auf. Keine Sekunde länger als nötig würde er vor seinen Feinden Schwäche zeigen. Hände stützten seinen Rücken, halfen ihm auf die Beine; der Tamrat und ein weiterer Tefroder.

Fenji Eichach war noch immer im Raum. Er stand einige Meter entfernt – bei Haneul Bitna. Der Vogelartige redete.

Rhodan konnte die Worte nicht verstehen, hörte aber das Klacken der Schnabelhälften. »Helft mir ... näher zu ihm zu kommen.« Er stand auf und ging von Ziaar gestützt auf Bitna zu. Nicht zu weit, er wollte diesmal nicht provozieren; aber nahe genug, um das Gespräch belauschen zu können.

Haneul Bitna berichtete von dem Kampf auf Gorragan, der zum Tod des unbekannten Agenten geführt hatte. Rhodan selbst kannte diese Geschichte – und zum ersten Mal brachte er sie mit den aktuellen Ereignissen in Verbindung. Natürlich ... der Unbekannte, der zuletzt tot im Wasser geschwommen war, war ein Spion der Gui Col gewesen; ein Agent, der diese Enterungsmission überhaupt erst möglich gemacht hatte.

»Du hast Toes Konnga also getötet«, sagte Fenji Eichach.

»Nicht ich«, erwiderte Haneul. »Es war der arkonidische Agent.«

»Du musst nicht nach einer Ausrede suchen. Es ist mir gleich, was du getan hast.«

»Ich suche keine Entschuldigung! Der Arkonide tötete ihn mit einer Bombe. Aber ich hätte euren Spion auch ausgeschaltet, wenn es mir möglich gewesen wäre. Leider kam Fasoul da Arthamin mir zuvor.«

Eichach zeigte keine Regung. »Willst du mich mit deinen Worten beeindrucken? Sie sind dumm.«

»Sie entsprechen der Wahrheit. Und ob ich dich beeindrucke oder du mich tötest – welchen Unterschied bedeutet das schon?«

»Einen großen«, sagte der Gui Col. »Ich danke dir im Namen meines Meisters Cha Panggu, dass du das Rätsel um den Verbleib unseres Agenten gelöst hast. Nimm dies als Zeichen seiner Anerkennung.«

Rhodan traute seinen Augen nicht – Fenji Eichach zog einen glänzenden Metallchip hervor und hielt ihn dem Rahsch'kani hin.

Haneul streckte die Hand nicht aus. »Ich will euern Dank nicht. Und *das da* schon gar nicht.«

»Das da«, wiederholte Fenji spöttisch, »ist ein Geldchip. Dass er dir in einigen Tagen noch etwas nützt, kann ich dir nicht versprechen. Hier an Bord jedoch kannst du dir einige Privilegien erkaufen. Eine Mahlzeit, eine Dusche, vielleicht sogar eine Stunde in einem bequemeren Raum als ...«

»Medikamente?«, unterbrach der Vogelartige.

Einen Augenblick zögerte Eichach. »Oder Medikamente.«

Haneul nahm den Chip an sich. »An wen kann ich mich wenden?«

»Die Wächter werden dir zu Diensten sein.« Damit wandte sich der Gui Col um und schritt in Richtung Ausgang. Seine Artgenossen folgten ihm.

Haneul Bitna kam auf Rhodan zu. »Nimm du den Chip – es war nicht leicht, mich zu überwinden und ihn anzunehmen. Wenn er aber auch nur einem Verletzten das Leben rettet, war es die Erniedrigung wert.«

Ehe Eichach den Bereich der Todeszone erreichte, blieb er stehen und ließ den Blick durch den Raum schweifen. »Ich vergaß etwas. Leider muss ich Kommandant Julen Outarra noch einmal bitten, mich zu begleiten.«

Die aufgesetzte Höflichkeit drehte Rhodan den Magen um.

Outarra kam langsam durch die Mitte der Halle auf den Gui Col zu. Sein rechter Arm hing in einer Schleife; offenbar hatte sich jemand um ihn gekümmert und ihn notdürftig versorgt. Der linke Mundwinkel hing schlaff nach unten, das linke Auge war geschlossen. War es nicht vorhin schon so gewesen? War er halbseitig gelähmt?

Kurz bevor der Kommandant der Myrmidonen Fenji Eichach erreichte, packte ihn einer der Gui Col. Outarra schüttelte den Griff ab.

»Lasst ihn allein gehen«, sagte Fenji. »Wenn er es unbedingt möchte. Komm mit mir, Gefangener.«

In dieser Sekunde begriff Rhodan. Entsetzter Schrecken durchfuhr ihn. »Julen!«, rief er.

»Ich weiß«, antwortete der Söldner und tat den Schritt, den er auf Befehl des Gui Col hin tun musste.

Den Schritt über die Todeslinie, die kein Gefangener überschreiten durfte.

Einer der Wächter schoss ihm in die Brust.

Outarra fiel tot zu Boden.

Warum?, dachte Rhodan. *Warum tut dieser Teufel das?*

Fenji Eichach ging weiter, ohne sich umzudrehen. »Keiner der Gefangenen darf die Tabuzone betreten«, sagte er.

Dann schlug die Tür hinter ihm zu.

23

Vereinigung der Kräfte

Stille.

Bereits seit mehr als zwei Stunden kroch Adlai Kefauver durch den engen Versorgungsschacht, der dicht vor Lager Vier/Acht endete. Seine Schultern berührten auf beiden Seiten die Wände, über seinem Kopf blieben nur wenige Zentimeter Freiraum. Sein Atem ging ruhig. Ein Strahler steckte griffbereit im Holster. Überall um ihn erstreckte sich eine schier unendliche Anzahl an Kabeln, teils in den Wänden, teils in der Decke verankert.

Er erreichte das Ende des Schachts. Mit der Rechten löste er die Verschlusskappen, die das Endgitter hielten. Er ließ alle nur mögliche Vorsicht walten, versuchte völlig lautlos zu arbeiten. Es war unwahrscheinlich, dass sich ausgerechnet in dieser Sektion einige der Besatzer aufhielten, aber die Gefahr bestand dennoch. Eine zufällige Entdeckung würde fatale Folgen nach sich ziehen.

Lager Vier/Acht lag mitten in einem eher unbedeutenden Abschnitt der FARYDOON, der luxuriösen Privatquartieren, Hygieneeinrichtungen, einem ausgedehnten Freizeitbereich sowie einem großen Speisesaal vorbehalten war – ein Nobelhotel für wichtige Staatsgäste und die reichen Bürger der Transgenetischen Allianz, die in wenigen Jahren horrende Preise für einen Transfer nach Andromeda bezahlen sollten.

Oder *hätten* bezahlen sollen; Adlai hielt es für mehr als unwahrscheinlich, dass die FARYDOON jemals ihren normalen Flugbetrieb aufnehmen konnte. Bereits dieser offizielle Jungfernflug hatte in einem absoluten Desaster geendet. Das Schiff befand sich in der Gewalt der Gui Col, und Adlai, der als Kommandant der myrmidonischen Söldner für die Sicherheit des Schiffs verantwortlich gewesen war, sah keine Möglichkeit, es zurückzuerobern.

Sein primäres Ziel bestand momentan deshalb darin, Kontakt zu den Gefangenen aufzunehmen und ihnen Hilfe zukommen zu lassen. Doch zuerst galt es, eine wichtige Vorbereitung zu treffen.

Das Gitter löste sich. Adlai zog es ins Innere des Schachtes und observierte vorsichtig den Korridor. Niemand hielt sich darin auf. Er schob sich aus dem Schacht, die Waffe im Anschlag. Nachdem er sich nach allen Seiten abgesichert hatte, setzte er das Gitter wieder ein.

Die Wände waren mit glänzendem Holz getäfelt, im Abstand von wenigen Metern leuchteten darin integrierte Informationsdisplays. Eine bunte Pflanzenvielfalt wuchs in breiten Nischen. Alles in allem bot sich ein idyllischer Anblick, der nichts davon ahnen ließ, welche Katastrophe sich ereignet hatte.

Ein Laufband in der Mitte des Korridors stand still. Die bequemen Sitze wirkten ebenso deplatziert wie die Haltestangen der kleinen Einpersonenflugscheiben, die für einen bequemen Transport sorgen sollten.

Kefauver passierte den Eingang in ein bluessches Schallbad und einen Schwebetunnel, wie er auf Gorragan verbreitet war. Diesen Luxuseinrichtungen gönnte er keinen Blick. Von Bedeutung war einzig Lager Vier/Acht.

Kurz darauf gab er den Kode ein, der den Zugang öffnete; er war nur einfach verschlüsselt, diente eher dazu, zufälliges Betreten durch eine Verwechslung zu verhindern. Das Lager war kein sensibler Bereich, darin wurde nichts von größerem Wert aufbewahrt. Adlai verfügte über nahezu alle Sicherheitskodes an Bord; nur die höchsten Stufen mussten vom Kommandanten des Schiffs oder dessen Stellvertreter zusätzlich bestätigt werden.

Er schlüpfte in die kleine Lagerhalle und schloss das Schott hinter sich.

Im matten Licht erkannte er all die Utensilien, die für den Betrieb dieses Hotelbereichs nötig waren – Schweißtücher für das Ultraschallbad; Wannen und Bänder für den Aufenthalt im Schwebetunnel; Duftzusätze, wie sie im Schwimmbereich verwendet wurden; Kisten voller Trockeneisgas; Flaschen für den heißen Buntnebel, den die Blues so liebten ... alles war im Überfluss vorhanden.

Er schaute sich um.

Niemand zu entdecken.

Also hieß es warten. Sie war noch nicht da, falls sie überhaupt jemals kommen würde. Adlai wusste nichts über sie, seit sie vor mittlerweile fast achtzig Stunden untergetaucht war. Er konnte nur hoffen, dass sie noch nicht entdeckt oder gar getötet worden war. Außer ihm selbst war sie wohl die Einzige, die ...

»Adlai.«

Er zuckte zusammen. »Ich habe dich nicht bemerkt.«

Caadil Kulée löste sich aus dem Schatten einer Nische, wo sie zwischen einem Kistenstapel gekauert hatte, dessen Aufdrucke verrieten, dass darin Süßigkeiten lagerten. »Ich hielt es durchaus für sinnvoll, vorsichtig zu sein. Ich wusste schließlich nicht, ob Gui Col in das Lager kommen. Selbst als ich dich sah, wartete ich ab – du hättest dich ja in ihrer Gewalt befinden können.«

»Das könnte ich immer noch. Trotzdem ist es in diesem Fall gut, dass du nicht zu übervorsichtig warst. Es gilt, keine Zeit zu verlieren.«

»Ich hoffe mal, du sagst das aus freiem Willen und nicht, weil sie dich dazu zwingen.« Sie versuchte zu lachen, doch es klang alles andere als überzeugend. Sie hielt Adlai einen in rotes Papier eingewickelten Riegel hin. »Die hier sind übrigens köstlich.«

Er ignorierte das Angebot. »Seit wann bist du am Treffpunkt?«

»Ich halte mich an den Plan, den ich mit dir, Perry und dem Tamrat besprochen habe. Also seit genau einer Stunde. Und in wenigen Minuten wäre ich wieder verschwunden.«

»Tut mir leid, wenn ich mich verspätet habe. Zu unserer nächsten Verabredung komme ich pünktlich. Zumindest, wenn wir uns nicht gerade wieder inmitten einer Horde Feinde befinden, die alle unsere Freunde gefangen halten.«

»Klingt gut.« Sie öffnete den Riegel und biss hinein.

Adlai stand nahe genug, um den geradezu widerwärtig süßen Duft zu riechen.

»Es beruhigt die Nerven«, sagte sie, als müsse sie sich rechtfertigen oder entschuldigen. »Ehrlich gesagt, lassen mich diese ganzen Umstände etwas nervös werden. Wie gehen wir weiter vor?«

»Wir sind die Einzigen, die noch auf freiem Fuß sind. Die Gui Col haben alle anderen in einer Trainingshalle der CANNAE inhaftiert.«

»Ich weiß.«

»Du hast ...«

»Ich konnte einen Trupp der Goldenen beobachten. Keine Angst, sie haben mich nicht gesehen. Wissen sie von dir?«

»Ich hoffe nicht. Zumindest hat niemand eine offizielle Durchsuchung des Schiffs angeordnet.« Kefauver musterte kurz die umliegenden Kisten und Container. »Gibt es hier noch andere Nahrungsmittel?«

»Keine. Ich trage jedoch genügend Konzentrate bei mir, falls du etwas benötigst.«

Er verneinte. »Gehen wir.«

»Was hast du vor?«

»Ehe ich untergetaucht bin, habe ich einige Waffen beiseite geschafft. Wir müssen nach einem Weg suchen, sie unseren Leuten zukommen zu lassen.«

»Klingt wie ein Spaziergang.«

»Dieselbe Art von Spaziergang wie der Flug der FARYDOON von Khordáad zurück nach Gorragan.«

Was er sah, gefiel ihm gar nicht. Misstrauisch blieb er stehen.

»Gefahr, Caadil«, sagte er schlicht. Sie hatten den Bereich des Luxushotels längst wieder verlassen und sämtliche Spuren ihrer Anwesenheit verwischt. Niemand würde je bemerken, dass sie dort gewesen waren, geschweige denn ihnen folgen können, selbst wenn sie das Lager intensiv durchsuchten.

Die Navigatoren-Schülerin drehte den Kopf. Strähnen ihrer roten Haare rutschten über die Vortex-Augen und bedeckten sie völlig. In diesem Moment hätte sie eine normale Tefroderin sein können. Sie stellte keine Fragen, was Adlai sehr erleichterte.

Sie befanden sich nur noch wenige Meter von Adlais Geheimbasis inmitten einer Maschinenhalle der FARYDOON entfernt. An diesem Ort war nichts vom großzügigen, weitläufigen Grunddesign des Schiffes zu erahnen; jeder noch so kleine Raum war effizient genutzt. Diese Halle würden allerdings auch nie Passagiere betreten; hierher verirrte sich im ungünstigsten Fall ein Technikerkommando, auch wenn die Technologie noch viele Jahre ohne Wartung laufen würde.

Aggregate wummerten leise, ein stetes Summen lag in der Luft. Es roch nach Elektrizität und kürzlich entstandenem Ozon. Auf einem Planeten hätte Adlai jeden Augenblick damit gerechnet, dass sich ein Gewitter entlud.

Im hinteren Bereich versprühten Maschinen feinen, kalten Dampf, der alles unter einen Nebelschleier legte. Adlai besaß nur rudimentäre Kenntnisse über die Funktionsweise der FARYDOON, doch er wusste, dass diese ständige Feuchtigkeit mit den Vortex-Aggregaten zusammenhing. Von dieser Stelle aus wurde die Verbindung der gläsernen Steuergondel mit dem Hauptring stabilisiert und energetisch abgeschirmt, sodass sich während des Vortex-Fluges keine Risse im Material bilden konnten.

Darauf kam es ihm jedoch nicht an. Er hatte sich auf eine sehr einfache und vor allem energetisch unauffällige Weise abgesichert, indem er auf dem Boden in Form eines Kreises rund um sein Versteck eine feine Ascheschicht verstreut hatte. Diese war vor seinen Füßen verwirbelt.

Er deutete darauf. »Jemand war hier.«

Caadil verstand offenbar sofort, worauf er hinauswollte. »Es sind allerdings keine echten Spuren. Es sieht eher so aus, als wäre Wind darüber geweht.«

»Und woher sollte in dieser Halle ein Wind kommen?«

»Die Maschinen und Aggregate ...«

»... sind abgeschirmt und beeinflussen ihre Umgebung nicht. Darauf habe ich natürlich geachtet.« Er griff nach einem Handstrahler und zog Caadil mit sich in Deckung. »Jemand hat mein Lager entdeckt. Die Waffen und Sprengkörper, die ich dort versteckt habe. Ohne sie ist jeder Widerstand zwecklos.«

»Du hättest sie nicht zurücklassen dürfen.«

»Ich musste dich holen, Caadil. Allein kann ich nichts ausrichten. Auch zu zweit wird es viel Zeit kosten, die gesamte Ausrüstung zur CANNAE und zu den Gefangenen zu transportieren.«

»Dann ist es ja gut, dass wir zu dritt sind«, sagte eine dumpfe Stimme.

Adlai erkannte sie sofort. »Parizhoon!«

Der Mentadride löste sich aus einer Einbuchtung in einem Aggregateblock, in dem er sich dank seines metallischen Äußeren völlig unauffällig verborgen und wie ein Teil der Maschine gewirkt hatte. »Das beste Versteck ist immer noch direkt vor den Augen derer, die suchen. Hast du etwa geglaubt, ich würde dich nicht finden, Adlai?«

»Ich dachte, du wärst mit den anderen gefangen. Oder ...« *Oder zerstört worden,* hatte er sagen wollen, verbesserte sich aber gerade noch rechtzeitig. »... tot.«

»Ich habe mit dem Einsatzkommando die Hyperplanke überquert und danach den defekten Kampfroboter gemimt, indem ich mich transformierte und zugleich einen Teil absprengte, was eine Explosion in meinem Inneren vortäuschte. Sie hielten mich für eine bloße Maschine und ließen mich ebenso liegen wie die Leichen des Einsatzkommandos. Es dauerte einige Zeit, aber dann konnte ich mich zurückziehen. Der vierte Notfall-Greiftentakel fehlt mir allerdings sehr.«

»Wir werden dich reparieren, wenn alles überstanden ist«, versicherte Caadil. Ihr Tonfall zeigte jedoch überdeutlich, dass sie selbst daran zweifelte, dass all dies jemals ein Ende haben konnte.

Parizhoons Auftauchen erleichterte Adlai. Der Mentadride konnte sich als extrem wertvoller Verbündeter erweisen. Mit einem Mal sah er der Zukunft zuversichtlicher entgegen. Die Gui Col glaubten, dass sie bereits gewonnen hatten?

Der Kampf war noch lange nicht entschieden.

Es erwies sich als unmöglich, das Verbindungsschott zur CANNAE unauffällig zu passieren. Zwar zweifelte das kleine, auf immerhin drei Personen angewachsene Einsatzteam nicht daran, dass sie die vier Gui-Col-Wächter besiegen könnten. Jeder offene Kampf hätte ihren Feinden jedoch unmissverständlich klargemacht, dass sich noch Widerstandskämpfer auf freiem Fuß befanden. Diesen Preis durften sie nicht bezahlen, nur um das Söldnerschiff zu erreichen.

Adlai hoffte darauf, dass die Wachtposten lediglich in weiser Voraussicht und als Absicherung postiert worden waren, ohne dass ein konkreter Verdacht seitens der Gui Col bestand. Wäre Adlai für die Eroberung der FARYDOON zuständig, hätte er genau das getan, um potenziellen Flüchtlingen die Passage zwischen der CANNAE und dem Vortex-Schiff zu verwehren.

Caadil, Parizhoon und er zogen sich wieder in ihr Basislager in der Maschinenhalle zurück. Unter der Aufsicht des Mentadriden legten Adlai und Caadil eine kurze Ruhepause ein. Kefauver musste sich zur Ruhe zwingen, schlief jedoch schließlich für fast drei Stunden ein.

Sein Körper benötigte diese Erholung dringend, genau wie die Mahlzeit, die er danach zu sich nahm. Caadil erwachte ebenfalls, summte eine rhythmische Melodie und schaute dabei ins Leere.

Er aß einige Konzentrate, die er in Mengen in sein improvisiertes Lager mitgenommen hatte. Danach bat er Caadil um einen der süßen Riegel, die sie aus Lager Vier/Acht mitgenommen hatte; teils wollte er damit die angespannte Stimmung durch einen Scherz entspannen, teils verspürte er tatsächlich Lust darauf.

Sie reichte ihm einen Riegel. »Es ist mein letzter, aber ich gönne ihn dir von Herzen. Hör zu, Adlai – es gibt einen anderen Weg, in die CANNAE zu gelangen. Allerdings muss ich dazu wissen, ob wir uns noch immer in diesem weißen Reisemedium befinden oder es bereits verlassen haben. Mein Plan wird nur während eines Orientierungsstopps der FARYDOON funktionieren. Zumindest befürchte ich das. Das Schiff samt der CANNAE und der CHAJE als Schleppraumer könnte sich durchaus in einer stabilen Raumzeit-Blase befinden, aber es erscheint mir zu riskant, während des Flugs im Weißraum auszusteigen.«

Adlai hatte den Riegel geöffnet, führte ihn jedoch nicht zum Mund. Es dauerte einige Zeit, bis er verstand, worauf sie hinauswollte. »Du willst ausschleusen?«

»Denk doch nach. Die einzige Verbindung zwischen der FARYDOON und der CANNAE bildet ein schwer bewachtes Schott, das wir von innen nicht passieren können. Dennoch müssen wir auf dein myrmidonisches Schiff überwechseln. Also bleibt uns nichts anderes übrig: Wir unternehmen einen kleinen Weltraumspaziergang, erreichen die CANNAE von außen und schleusen wieder ein. Wenn wir eine kleine Schleuse nutzen, werden die Gui Col es nicht bemerken – hoffentlich zumindest. Sie beherrschen unsere Technologie noch nicht perfekt. Mit etwas Glück können wir sogar mit magnetisierten Sohlen über die Außenseite des Rings der FARYDOON und die Andockflansche laufen, ohne den Kontakt zum Schiff auch nur einmal zu verlieren. Das würde das Risiko minimieren.«

Dem Söldner verschlug es die Sprache. Die Idee war ebenso einfach wie genial.

»Ich halte es für möglich«, kommentierte Parizhoon. »Allerdings stimme ich Caadil zu, dass wir es nur während eines Orientierungsstopps versuchen sollten. Der

Weißraum ist für uns unberechenbar, und egal wie stabil die Blase um den Schiffsverbund ist, würde ich es auch während eines *normalen* Linearraumflugs nicht empfehlen.«

Zwischen Adlais Fingern schmolz die cremige Hülle des Riegels. »Stellt sich nur die Frage, wie wir herausfinden, ob wir uns noch im Weißraum befinden.«

Caadil erhob sich. »Ganz einfach. Wir werfen einen Blick nach draußen und schauen nach. In den Luxussuiten der Außensektion gibt es Fensterfronten, die während des Fluges den Blick in den Vortex ermöglichen. Es sei besser als jede Holoshow, habe ich mir sagen lassen.«

»Ein Zimmer mit Aussicht«, sagte Parizhoon. »Sehr geschmackvoll. Schade, dass wir uns nicht auf einer bequemen Kreuzfahrt befinden.«

»In einer der Suiten werden wir uns mit eigenen Augen davon überzeugen können, wo wir uns aufhalten. Wir nehmen die Waffen mit. Sobald wir normalen Weltraum vor uns sehen, sollten wir keine Sekunde zögern und ausschleusen. Wir können nur hoffen, dass uns genug Zeit bleibt.«

Keine Stunde später waren sie unterwegs. Der Weg führte durch verlassene Korridore, durch Lagerräume und vorbei an einfachen Quartieren. Sie waren stets darauf bedacht, strategisch wichtige Sektionen zu meiden, nutzten so oft wie möglich Wartungstunnel und andere verborgene Wege.

Schließlich erreichten sie erneut jene Sektion des Luxushotels, in der sich Adlai und Caadil wiedergefunden hatten. Seit der Erstürmung der FARYDOON durch die Gui Col waren inzwischen knapp achtzig Stunden vergangen. Achtzig Stunden, in denen Adlai zweimal für wenige Stunden geschlafen hatte. Er würde nicht mehr lange ohne eine größere Ruhepause durchhalten. Andererseits galt es, möglichst wenig Zeit zu verlieren. Wenn die Gui Col erst einmal ihr Ziel erreicht hatten, wohin auch immer sie unterwegs sein mochten, würde es noch weitaus schwieriger, wenn nicht gar unmöglich, sein, die Gefangenen zu befreien. Vielleicht bildete die verbleibende Reisezeit die letzte Chance, Widerstand zu leisten.

Adlai blieb in dem holzgetäfelten Korridor stehen. »Welche Zimmer bieten eine Fensterfront, wie du sie erwähnt hast?«

Die Navigatorin musterte die einige Meter auseinander liegende Reihe von Türen. »Leider habe ich diesen Bereich des Schiffs noch nie bewohnt. Derartigen Luxus gönnt man einem Mitglied der Besatzung nicht, nicht einmal den *echten* Navigatoren.«

»Ich habe einen kompletten Bauplan der FARYDOON abgespeichert«, sagte Parizhoon. »Ich greife gerade darauf zu. Folgt mir.«

Der Mentadride schwebte durch den Korridor, wählte zielstrebig die linke Abzweigung und blieb schließlich vor einer Tür stehen, die – *Verschwenderischer Luxus!*, dachte Kefauver – mit einem Überzug aus silbrigem Samt verkleidet war. Er hob einen Tentakelarm und koppelte ihn an den Verschlüsselungsmechanismus.

Lautlos schob sich die Tür zur Seite und gab den Weg in das Appartement frei.

Der Raum maß mindestens fünfzig Quadratmeter. Mehrere Sitzmöbel standen darin verteilt, an den Wänden zeigten Holobilder abwechslungsreiche Panoramen von Sternennebeln und Planetensystemen. Diverse Kommunikationspulte waren elegant in Nischen versenkt. Ein breites Bett, den Bedürfnissen von Tefrodern ebenso angepasst wie denjenigen von Blues, bildete den Mittelpunkt des Raums.

Und ein gläsernes, mehrere Meter breites Band bot freien Blick ins All.

Oder in das, was immer sich dort draußen befand: milchig-wallendes Weiß, in dem die Sterne trieben wie in einem erstarrten Meer.

Sonnen funkelten als winzige Punkte im ewigen Schwarz, das nur seitlich der FARYDOON von einem violett-blauen Wirbel durchbrochen wurde. Kosmische Gase sammelten sich dort zu einem Sternennebel, der unablässig in sich selbst rotierte.

Erst nach drei vollen Tagen waren die miteinander verbundenen Schiffe in den Normalraum zurückgekehrt; drei Tage, in denen Parizhoon immer wieder in der Luxussuite den Status des Schiffes überprüft hatte.

Und nun war das kleine Team auf dem äußeren Ring unterwegs, der das zentrale Kugelraumschiff umgab. Das gewaltige metallene Rund, der Vortex-Schlitten der FARYDOON, durchmaß 740 Meter. Wenig mehr als die Hälfte davon nahm das Kugelschiff ein.

Adlai Kefauver kannte die Werte, doch als er auf der riesigen Ebene stand, die im All trieb und sich nicht zu bewegen schien, kam er sich winzig vor. Die zentrale Kugel ragte wie ein Gigant auf, obwohl er nicht einmal die Hälfte sehen konnte, weil sie unterhalb des Rings lag. Die Wölbung des Kugelraumers verbarg auch den Blick auf die gläserne Gondel, in der unter normalen Umständen der Navigator seinen Dienst versah und das Schiff durch den Vortex lenkte.

Schritt für Schritt bewegten sich die drei verloren wirkenden Gestalten auf dem Andockflansch, der die FARYDOON mit der CANNAE koppelte. Das Kriegsschiff der CALLAMON-Klasse wirkte nicht weniger gigantisch und zeichnete sich vor der Schwärze des Weltraums ab.

Kefauver und seine Begleiterin trugen geschlossene Raumanzüge aus der Materialkammer der Außenschleuse, durch die sie das Schiff verlassen hatten. Die Stiefel klebten förmlich auf dem Metall des Schiffes. Parizhoon benötigte als Roboter keinen Schutz vor dem Vakuum des Alls.

Plötzlich kippte die Welt. Der Horizont der Schiffe stürzte zur Seite, und Adlais Magen revoltierte, bis sich sein Gleichgewicht wieder einpendelte und alles genau wie zuvor schien.

Caadil ächzte. »Die FARYDOON hat sich bewegt.«

»Nur eine Orientierungsphase«, sagte Parizhoon. Sie waren über Funk ständig miteinander verbunden. »Eine lediglich minimale Verschiebung der Position der CANNAE durch eine veränderte Position der an ihr verankerten Hyperplanke.«

Du hast gut reden, dachte Kefauver. *Dir kann nicht übel werden, wenn sich die Welt plötzlich anders dreht, als du es gewohnt bist.*

Die Hyperplanke konnte er als diffuses Etwas erahnen, das vom Söldnerschiff aus in einem annähernd rechten Winkel zur FARYDOON in den freien Raum ragte. Adlai hatte schon tausendmal versucht, diesen höherdimensionalen Korridor zu fixieren. Das Phänomen entwand sich jedes Mal seiner Wahrnehmung, ließ jedoch das All rundum flimmern, als schiebe sich ein zweites Bild davor, das *anders* war, ohne dass Adlai diese Fremdartigkeit benennen konnte.

Die CHAJE indes, das Schiff der Gui Col, war jenseits der Planke klar zu erkennen. Die hyperphysikalische Brücke endete an der Hülle einer torpedoförmigen Einheit, die dank ihres mittschiffs angebrachten konischen Turm-Aufsatzes an ein archaisches U-Boot erinnerte. Das Gui-Col-Kriegsschiff glänzte schiefergrau und reflektierte matt das Funkeln der Sterne. Kefauver schätzte, dass es die doppelte Größe der FARYDOON besaß. Über die Zahl der Besatzung konnte er nach wie vor nur Mutmaßungen anstellen, so wichtig diese Information auch gewesen wäre.

»Seht euch die Hyperplanke an.« Parizhoon verfiel in den Tonfall eines Wissenschaftlers, der ein interessantes Experiment seiner besten Schüler kommentierte. »Ihr Ende fluktuiert, streicht über die CANNAE wie über die CHAJE.«

»Du kannst sie sehen?«, fragte Caadil.

»Meine Sensoren sind nicht in der Lage, ein exaktes Bild zu erstellen, doch die normal- und hyperphysikalischen Messungen sind ausreichend genau. Eine Abweichung von wenigen Prozent ist möglich, aber ... ja, ich kann sie sehen. Die Auswertung der Daten legt nahe, dass sich die Planke in der Auflösung befindet, da ihre Masse im Verhältnis zum Volumen abnimmt. Oder anders gesagt, die Gui Col scheinen die Hyperplanke von den Schiffen zu lösen.«

Kefauver schritt unbeirrt weiter. »Dann müssen wir uns umso mehr beeilen! Parizhoons Beobachtung klingt logisch. Wir haben den Weißraum verlassen und sind in den Normalraum zurückgestürzt. Das legt nahe, dass nur noch eine kurze Strecke bis zu unserem Ziel vor uns liegt. Die Hyperplanke wurde benötigt, um unsere mit dem Weißraum nicht kompatiblen Schiffe bis hierher zu transportieren. Die FARYDOON steht inzwischen ebenso wie die CANNAE unter der Gewalt der Gui Col. Sie können die Schiffe also auch ohne diese Krücke an ihr Ziel bringen.«

Der Mentadride schwebte wenige Zentimeter über der Außenhülle des Vortex-Schlittens. Der violette Sternenwirbel lag nun exakt hinter ihm, schien seinen metallischen Körper wie eine Aureole zu umgeben. »Ich hege noch eine andere Vermutung. Die Hyperplanke ist eine höchst sensible Ultra-Hochtechnologie, die für den Einsatz im Weißraum konzipiert wurde oder genauer wohl dazu, eine Brücke vom Weißraum in den Vortex zu schlagen. Das wiederum könnte bedeuten, dass sich diese beiden höherdimensionierten Reisemedien ähneln oder zumindest eine Verbindung aufweisen, aber das nur am Rande. Wichtiger ist, dass die Planke im Normalraum womöglich nicht eingesetzt werden kann.«

»Wie auch immer«, unterbrach Caadil den Vortrag. »Wenn die Schiffe wieder Fahrt aufnehmen, wird es uns vielleicht zerreißen. Wir sollten uns also beeilen.«

Sie erreichten den gewaltigen Wulst des Andockflansches. Die Ankopplung ragte fast zehn Meter hoch auf. Zum Glück für die kleine Gruppe befand sich der größte Teil unterhalb des Rings der FARYDOON. Der obere Teil des Flansches bildete im Verhältnis zur Größe des Schiffs nur eine winzige Erhebung, für das Einsatzteam allerdings ein ernsthaftes Hindernis.

Caadil löste zuerst die Magnetisierung ihrer Sohlen und schaltete das Flugaggregrat an. Adlai folgte ihr, als sie aufstieg.

»Ein eigenartiges Gefühl«, sagte Parizhoon, »den direkten Kontakt zu einem Schiff zu verlieren, das jederzeit losfliegen kann. Auch wenn es nicht so aussah, war ich durch mein Schwebe-Prallfeld ebenfalls ständig mit der Oberfläche verbunden. Wenn es nun auch nur den geringsten Schub gibt, werden wir den Anschluss nicht wahren können und im All verloren gehen.«

Ausgerechnet du redest von Gefühlen?, dachte Kefauver, sprach es aber nicht aus.

Durch den Helmempfänger drang ein Summen, wie er es oft gehört hatte, als sie darauf warteten, dass die FARYDOON den Weißraum verließ. Caadil lenkte sich damit ab, wenn sie in unangenehme Situationen geriet; ihren eigenen Worten nach half es ihr auch dabei, sich zu konzentrieren. Sie begann sogar leise zu singen: »Fly me to the moon, let me sing among those stars ...«

Gemeinsam erreichten sie die höchste Stelle des Flansches und standen wenige Sekunden später auf der Hülle der CANNAE.

»Die nächste Außenschleuse liegt nur knapp hundert Meter entfernt«, meldete der Mentadride. »Caadils Plan hat offenbar tatsächlich funktioniert.«

24

Zu den Waffen!

Perry Rhodan erwachte aus einem kurzen Schlaf. Er setzte sich auf und rieb sich die Augen; als eine der letzten Nachwirkungen des energetischen Schocks tränten sie noch immer stark, doch dank der belebenden Impulse seines Zellaktivators fühlte er sich schon seit Stunden wieder merklich besser.

Der Blue, der seit Beginn ihrer Gefangenschaft versuchte, die Verletzten zu behandeln, kam auf Rhodan zu. In der Hand hielt der *Bluedoc*, wie alle ihn mittlerweile nannten, eine der letzten Schmerzmittel-Phiolen, die Rhodan bei ihren Wächtern gegen den Geldchip eingetauscht hatte.

»Es geht mir gut«, sagte Rhodan. »Du solltest das Medikament für jemand anderen aufsparen.«

»Ich bin zufrieden mit deinem Zustand«, stimmte der Bluedoc zu. »Es geht um etwas anderes. Du solltest mit mir kommen, Perry.«

Er folgte dem Blue und nickte Omid Manóo zu, als er an ihm vorüberging. Der Journalist hatte den Anschlag auf das Casino unbeschadet überstanden, sein Partner Aarmáan Farbod hingegen war unter den Trümmern einer einstürzenden Zwischenwand begraben worden. Dem Mann, dessen joviales *»Nenn mich einfach Aarma«*

Rhodan noch lange in Erinnerung bleiben würde, war der Brustkorb zerquetscht worden.

»Gibt es Probleme mit Jinascha?«, fragte Rhodan.

»Sieh es dir selbst an.« Der Tonfall des Blue ließ keinen Zweifel daran, dass die eigentliche Antwort *Stell keine weiteren Fragen* lautete.

Diesen Gefallen tat Rhodan ihm gern. Es war bei weitem nicht das erste Mal, dass sie möglichst unauffällig bleiben wollten, damit ihre Wächter nicht aufmerksam wurden. Dass der Mediker Rhodan aufsuchte, war in letzter Zeit zu oft vorgekommen, als dass ein zufälliger Beobachter daran Anstoß nehmen konnte. Die Gui Col wussten zweifellos um die Nachwirkungen ihrer Schock-Waffe. Wenn sie etwas wunderte, dann wohl eher Rhodans rasche Genesung; von seinem Zellaktivator ahnten sie schließlich nichts.

Wenig später nahmen die beiden inmitten einer Gruppe von myrmidonischen Söldnern Platz, die sich um eine schwerverletzte Kollegin scharten, mit der es stündlich bergab ging. Das Einzige, das der Bluedoc für sie tun konnte, war, ihre Schmerzen zu lindern und damit wenigstens auf einem halbwegs erträglichen Niveau zu halten.

Auch Haneul Bitna saß inmitten der Gruppe. Er wies neben sich. »Setz dich zu mir, Perry.«

Obwohl sich der Terraner fragte, was diese Inszenierung sollte, nahm er Platz. Ihm gegenüber saßen zwei Söldner, die mit dem Rücken an der Wand lehnten. Etwas an ihnen kam Rhodan merkwürdig vor. Es dauerte eine Sekunde, bis er es erkannte – aus der Tasche des einen ragte der Griff eines Strahlers.

»Ich sehe, du hast es bemerkt«, sagte Haneul leise. »Wir haben Besuch erhalten. Lass dir nichts anmerken. Unsere Körper verdecken alles perfekt.«

Zwischen den Söldnern wackelte ein Stück der Wand, dann klappte es nach hinten und ein Durchgang wurde frei. In der Öffnung, gerade groß genug, dass sich ein Mann hindurchdrücken konnte, tauchte Adlai Kefauvers Gesicht auf. Die Wände um ihn waren roh beschnitten, wiesen Kanten und Scharten auf. Vorsichtig schob er einige Handstrahler heraus, die die Söldner hinter ihrem Rücken verschwinden ließen.

Rhodan atmete erleichtert auf. Adlai hatte es also doch geschafft zu überleben und zu ihnen vorzudringen.

Kefauver zog die Arme zurück und versuchte in dem engen Tunnel eine einigermaßen bequeme Haltung einzunehmen. »Caadil und Parizhoon sind bei mir. Dank Parizhoons Bauplan der CANNAE haben wir eine Versorgungsröhre entdeckt, die dicht an euer Gefängnis heranreicht. Wir mussten uns nur durch etwa sechs Meter Metall schneiden, um hierher zu kommen. Hat einige Zeit gedauert mit unseren Handstrahlern, die wir wegen der Ortungsgefahr nur auf schwache Bündelung eingestellt hatten.« Er dehnte die Schultern und griff hinter sich.

Die Söldner nahmen mehrere Sprengkörper in Besitz. Im Augenwinkel beobachtete Rhodan, wie eine perfekt unauffällig organisierte Menschenkette die Waffen im Raum verteilte.

»Wir proben den Aufstand«, sagte Haneul scheinbar gelassen. »Die Ausgangstür sprengen wir ohne Vorwarnung und kümmern uns dann um die Wächter. Danach müssen wir improvisieren.«

Rhodan entwickelte in Sekundenschnelle einen weitergehenden Plan. »Du sagtest, Caadil sei bei dir.«

»Ihr geht es gut.« Kefauver reichte einen Granatenwerfer von der Länge eines Unterarms an seine Söldner. »Aber wenn du daran denkst, die FARYDOON zu erobern, vergiss es gleich wieder. Vielleicht können wir die CANNAE im Handstreich nehmen. In der FARYDOON allerdings halten sich zu viele Gui Col auf, und bis wir auch nur in das Vortex-Schiff vordringen können, sind ihre Verteidiger gewappnet. Ohne das Überraschungsmoment haben wir keine Chance. Die FARYDOON müssen wir ihnen wohl oder übel lassen.«

»Es geht mir nicht um die FARYDOON.« Rhodan beugte sich zur Tarnung über die schwerverletzte Söldnerin. »Sondern nur um die Vortex-Gondel. Ist sie autark flugfähig?«

»Die Gondel«, hörte er Caadils Stimme. Die Navigatoren-Schülerin war hinter Kefauver nur undeutlich zu erkennen. Ihr Gesicht glänzte vor Schweiß. Sie reichte dem Söldner einen neuen Satz Handstrahler. »Natürlich ... wir können die Gondel abkoppeln. Ohne sie ist die FARYDOON nur ein gewöhnliches Schiff und kann nicht im Vortex navigieren.«

Rhodan versuchte sich die gläserne Kabine vorzustellen, die in einer Lücke des Rings um den zentralen Kugelraumer befestigt war. »Wie viele Personen passen in die Gondel?«

»Drei. Wenn wir sehr eng zusammenrücken, vier.«

»Kannst du die Gondel steuern?«, fragte der Terraner.

»Ich ...« Caadil stockte. »Selbstverständlich kann ich. Wenn wir sie jemals erreichen.«

»Mach dir Gedanken, wie wir sie am besten erreichen«, forderte Rhodan. »Ich spreche mit dem Tamrat und kehre bald zurück. Seid vorsichtig mit den Waffen. Wir dürfen keine Aufmerksamkeit erwecken.«

Kefauver schloss die Klappe wieder. Die Wand sah nahezu unversehrt aus. Rhodan stand auf, redete noch einige Worte mit dem Bluedoc, um nicht verdächtig zu wirken, und ging quer durch die Halle. Sein Ziel bildete Tamrat Tooray Ziaar. Der Tabuzone ging er dabei großräumig aus dem Weg.

Ziaar erwartete ihn bereits. Der Tefroder lehnte mit beiden Händen an der Wand und dehnte seine Rückenmuskulatur. Als Rhodan kam, wandte er sich um. Er sah mitgenommen aus, die Gesichtszüge wirkten eingefallen und ausgezehrt. Das Scheitern seines lange vorbereiteten Projekts war nicht spurlos an ihm vorübergegangen. In den müden Augen blitzte jedoch eine verwegene Hoffnung; zweifellos wusste er von Kefauvers Auftauchen.

Rhodan berichtete ihn von seinem Plan, nicht nur die CANNAE, sondern auch die Vortex-Gondel der FARYDOON zu erobern. »Wir können jedoch nur ein kleines Team schicken. Maximal vier Personen. Mehr kann die Gondel nicht aufnehmen. Da es eine Mission ohne Rückkehr ist, wäre es für jeden weiteren, der uns begleitet, ein klares Todesurteil. Wir werden uns also zu viert durchschlagen müssen.«

»Wir?«

»Ich werde mitgehen«, sagte Rhodan entschlossen. »Der Kampf um die Gondel ist zu wichtig. Diese Technologie darf einem Volk wie den Gui Col nicht in die Hände fallen. Du bist wegen deiner Bedeutung für die Transgenetische Allianz ebenfalls eine logische Wahl.«

»Bin ich nicht«, widersprach Ziaar. »Zwar besitze ich einige Kampferfahrung, aber sie ist nicht mit deiner zu vergleichen. Und schon gar nicht mit der von Adlai Kefauver. Er soll an meiner Stelle gehen. Ich werde mein möglichstes tun, um mit all den anderen die CANNAE zurückzuerobern.«

»Die Söldner werden gute Arbeit leisten. Es bleibt jedoch keine andere Wahl, als dass sich alle an dem Kampf beteiligen. Die Zivilisten dürfen nicht zurückbleiben. Die Söldner können nicht zugleich in die Offensive gehen und diese Halle beschützen.«

»Der Kampf wird nicht einfach werden. Aber die Eroberung der Gondel ebenfalls nicht. Du wirst gehen, Perry, und Adlai ebenso. Die Dritte muss selbstverständlich Caadil sein, nur sie kann die Gondel fliegen. Bleibt noch ein Platz frei.«

»Kefauver sagte, dass der Mentadride Parizhoon bei ihm ist. Ich hätte ihn gern dabei.«

»Ein Kampfroboter«, murmelte Ziaar. »Sogar mehr als das. Mir scheint, dein Team ist komplett. Fragt sich nur, wie ihr bis zur Gondel vordringen wollt.«

»Komm mit mir«, bat Rhodan. »Du solltest selbst mit Adlai sprechen und ihm deine Entscheidung mitteilen.«

Sie durchquerten die Halle, gingen jedoch nicht auf direktem Weg zu dem Durchbruch, hinter dem der Kommandant der Söldner auf sie wartete. Sie sprachen mit einigen ihrer Mitgefangenen, hielten sich unterschiedlich lange bei den verschiedenen Gruppen auf.

Der Tamrat erwies sich als geschickter Stratege, der versuchte, den bevorstehenden Angriff zu organisieren. Dabei teilte er jeweils einige Söldner einer Gruppe von Zivilisten zu. Rhodan blickte in ängstliche, aber auch entschlossene Gesichter. Sie würden den Ausbruch schaffen, davon war er überzeugt; was danach kam, konnte unmöglich vorausgesehen werden. Ob die Rückeroberung der CANNAE gelang, würde erst die Zeit zeigen.

Bald gesellten sie sich – nach außen hin eher zufällig, der Tamrat setzte sich, während Rhodan stehen blieb – zu der Gruppe rund um die verletzte Söldnerin. Der Durchgang war geschlossen.

»Adlai hat sämtliche Waffen weitergegeben«, informierte sie Haneul Bitna. »Sie werden noch verteilt. Leider reicht es nicht aus, um jeden zu bewaffnen. Wir werden den Gui Col nach und nach einiges entwenden müssen.«

»Wer wird den Ausbruch und den Sturm auf die CANNAE leiten?«

Haneul hob eine Hand und strich über das Gefieder um seine Augen. Eine Feder löste sich und trudelte zu Boden. »Wir sind davon ausgegangen, dass du den Weg zur Gondel antreten wirst. Also wird Adlai das Kommando übernehmen.«

»Er geht ebenfalls«, sagte der Tamrat bestimmt. »Ich bestehe darauf.«

»Dann werden wir uns wohl nach einem anderen Anführer umsehen müssen«, meinte der Rahsch'kani.

Rhodan bat einen der Söldner, zur Seite zu weichen und lehnte sich direkt neben dem losen Durchgang gegen die Wand. Vorsichtig klopfte er dagegen. Es dauerte nicht lange, bis Adlai Kefauver von der anderen Seite her öffnete. Er kauerte in dem schmalen Tunnel.

In Stichworten informierte der Terraner den Anführer der Söldner. »Mir kommt nur einer in den Sinn, der geeignet wäre, die Rückeroberung zu leiten«, schloss er.

Kefauver nickte. »Ich stimme dir zu. Ich weiß meine Männer bei dir in guten Händen, Haneul.«

Rhodan kannte den Vogelartigen nicht lange genug, um dessen Mimik deuten zu können, doch er glaubte nicht, dass Haneul Bitna allzu überrascht war.

»Wer hätte gedacht, dass ich noch einmal zur Sternenwacht Myrmidon zurückkehre.«

»Du täuschst dich«, sagte der Tamrat. »Du stehst nach wie vor in meinen Diensten. Ich werde lediglich deine Belohnung etwas anheben.«

Haneul wandte sich ab. Sein Blick schweifte über die versammelten Gefangenen. »Lass uns zuerst einmal dies alles überleben. Wenn wir eines Tages tatsächlich nach Gorragan zurückkehren sollten, werde ich dir schon sagen, welche Bezahlung mir angemessen erscheint.«

»Hat Caadil eine Entscheidung getroffen?«, fragte Rhodan. »Wie können wir am leichtesten zur Gondel vordringen?«

»Auf demselben Weg, wie wir zu dritt die CANNAE erreicht haben, Perry.« Adlai kroch rückwärts. »Wir steigen aus.«

25

Goldener Zorn

Fenji Eichach lauschte den klagenden Tönen der Flughaie. Nichts versetzte ihn in größere Melancholie als diese Tiere, wenn sie ihre Nachkommen riefen, die doch nie auf sie hörten und für immer im großen Meer verschwanden.

Dies war seine Lieblingsaufnahme, die er selbst vor vielen Jahren auf Hort Nooring erstellt hatte. Sie vereinigte all den Schmerz und die Tiefe des Verlusts, und doch war sie voller Triumph, weil eine neue Generation in die Weiten entlassen wurde. Die Flughaie schufen neues Leben aus Qual und Schmerz.

Diese Töne konnte Fenji wieder und wieder hören, gerade in Zeiten, in denen er mit der Entwicklung der Dinge zufrieden war. Sie spiegelten die Weisheit des Kosmos und die Brillanz des Lebens. Und dabei waren sie so einfach, so direkt und natürlich, ohne jedes Wort, ohne das humpelnde Hilfsmittel Sprache, das der Klarheit eines Gefühls doch nur unzulänglich Ausdruck zu verleihen vermochte.

Fenji schwamm im heißen Ölbad. Dies war eine der Annehmlichkeiten, die er sich als Cha Panggus Meisterschüler leisten konnte. Der Umbau seines Quartiers hatte einige Mühe und zahllose *Gefälligkeiten* erfordert, doch es war die Investition wert gewesen. Er liebte es, wie die Strudel die prickelnd heißen Tropfen durch das kühle Wasser trieben und diese schließlich auf der Haut explodierten.

Seine Gedanken trieben ebenfalls in einem Strom. Nun, da er erstmals Cha Panggus gesamten Plan und dessen Absichten mit der FARYDOON kannte, und wusste, warum sein Meister eine solch lange Zeit in die Entwicklung der Hyperplanken und das Projekt »Vortex« gesteckt hatte, konnte er nur froh darüber sein, dass es ihn zu Beginn seiner Lehrzeit ausgerechnet an Bord der CHAJE verschlagen hatte. Cha Panggu mochte viele Eigenheiten besitzen, doch der Ruf als ebenso effizienter wie grausamer Tributier eilte ihm nicht umsonst voraus. Er wusste, wann man hart durchgreifen musste und wann es sich lohnte, in die Zukunft zu investieren. Panggu kannte den feinen Unterschied, wann man eine Tributwelt ausbluten lassen und wann man sie schonen musste.

Schließlich erhoben die Gui Col den Tribut nicht für sich, sondern für die Herren des Pantopischen Gewebes. Die Allem Entzogenen. Die Verknüpfer der Sterne. Die Peiken.

Je länger Fenji auf seine eigene Weise die Methoden seines Meisters kopierte, desto mehr erkannte er deren tieferen Sinn. Seit der Eroberung der FARYDOON tauchte er tiefer in Cha Panggus Weisheit ein als jemals zuvor. *Oder hat es schon früher begonnen?*, fragte er sich. *Während der letzten Cyberiaden, als Panggu mich lehrte, wer ich wirklich bin und auf welchem Platz ich stehe?*

Gewiss, Fenji hätte den myrmidonischen Kommandanten Julen Outarra auch anders töten können, einfacher und auf den ersten Blick effektiver. Es hätte Zeit und Ressourcen geschont ... aber es hätte nicht dieselbe Wirkung auf die Gefangenen erzielt. Darauf kam es an –

ein guter Pirat und Anführer der Gui Col musste seinen Gegnern entschlossen und unberechenbar entgegentreten, um ihren Respekt zu verdienen. Außenstehende mochten es als sinnlose Grausamkeit und Quälerei empfinden, doch in Wirklichkeit ging es um etwas völlig anderes. Etwas, das wohl nicht einmal er bislang völlig verstand. Vielleicht begriff sogar Cha Panggu selbst die Tiefe seiner Genialität nicht vollkommen.

Ja, Fenji Eichach, Meisterschüler des Cha Panggu, künftiger Pirat und Tributier, Erwählter des *Teufels*, war zufrieden. Seine Mission war ein voller Erfolg gewesen, er war siegreich von der Jagd in der FARYDOON zurückgekehrt, sein Meister hatte ihm Respekt und Anerkennung gezollt. Fenji hatte sich wie ein Teil der Familie gefühlt, war Panggus größtem Schatz, den Zwillingsmädchen, so nahe gekommen wie niemals jemand vor ihm.

Er atmete tief ein, stülpte instinktiv die Schutzhaut vor die Gebildegrube und tauchte unter. Am Boden des Beckens stieß er sich ab und ließ sich treiben. Ein heißer Öltropfen zerplatzte mitten in seinem Gesicht und besprenkelte die Nickhaut seiner Grubenaugen. Ein wohliger Schauer durchrann ihn.

Dieser Augenblick grenzte an Perfektion: eine wundervolle Vorbereitung, eine grandiose Gegenwart, eine verheißungsvolle Zukunft. Er öffnete den Mund, füllte ihn mit öligem Wasser und schluckte beim Auftauchen. Tropfen perlten von seinem Leib, als er in Richtung des heißen Stroms ging und sich trocknen ließ. Seine Haut warf blitzende Reflexe an die Wände.

Er war zufrieden.

Ein Alarm gellte, schrill, hoch und misstönend.

Einen Augenblick wähnte sich Fenji in einem Traum, in einer parallelen Welt voller Irrsinn, die einem grotesken Bild seines Unterbewusstseins entsprang. Es konnte nicht sein, nicht ausgerechnet jetzt. Nicht, wenn die Perfektion so greifbar nahe lag; näher noch als während seiner besten Jagdzeiten. Nicht, wenn er der Erkenntnis seiner Selbst durch die Herrlichkeit dieses Moments so nahe war wie nie zuvor in seinem Leben.

»Fenji!«

Dies war Cha Panggus Stimme. Sein Meister nutzte die Notfrequenz, die eine Verbindung öffnete, ohne dass Fenji den Ruf erst bestätigen musste. Panggu hatte noch nie auf dieses Mittel zurückgegriffen – wieso hätte er es auch tun sollen? Fenji konnte sich keine Umstände denken, die ihn veranlasst hätten, einen Ruf seines Meisters zu ignorieren; weder Schlaf noch die Vorbereitung auf eine Jagd; weder das Lauschen auf seine liebsten Aufnahmen aus der Heimatwelt noch der Sex mit einer Lustmalerin.

»Meister?« Er wusste, dass Panggu ihn hörte, denn zahlreiche Akustikfelder nahmen jedes Wort auf, ganz egal wo in seinem Quartier er sich befand und wie leise er sprach. *Wieso nutzt er die Notfallfrequenz? Wieso versucht er es nicht zunächst über einen normalen Kanal?*

»Die Gefangenen sind ausgebrochen. Sie versuchen ...«

»Unmöglich«, entfuhr es ihm.

»Glaubst du, ich lüge?«

Fenji überlegte bereits, wie er sich dieser Situation entwinden sollte. Das Wort war ihm unbedacht entrutscht, ein dummer Fehler. Vor sich selbst entschuldigte er ihn damit, dass der Bruch von der Perfektion zum undenkbaren Notfall zu extrem gewesen und zu rasch erfolgt war. Doch ganz entgegen seiner sonstigen Gewohnheit ging Cha Panggu weder weiter darauf ein, noch tadelte oder züchtigte er seinen Schüler, sondern fuhr mit seiner Erklärung fort.

»Irgendwie sind sie an Waffen gekommen. Sie sind ausgebrochen, haben sämtliche Wächter getötet und stürmen die CANNAE. Die Hyperplanke ist bereits instabil, so dass wir von der CHAJE aus nur mit Beibooten Verstärkung schicken können.«

Während dieser Worte hatte Fenji bereits den Hitzestrom verlassen, zog sich hastig an und stieg in die Kampf-Panzerung. »Ich bin unterwegs, Meister!«

»Meine Männer in der FARYDOON sind bereits gewarnt. Ich ziehe jedoch nicht zu viele ab, um die CANNAE zu verteidigen. Im Notfall weißt du, was zu tun ist?«

»Die FARYDOON muss gehalten werden. Die CANNAE ist entbehrlich.«

»Sehr gut, Fenji.«

»Also werde ich das Söldnerschiff zerstören, wenn es in die Hände der Aufständischen zu fallen droht.«

Die Gui Col öffneten die Hauptschleuse der CANNAE von der Zentrale aus.

Fenji selbst steuerte das Beiboot, in dem er und ein Dutzend seiner Männer bereitstanden, sich an der Schlacht zu beteiligen. Die Gefangenen mussten ausgeschaltet werden. Kein Einziger durfte die nächsten Stunden überleben. Jeder Einzelne würde den Preis dafür bezahlen, so vermessen gewesen zu sein, sich nicht nur gegen die Gui Col zu erheben, sondern gegen Cha Panggu persönlich. Und gegen ihn, Fenji Eichach.

Außer Fenjis Beiboot rasten sechs weitere in den Hangar. Sie flogen zu schnell, um den Sicherheitsbestimmungen noch zu entsprechen, doch eine harte Landung nahmen die Piloten gern in Kauf. Es ging dieses Mal nicht um einen bedeutungslosen Kampf, bei dem der Sieger von vornherein feststand, wie bei den meisten Tributnahmen auf den Welten entlang der Routen im Pantopischen Gewebe – dies war ein echter Notfall. Ein Aufstand. Ein Aufbäumen der Verzweifelten.

So sehr es Fenji erschreckte, sogar entsetzte, dass ein Ausbruch möglich gewesen war, so sehr sorgte es auch dafür, dass sein ganzer Körper in Erwartung prickelte. Dies würde die Jagd seines Lebens werden, besser noch als die nach Sáatin Sepehr, dem Vortex-Piloten der FARYDOON, besser als alles, was er während der Cyberiaden je erlebt hatte. Und mit einem Mal ahnte, nein, wusste er, wieso die Gefangenen hatten ausbrechen können. *Wer* ihnen Waffen und Sprengsätze hatte zukommen lassen.

Es kam nur einer in Frage.

Adlai Kefauver.

Von Anfang an hatte Fenji am Tod des Kommandanten gezweifelt. Die Explosion der Stab-Bomben und alle Fallen und Kämpfe zuvor hatte er überlebt – um dann an Bord der CHAJE im Strahlerfeuer zu sterben, einfach so, wie viele seiner Männer auch? Im Grunde seines Bewusstseins hatte Fenji nicht daran glauben wollen, dem Zweifel jedoch keinen Raum gelassen und ihn unterdrückt. Das war ein Fehler gewesen, ein Fehler, der ihn zornig werden ließ auf sich selbst. Damit hatte er letztlich seinen eigenen perfekten Augenblick zerstört.

Adlai Kefauver war nicht tot. Er war untergetaucht, hatte sich an Bord der CANNAE verkrochen wie ein Tier, wie ein Flughaijunges bei seinem Vater, ehe es sich ins Meer stürzte und auf die Reise ohne Wiederkehr ging. Kefauver hatte Waffen gehortet und war damit feige und heimlich in den Saal zu den Gefangenen gekrochen, um sie ihnen zu überreichen. Im Untergrund hatte er gearbeitet wie ein widerwärtiges Insekt. Ein widerwärtiges, *lästiges* Insekt.

Zischend öffnete sich die Kanzel des Beiboots. Fenji sprang ins Freie, landete leichtfüßig auf dem Boden des Hangars und formte einen Arm aus der Gebildegrube. Er zog einen Strahler und befahl seinen Männern, jeden der Gefangenen zu töten, den sie zu Gesicht bekamen. »Niemand mehr wird in Gewahrsam genommen. Jeder Einzelne stirbt, so bald es möglich ist. Wer mir den Kopf des Gefiederten bringt, erhält eine Belohnung. Ich selbst gehe auf eine besondere Jagd.«

Adlai Kefauver, dachte er. *Diesmal wirst du mir nicht entkommen, denn diesmal bist du keine lästige Begleiterscheinung, sondern meine Beute.*

Von jenseits des Hangars hörte er den Lärm einer Schlacht. Schreie gellten, und der Donner einer Explosion ließ Metall ächzen.

Seine Leute stürmten an ihm vorüber, die Besatzungen der anderen Beiboote ebenfalls. Sollten sie sich nur einmischen. Sie würden diesen Gefangenenaufstand mit aller Gewalt niederschlagen, auch ohne Fenjis Führung. Diese Narren von der Transgenetischen Allianz wussten ja nicht, worauf sie sich eingelassen hatten. Sie würden bluten, doch ihnen würde keine Zeit bleiben, ihren Fehler zu bereuen.

Er jedoch, Fenji Eichach, würde sich um den Mann kümmern, der dies alles verschuldet hatte: Adlai Kefauver, Mitinhaber der Sternenwacht Myrmidon. Ihn musste er finden; ihn würde er finden, koste es, was es wollte.

Der Jäger tat das, was am Anfang jeder erfolgreichen Jagd stand: Er nahm Witterung auf.

26

Segelschiffe

Wie in alten Zeiten, dachte Rhodan.

Er gab Minimalschub auf die Steuerdüse des Flugaggregats und trieb der FARYDOON entgegen. Je näher er kam, umso riesiger schien der Ring um das Schiff zu werden. Er erstreckte sich in die Schwärze des Alls, die gebogenen Ränder in der Ferne schienen sogar darin zu verschwinden, dunkles Metall in lichtlosem Schwarz.

Die CANNAE und der Andockflansch blieben über ihm zurück. Schwerelos schwebte er durch den Weltraum, gesteuert von der Technologie seines Raumanzugs. Viel zu selten war er tatsächlich *draußen*, im All, außerhalb eines Raumschiffs, vom ewigen Vakuum nur getrennt durch die wenigen Zentimeter eines Raumanzugs. Es blieb ihm jedoch keine Zeit, dieses Gefühl der Freiheit auch nur ansatzweise zu genießen. Wahrscheinlich begann in diesen Momenten in der CANNAE der Ausbruchsversuch, der in einem mörderischen Kampf enden und vielen das Leben kosten würde. Ihr Schicksal war ungewiss, wie so oft im Weltall. In Momenten wie diesem kam es Rhodan vor, als hätte es tatsächlich nichts als Dunkelheit und Tod zu bieten.

Er schüttelte die Gedanken ab. Sie führten zu nichts. Er musste sich auf das konzentrieren, was vor ihm lag.

Ein Sprachbefehl stoppte den Schub der Steuerdüse und trieb ihn schwerelos weiter, bis er seine Sohlen magnetisierte und etwas härter auf der Außenhülle aufschlug, als ihm lieb war. Er sank in die Knie, streckte die Arme aus und stützte sich mit den Handflächen auf den Boden. Endlich stoppte er, drückte sich in die Höhe und gewann stabilen Stand.

Parizhoon und Adlai Kefauver waren bereits vor ihm. Caadil Kulée landete nahezu gleichzeitig mit ihm. Ihr schien es eleganter zu gelingen als ihm selbst.

»Wir müssen fast den gesamten Ring überqueren«, sagte die Navigatoren-Schülerin. »Die Gondel liegt auf der gegenüberliegenden Seite des zentralen Kugelraumers.«

Sie gingen los, der Mentadride schwebte voran. Caadils Plan basierte auf der Notausstiegsluke der Vortex-Gondel. Sie sollte dazu dienen, dass sich der Navigator befreien konnte, falls in einem Notfall der Übergang zur eigentlichen FARYDOON versperrt war und sich die Verbindungsschleuse nicht öffnen ließ. Eine Sicherheitsvorkehrung für einen Fall, der so unwahrscheinlich war, dass die Konstrukteure es für unmöglich hielten, dass er jemals eintrat – so hatte Caadil es bezeichnet. Ein redundantes System, das eher dem Perfektionismus der Sicherheitstechniker als dem Gondoliere diente. Wahrscheinlich hatte niemand jemals daran gedacht, dass die Luke dazu genutzt werden könnte, die Gondel vom Weltraum aus zu erobern.

»Noch einmal«, sagte Caadil, während sie über die Außenhülle des Rings eilten. Jeder Sprung brachte sie mehrere Meter voran; der Schwung und die kinetische Energie hätten sie ins All getragen, wenn die magnetische Anziehungskraft der Sohlen nicht entgegengewirkt hätten. »In die Gondel einzudringen, dürfte kein großes Problem bilden. Allerdings wird es den Gui Col in der Zentrale nicht verborgen bleiben, falls sie nicht blind und dumm sind.«

»Oder falls wir nicht unglaubliches Glück haben«, warf Parizhoon ein. »An einen Faktor wie das Glück glaube ich allerdings nicht, weil das Universum streng logisch und exakt geordnet ist. Auch wenn mir die Erfahrungen meiner Spender in dieser Hinsicht etwas anderes einzureden scheinen.«

Ein blau und lila wirbelnder Sternennebel tauchte am Horizont des Kugelraumers auf wie eine Sonne, die seitlich neben einem Planeten aufging.

Als würde ich auf den Ringen des Saturns surfen und das Universum hinter dem Planeten beobachten, dachte Rhodan. Einen Augenblick lang schweiften seine Gedanken ab, als dieser Vergleich eine Assoziation auslöste: *Die Heimat. Der Saturn. Das Geheimprojekt.*

Dann riss Caadils Stimme ihn in die Gegenwart zurück. »Ich bin überzeugt davon, dass wir die Gondel erreichen und eindringen können. Damit sitzen wir aber mitten unter unseren Feinden. Die Zentrale der FARYDOON, in der es von Gui Col zweifellos nur so wimmelt, liegt weniger als zwanzig Meter entfernt, lediglich getrennt durch einen Schleusengang. Ich werde als Erste die Gondel betreten und sofort mit dem Prozess beginnen, der sie aus der Verankerung im Vortex-Schlitten löst. Es wird allerdings etwa fünf Minuten dauern, bis die Gondel frei ist und ich sie in den Weltraum steuern kann. Ein kompliziertes technologisches Geflecht verbindet die Gondel mit dem Ringschlitten der FARYDOON. Fünf Minuten, in denen unsere Feinde durch die Schleuse eindringen können. Und auch werden.«

»Hier kommen wir ins Spiel«, sagte Kefauver. »Sie könnten die Gondel zerstören, aber das werden sie nicht. Ohne die Gondel ist die FARYDOON für sie wertlos. Wir werden das Schott halten. Fünf Minuten, Caadil. Keinesfalls länger.«

In der Ferne tauchte etwas in der Krümmung des Rings neben dem Kugelraumer auf. Etwas, auf dem es eigenartig funkelte und irrlichterte. Die gläserne Kanzel der Gondel reflektierte das Licht der Sterne und des rotierenden Nebels.

Sie hatten ihr Ziel fast erreicht. In wenigen Minuten würde die Entscheidung fallen. Wie es inzwischen in der CANNAE aussah, konnte Rhodan nur ahnen. Davon hing alles ab – selbst wenn es gelang, die Gondel zu erobern, musste die Gesamtaktion als Desaster angesehen werden, falls der Gefangenenaufstand im Söldnerschiff scheitert. Rhodan konnte zwar Funkverbindung mit Haneul Bitna und den Myrmidonen aufnehmen, um seine Neugierde zu stillen, doch er verzichtete bewusst darauf. Nichts durfte sie von ihrer Teilmission ablenken. Er musste sich darauf verlassen, dass Haneul die Söldner zum Sieg führte.

Die Gondel kam näher.

Die vier verlangsamten ihr Tempo.

»Ihr bleibt einige Meter zurück«, forderte Caadil. »Ich schleiche mich vorsichtig an die Gondel und öffne die Luke von außen. Spätestens wenn ich öffne und die Atmosphäre ins Vakuum entweicht, wird in der Zentrale Alarm ausgelöst. Die Luke von außen freizugeben, wird einige Zeit in Anspruch nehmen. Danach gehe ich sofort in die Gondel und starte den Ablösevorgang. Die Positronik wird mich identifizieren und meinen Befehlen gehorchen.«

»Wir folgen und schützen dich«, versicherte Rhodan. »Konzentrier dich nur auf deine Aufgabe.« Das war leichter gesagt als getan. In der Gondel stand nur minimaler Raum zur Verfügung. Sie würden dicht gedrängt sitzen – Caadil konnte unmöglich etwas entgehen.

Jeder Schuss, der aus dem Schleusengang abgefeuert wurde, würde ihre Schutzschirme treffen, die sie in der Enge des Raumes auf minimale Ausdehnung und damit auch minimale Intensität stellen mussten. Außerdem durfte das innere Schott der Schleuse nicht zerstört werden, damit die Gondel rundum intakt blieb. Das bedeutete nichts anderes, als dass sie es erst in letzter Sekunde schließen durften. Der Schleusengang würde also offen vor ihnen liegen. Raum genug für etliche Angreifer.

Caadil ging den letzten Schritt, legte sich flach auf die Außenhülle und streckte Arme und Oberkörper über das Glas der Vortex-Gondel. Wenn sich ein Gui Col in der Gondel aufhielt, musste er sie entdecken, ebenso wenn ein Hologramm aus dem Inneren der Gondel in die Zentrale projiziert wurde.

»Ich beginne«, sagte Caadil.

Das war der Moment, in dem die goldenen Segelschiffe im All auftauchten.

»Caadil, beeil dich!«, rief Adlai Kefauver über Funk. »Weitere Einheiten sind materialisiert.«

Sie sahen anders aus als die CHAJE – das war Rhodans erster Eindruck. Während ihn die CHAJE, die er erstmals während des Weltraumspaziergangs gesehen hatte, an ein altterranisches U-Boot erinnerte, ähnelten die nun unvermittelt aufgetauchten Raumer Segelschiffen.

Der skurrile Anblick schien jeder Zweckmäßigkeit Hohn zu sprechen. Er erinnerte an voll aufgetakelte Dreimaster des achtzehnten und neunzehnten Jahrhunderts, wie auch Rhodan sie nur von historischen Abbildungen kannte. Der Mast am Bug des Raumers besaß allerdings überproportionale Größe. Die *Segel* bestanden aus einer glänzenden Fläche, in der es leuchtete, als schiene die tropische Sonne über einem weiten Meer darauf.

Rhodan führte mit Hilfe der Anzugstechnik eine Fernanalyse durch. Die Schiffe maßen 690 Meter in der Länge, der Hauptmast besaß dieselbe Höhe. Und der gesamte Raumer glänzte golden.

Golden wie die Haut der Gui Col.

Legte diese Assoziation etwa nahe, dass es sich bei den Raumern um Einheiten der Gui Col handelte? Wenn ja, war dies Verstärkung für ihre Feinde, ausgerechnet im denkbar ungünstigsten Moment.

»Ich öffne die Luke ... jetzt«, drang Caadils Stimme über den Funkempfänger.

Rhodan wandte den Blick zu ihr. Ein Sekunde lang umtoste sie ein kleiner Sturm im Weltall – die Atmosphäre aus dem Innenraum der Gondel entwich ins Vakuum. Dann kippte Caadils Oberkörper nach unten, für einen Augenblick ragten noch ihre Beine in die Höhe, dann verschwanden auch sie.

Die Navigatorin war in die Gondel geschlüpft.

Gewaltige Energiebahnen rasten plötzlich durchs All. Die Goldsegler eröffneten das Feuer auf die CHAJE.

Rhodan durchfuhren schieres Entsetzen und unendliche Erleichterung gleichzeitig, denn das bedeutete auch, dass die kleine Gruppe aufständischer Gefangener allzu leicht zwischen den Fronten zerrieben werden konnte.

Und während einer Raumschlacht nur mit einem Kampfanzug auf der Außenhülle eines Schiffs zu stehen, war gleichbedeutend mit einem Todesurteil.

27

Ein Ende der Jagd

Noch drei Schritte.

Zwei.

Einen.

Die Explosion zerfetzte nicht nur den Jülziish, sondern auch dessen unmittelbaren Begleiter, einen myrmidonischen Söldner. Eine schwarze Wolke blähte sich auf und verpuffte, als weiß lodernde Flammenzungen in alle Richtungen rasten.

Fenji beobachtete die Detonation aus sicherer Entfernung. Seine Falle hatte wunderbar funktioniert. Die Gruppe der Aufständischen hatte, genau wie erwartet, die Brücke am oberen Rand der Maschinenhalle überquert. Der dort platzierte Sprengkörper hatte seine Wirkung nicht verfehlt und die beiden Anführer getötet. Bis jetzt nur diese beiden – weitere würden in wenigen Sekunden folgen.

Bruchstücke des mehrfach gesicherten Geländers wirbelten durch die Luft, ebenso Teile der Brücke selbst. Einige Meter vor Fenji schlug ein glühendes Metallgitter krachend auf und verformte sich wie Papier. Gitterstäbe prasselten auf riesige Aggregateblöcke, ein hohes Singen inmitten des donnernden Nachhalls der Explosion.

Metall ächzte, dann knickte der Stützpfeiler der Brücke. Die gesamte Konstruktion bäumte sich auf, schien sich wie ein riesiges Urtier zu schütteln und brach dann in sich zusammen.

Schreie gellten.

Bruchstücke regneten in die Tiefe.

Aus den letzten Flammen fiel ein wild um sich schlagender Tefroder. Fenji glaubte sogar das Klatschen zu hören, als der Körper zerschmettert wurde.

Zwölf tote Gegner.

Ein gelungener Schnitt.

Fenji war allein unterwegs, überließ die Verteidigungsschlacht seinen Männern. Sie konnten ihn jederzeit über Funk erreichen. Er folgte seinem Instinkt, dem Gespür des Jägers. Diese Gruppe der Gefangenen hatte ihn abgelenkt, aus der Konzentration gerissen und den Preis dafür gezahlt.

Nun stellte er sich wieder die wichtigen Fragen. Was würde Adlai Kefauver tun? Wo würde er ansetzen? Führte er den Aufstand an? Ging er seinen Männern voran bei dem törichten Versuch, die CANNAE zurückzuerobern?

Das konnte nicht alles sein.

Während sich ein letzter Teil der Brücke krachend löste, auf eine meterhohe Maschine stürzte und diese zerschmetterte, kam Fenji die Erleuchtung.

Ein letzter Teil der Konstruktion zitterte in der Wand verankert. Zwanzig Meter tiefer riss die Hülle der Maschine. Blau-grüne Funken schlugen aus ihrem energetischen Inneren. Es summte und sirrte, roch nach verschmortem Plastik und schmelzendem Metall.

Fenji überprüfte die Logik seiner Überlegung und fällte eine Entscheidung. Er musste alles auf diese eine Möglichkeit setzen. Ein Adlai Kefauver gab sich nicht damit zufrieden, dass er *nur* die CANNAE zurückeroberte; ihm kam es auf die wirklich wichtigen Dinge an.

Auf die FARYDOON.

Und das Herzstück der FARYDOON bildete die kleine Gondel inmitten des äußeren Rings. Navigator Sáatin Sepehr hatte diese Information nur zu gern an Cha Panggu und dessen Schüler weitergegeben. Einen Augenblick lang schweiften Fenjis Gedanken zu dem Träger des Genetischen Siegels ab, der noch immer an Bord der CHAJE im *Gestänge* hing. Dann eilte er los, dem Verbindungsschott zum Vortex-Schiff entgegen.

Wenn er richtig lag, würde Adlai Kefauver dort zu finden sein oder bereits auf ihn warten. Täuschte er sich jedoch und schätzte seinen Gegner falsch ein, bedeutete das keinen Verlust für die Gesamtmission. Die Gui Col würden auch ohne Fenji den Aufstand niederschlagen.

Er aktivierte die Flugfunktion seiner Kampfrüstung und jagte durch die Maschinenhalle. Der Übergang zur FARYDOON lag etwa hundert Meter Luftlinie entfernt. Innerhalb eines Schiffs bedeutete dies einen Zeitfaktor von einigen Minuten.

Nachdem er die Halle verlassen hatte, raste er durch einen Korridor, in den die Gefangenen noch nicht vorgedrungen waren und auch niemals vordringen würden. Nach seinen letzten Informationen waren die Unterführer zuversichtlich, die Aufständischen binnen weniger als einer Stunde in ihre Schranken zu weisen. Fenji nahm Funkverbindung zu ihnen auf und wiederholte den Befehl, jeden, dessen sie habhaft wurden, sofort zu exekutieren.

Er bog einige Male ab und entdeckte schließlich am Ende des Korridors das noch immer völlig zerstörte Verbindungsschott zum Vortex-Schiff. Ein Trupp aus dreizehn Gui-Col-Soldaten bewachte es, zusätzlich geschützt durch energetische Vorhänge. Niemals würden die Myrmidonen in das Vortex-Schiff vordringen können, selbst wenn sie es bis an diese Stelle schaffen sollten.

Beiläufig sendete Fenji Eichach den Kode, der für ihn Strukturlücken in die Schutzvorhänge schaltete. Ohne seine Geschwindigkeit zu bremsen, durchflog er sie. Seine Männer gaben den Weg frei, und gleich darauf befand er sich in der FARYDOON. Er wollte eine weitere Funkverbindung öffnen, um die Gui Col in der Zentrale zu warnen. Sie mussten die Gondel besonders im Auge behalten, denn Kefauver war sicher schon unterwegs. Fenji spürte es. Er *wusste* es. Sein Instinkt ließ keinen Zweifel daran: die Beute näherte sich.

Doch er kam nicht mehr dazu, den Kanal zu schalten. Eine Meldung von höchster Priorität ging ein, auf einer Breitbandfrequenz, die jeden einzelnen Gui-Col-Soldaten erreichte.

Cha Panggu persönlich gab Alarm.

Einen Alarm der obersten Stufe.

»Acht Goldsegler des Konsortiums greifen an!«, brüllte der *Teufel*.

Das durfte nicht sein! Nicht jetzt! Nicht, ehe er Adlai Kefauver zur Strecke gebracht hatte!

Seine Kommunikationseinheit begann zu blinken. Der Meister nahm auf seinem persönlichen Kanal Kontakt zu seinem Schüler auf, über die Notfrequenz, die keine Bestätigung erforderte.

»Fenji! Acht Schiffe der Erleuchteten Kauffahrer greifen an. Wir gehen zur Verteidigung über und machen die FARYDOON startbereit. Wir geben das Schiff keinesfalls auf. Zieh unsere Männer ab und zerstöre die CANNAE. Uns bleibt keine Zeit für unnütze Details wie einen Gefangenenaufstand. Ich habe bereits Hilfe gerufen. Tributier Borrcha wird bald eintreffen.«

Fenji schwieg und flog weiter, Richtung Zentrale.

»Fenji!«

Er antwortete nicht, bildete stattdessen einen Greifarm, packte die Funkeinheit der Rüstung und riss sie aus der Verankerung. Achtlos ließ er sie fallen und hörte nicht einmal mehr den Aufschlag.

Wenn dies alles vorüber war, konnte er behaupten, dass die Funkeinheit zu diesem Zeitpunkt bereits zerstört worden war. Falls es ein Danach gab und nicht alles in den nächsten Minuten in einem flammenden Inferno für immer endete.

Cha Panggu würde in diesen Sekunden einem der Unterführer die Zerstörung der CANNAE befehlen. Vor Fenji lag eine andere Aufgabe; er hatte einen wichtigeren Beitrag zu leisten.

Das Ende seiner größten Jagd wartete auf ihn. Wenn er Adlai Kefauver daran hinderte, die Vortex-Gondel zu kapern, erwies er Panggu damit einen ungleich bedeutungsvolleren Dienst. Selbst der *Teufel* würde das akzeptieren.

Fenji spürte, dass die Zukunft des gesamten Projekts in seinen Händen lag. Sie würde erst gerettet sein, wenn die Gondel gesichert und Adlai Kefauver tot war.

28

Bilder einer Schlacht

»Schließ die Luke!«, rief Caadil, kaum dass Perry Rhodan hindurch war.

Kefauver und Parizhoon standen bereits im Schleusengang, der die Vortex-Gondel mit der FARYDOON verband. Rhodan schob das Schott zu und drückte die Schaltfläche, die es versiegelte. Es zischte, und im Inneren der Gondel baute sich wieder Atmosphäre auf.

Caadil lag ausgestreckt in der Navigatorenliege. Ihre Fingerspitzen huschten über die Sensorfelder auf den Armlehnen. »Ich benötige noch vier Minuten. Der Ablösevorgang hat bereits begonnen.«

Alle ließen die Raumanzüge geschlossen, um einem möglichen Angriff nicht völlig ungeschützt ausgeliefert zu sein. Die Schutzschirme mussten sie allerdings auf ein Minimum schalten, damit sie sich in der engen Gondel nicht gegenseitig überlappten und abstießen oder interagierten.

Rhodan hielt einen Strahler schussbereit und trat zu Kefauver und dem Mentadriden in die Schleuse. Das gegenüberliegende Schott war noch geschlossen. *Sie wissen von unserem Eindringen*, dachte er. *Sie können es nicht übersehen haben, nicht einmal in dem Chaos des plötzlichen Angriffs durch die goldenen Segler.*

Er warf einen Blick über die Schulter, vorbei an Caadil, die unablässig Befehle eingab. Ihre Lippen bewegten sich. Durch das gläserne Material der Gondel sah er in den Weltraum. Eines der goldenen Schiffe raste vorbei und feuerte unablässig. Ein Energiestrahl jagte in die FARYDOON.

Die Wände ächzten. Eine Erschütterung durchlief den Schleusengang. Rhodan wurde fast von den Füßen gerissen. Caadils Navigatorenliege wackelte, ihr Oberkörper wurde durchgeschleudert. Sie hob die Arme, stützte sich an den Lehnen ab. Als die Erschütterungen endeten, strich sie mit einer fahrigen Bewegung die Haare zurück, bis die Vortex-Augen völlig freilagen. Ihr Mund war geschlossen. Leise begann sie zu summen.

Rhodan wandte sich wieder ab. Er konnte ihr nicht helfen, konnte nur für ihre Sicherheit sorgen. Gemeinsam mit seinen beiden Begleitern starrte er in den Schleusengang und wartete ab. Mehr blieb ihm nicht.

»Etwas weniger als drei Minuten«, meldete Caadil.

Das gegenüberliegende Schott öffnete sich. Etwas flog hindurch, gerade einmal handgroß.

Eine Bombe, durchzuckte es Rhodan. *Diese Wahnsinnigen werden die ganze Gondel zerstören.*

Eine metallene Kugel schlug direkt vor ihnen auf. Schneller als die anderen bückte sich Rhodan, der am nächsten stand, und griff danach. Es machte keinen Unterschied. Wenn die Bombe explodierte, starb er ohnehin. So konnte er sie vielleicht zurückschleudern und die Gondel retten. Er hob die Kugel auf.

Sie zerbrach.

Keine Explosion.

Stattdessen schoss mit hohem Druck ein grünliches Gas hervor.

Gift, dachte Rhodan. »Anzüge isolieren!«, rief er zur Sicherheit. Er selbst atmete ohnehin nur die Luft des internen Kreislaufs seines Raumanzugs; seit in der Gondel wieder Atmosphäre vorhanden war, hatte er es nicht umgestellt. Die anderen wahrscheinlich genauso wenig.

Das Schott zischte vollständig zur Seite. Strahlerschüsse jagten durch die Öffnung. Sie standen dicht an dicht, so dass ihre Schutzschirme jede Attacke abfingen. Es durfte kein einziger Schuss in die Gondel durchdringen.

Rhodan feuerte blindlings zurück, Kefauver und Parizhoon ebenso.

Warnung, meldete sein Anzug. *Intensität des Schirms erhöhen. Überlastung steht kurz bevor.*

Goldene Gestalten in den bekannten klobigen Rüstungen stampften vorwärts. Das Schott zur Zentrale schloss sich hinter ihnen. Das Abwehrfeuer verpuffte in ihren Schutzschirmen. Sie kamen zu dritt. Den mittleren erkannte Rhodan.

Fenji Eichach.

Stumm kamen sie Schritt für Schritt näher.

»Rechts«, schrie Parizhoon und bildete einen zweiten Arm, aus dem er ebenfalls feuerte. Ohne zu zögern, schloss sich Rhodan an, Kefauver ebenfalls. Unter dem Punktbeschuss platzte der Schutzschirm des Gui Col.

Rhodan feuerte weiter. »Wir müssen sie aufhalten!«

»Zwei Minuten«, meldete Caadil.

Das hieß auch, dass sie in etwas mehr als einer Minute die innere Schleuse schließen mussten, sonst konnte die Gondel die Verbindung zum Kreisschlitten der FARYDOON nicht lösen.

Geschlossen drangen die Gui Col vor. Der Schleusengang durchmaß weniger als zehn Meter. Sie feuerten unablässig. Das Schott hinter ihnen öffnete sich erneut. Weitere Gui Col betraten die Schleuse.

»Wir müssen zurück«, rief Rhodan. »Jetzt!«

»Aber ...«

»Jetzt!« Rhodan jagte den Angreifern Schuss um Schuss entgegen. »Ich gehe zuletzt!«

Parizhoon meldete, dass er sich wieder in der Gondel befand, Kefauver eine Sekunde später. Ohne das Dauerfeuer zu beenden, ging Rhodan rückwärts. Die Schüsse seiner Begleiter jagten an ihm vorbei. Im Schleusengang tobte die Hölle. Die Wände glühten unter den Energien, die kontinuierlich in sie abgeleitet wurden.

»Haltet euch bereit!« Rhodan fühlte die veränderte Beschaffenheit des Bodens unter seinen Füßen. Er stand in der Gondel.

»Eine Minute«, schrie Caadil durch das dröhnende Chaos.

Sie durften das Schott nicht zu früh schließen. Es bildete einen Teil der Außenhülle. Wenn die Gui Col es durch ihren Beschuss beschädigten, würde die Gondel niemals wieder starten.

Einer der Gui Col setzte sich an die Spitze. Rhodan hegte nicht den geringsten Zweifel daran, dass es sich um Fenji Eichach handelte.

Die Luft glühte.

Seine Anzugspositronik meldete eine Überlastung des Schutzschirms um 180 Prozent. In seinem Rücken spürte er jemanden. Es musste Kefauver sein. Die Gondel bot kaum Platz für sie zu viert. Parizhoon kauerte bereits jenseits der Navigatorenliege.

Eichach stampfte weiter, eine dunkle Gestalt inmitten eines unter energetischen Gewalten hell auflodernden Schutzschirms.

»Vierzig Sekunden!«

Eichach war fast heran. Der Schutzschirm eines seiner Soldaten versagte. Der Gui Col verglühte zu Asche.

»Ich schließe!«, schrie Kefauver. »Jetzt!«

Eichach raste heran.

Das Schott schloss sich.

Der Gui Col drang im letzten Augenblick hindurch, prallte gegen Rhodan, drückte ihn zurück. Rhodans Schutzschirm flackerte ebenso wie derjenige seines Angreifers. Die verschiedenen Energien interagierten und hoben sich gegenseitig auf. Flackernd erloschen die Schirme.

Nur noch der Raumanzug schützte Rhodan. Sein Gegner trug die goldene Rüstung.

Caadil schrie.

Etwas krachte. Kefauver ächzte und verstummte.

Kein Platz, dachte Rhodan. Der Aufprall des Gui Col riss ihn nicht einmal von den Füßen. War da immer noch Adlai Kefauver in seinem Rücken, der verhinderte, dass er stürzte?

Ein einziger weiterer Schuss würde die Technologie der Gondel zerstören.

Das verzerrte goldene Gesicht seines Gegners raste heran. Der Rüstungshelm krachte gegen Rhodans Stirn. Schmerz durchzuckte ihn.

»Dreißig Sekunden«, meldete Caadil. »Ich benötige mehr Platz.«

Der Aufprall riss Rhodans Kopf herum. Für einen Sekundenbruchteil sah der Terraner, wie Caadil durch Kefauvers Gewicht fast von der Navigatorenliege gedrückt wurde. Der Söldner hing reglos auf ihr.

Das Schott glühte unter dem Beschuss von außen.

Eichach bildete einen Tentakelarm, der gegen Rhodans Brust schmetterte. Die Luft blieb ihm weg.

Keine Luft ... keine Luft ...

Das war die Lösung.

»Caadil!«, schrie er. »Du startest!«

Seine Hand schmetterte gegen das Sensorfeld, das die Öffnung der Luke vorbereitete, durch die sie in die Gondel eingedrungen waren.

Und durch die er sie nun wieder verlassen würde. Zusammen mit Fenji Eichach ...

»Warnung«, sagte eine künstliche Stimme. »Öffnen der Luke wird die Atmosphäre im inneren Bereich ...«

»Öffnen!«, schrie Rhodan.

Nichts geschah.

»Öffnen!«, wiederholte Caadil.

Die Luke schob sich zur Seite.

Etwas zerrte an ihm. Die Atmosphäre entwich erneut ins Vakuum. Die Zugkraft dauerte nur Sekunden, dann herrschte im Inneren der Gondel dasselbe Vakuum wie im All.

Rhodan aktivierte das Flugaggregat und gab Vollschub. Seine Arme umklammerten Fenji Eichach.

»Starte!«, rief Rhodan über Funk, während er durch die Luke jagte. Der Gui Col versuchte, sich seinem Griff zu entwinden.

Rhodans erste Hoffnung, dass Eichachs Raumrüstung beschädigt sein könnte und sein Feind im Vakuum starb, erfüllte sich nicht.

Gemeinsam rasten sie in die Schwärze des Alls.

Als sie den zentralen Kugelraumer der FARYDOON hinter sich gelassen hatten, weitete sich Rhodans Blick auf das Geschehen rund um ihn. Ein Krieg war in vollem Gang. Die Goldsegler feuerten auf die CHAJE, doch nicht nur auf sie. Weitere Torpedoraumer der Gui Col waren eingetroffen.

Irgendwo explodierte ein Schiff, genau als Rhodan hinsah.

Als winziger Punkt inmitten dieser Giganten raste er weiter, umklammerte seinen Feind und flog in eine enge Kurve.

Zurück, dachte er. *Ich muss zurück in die Gondel, sonst bin ich verloren.* Der gigantische Leib der FARYDOON tauchte wieder vor ihm auf. Eichachs Tentakelarm entwand sich der Umklammerung und hielt plötzlich einen Strahler.

»Beschleunigen«, befahl Rhodan seiner Anzugspositronik. Er schaute auf die Anzeige. Fast fünfhundert Stundenkilometer. Im All eine lächerlich geringe Geschwindigkeit; für das, was Rhodan plante, jedoch mehr als genug.

Der Strahler richtete sich auf Rhodan.

Die Gondel tauchte in seinem Blickfeld auf. Er raste auf sie zu. *Noch nicht*, dachte er kalt. Eine Sekunde musste er noch warten. Die Gondel nahm sein gesamtes Blickfeld ein.

Jetzt!

Er gab vollen Schub auf die Seitendüse und ließ gleichzeitig Fenji Eichach los. Der Gegendruck zerriss ihn schier, als er haarscharf an der Gondel vorbeijagte. Der gigantische äußere Ring der FARYDOON blieb hinter ihm zurück, genau wie sein Feind.

Rhodan trudelte, überschlug sich, drehte sich und stabilisierte endlich den Flug. Er kehrte zurück.

Auf dem Glas der Gondel klebten die zerschmetterten Überreste des Gui Col.

Die Gondel löste sich soeben von der FARYDOON. Die Luke stand noch immer offen. Er landete auf der Hülle, dicht neben Fenji Eichachs Überresten, die sich durch die Bewegung der Gondel lösten und ins All trieben.

Ihn schwindelte. Er ließ sich durch die Luke fallen. Sie schloss sich über ihm. Rhodan zitterte unter der Belastung, die die waghalsige Aktion für seinen Körper bedeutet hatte.

»Du kannst den Helm öffnen«, sagte Parizhoon. »Es gibt bereits wieder Atmosphäre. Caadil ist gestartet. Die Gondel hat sich aus der Verankerung gelöst.«

Er tat es und atmete tief durch. Adlai Kefauver kauerte in zusammengekrümmter Position neben der Navigatorenliege, in der Caadil entspannt lag. Parizhoon versicherte Rhodan, dass der Söldner lediglich das Bewusstsein verloren hatte.

Die gläserne Kanzel eröffnete Rhodan den Blick auf die FARYDOON und ihren äußeren Ring, in dem ein Loch die Position anzeigte, von der sie sich in zunehmender Geschwindigkeit entfernten.

Im gesamten Raumsektor tobte die Schlacht der Goldsegler gegen die U-Boot-Schiffe der Gui Col. Die FARYDOON stand mittendrin, von den Gui Col beschützt.

»Die CANNAE«, ächzte Rhodan.

»Sie hat sich vom Andockflansch gelöst«, informierte Parizhoon. »Sie befindet sich in unserer Gewalt.«

Erleichtert ließ Rhodan die Ohnmacht zu, die ihn schon lange bedrängte.

Als er wieder erwachte, blickte er in Caadils lächelndes Gesicht. Nach wie vor saß sie in der Navigatorenliege. »Ich habe die Gondel in einen Hangar der CANNAE eingeschleust. Wir sind in Sicherheit.«

Adlai Kefauver und der Mentadride Parizhoon waren verschwunden. Rhodan setzte sich auf, lehnte sich gegen die Innenwand der Gondel

Haneul Bitna stand vor dem geöffneten Schott. Das Gefieder des Rahsch'kani war blutverschmiert. »Es gibt keine Gui Col mehr an Bord. Als die Goldsegler auftauchten, zogen sie sich zurück in die FARYDOON.«

»Sie gaben auf?«, fragte der Terraner.

Der Schnabel öffnete sich nur leicht, klapperte dann beim Sprechen leise. »Sie wollten die CANNAE sprengen. Ich habe es verhindert.«

»Du hast ...«

»Ich hatte das Kommando. Vielleicht werde ich dir diese Geschichte eines Tages erzählen, Perry – doch nicht heute. Der Tamrat leitet einen Fluchtkurs.«

»Ziaar lebt?«

»Er und etwa die Hälfte unserer Leute. Die Schäden auf der CANNAE sind noch nicht abzusehen. Aber das Schiff fliegt. Das ist mehr, als wir angesichts der Lage erhoffen konnten.«

Rhodan erhob sich. Jeder einzelne Muskel schmerzte. Er verließ die Gondel. »Wohin steuern wir?«

»Einfach nur weg von hier. Dieser Kampf zwischen den Gui Col und ihren Feinden geht uns nichts an.«

»Da bin ich anderer Meinung«, sagte Rhodan. »Öffne eine Funkverbindung in die Zentrale. Ich muss mit Ziaar sprechen.«

Wortlos hielt ihm Haneul einen Funksender hin und tippte eine Kombination. »Der Tamrat kann dich hören.«

»Wie verläuft die Schlacht?«, fragte Rhodan.

»Die Gui Col siegen.« Ziaar klang müde und schwach. »Die Goldsegler flüchten.«

»Wir werden ihnen mit der CANNAE folgen. Wir sind in einer unbekannten Region des Alls gestrandet, allein auf diesem Schiff. Es könnte schlechtere Freunde geben als die Feinde der Gui Col.«

»Wenn sie uns als Freunde wollen«, sagte der Tamrat düster.

»Versuch eine Funkverbindung zu erhalten und bitte darum, dass wir uns anschließen dürfen.«

Sie beendeten das Gespräch. Rhodan spürte eine flüchtige Berührung an der Schulter. Caadils Hand lag dort. Die Navigatorin lächelte ihm zu, ging dann an ihm vorüber, quer durch den Hangar.

Schneller als erwartet meldete sich Ziaar zurück. »Ich hatte Kontakt zu Thry Aswe, dem Geschäftsführenden Direktor des Konvois der Erleuchteten Kauffahrer, wie sich die Herren dieser Goldsegler selbst bezeichnen. Sie gestatten uns, dass wir uns dem Konvoi anschließen. Aber ...«

»Ich weiß«, gab Rhodan zu. »Wir wissen nichts über sie. Doch wir werden sie kennenlernen und dann neue Entscheidungen treffen.«

Sie beendeten das Gespräch.

Der Terraner und der Rahsch'kani standen allein im Hangar. »Eines Tages«, meinte Rhodan, »musst du mir in der Tat erzählen, wie du die CANNAE gerettet hast.«

»Es ist eine Geschichte voller Blut und Explosionen«, sagte Haneul. »Nicht diejenige, an die ich gern erinnert werde.«

»Die Geschichte eines Agenten im Dienst der Transgenetischen Allianz?«

»Sagte ich es dir nicht schon einmal?«, fragte Haneul. »Das Reizvolle am Dasein eines Spions ist eine gute Intrige und eine wohldosierte Lüge, nicht etwa das Geräusch von Explosionen. Allerdings sind sie hin und wieder unvermeidlich.«

Epilog

Und wieder diese schillernde Straße in die Ewigkeit

Ich wollte fliegen.

Aufgewachsen auf Gwein unter den Sternbildern Münze, Rufer und Möbiusband, Platinspinne, Laterne, Lichtwaage und Mironas leerer Thron, wollte ich in den Weltraum fliegen, weit über die Sternbilder hinaus.

Mehr denn je zuvor glaube ich, dass das Leben an sich unter dem Hauch des Verderbens steht, weil es sich anmaßt, alles zu erforschen. Der Drang, jedes Detail zu verstehen, immer mehr Wissen anzuhäufen, geht eine unheilige Allianz mit der Wissenschaft ein, die uns Menschen zu vieles ermöglicht.

Ich bin Caadil Kulée amy Kertéebal. Mein Leben dient einem höheren Ziel. In mir findet die Transgenetische Allianz ihre Vollkommenheit. Ich bin der Gipfel, und doch bin ich nichts als eine Verbindung von biochemischen Grundsubstanzen. Eine genetische Ansammlung von Fleisch und Knochen, von Muskeln und Sehnen, von Wasser und Blut; ein Gewebeklumpen, den es schon immer ins All zieht, weil auch ich dem Lockruf verfallen bin.

Seit jeher hörte ich das Wispern, lauschte schon immer dem Klang der Lieder, die der Weltraum singt, der

Melodie, die zwischen den Sternen schwebt und mich mit sich nimmt. Ich muss sie tanzen, diese Melodie, die ich sehe, mehr noch als dass ich sie höre. Diese schillernde Straße in die Ewigkeit, die sich in meine Augen senkt.

Nun bin ich geflogen, weil ich es *musste*. Mir blieb keine andere Wahl.

Was also ist es, das Lebewesen ins All treibt, weiter, immer weiter, bis wir auch noch die letzte Grenze durchbrechen? Ich kenne die Antwort nicht, und fast bezweifle ich, dass sie tatsächlich existiert. Vielleicht hat Perry Rhodan Recht.

Ich habe gesehen, was mich dort draußen erwartet. Tod und Krieg, Feindschaft und Leid. Dies sind die Noten, die die ewige Melodie bilden, dies ist der Rhythmus, geschlagen von jedem, der im Universum lebt.

Und dennoch bin ich gegangen, und ich würde wieder gehen.

Weil ich es kann.

Nur, weil ich es kann.

AI FARM
Perry Rhodan – neue Comic-Abenteuer!
Perry
Perry Rhodan COMIC
UNSER MANN IM ALL
Entscheidung auf Camelot!
Wer ist hier das Monster?
Nemo Award Bester SciFi-Comic
Waschtag!
Heisser Tanz auf Terra
68 fette Farbseiten!
• Comic-Stories & Cartoons
• Mit Risszeichnung und Star-Galerie
• Nur € 4,95
Perry gibt es einzeln, im Abo und als E-Book
auf www.perry-comic.de; außerdem im Comicfachhandel,
auf amazon.de und auf libri.de